Pour les « happy few » et les « âmes sensibles », qui se souviennent de Clelia Conti et donc de la ville de Stendhal, un 5 décembre.

NOTE DE L'AUTEUR

Les personnages et situations de ce roman ne sont pas plus vrais que ceux de *La Chartreuse de Parme*.

Doivent-ils tout au romancier? Voire...

[illegible]

Les personnages et situations de ce roman ne sont pas plus vrais que ceux de *La Chartreuse de Parme*.
Pourtant ils sont aussi romanesques ? Voilà.

« J'avouerai que j'ai eu la hardiesse de laisser aux personnages les aspérités de leurs caractères... A quoi bon leur donner la haute moralité et les grâces des caractères français, lesquels aiment l'argent par-dessus tout et ne font guère de péchés par haine ou par amour ? Les Italiens de cette nouvelle sont à peu près le contraire. »

STENDHAL,
Avertissement
à
La Chartreuse de Parme.

« avancée que [illegible] en sa paresse de la [illegible] personnages [illegible] caractère. [illegible] leur donner la haute portée, de [illegible] lesquels [illegible] l'argent [illegible] entre [illegible] de cette nouvelle [illegible] le contraire ».

[illegible]

La Chartreuse de Parme

LIVRE I

LES LIEUX

Première partie

Dongo, Hôtel Stendhal

1.

ILS m'ont dit : « Elle est morte. »

Après, j'ai oublié ce que j'ai fait.

Puis je suis entré dans un hangar qui tenait lieu de morgue. Je ne connaissais pas la ville, mais c'était dans le quartier du port. Des mâts, des rames, des voiles, des cordages étaient entassés contre les cloisons. Les barques alignées au fond, dans la pénombre où je distinguais quelques silhouettes, semblaient s'avancer vers moi. Elles étaient placées sur des chevalets semblables à ceux sur lesquels reposait le cercueil.

Un homme attendait là. Je l'avais déjà croisé dans le bureau du lieutenant de carabiniers. Il s'est penché sur le cercueil et, d'une voix monocorde, il a confirmé que c'était bien celle-là qu'il avait repêchée. Il m'a aperçu et, d'un ton sourd, il a ajouté qu'il se souviendrait d'elle toute sa vie.

En passant près de lui, j'ai voulu lui serrer la main, mais il s'est écarté d'un mouvement brusque. J'ai alors vu le hublot placé à l'extrémité du couvercle déjà vissé.

La tête d'Ariane était bandée.

On m'a soutenu.

J'ai pensé : « Il faut que je traverse le lac avec elle. »

Je suis allé vers l'homme, comme s'il avait été le passeur. Je l'ai supplié de me conduire là où il l'avait trouvée, de me raconter tout ce qu'il savait. Il n'a pas répondu.

Deux jours plus tard, il se tenait à l'entrée du cimetière de Dongo, les yeux tournés vers le lac que je découvrais à mon tour, immense et noir.

– Racontez-moi, lui ai-je demandé une nouvelle fois.

Il m'a observé, dissimulant une cigarette dans sa main repliée, comme font souvent les ouvriers sur les chantiers.

– Aidez-moi, ai-je ajouté en lui saisissant le bras.

Il s'est dégagé brutalement, sans reculer.

Sa peau plissée, brune, était striée de petites rides pareilles à des coups de griffes recouverts par la poussière grisâtre d'une barbe de plusieurs jours.

– Je manœuvrais la drague, a-t-il répondu d'un ton bourru. C'est tout. C'est tombé sur moi. Je n'ai jamais eu de chance.

Je l'ai suivi par le sentier qui descendait vers le lac. Les massifs de lauriers étaient si luxuriants et si fleuris qu'ils cachaient la berge. Derrière la profusion des feuilles rugueuses et des larges pétales à la couleur délavée, on n'apercevait que les montagnes de l'autre rive, les façades des grandes villas de Bellagio et, au sud, émergeant de la brume, les toits de la ville de Côme.

L'homme a écarté les branches.

– Je l'ai déposée là, a-t-il murmuré en me montrant un talus.

J'ai alors aperçu le long membre d'acier de la drague qui se terminait par trois griffes maculées de boue séchée. Cette main mutilée et recroquevillée pendait, inerte, au-dessus de la terre.

– C'est avec ça que je l'ai sortie, a-t-il précisé.

Il a baissé le bras et les branches qu'il retenait sont venues frapper mes lèvres et mes joues, m'imprégnant du parfum des lauriers-roses, entêtant, sucré jusqu'à l'écœurement.

– Ils disent que c'est un accident, un suicide.

Il retroussait les lèvres en parlant, laissant voir de petites dents jaunies, ébréchées, cernées d'une ligne noire. Il a murmuré :

– Quand on meurt à cet âge, c'est toujours quelqu'un qui vous a tué ou qui vous a laissé mourir.

Son regard exprimait plus de mépris que de miséricorde, une curiosité insistante.

– Vous avez voulu savoir, hein?

J'ai fait oui.

– Quel âge elle avait, votre fille, monsieur?

Je me suis détourné, et j'ai vomi dans les lauriers.

Je l'avais sollicité et maintenant j'aurais voulu le fuir, mais il m'accablait de détails, de questions. Il cherchait à connaître ce que les carabiniers m'avaient révélé de l'enquête.

Ceux-là, disait-il avec mépris, sont aveugles de naissance. S'ils imaginent qu'elle est morte là où je l'ai trouvée, c'est que ça les arrange. Mais les corps, ça va, ça vient. On les porte, on les jette. Le lac est une fosse qui aspire tout, qui efface tout.

– Vous n'avez même pas vu le corps, ajouta-t-il.

Lui, il avait remarqué des plaies, des traces de piqûres sur les bras, les cuisses.

– Vous vouliez savoir? Ça vous suffit?

Je répondis non, je pensais oui.

Chacun des mots qu'il prononçait était un coup qu'il me portait. J'imaginais, je voyais Ariane.

– Je l'ai sortie de l'eau au premier matin de beau temps, après des jours et des jours d'orage, et c'était comme une injustice plus grande encore.

Je l'écoutais avec avidité et désirais qu'il se taise.

Il m'expliqua qu'avec sa drague il avait remonté, une fois, il y avait déjà longtemps, une statue de jeune fille. Il montrait du doigt l'autre rive, la Villa Bardi que possédait Carlo Morandi, l'industriel, celui qu'on appelait le *Condottiere*. Au pied de la villa, sous quelques mètres d'eau, se trouvaient des constructions romaines, peut-être plus anciennes encore, que le lac avait avalées. Le lac dévorait tout : les morts, les arbres, les vivants, les pierres, les statues.

– Vous les apercevez? dit-il en s'approchant de la berge. Ce sont eux, les nettoyeurs.

D'énormes poissons, gros comme le bras, frôlaient la surface de l'eau avant de s'enfoncer dans un remous.

En 1945, on avait tué des femmes qui essayaient de s'enfuir avec les fascistes en traversant le lac. Les pêcheurs de Dongo avaient recherché leurs corps pendant des mois, car elles transportaient des bijoux et de l'or, des valises pleines comme celles qu'on avait trouvées dans les voitures de Mussolini et de sa maîtresse. Ces deux-là aussi, on les avait saignés. Mais on n'avait rien repêché : ni les corps, ni les trésors. Le lac avait rejeté sur la rive des manteaux de fourrure semblables à des bêtes mortes. Mais peut-être, dans mille ou deux mille ans, quelqu'un ramasserait-il un jour des bijoux par poignées, des lingots. Certains, dans les villages des bords du lac, espéraient encore. Les jours de tempête, on les voyait arpenter les berges. Lui aussi l'avait fait.

Il s'était penché au-dessus de l'eau.

– Ces poissons-là, personne n'en veut. Ils nettoient le lac, comme des ogres. Mais, un jour, eux aussi on les égorgera, et ils rendront tout ce qu'ils ont pris. La vie trahit tout le monde, même ceux qui se croient forts. On n'est que des pions dans la grande partie. Personne n'en connaît les règles.

Il a repris le sentier entre les haies de lauriers et j'ai été de nouveau écœuré par le parfum douceâtre des fleurs couleur de chair.

Quand nous sommes parvenus sur les quais, non loin du hangar où Ariane avait reposé parmi les barques, l'homme m'a saisi tout à coup la main.

– Je l'ai fait glisser sur la terre aussi doucement que j'ai pu. Je vous le jure. Toute couverte de boue, liée par les herbes et les algues, on aurait pu la croire enfouie depuis deux mille ans. Comme la statue de Morandi. Vous le connaissez, le *Condottiere*? Il est comme eux, les nettoyeurs.

D'un mouvement de tête, il montra le lac :

– Une bouche comme ça.

Il avait écarté ses propres mâchoires avec ses mains, montrant le fond de sa gorge.

– Retournez chez vous, monsieur, murmura-t-il. On ne peut protéger personne. La vie trahit toujours. On ne garde jamais rien ni personne longtemps. Il faut s'y faire.

Il s'est enfin éloigné.

Après, ils m'ont remis ce qu'il restait d'elle : une poignée d'objets. Ils m'ont dit : « Pour nous, c'est terminé. On referme le dossier. »

J'ai reconnu le porte-clés que j'avais offert à Ariane lors de son entrée au lycée. Ce n'était qu'un éclat de pierre que j'avais acheté en Crète, quelques mois après sa naissance. Trois clés étaient accrochées à l'anneau de cuivre.

C'étaient celles de son autre vie, qui m'était inconnue.

Je ne me suis pas décidé à quitter la ville. J'ai rôdé autour du hangar. Il pleuvait. Les pavés étaient recouverts d'un flot boueux qui dévalait vers le lac.

Un soir, un homme m'a suivi, mais quand j'ai voulu aller au-devant de lui, il s'est éloigné et je l'ai perdu dans les ruelles du port.

J'ai alors marché le long du lac, vers la drague. Il me semblait que j'allais retrouver Ariane. Les massifs de lauriers alourdis par la pluie obstruaient le passage. Les feuilles poisseuses se collaient à mes joues, agrippaient mes cheveux. Mais je devais avancer. Ariane était au bout, encore coincée entre les pinces de la drague. Nous allions nous enfuir ensemble, traverser le lac.

Ils avaient refermé le dossier, mais ma mémoire était une plaie béante.

[illegible] quitter la ville [illegible]
[illegible]
[illegible]

Un soir un homme [illegible] avant que j'ai [illegible] aller, [illegible] de [illegible] dans les rues du port.

J'ai alors marché le long du lac, vers la [illegible]. Il [illegible] que [illegible] alourdi [illegible] la pluie [illegible]. Les [illegible] se [illegible] à mes joues, [illegible] mes cheveux. Mais je devais avancer [illegible] encore [illegible] entre les pinces de la bague. Nous allions nous [illegible] le lac.

Ils avaient fermé [illegible] était une pluie tiède.

2.

COMBIEN ai-je passé de jours à Dongo dans cet Hôtel Stendhal dont j'étais le dernier client ?

Je me souviens de la pluie, de la voix de Clémence qui hurlait au téléphone :

« C'est ma fille, tu entends, tu n'as pas le droit ! » Puis le ton montait encore, plus aigu : « C'est ma fille, salaud ! »

J'avais reposé l'appareil sur la table basse, devant la fenêtre. Je distinguais à peine les quais du port, noyés sous l'averse, et l'autre rive du lac était aussi lointaine, derrière le halo de brume et de pluie, que les cris, les sanglots, les menaces et les insultes de la mère d'Ariane qui emplissaient la chambre.

« Où es-tu, qu'en as-tu fait ? Elle est à moi aussi ! »

Elle voulait le corps d'Ariane.

Tout à coup, sa voix s'est rapprochée, est entrée en moi. Clémence m'accusait à présent d'avoir tué Ariane, de l'avoir enfouie, cachée !

Je me suis alors souvenu des propos de l'homme, de ses lèvres retroussées, de la manière dont il montrait, en parlant, ses dents sales, de son haleine alourdie par l'odeur de tabac, de ce qu'il avait dit : « Quand on meurt à cet âge, c'est toujours quelqu'un qui vous a tué ou qui vous a laissé mourir. »

Clémence, d'une voix calmée, murmurait : « Excuse-moi, Jean-Luc, excuse-moi... » Elle voulait simplement savoir où je me trouvais. Elle avait le droit, n'est-ce pas, de se recueillir sur la tombe de sa fille. Je ne pouvais pas lui refuser ça, ce serait trop inhumain.

Elle répétait ce dernier mot.

Qu'est-ce qui était humain ? La mort d'Ariane ? Ma vie qui continuait malgré tout ? Cette pluie, ces quelques silhouettes courant d'une porte à l'autre en quête d'un abri, ce bref coup de sirène du navire qui accostait, dont je distinguais les lettres noires inscrites à sa poupe : *L'INNOMATO, Bellagio.* « Celui qui n'est pas nommé » : cette appellation étrange pour un bateau ne me surprenait même pas, pas plus que le message qu'au même moment on glissait sous ma porte après avoir frappé, et que je déchiffrai : le docteur Ferrucci, attaché à l'hôtel, souhaitait me rencontrer.

« Inhumain, Jean-Luc. Tu m'entends ? Où es-tu ? »

Le ton de Clémence s'était à nouveau durci. Si je refusais, elle me retrouverait, elle s'adresserait à la police, elle déposerait plainte pour séquestration et pour meurtre – « Tu m'entends, Jean-Luc, je t'accuserai pour meurtre !... Où est-elle, Jean-Luc, où es-tu ? »

J'étais derrière un hublot.

De cette voix, de cette pluie, de ce lac, de ce navire, des gens que je croisais quand je sortais tête nue sous l'averse, de la propriétaire de l'hôtel qui me servait dans la salle à manger vide, de ce que j'avalais, de la saveur des mets, j'étais séparé par une paroi grise au travers de laquelle je n'entendais, je ne voyais, je ne sentais, je n'éprouvais rien que de manière indistincte et floue.

Cette paroi m'enveloppait. Parfois, j'étendais la main pour la toucher, mais elle se dérobait et cependant elle était entre moi et les choses, entre mes yeux et le lac, entre mes oreilles et les voix. Mais peut-être était-elle à l'intérieur de moi, comme une autre peau sous ma peau, insinuée dans chaque repli, séparant mes pensées et mes sensations, comme si je n'étais plus uni mais dissocié en autant de fragments qui ne pouvaient plus se rejoindre.

Je le tentais pourtant, j'espérais y parvenir. Je le voulais de toutes mes forces quand je m'allongeais sur le lit placé en face de la fenêtre et que j'apercevais ce ciel comme un lac renversé où j'aurais voulu me noyer, comme elle.

Je croisais les mains sur ma poitrine. Peut-être était-ce ainsi qu'on l'avait couchée, mais je n'avais entrevu que son visage bandé derrière le hublot, ses joues gonflées, ce menton prognathe qui lui donnait un air buté, comme si elle avait lancé un défi : « Je suis morte, retrouvez-moi si vous pouvez, si vous l'osez! Je vous ai échappé, je me venge! Qui traversera le lac avec moi? »

Étendu sur le lit, j'attendais, si immobile que j'en venais tout à coup à étouffer de ne pas avoir respiré.

Il me semblait que cette paroi en moi, autour de moi, devant son propre visage, allait se briser, que j'allais enfin la rejoindre dans le sommeil, connaître la paix, l'unité, mes pensées et mon corps enfin rassemblés, ma peau recollée. Oui, que je cesserais d'être cet homme auquel on avait lentement arraché l'épiderme.

Je fermai un instant les yeux. Je dors, je dors, me répétais-je. Mais, brusquement, je me heurtais en pleine course à cette paroi transparente. Ma tête éclatait. J'étais toujours derrière le hublot. Ariane et toutes choses de l'autre côté de la vitre.

« Réponds-moi, Jean-Luc! », n'en finissait pas de crier Clémence.

J'ai raccroché.

La pluie continuait de tomber dru sur le lac de Côme.

3.

– Vous avez besoin de soins, monsieur.

Le docteur Ferrucci m'avait d'abord interpellé dans la salle à manger de l'hôtel. Il s'était appuyé des deux mains à la table, puis avait chuchoté quelques mots à la propriétaire avant de se tourner vers moi : « Vous êtes en sueur, vous tremblez, on ne peut pas vous laisser comme cela. Mme Antonini a eu raison de me demander de vous rencontrer. »

Son visage était proche du mien et, en même temps, il me semblait que le docteur Ferrucci se tenait à distance, dans la pénombre, silhouette que je ne parvenais pas à identifier, dont la présence m'inquiétait et dont je cherchais en vain à préciser les traits, sûr de l'avoir déjà entr'aperçue.

J'ai eu la nausée comme si le parfum des lauriers m'enveloppait de nouveau.

Je me suis levé en chancelant. Il m'a pris le bras. J'ai senti la pression de ses longs doigts et il m'a semblé qu'ils s'enfonçaient dans ma peau comme des griffes.

J'ai cherché à me dégager, mais il a resserré son étreinte.

– Je vous soutiens. Je dois vous examiner, vous n'êtes pas dans un état normal.

Dans le couloir éclairé d'une simple veilleuse, je voyais devant nous le dos large de Mme Antonini. Elle gesticulait, faisait tinter des clés. Elle ouvrit la porte de ma chambre. Je me laissai tomber sur le lit.

Il s'était assis à mon chevet, m'avait saisi le poignet.

Les yeux mi-clos, j'essayais de faire venir jusqu'à moi son visage, de l'extraire de cette pénombre où il se trouvait confiné, afin de le reconnaître.

Il portait des lunettes rondes cerclées d'un fil métallique noir. Le front était bosselé, la barre des sourcils continue, épaisse; les cheveux luisants, taillés en brosse, les tempes dégagées. Les os des maxillaires et des pommettes, proéminents, étaient soulignés par un collier de barbe coupé en pointe qui allongeait encore le visage.

Il me parlait les lèvres serrées, chuchotant comme pour une confession.

J'avais la fièvre, expliquait-il, une respiration difficile, une tension élevée.

Je n'avais même pas remarqué qu'il avait dénudé mon bras, l'avait serré dans ce brassard de toile, avait énoncé des chiffres que j'avais déjà oubliés.

Une angine, la fatigue, l'état de choc, conclut-il.

– Il faut vous remettre sur pied, reprendre le dessus.

Il serrait toujours mon poignet. Il allait me faire une piqûre.

J'ai libéré mon bras d'un brusque mouvement.

Je me souvenais de ce que m'avait rapporté l'homme qui avait vu le corps d'Ariane et remarqué les plaies, les traces de piqûres sur ses bras et ses cuisses.

– Je vous en prie, soyez raisonnable, reprit Ferrucci.

J'avais perdu tous repères. Il n'y avait plus que ce ciel de pluie, bas, qui se perdait dans l'eau du lac, ne faisait qu'un avec elle; les sommets, les rives qui le bornaient étaient enveloppés de nuages et de brouillard, si bien qu'il n'existait plus ni limite ni horizon, simplement cette grise confusion qui changeait de forme à tout instant sans s'effacer jamais.

Ferrucci s'était installé à la table et, le dos droit, écrivait.

Je devais réfléchir, disait-il. Il se tenait à ma disposition. Peut-être faudrait-il m'hospitaliser à Côme. Le plus sage était pour moi de rentrer en France, de m'y faire soigner. Mais il pouvait ordonner mon transport par le lac; *L'Innomato* passait en fin de journée et ne faisait qu'une escale avant Côme. Là, si je voulais, une ambulance m'attendrait.

Il me tournait toujours le dos.

C'est à ce moment pourtant qu'il est sorti pour moi de la pénombre, peut-être à cause de la forme de sa nuque, de ce profond sillon partant de la base du cou et qui divisait le crâne rasé jusqu'à son sommet.

Je me suis alors souvenu de cette silhouette qui se trouvait dans la pénombre du hangar, devant les barques, leur faisant face, si bien que je n'apercevais que son dos, comme s'il n'avait pas souhaité me reconnaître ou qu'il eût peur de regarder le cercueil, le hublot, Ariane au visage bandé.

– C'est vous qui l'avez examinée, ai-je dit.

Il m'a semblé qu'il rentrait la tête dans les épaules comme pour se protéger, éviter le coup que j'allais lui porter.

Il referma sa sacoche. Il resta un instant ainsi, voûté, à m'expliquer, comme s'il n'avait pas entendu ma question, qu'il venait de rédiger une ordonnance, que le plus sage aurait été de m'administrer une série de piqûres, mais, puisque je m'y refusais...

Il s'était tourné, avait ôté ses lunettes. Il se tenait ainsi à contre-jour, de nouveau dans la pénombre, mais j'imaginais ses yeux enfoncés au-dessous des arcades sourcilières saillantes.

– Je suis le seul médecin de Dongo, lâcha-t-il d'une voix calme, si faible que je devais deviner les mots. Il se leva et ajouta : Vous êtes malade, monsieur. Il ne faut plus sortir de l'hôtel. La pluie est glacée. Tout est imprégné d'humidité. Ce climat ne pardonne pas, monsieur.

J'ai fait un pas vers lui. Il a reculé, tenant sa sacoche à deux mains contre sa poitrine.

« Qui pardonne jamais ? » ai-je pensé.

J'étais couvert d'une sueur froide; je claquais des dents.

Il l'avait touchée. Il l'avait vue. Ces plaies, ces piqûres sur les bras et les cuisses, les avait-il examinées ? Il avait accordé le permis d'inhumer. Mais elle n'était pas morte noyée, n'est-ce pas ?

Il était resté au fond du hangar, le visage dissimulé, mais, à présent, je l'avais reconnu. Avait-il honte, peur de me faire face ?

– Vous délirez, dit-il en reposant sa sacoche.

Il est venu vers moi, m'a dévisagé et, me prenant aux épaules, m'a guidé vers le lit.

Je n'ai pas résisté, épuisé comme après un effort démesuré.

Debout près du lit, ses longs doigts joints aux phalanges énormes, m'a-t-il semblé, il m'a dit que mourir, c'était échapper à l'enfer, à cette guerre aveugle où nous sommes tous plongés. Il pensait ainsi parce qu'il côtoyait les mourants, les malades. Il ne s'agissait pas pour lui de me consoler de la disparition de quelqu'un de proche, de si jeune, oui, il le savait. Ma fille. Il partageait. Il priait pour moi. Mais certaines vies sont un calvaire, une chute sans fin que seule la mort peut venir interrompre. Peut-être la mort est-elle un retour à la douceur, au calme d'avant la naissance, une résurrection puisqu'elle efface toute douleur, qu'elle est mise en sommeil, peut-être même en attente. On ne veut plus rien, plus rien ne vous manque. On est au bout. On a fait tout le chemin.

– Comprenez-vous, cher monsieur?

La mort est une grâce de Dieu. La part de Dieu. Il nous décharge du fardeau qui nous écrase. Il ferme nos plaies. Il nous protège, nous arrache au malheur, à celui que nous subissons ou, même si nous l'ignorons encore, à celui qui va inévitablement nous frapper.

– Je voudrais vous persuader de cela, monsieur, pour votre fille. C'était votre fille, m'a-t-on dit?

Même pour celui qui ne croit pas, la mort garde ce sens-là : la fin des souffrances, de la peur, de l'errance. Le sommeil après le cauchemar, ou bien le repos qui devance la cruauté du réveil...

Je me suis dressé si brusquement qu'il a reculé.

– Vous l'avez vue vivante. Vous venez de me le dire, vous l'avez vue *avant*!

Il secouait la tête tout en regardant de part et d'autre de la chambre comme s'il avait cherché de l'aide ou une autre issue que la porte.

Son air traqué était un aveu.

Par saccades, comme si elles surgissaient d'une mémoire pareille à une source extérieure mais à laquelle j'avais accès, je visionnais de brèves scènes. Je voyais Ariane devant ce médecin qui la regardait, impassible, tendant vers elle ses mains longues et osseuses...

J'ai saisi ses poignets, je l'ai contraint à lever ses avant-bras, j'ai gardé ses mains déployées entre nous deux : ces mains-là l'avaient touchée, vivante, puis morte.

Il a essayé de se dégager. Je n'étais pas dans mon état normal. Je devais me calmer. Il allait appeler si je ne le lâchais pas.

– Elle vous a parlé, ai-je dit. Je le sais!

Je me suis appuyé à lui, tenant toujours fermement ses poignets.

On a ouvert la porte.

Ferrucci m'a repoussé, s'est libéré.

La propriétaire se signait, invoquait Dieu. Qu'est-ce qui se passait chez elle, maintenant? Elle allait me faire jeter dehors. Elle ne voulait pas de ça! D'ailleurs, elle allait fermer l'hôtel.

– Partez, m'a dit Ferrucci. Sinon, vous allez mourir, vous aussi.

J'ai ricané. La mort, n'était-ce pas la part de Dieu, le salut? Il est aussitôt sorti.

J'ai entendu la voix aiguë de Mme Antonini résonner dans le couloir : « Je ne veux pas qu'il meure chez moi! Je ne veux pas de mort dans mon établissement! Pas de mort ici! »

4.

JOËLLE est arrivée de Paris à leur demande.

– Je suis là, je suis venue, a-t-elle dit.

Elle passait et repassait devant la fenêtre. Les talons de ses chaussures, en frappant le parquet de la chambre, martelaient ma tête.

Qu'avais-je à faire avec cette jeune femme dont je reconnaissais à présent le tailleur de soie noire. « Comment le trouves-tu, Jean-Luc, ça me va, tu crois? Pas trop sévère, pas trop triste, ce noir? » m'avait-elle demandé, autrefois, dans l'une de ces boutiques où je l'accompagnais, cherchant un fauteuil pour m'y installer, lire le journal cependant qu'elle vaquait d'un rayon à l'autre, entrait dans la cabine d'essayage, m'interpellait, et, l'apercevant derrière le rideau entrouvert, en soutien-gorge et culotte, j'avais souvent éprouvé du désir et de l'orgueil, une satisfaction de propriétaire qui me faisait replier mon journal, me lever, passer la tête dans la cabine pour montrer que cette femme était avec moi, à moi.

Dans quelle autre vie avais-je ressenti cela?

C'était la même jeune femme aux cheveux mi-longs, au pantalon serrant son ventre plat. Le chemisier blanc à col ouvert laissait voir son cou sans une ride, la naissance de ses seins. Mais où était mon émotion? Noyée, perdue.

Le visage de Joëlle avait cette rude netteté de lignes sécantes que rien n'empâtait.

On avait bandé le visage d'Ariane et ses joues en paraissaient toutes gonflées.

Joëlle ne cessait de parler.

Je me souvenais de cette voix haut perchée, au ton cassant, autoritaire, qui ressemblait à son profil, à son corps mince aux épaules larges mais qu'on imaginait osseux parce qu'elle avait une façon brusque de se mouvoir, de marcher comme si elle avait voulu enfoncer ses talons dans le sol.

Et ils continuaient de trouer ma tête à chaque pas qu'elle faisait. A Paris, Clémence avait téléphoné plusieurs fois par jour, disait-elle. Puis son avocat, puis elle à nouveau. Naturellement, Joëlle n'avait rien dit : « Tu penses bien ! D'ailleurs, jusqu'à hier matin, j'ignorais où tu étais. »

Mais il fallait comprendre Clémence, même si elle s'était montré dure, impitoyable. « Oui, je sais, avec tous : avec Ariane, avec toi. J'imagine ce que tu ressens. Après tout, elle a abandonné sa fille... » Joëlle n'oubliait rien de tout cela, répétait-elle, mais Clémence n'en demeurait pas moins la mère d'Ariane. « Tu ne peux pas la punir de cette façon. Tu devrais le lui dire. Tu la connais, elle ne te lâchera pas. C'est une obsessionnelle. Et elle doit souffrir, mais oui : qui ne souffre pas d'une chose pareille ? »

Cette « chose », c'était le corps d'Ariane.

Joëlle ouvrit la fenêtre.

Quel temps !

Elle évitait de me regarder.

– Nous avons été très secoués. Au moment de l'atterrissage, un orage a éclaté sur Milan. Tout était noir. J'ai pensé : que Dieu décide ! On est indifférent, dans ces moments-là, tu ne trouves pas ?

Brusquement, elle vint près de moi, s'assit sur le bord du lit, se pencha, chuchota qu'elle m'aimait, que c'était pour cela qu'elle n'avait pas eu peur : parce qu'elle avait la certitude qu'elle devait me retrouver ici ; même s'il y avait eu un accident, elle était sûre d'en réchapper, elle aurait été la seule survivante, car elle savait que j'avais besoin d'elle, si grande est la force que donne la passion ou la foi. « Mais c'est la même chose, Jean-Luc. J'ai foi en toi, en nous ! »

Elle dut embrasser cette vitre derrière laquelle je me trouvais. Elle dut y écraser ses lèvres, tout comme j'y appuyais les miennes en ne sentant qu'un froid minéral.

Elle pesait sur moi. Son parfum entêtant m'étouffait.

– Tu es malade, dit-elle en me touchant le front. Le docteur Ferrucci le pense aussi. C'est un homme charmant, dévoué.

Elle passa dans le couloir. Je l'entendis chuchoter. J'aperçus Mme Antonini et le docteur Ferrucci qui jetaient un coup d'œil à l'intérieur de la chambre. Cette voix plus grave, ce devait être celle du lieutenant de carabiniers.

J'ai pensé que je pouvais en quelques pas rejoindre ce ciel gris.

– Ne reste pas là, reprit Joëlle en rentrant. Nous avons juste le temps.

Elle m'éloigna de la fenêtre. J'allais prendre froid, murmura-t-elle en m'aidant à passer mon imperméable.

– Nous sommes prêts, dit-elle en ouvrant en grand la porte de la chambre comme pour clamer sa victoire : moi, debout, une valise à la main, ma casquette enfoncée jusqu'aux sourcils, la ceinture de mon imperméable serrée; moi, redevenu semblable à eux tous.

– Tu aurais pu te raser, me chuchota-t-elle.

– Peut-être aurai-je le temps de le faire à Milan, avant d'embarquer?

Elle avait demandé à Arnaud de venir nous attendre à Roissy. Pendant le trajet jusqu'au siège de *Continental*, notre journal, il m'exposerait l'objet de la réunion qu'elle avait maintenue pour le soir même. Car elle était sûre – elle serrait mon poignet – que je serais rentré. Je n'étais pas homme à baisser les bras. Elle me connaissait!

Tout en avançant dans le couloir de l'hôtel, sans lâcher mon bras, elle citait le nom des participants à cette réunion mensuelle d'orientation : Vincent, Joan, Cariniac, Georges Louvain, Bedaiev, Nouridine. Nous recevions Torane. Arnaud avait assuré qu'on ne pouvait décommander le ministre.

– La réunion se serait tenue sans toi, Jean-Luc. Mais, en l'absence du directeur, quel en aurait été le sens? Torane n'aurait pas compris... Tu dormiras dans l'avion. Je suis sûre que ça ira. Il faut se remettre debout le plus vite possible. C'est toi qui dis toujours ça...

Moi?

J'essayais de retenir ce *moi* qui voulait fuir, glisser comme un corps jeté dans le lac. Et, une fois la vase retombée, quand les herbes et les algues oscillent à nouveau, enlaçant ce corps, viennent alors les longs poissons noirs.

– Ça ne va pas, Jean-Luc? s'enquit Joëlle.

Ils sont tous au courant, reprit-elle. Bien sûr, Arnaud a averti Torane, qui a proposé d'annuler, mais c'était trop important pour le journal. Au demeurant, Torane y tenait aussi; autrement, la rencontre eût été remise de plusieurs semaines. Il aurait donné son entretien ailleurs... De toute façon, la vie continue, Jean-Luc!

Des petites plaies sur tout le corps, avait dit l'homme. Des morsures, des piqûres. Et ces femmes qui avaient disparu dans le lac en 1945, dont on n'avait jamais retrouvé la trace, hormis ces manteaux de fourrure que le courant avait rejetés sur les berges.

Le lac était ce grand lieu d'échange, de transmutation de la vie en mort, de la mort en vie.

Dans le hall de l'hôtel se tenaient le lieutenant de carabiniers, Mme Antonini et le docteur Ferrucci. Ils nous entourèrent.

– Courage, dit Mme Antonini. Le beau temps reviendra, ici et dans votre vie. Elle allait prier.

– Bonne route. Les chaussées sont encore glissantes, mais tout est dégagé, précisa l'officier en s'inclinant.

Ferrucci me tendit la main. Je devais voir un médecin dès mon arrivée. Un coup comme celui que j'avais reçu pouvait tout dérégler. « Vous comprenez : nous sommes si fragiles, nous n'aimons pas les chocs. » Il me prit l'épaule et chuchota : « Je n'ai rien à vous dire, je vous assure. C'était le bout du chemin. Personne ne pouvait plus rien. Ni moi ni vous : personne. Pour elle, il n'y avait que cette issue. La part de Dieu, je vous l'ai dit. »

5.

QUELQUES heures durant, j'ai cru que j'avais laissé dans le cimetière de Dongo, avec le corps d'Ariane, son souvenir. Je me suis rasé à l'aéroport de Milan. Je retrouvais mon visage comme si la vitre qui m'empêchait de voir et de me voir s'était brisée. L'alcool de l'eau de toilette brûlait ma peau. Je regardai mes doigts, massai mes joues. Ce qui me séparait de moi s'était dissous.

Joëlle me faisait un signe et je la rejoignis devant le rayon de cigares du *Free Tax*. J'avais de nouveau envie de fumer.

Je me suis assoupi dans l'avion et, au moment où nous amorcions notre descente sur Roissy, Joëlle m'a indiqué que j'avais dormi comme un enfant.

J'ai entendu cette phrase et songé au docteur Ferrucci. Le sommeil après le cauchemar, avait-il dit.

Déjà Arnaud me serrait aux épaules, m'entraînait dans le parking. Joëlle marchait derrière. Je m'installai sur la banquette arrière.

« J'ai pris la place du mort », a-t-elle lancé, en s'asseyant près d'Arnaud. Celui-ci a démarré si vite qu'elle n'a pas eu le temps de regretter ce qu'elle avait dit. Les pneus ont crissé et j'ai été projeté contre la portière.

Le bras par-dessus son siège, Joëlle a cherché ma main, et j'ai saisi ses doigts. Elle s'excusait, bien sûr. *Mort, morte*, étaient-ce des mots qu'on ne pourrait plus employer?

Allons, allons, tout allait bien. Chaque chose à sa place. La machine s'était remise en route. Combien d'exemplaires vendus du dernier numéro du journal? ai-je demandé. Où en était le projet de nouvelle maquette?

Lorsque nous étions contraints de nous arrêter, bloqués sur le périphérique par les embouteillages, Arnaud se tournait vers moi. Je devinais son anxiété. « Ça va ? » me demanda-t-il à deux ou trois reprises. Je lui tapais du bout des doigts sur l'épaule afin qu'il redémarre. J'étais pris dans le flot avec les autres.

J'allais comme autrefois m'asseoir dans la salle de conférences du journal, poser la première question à notre invité, puis Arnaud, Carignac, Bedaiev, Joan, Louvain l'interrogeraient chacun à son tour. Torane, m'expliquait Arnaud, nous réserve le détail de ses projets de réforme. Pourrais-je écrire mon éditorial du lendemain ? La décision avait été prise de faire un numéro spécial. Étais-je d'accord ?

Arnaud rentrait la tête dans les épaules comme s'il avait redouté ma réponse. Je me suis souvenu de l'attitude du docteur Ferrucci, j'ai revu ce sillon qui partageait sa nuque rasée. J'ai senti la nausée me submerger. J'ai abaissé la vitre, laissé mon bras pendre au-dehors, l'air me fouetter le visage.

Mais oui, mais oui, je me sentais très bien.

J'allais retrouver ma vie d'avant cette voix qui m'avait appelé de Dongo : « Vous êtes monsieur Duguet ? »

J'avais aussitôt pensé à Ariane et je me souviens qu'à cet instant j'avais prié, quelques mots à peine, car la voix avait repris : « C'est délicat, monsieur Duguet... »

Ce que j'avais appréhendé depuis trois ou quatre ans, ce malheur subit qui frapperait Ariane, s'était donc produit. Je l'ai su avant que la voix ne me l'explique.

– Je pars, avais-je lancé à ma secrétaire. Qu'Arnaud prenne toutes les décisions.

– Un problème, monsieur ? Grave ?

Elle avait couru à mes côtés dans le couloir. « Votre fille ? » avait-elle demandé en soufflant.

Ils savaient tous, au journal. Comme moi.

– Ma fille, oui. Il fallait bien, un jour ou l'autre...

Derrière le hublot, son visage poupin. Le drame avait eu lieu. Je ne craindrais plus le pire, désormais.

Peut-être qu'à certains moments de la journée, quand j'hésiterais sur un mot, surgirait une image fugitive. Je chercherais en vain à la situer : voyons, c'était...

Sur une route de campagne, au bord d'un fleuve. Ariane apprenait à faire du vélo. Nous étions seuls, déjà, Clémence partie. Je criais : « Plus vite, plus vite, tu ne garderas l'équilibre que si tu prends de la vitesse! Fonce, fonce! »

La vie avait été si vite, elle.

Je n'aurais plus, comme durant ces quelques années où je l'avais perdue, incapable de savoir où et comment elle vivait, à hésiter à déclencher des recherches qui l'eussent conduite – je la connaissais! – à s'enfoncer encore plus avant dans cette forêt inconnue où elle avait choisi de vivre loin de moi.

J'avais alors préféré attendre, rester à la lisière, espérant la revoir, recevoir une carte postale.

Ces années-là, c'est moi qui téléphonais à Clémence.

– Mais pourquoi veux-tu qu'Ariane m'appelle? Enfin, Jean-Luc, elle va avoir dix-sept ans! Les filles aujourd'hui, à dix-sept ans... Je crois que tu ne te rends pas compte...

J'avais rencontré Roy, un photographe italien avec qui, je l'imaginais, elle avait vécu quelques mois. C'était il y a trois ans déjà. Il m'avait préparé un café dans son atelier, rue de la Gaîté, au milieu des photos qui séchaient.

– Ariane? Il avait levé le pouce. Solide, disait-il, du chien! Elle en veut. Elle en aura. Elle a ce qu'il faut : le cul et la tête!

Je n'aurais plus à écouter ça, je n'aurais plus à serrer mes poings dans mes poches pour ne pas me ruer sur ce type pareil à une silhouette sur une affiche : chemise à carreaux, col ouvert, peau bronzée, pantalon de toile, allant à grands pas, gesticulant des bras tandis qu'il parlait.

Tout serait dorénavant plus simple, puisque les choses étaient allées à leur terme.

Au journal, j'ai gagné ma place habituelle dans le cercle, assis à droite du ministre Torane. Il s'est penché vers moi. Il avait appris. Il comprenait tout ce que cela devait signifier pour moi. Cette fin de siècle était si difficile pour les jeunes : notre société si vide de sens, n'est-ce pas? C'est notre devoir de tenter quelque chose, d'ouvrir une issue.

Il n'y avait que cette issue, avait dit le docteur Ferrucci : la part de Dieu.

Torane toussotait. J'ai posé la première question.

A quel moment les voix se sont-elles éloignées, devenant ce murmure, ce bruit de vagues frappant la berge?

J'ai eu envie de m'allonger là, afin que cette vague me roule, m'engloutisse, me fasse disparaître. Et j'ai senti que j'allais tomber, que ma tête allait m'entraîner en avant.

Quelqu'un – Arnaud? – me secouait par l'épaule. « Tu conclus? » demandait-il à voix basse.

J'étais assis en face de Joan Finchett. Elle avait moins de trente ans. Peut-être ne l'avais-je pas embauchée, comme je l'avais cru et prétendu, parce qu'elle était diplômée de Harvard, qu'elle avait déjà, quatre ans durant, enquêté pour un magazine de New York sur les personnalités du monde des affaires, mais parce que je souffrais, chaque fois que je la regardais, comme si elle avait incarné un rêve impossible : Ariane dont j'avais imaginé qu'elle travaillerait un jour avec moi au journal. N'avait-elle pas dit, mais il y avait si longtemps qu'il s'agissait d'une autre vie : « Je ne te quitterai jamais, papa, tu le sais. »

Je m'étais moqué d'elle tout en pensant : « Pourquoi pas? »

J'ai regardé Joan. Je me suis levé en m'appuyant aux accoudoirs du fauteuil.

– Ariane est morte, ai-je dit. Je veux savoir qui a tué ma fille.

6.

J'AVAIS parlé comme un fou.

Qui d'autre qu'un dément peut proférer tout à coup ce qu'il ressent en oubliant l'endroit où il se trouve, incapable de dissimuler ses émotions ?

Cachant mon visage dans mes paumes, j'ai sangloté, peut-être déjà de honte d'avoir exhibé malgré moi mon désespoir, violé les règles et coutumes de la tribu. Je devinai qu'ils quittaient rapidement la salle de réunion, silencieux et gênés.

J'avais été impudique, j'avais clamé ce qu'il faut taire. J'avais mis la mort devant eux, au beau milieu de la pièce. J'avais parlé de crime, puisqu'on l'avait tuée. Et de l'avoir dit à voix haute avait achevé de me persuader qu'en effet on avait assassiné Ariane et qu'il me fallait démasquer ses meurtriers.

– Vous avez besoin de soins, cher ami, avait dit Torane. Une assistance médicale est indispensable après un tel choc.

Il avait touché mon épaule et y avait laissé longuement sa main en signe d'amitié et de compréhension.

J'avais beau deviner ses intentions, je ne ressentais qu'un poids de plus en plus insupportable.

Je crois que je me suis mis à hurler, à gesticuler, répétant qu'Ariane était morte ; puis je me suis à nouveau tassé.

Ils m'ont traité comme un malade, presque comme un fou. Ils disaient entre eux que je ne pouvais plus raisonner, que le chagrin m'avait aveuglé, que j'avais un comportement chaotique, passant de l'abattement à l'exaltation.

– Il est devenu imprévisible, confiait Joëlle. Il fait peur. Je ne le reconnais plus.

Je ne voulais pas *reconnaître* cet homme qui avait laissé tuer sa fille, qui, durant des années, avait pu accepter de ne pas la voir, de ne pas savoir où elle était, ce qu'elle faisait, les gens qu'elle côtoyait, cet homme qui avait été incapable de trouver les mots et les gestes pour la retenir, se faire comprendre d'elle, cet homme qui avait dilapidé son temps à écrire des articles, à commenter des événements, à analyser des rencontres, G7 ou conférence des ministres à Bruxelles, à présenter des projets, à créer, à défendre des journaux, à être heureux parce que leur tirage augmentait, cet homme qui avait été impuissant à la protéger.

Je haïssais cet homme-là, *moi*.

J'aurais voulu lui arracher la peau, changer de corps et de visage.

Plus tard, quand j'ai émergé du sommeil, Joëlle me confia qu'aux moments les plus difficiles – « Tu en as eu de terribles, chéri, vraiment! Tu nous as tous effrayés » –, il avait fallu m'attacher les bras. « Tu te griffais le visage, tu voulais te mutiler. Qui sait de quoi tu aurais été capable. »

A présent j'allais mieux, n'est-ce pas?

Ils me demandaient de les rassurer. Je devais à nouveau rentrer dans le bal, prendre leurs mains afin de sauter en cadence.

Les désespérés sont des empêcheurs de danser en rond.

Un désespoir qui se prolonge est une maladie. Les bien portants oublient. Ceux qui s'obstinent à se souvenir, on les enferme.

J'ai donc donné le change comme un prisonnier qui se maquille et se travestit pour faire la belle.

Je souriais, les écoutais en approuvant de la tête.

Je répondais avec précision aux rares questions du psychiatre. Était-il dupe? Il m'observait, les doigts appuyés à ses lèvres, le plus souvent silencieux. Je résistais autant que je pouvais au désir de combler ce vide entre nous. De parler, se livrer, avouer que je voulais retourner là-bas et draguer toute la vase afin de comprendre pourquoi Ariane s'était retrouvée morte, le corps ligoté d'herbes et d'algues rouies.

Je me taisais pourtant ou bien parlais de mon enfance, de mon père qui – j'avais à peine une dizaine d'années – nous avait abandonnés, ma mère et moi, pour une jeune femme qui, peu après, s'était suicidée. Ma mère avait refusé de lui rouvrir sa porte, préférant vivre seule, et je n'avais pas été autorisé à le revoir.

Je savais que cet homme qui se tenait près du portail, le dos appuyé à la façade, bras croisés, qui ne bougeait pas quand nous traversions la rue, c'était lui.

Quand j'ai pris la décision d'aller à sa rencontre, il n'était plus là.

Je l'avais manqué.

– C'est lui qui vous a manqué, murmura le psychiatre. Puis, tout en se levant, il ajouta : « Vous voulez tuer le Minotaure ? Soyez prudent. »

7.

Comment ce médecin avait-il su ce que je n'osais m'avouer ? Ce désir de tuer comme on avait tué Ariane. Que lui avais-je confié, durant ce long sommeil de plusieurs jours où l'on m'avait plongé à mon entrée en clinique, pour qu'il devine que je jouais avec ces mots interdits : tuer, se tuer, être tué, que j'égrenais comme on fait d'un chapelet ? Lui avais-je dit que ces petits mots s'agrippaient à chacune de mes pensées, qu'ils avaient envahi mes rêves et mes cauchemars comme ces plantes sauvages que le vent répand dans les champs ou à la surface de l'eau, et qui bientôt recouvrent tout ? Que, dans l'immobilité et l'isolement auxquels on m'avait contraint, il me semblait que tuer était le principe secret de toute vie, celui qu'on dissimule, qu'il ne faut à aucun prix dévoiler sous peine de mettre fin à la comédie qui permet justement de vivre, sous peine de désespérer les enfants, les naïfs, tous ceux qui ne peuvent imaginer que le meurtre soit le ressort du monde ?

Avais-je livré cette pensée au médecin ?

Lui avais-je parlé de ce livre à couverture jaune que je lisais, enfant, dans le jardin de la maison où nous habitions alors, sur la route de Fontainebleau à Avon ?

Depuis que mon père nous avait quittés, les herbes folles avaient envahi les pelouses et les allées. Elles étaient aussi hautes que moi et, en les écartant comme on fait d'une eau trouble au cours de la baignade, je me blessais : de fines, d'imperceptibles entailles au bord des paumes et le long des doigts, car ces hautes herbes étaient râpeuses et tranchantes. J'allais jusqu'à un massif de lauriers. Je m'accroupissais, caché par la végétation. Je laissais la voix de ma mère se perdre : « Jean-Luc, Jean-Luc ! » criait-elle. J'entendais son pas fouler les herbes. Je devinais sa silhouette. Je me couchais sur la terre meuble, le corps presque recouvert par ces feuilles et ces tiges exubérantes, humides, car le temps était souvent à la pluie.

Ma mère me prenait enfin contre elle, secouait du plat de la main mes vêtements, arrachait les plaques de boue collées à mes cuisses, les herbes mêlées à mes cheveux. Elle se désolait, s'inquiétait, remarquant ces coupures, ces piqûres, ces petites plaies qui, comme des coups de griffes, striaient la peau de mes cuisses, mes bras et mes mains, parfois mon front et mes joues.

Elle m'entraînait jusqu'à la maison : elle devait sortir, elle ne voulait pas que je reste au jardin en son absence. Mais, dès que le portail grinçait, je me précipitais, le livre à couverture jaune serré contre ma poitrine, haletant à l'idée de retrouver dans le parfum des lauriers, au bout de ce cheminement dans l'herbe haute, l'histoire de ces sept jeunes filles et de ces sept jeunes hommes qu'on allait conduire sur une île pour les livrer au Minotaure, afin qu'il les tue. C'est là, dans ce jardin, sous les lauriers, que j'ai été initié au meurtre, que j'ai pour la première fois entrevu ce principe secret qui, maintenant, m'aveugle.

Dans les journaux que Joëlle laisse dans ma chambre à mon intention, je trébuche à chaque page sur des corps. Le monde a le visage d'Ariane, figé et gonflé derrière la vitre de son hublot. J'enfouis les journaux dans la table de nuit et, du bout des doigts, j'effleure la Bible à la couverture marquée du corps d'un crucifié.

Tuer.

Dans le jardin de notre maison, j'ai été Thésée qui, à un détour du labyrinthe, va transpercer de sa lame le monstre à corps de taureau et à visage d'homme.

J'ai été Thésée qu'Ariane sauve en le guidant dans le dédale obscur.

J'ai été le maudit, l'orgueilleux Thésée qui, sur le chemin du retour, oublie de hisser la voile blanche qui doit annoncer à son père la victoire. Le vieil homme n'apercevra que la toile noire gonflée par le vent, la voile du Deuil.

J'ai été Thésée dont le père se précipite du haut d'une falaise, persuadé de la mort de son fils.

Je restais agenouillé dans les herbes, la tête plongée dans le livre. Puis je rampais jusqu'à la clôture de notre jardin, espérant entr'apercevoir la silhouette adossée à la façade, mon père, qui nous attendait et nous guettait, auquel je n'avais pas le droit de parler.

Puis je m'étais décidé un jour à violer l'interdit, à défier ma mère. Seulement, mon père avait disparu.

Du haut de quelle falaise s'était-il jeté? Quelle voile blanche avais-je oublié de hisser? Quel signal avait-il attendu en vain?

Avais-je livré ces souvenirs au médecin?

Lui avais-je dit que je n'avais retrouvé trace de ce livre dans ma mémoire qu'au moment où Clémence m'avait annoncé qu'elle était enceinte, qu'elle refusait tout à la fois cet enfant et l'avortement?

– Je suis trop jeune, Jean-Luc, m'avait-elle posément expliqué. Je ne veux pas me mutiler et je ne veux pas être étouffée. Sache que je suis et veux rester libre. Tu t'occuperas de cet enfant. Je le fais, ce sera tout.

Comment aurais-je pu prendre au sérieux de tels propos?

Clémence avait alors vingt ans, moi vingt-six. C'était en 1974. Clémence était si frêle, avec des attaches si fines qu'on aurait pu croire qu'elle allait chanceler à chaque pas.

Durant toute sa grossesse, elle avait porté des tenues noires, amples comme des sacs d'où sortaient ses bras graciles, son long cou et ce visage où se concentraient toute son énergie, sa dureté, sa volonté. A cela, j'aurais dû prêter attention : ce visage était comme un bloc taillé à coups de burin, aux angles vifs. Je n'avais jamais pu soutenir longtemps son regard.

Elle avait porté son ventre plein comme s'il ne lui appartenait pas et je n'avais jamais été autorisé à le toucher. Lorsque je tendais la main vers elle, elle reculait avec une expression de dégoût, comme si nous n'avions pas connu cette furie joyeuse qui nous avait précipités l'un vers l'autre, nous faisant oublier que nous étions si différents.

J'avais été blessé par ce rejet et, tout au long de sa grossesse, j'avais multiplié les reportages, me contentant de lui téléphoner. Mais même ces questions venues de loin paraissaient l'importuner. Mais oui, elle allait bien! La prochaine fois, que je tienne compte du décalage horaire! Il était six heures à Paris, six heures, Jean-Luc... Elle détestait être réveillée, ne le savais-je pas?

A mon retour, elle ne me parlait que du rôle qu'elle avait obtenu, de la pièce qu'elle interpréterait quand elle serait « délivrée ». Ce mot, elle aimait à le répéter. Comme il était juste! disait-elle. Jamais elle n'en avait mieux compris le sens qu'à ce moment. Les hommes ne mesuraient pas à quel point ce corps d'enfant qui vous envahissait était pesant, encombrant. Parfois, elle avait le sentiment qu'il lui obstruait la gorge. Elle n'arrivait pas à poser sa voix. Qu'on la délivre, vite! Après, Jean-Luc, ce sera ton tour...

Quand il m'a fallu donner un nom à ce corps qu'une infirmière plaçait sous un robinet afin de le laver, le tenant d'une main par les chevilles comme un petit animal qu'on vient de prendre au piège, j'ai dit : Ariane.

Je n'ai pas raconté à Clémence ce que Thésée avait représenté pour moi dans le jardin de hautes herbes de mon enfance.

Clémence ne m'avait d'ailleurs pas questionné. Ariane? Pourquoi pas, avait-elle dit. Elle riait. Elle aurait peut-être préféré Phèdre, mais il s'agissait bien de deux sœurs, n'est-ce pas? On restait dans le théâtre, la tragédie. Je n'ai pas relevé ce dernier mot. Pouvais-je alors imaginer?...

– Bon, avait ajouté Clémence. Maintenant, laisse-moi travailler, Jean-Luc, j'ai tellement perdu de temps avec tout ça!

Tout ça : Ariane, moi.

Au bout de dix ans, elle m'avait dit que, décidément, elle ne pouvait pas, elle ne pouvait plus. J'avais assumé l'essentiel de cette enfant, elle le reconnaissait, mais elle avait besoin de davantage de liberté encore. Elle aimait Ariane, elle allait souffrir de ne plus la voir chaque jour, mais elle avait trente ans déjà. Pour elle, c'était maintenant ou jamais.

Je me suis retrouvé seul avec Ariane.

Qu'ai-je su d'elle au cours de ces sept ou huit années que nous avons vécues ensemble?

Ma mère avait-elle jamais appris qu'à l'instant où elle refermait le portail, je retournais dans les herbes, sous les lauriers, même si la pluie tombait à verse? Ma mère avait-elle imaginé combien j'avais sangloté lorsque j'avais lu pour la première fois que le père de Thésée s'était tué en découvrant la voile noire, en imaginant la mort de son fils?

Elle s'était contentée de signer mes cahiers chaque samedi, de veiller à ce que, chaque soir, je me lave les dents et à déposer chaque matin, au pied de mon lit, des vêtements propres et repassés.

Ma mère dévouée.

J'avais agi avec Ariane comme ma mère l'avait fait avec moi.

Je n'avais pas cherché à savoir dans quel labyrinthe Ariane allait entrer, quel Minotaure elle allait devoir affronter.

Veut-on, peut-on savoir ce que l'autre risque?

Qui ose se pencher sur le gouffre des désirs d'autrui?

Mais Ariane était morte et j'avais vu son visage.

Le psychiatre m'avait raccompagné jusqu'à la porte de son cabinet. Joëlle m'attendait au salon et, à sa vue, j'eus un sourire, mais c'était comme si ma peau glissait sur mes os pour dessiner cette expression, creuser ces rides, montrer mes dents sans que je ressentisse la moindre joie.

– La tempête est passée, je crois, conclut le médecin. Je vous le rends.

Je remerciai. Je murmurai que je me sentais apaisé. Je montrai mon calme.

Il me fallait leur faire croire que j'étais une eau tranquille, que la vase s'était à nouveau déposée au fond, que j'avais réappris la pudeur, que je saurais taire ma douleur, faire silence sur le principe criminel de la vie, que j'allais marcher d'un pas régulier sur la berge sans me souvenir du corps d'Ariane que l'homme avait laissé glisser de sa drague aussi lentement qu'il avait pu.

A l'instant où je m'éloignais, marchant près de Joëlle, le psychiatre me retint. Je devais m'interdire de jouer avec ma mémoire, avec les idées folles, les projets déraisonnables. Je devais, il me l'avait déjà dit, n'est-ce pas, ne pas tenter l'impossible. J'étais encore fragile. Une nouvelle tempête pouvait se lever. « Soyez concret. Regardez devant vous. Reprenez vos activités. Bornez-vous à commenter les événements comme vous savez le faire. »

Joëlle avait placé sur la banquette arrière de la voiture les numéros du journal parus durant mon hospitalisation. Je la laissai seule à l'avant et me mis à les feuilleter tandis qu'elle parlait. Au journal, ils espéraient tous mon retour. L'entretien avec Torane avait eu beaucoup de retentissement. Le ministre avait tenu à me rendre hommage. « Lis, lis », répétait-elle.

Arnaud et Bedaiev, qui me remplaçaient, affirmaient tous deux que j'étais l'âme du journal. Ils m'attendaient. Ils se sentaient orphelins.

Je n'ai pas lu les lignes que me consacrait Torane, mais j'ai découvert dans la rubrique « Vie culturelle » un long article sur le récital de Léonard Cohen, et ces deux vers d'une de ses dernières chansons :

I've seen the future, brother
It is a murder.

Est-il fou, Cohen, comme ils disent que je l'ai été, comme je le suis toujours, peut-être? Quel visage avait-il entrevu pour faire du meurtre notre futur?

Joëlle se tournait, m'interrogeait.

Pouvait-on passer tout de suite au journal? J'acquiesçai.

Il ne fallait pas qu'elle me soupçonne de détenir ce secret, j'étais pareil à un espion qui vit derrière les lignes ennemies et ne doit de survivre qu'à la comédie qu'il joue. J'ai dû parler de mon retour au journal avec entrain, tout en feuilletant le dernier numéro.

Sur la couverture, j'ai remarqué la photo d'un homme aux cheveux blancs ondulés, au visage mince et bronzé, aux yeux allongés, d'une couleur – si les teintes avaient été respectées par le tirage – oscillant entre le vert et le bleu. J'ai lu en capitales, au-dessous de la photo: CARLO MORANDI, LE *CONDOTTIERE. Un article de Joan Finchett.*

8.

A Dongo, l'homme de la drague m'avait parlé de ce Carlo Morandi dont je pouvais contempler le visage paisible en couverture du journal.

La voix de Joëlle s'était éloignée. Je ne voyais plus les façades ni les rues. Où étais-je? Je frissonnai.

Il me semblait que l'on m'engloutissait de nouveau, que je n'avais pas quitté cette chambre où je venais de passer plusieurs semaines, prisonnier de la vase herbeuse du sommeil. J'étais rejoint par ces formes râpeuses et gluantes qui n'avaient cessé de me frôler, s'insinuant entre mes cuisses, le long de mes bras, de ma nuque, de mes joues, glissant entre mes doigts.

J'avais en vain tenté de m'en échapper en cernant leur origine et leur nature. Parfois, le matin, quand les infirmières me soulevaient, tendaient les draps, changeaient les coussins, j'en étais délivré pour quelques minutes, comme si l'on m'avait extrait de l'eau. Mais on m'y replongeait et je retrouvais à présent ces frôlements jusque dans cette voiture où je ne parvenais plus à quitter des yeux ce portrait, cette bouche, me souvenant à nouveau des gestes de l'homme de la drague.

Il m'avait parlé du *Condottiere*. Il avait montré le fond de sa gorge, tirant à deux mains sur ses mâchoires, comme on fait de la gueule des poissons quand on veut extirper l'hameçon qu'ils ont avalé.

Il avait tendu le bras vers ces formes énormes et noires qui disparaissaient dans les remous du lac.

J'étais en sueur.

Joëlle me questionna. Elle me proposa d'arrêter la voiture.

Nous pouvions marcher quelques instants, rien ne nous pressait.

De la main, je la priai de continuer à rouler afin d'échapper au contact de ces écailles, de ces poissons du lac, de ces ogres que je sentais tout contre moi, dans cette voiture, dans cette vie dont plus personne n'était sans doute capable de me sortir, comme si j'avais à mon tour été enfermé derrière un hublot.

Ils tournaient autour de moi comme ils avaient dû frôler cette morte dont je n'avais pu voir le corps.

« Vous vouliez savoir, m'avait demandé l'homme. Ça vous suffit ? »

Je réentendais ses propos.

Je touchai l'épaule de Joëlle : je souhaitais qu'elle accélère.

Je m'accrochais à elle afin qu'elle me dégage de ces herbes, de ces algues, de cette vase, qu'elle me retire de cette eau douceâtre peuplée de longs corps froids.

Je feuilletai le journal sans parvenir à lire l'article de Joan Finchett, découvrant seulement la photo de la Villa Bardi qui l'illustrait.

On apercevait des massifs de lauriers, des pins, un long et étroit bassin qui surplombait le village de Bellagio; des colonnes romaines tronquées, des chapiteaux et des statues – dont celle d'une jeune femme drapée, laissant voir un ventre un peu renflé, le nombril dissimulé par les plis de la peau, les hanches lourdes – bordaient les allées.

Joan Finchett s'appuyait à la statue, souriant à Carlo Morandi qui se tenait un peu en retrait, regardant au loin, de l'autre côté du lac de Côme, vers Dongo.

Je descendis de voiture, entrai au siège du journal et répondis aux gestes d'amitié des rédacteurs sans même me rendre compte de ce que je faisais, tressaillant quand, dans notre salle de réunions, je me retrouvai en face de Joan qu'il me semblait avoir quittée à l'instant dans le parc de la Villa Bardi.

Comme à l'habitude, elle était à la fois distante, réservée et souriante, stricte avec ses cheveux blonds bouclés, son visage rond, ses yeux bleus qu'elle ne baissait pas aisément.

« Elle est *clean*, Joan », disait d'elle Bedaiev. Le mot ne traduisait pas tout ce que l'on ressentait en la voyant : *propre* comme si elle sortait du bain, certes, et pleine de santé, d'énergie, et fidèle à une morale rigoureuse; mais on éprouvait en même temps une certaine déception, on devinait qu'elle pouvait également incarner l'ennui, l'apprêté, le factice. « *Surgelé*, avait une fois commenté Arnaud en me tendant l'un de ses reportages. Mais tu aimes ça : ça te change, ça te rassure, non? »

C'était l'époque où je lui faisais part de mes premières difficultés avec Ariane. Je sentais qu'elle m'échappait, qu'elle était prête à basculer dans un monde chaotique, régi par d'autres lois que celles que je connaissais. Elle venait encore parfois me chercher au journal, déjà vêtue de pantalons de toile effrangés, d'une veste de daim élimée, d'un pull-over si court qu'il laissait voir sa peau, son nombril, ce que, sans oser le lui dire, je trouvais provocant, immoral.

Peut-être est-ce pour cela que j'avais été séduit par Joan – et, avant elle, par Joëlle qui s'habillait de la même manière qu'elle –, par ses tailleurs beige clair aux épaules carrées, à la jupe droite, par ses jambes musclées, ses souliers aux talons bottiers, cette netteté dans l'apparence qui semblait le reflet d'une personnalité traçant sereinement son chemin, efficace et saine.

Je n'avais pas même osé parler d'elle à Ariane lorsqu'elles s'étaient croisées une fois ou deux dans les couloirs du journal. J'avais simplement dit : « C'est Joan. »

Joan avait souri, lancé deux ou trois mots dans un joyeux élan, tandis qu'Ariane l'avait ignorée comme si, en face d'elle, il n'y avait eu qu'une chose transparente ou indigne d'être regardée.

J'avais été effrayé et révolté par cette indifférence, ce mépris mêlé d'insensibilité. J'avais craint comme jamais de ne plus avoir prise sur Ariane, de ne plus pouvoir la retenir, car je ne la comprenais plus.

Je m'étais excusé auprès de Joan.

– On a toutes été comme ça à un moment ou à un autre, avait-elle déclaré en se détournant, mais je savais qu'elle me mentait.

Puis j'avais voulu oublier cette scène et ce qu'elle m'avait appris d'Ariane.

J'entraînai Joan vers l'un des canapés, m'appuyant à elle. D'une voix dont je mesurais qu'elle était à peine audible, je lui demandai de me parler de Morandi, du lac, de la Villa Bardi.

Je reconnus les mots qu'elle prononçait : Dongo, Bellagio, Côme, et jusqu'à celui de ce navire, *L'Innomato*, à bord duquel elle avait traversé le lac. Mais le paysage qu'elle décrivait, ensoleillé, luxuriant, m'était inconnu. Morandi s'était montré munificent, m'expliqua-t-elle encore.

Je l'interrompis. Il me semblait qu'elle ne me racontait qu'une partie de ce qu'elle avait ressenti, et que la désinvolture et même la gaieté avec lesquelles elle évoquait son séjour là-bas étaient feintes.

– Derrière ça : qui? quoi?

Elle pencha la tête, fit la moue et son visage prit une expression dédaigneuse, presque méprisante. Sait-on jamais ce qu'il y a à l'origine des agissements d'un homme? Doit-on même se poser la question?

Deuxième partie

Bellagio, Villa Bardi

9.

Dans l'article qu'elle avait consacré à Morandi, Joan avait décrit en quelques lignes ces fins de journées à la Villa Bardi, quand, le soleil ayant disparu derrière les sommets qui dominent le lac de Menaggio à Dongo, le *Condottiere* faisait visiter à ses invités le parc, les salles du rez-de-chaussée, les kiosques dissimulés parmi les massifs de lauriers surplombant la berge. C'est là, disait-il, dans ces allées que l'ombre gagnait peu à peu, dans ces pièces voûtées ou ces constructions baroques au sol de mosaïque, qu'il cachait ses seules et vraies passions.

Dans *Continental*, Joan s'était bornée à rapporter des faits. Debout sur la terrasse du premier étage de la villa, vêtu d'un costume de soie grège rose, une pochette bleu vif faisant une grosse touffe de couleur sur sa poitrine, rappelant la teinte de la chemise bouffante qu'il portait le col ouvert, Morandi montrait le lac d'un geste impérieux, donnant le sentiment que toute la région, les rives et les villages lui appartenaient. Bras écartés, il forçait les invités à sortir des salons où se déroulait le colloque, pour descendre l'escalier de marbre qui, de la terrasse, conduisait au parc. Le crépuscule couvrait déjà le lac et ses confins d'un voile sombre.

Joan n'avait pu ni voulu exprimer dans l'article ce qu'elle avait ressenti. Cette sensation de froid, tout à coup, quand elle avait pénétré dans ces salles peu éclairées où se dressaient des fûts de colonnes romaines brisées, des fragments de mosaïque, des bustes de statues mutilées. Morandi déclamait. Sa famille, expliquait-il, avait été, depuis des siècles, maîtresse du lac. Au Moyen Âge, les comtes Bardi avaient fortifié la région, s'étaient opposés aux empereurs et aux papes. Mais, avant même les souverains et pontifes, les Bardi régnaient déjà. Il tendait le bras vers le lac, caressait cette statue de jeune femme qu'il avait arrachée à la vase. Une Bardi, prétendait-il, d'une « beauté immuable, n'est-ce pas ? »

Il avait pris le bras de Joan et elle avait ainsi marché à ses côtés au long des allées, jusqu'à ce long bassin étroit. Les invités suivaient, parlant bas, comme si eux aussi avaient été saisis par l'inquiétude de cette nuit qui tombait vite.

Morandi avait chuchoté qu'il était déçu par les interventions de la journée : « Ils n'ont rien à dire. Ils viennent ici par lâcheté. Ils me craignent et je les paie. »

Il avait serré le bras de Joan.

Il n'était pas dupe. Il savait bien qu'au fond ces universitaires, ces écrivains, ces journalistes, ces ministres le méprisaient et se moquaient de sa Fondation pour la Connaissance du Futur. Mais ils acceptaient toutes ses invitations. Ils avaient besoin de son appui, de ses journaux, de sa chaîne de télévision. Ils espéraient utiliser son influence.

– Et je les flatte. Alors ils dissertent. Vous n'écrirez pas cela, n'est-ce pas ? Sinon...

Il avait saisi Joan aux épaules, l'avait poussée puis retenue sur le bord du bassin, et elle avait alors aperçu dans la pénombre ces dizaines de formes noires qui faisaient frissonner l'eau. D'énormes poissons ventrus se heurtaient, se frôlaient, formant une masse confuse et gluante.

Les invités s'étaient approchés à leur tour, penchés sur ces remous qu'éclairaient maintenant des projecteurs placés au ras de l'eau.

Joan avait voulu dégager son bras, mais Morandi l'avait retenue.

– Regardez-les, ces personnes illustres, avait-il murmuré : les mêmes visages, les mêmes ambitions, la même veulerie. Nous sommes toujours à Rome, sous l'Empire.

Savait-on, avait-il ajouté d'une voix forte, qu'il était impossible de connaître la durée de vie de ces monstres ? Des décennies, des siècles, qui sait, des millénaires. Peut-être ces poissons avaient-ils frôlé le corps de la jeune femme drapée qui avait servi de modèle à la statue, pourquoi pas ?

On les capturait dans les profondeurs du lac afin de les placer ensuite dans ce bassin et de les observer. Ils étaient d'une intelligence diabolique, d'une cruauté toute humaine. Ils se déchiquetaient, s'entr'égorgeaient. Qui se souvenait des jeux de l'empereur Tibère qui précipitait dans les bassins de sa villa de Capri ses esclaves et ses ennemis pour son plaisir et celui de ses courtisans?

Ils avaient tous ri : Lavignat, le romancier, directeur de *l'Universel*; Hassner qui, disait-on, voulait vendre son agence de publicité H and H à Morandi [1]; le ministre Nandini; Galli, le banquier; le journaliste Valdi; mais aussi ces deux Russes, Krivolsky et Goraï, qui s'étaient présentés à Joan comme des économistes conseillers du président.

– Si vous veniez à tomber, avait repris Morandi à voix basse (et Joan avait retiré son bras, puis reculé), ils regarderaient tous, mais pas un ne vous aiderait à sortir de là. Ils sont comme ça. Mais vous les connaissez, vous êtes journaliste. Vous savez tout cela mieux que moi, non?

Il avait saisi à nouveau le bras de Joan et annoncé que le dîner était servi sur la terrasse.

On n'avait plus entendu que le crissement des pas sur le gravier des allées; les quelques chuchotements qui avaient repris quand les groupes s'étaient mis à gravir l'escalier avaient été recouverts par la sirène d'un des navires qui sillonnaient le lac.

Joan n'avait pas aimé ce cri aigu que l'écho étirait et amplifiait, porté par un vent humide qui, par longues rafales, courbait les pins et les massifs de lauriers. C'était le souffle venu des montagnes du nord qui, chaque soir, balayait le lac, rappelait à quel point la douceur du climat était précaire, à la merci d'une crue de cet air frais déferlant depuis les cimes.

Elle avait eu froid, envie de partir, de gagner Côme, de flâner devant les boutiques, de s'installer dans une chambre d'hôtel, de regarder la télévision en dînant seule puis de s'endormir, les couvertures tirées sur le visage.

Mais elle était là, sur cette terrasse que la façade de la villa abritait du vent, à surprendre presque malgré elle, par ins-

1. Voir *La Fontaine des Innocents* et *Les Rois sans visage*, romans, Fayard, 1991, 1993.

tinct, les propos des uns et des autres, reconnaissant la voix d'Alexandre Hassner qui pérorait, répétait d'un ton sentencieux des évidences sur l'art, la publicité, la création; Lavignat la dévisageait, le visage grave, les sourcils froncés, comme pour donner de la profondeur à son regard, recoiffant d'un geste de la main ses cheveux en bataille; Valdi la complimentait pour le dernier article qu'il avait lu d'elle dans *Continental*. Que préparait-elle, un portrait de Morandi? Il chuchotait : en Italie même, on ne pouvait rien écrire sur le *Condottiere*; Morandi contrôlait les médias. « Il nous tient, chère amie, il nous achète et nous vend comme si nous étions des joueurs de football. Que voulez-vous, c'est l'époque : le mondial-libéralisme, la nouvelle idéologie... Nous nous adaptons, que faire d'autre, ma très chère? »

Tout en accueillant un invité qui venait d'arriver, qu'il présentait – Franz Leiburg, « un ami d'un demi-siècle; osons l'avouer, Franz est pour moi, le plus grand écrivain allemand vivant » –, Morandi ne quittait pas Joan des yeux.

Elle s'était éloignée, s'approchant de la balustrade qui surplombait le lac, recevant le vent de plein fouet, écoutant le bruit des vagues courtes qui frappaient la berge. Elle imaginait les formes noires frôlant la vase et repensait aux propos de Morandi, à cette scène près du bassin, à ces statues, à ces colonnes plongées dans la pénombre des pièces du rez-de-chaussée, à ce décor prétentieux, à la vanité de Morandi qui, décidément, lui déplaisait, l'inquiétait peut-être, la gênait surtout.

Elle s'était tournée et l'avait vu lui indiquer avec arrogance une place à table, à côté de lui.

Elle l'avait ignoré, s'était installée à la droite de Leiburg, un vieil homme aux gestes lents et précis, à la voix ténue, au visage si décharné que Joan avait d'abord évité de le regarder tant l'ossature des mâchoires, du crâne était visible sous la peau tendue, blanchâtre, conférant à ses traits l'aspect d'un masque mortuaire. Cependant, elle avait été attirée peu à peu par la luminosité et l'intensité de ses yeux bleus où semblait se concentrer tout ce qui restait de vie dans son corps de vieillard.

Leiburg l'avait questionnée. Lui aussi avait été journaliste, autrefois, bien sûr, quand les dieux de l'époque, les Mussolini, les Hitler, les Pavelić, les Franco se croyaient victorieux, éternels, tout comme aujourd'hui notre ami Morandi, vous ne trouvez pas? Il les avait tous interviewés, et pftt, ils étaient morts.

Savait-elle qu'il avait vécu dans cette Villa Bardi les jours les plus passionnants de sa vie? Il revenait ici quand il le pouvait, quand Carlo l'invitait, parce qu'une part de sa jeunesse était restée là, entre ces montagnes, dans ce lac, ce parc, ces pièces. Elle n'imaginait pas ces heures-là. « C'était au printemps de 1945, Carlo avait une dizaine d'années, nous étions encerclés. J'ai réussi à traverser le lac, à rejoindre Dongo, où se trouvait Mussolini, avant qu'on ne le tue, puis je suis revenu ici, espérant gagner la Suisse. C'était des semaines d'une beauté tragique. »

Il avait soupiré. Si nombreux avaient été les morts : d'abord les faux dieux, mais tant de jeunes gens avec eux, des femmes « aussi belles et aussi séduisantes que vous », noyées là – d'un mouvement du menton, il montrait le lac. Ces massacres comme autant de purifications, mais autour, rien ne change jamais. La cascade continue de couler, les gouttes passent si vite, nous sommes déjà ailleurs, emportés, mais la source continue de jaillir avec la même énergie, et d'autres nous remplacent, n'est-ce pas : « Vous, si jeune. »

Il avait pris le bras de Joan et l'avait serré de sa main sèche et glacée.

Joan n'avait pas entendu Morandi s'approcher.

Il avait fait le tour de la table, lui reprochait de l'avoir délaissé, de lui avoir préféré ce vieux diable de Leiburg. Que lui confiait-il donc?

Leiburg avait tourné la tête, grimaçant comme si ce mouvement lui avait été douloureux. Il parlait du passé, avait-il répondu, de quoi d'autre pouvait-il encore parler? Il était lui-même un vestige.

Morandi avait haussé les épaules, chuchoté à Joan qu'il n'y avait ni passé ni présent, ni même futur : seulement le désir.

Elle n'avait pas rapporté cette confidence dans son article, peut-être parce qu'elle avait été troublée par cette voix grave et par la main que Morandi avait familièrement posée sur sa nuque, au-dessous des cheveux.

[illegible]

[illegible]

[illegible]

[illegible]

[illegible]

[illegible]

[illegible]

[illegible]

10.

Cette voix, celle de Carlo Morandi, l'homme l'avait aussitôt reconnue.

Il s'était recroquevillé dans sa barque et l'écoutait, portée par le vent.

Il n'avait plus prêté attention aux lignes qu'il avait lancées, et comme il ne ramait pas, que le moteur était arrêté, il s'était mis à dériver, se rapprochant de Bellagio, du chantier de fouilles que Morandi avait ouvert au pied de la Villa Bardi.

C'était là que l'homme, quelques années auparavant, avait sorti de l'eau cette statue enveloppée d'algues et de boue.

Il se souvenait des exclamations de Morandi, de son cri quand la jeune femme de marbre était apparue, accrochée à la drague.

Cette voix-là, grave et autoritaire, un peu voilée, il suffisait à l'homme de quelques-uns de ses accents, même déformés par le vent, pour l'identifier et se souvenir.

Elle l'avait poursuivi toute son enfance.

Il avait le même âge et la même taille que Carlo Morandi, mais c'est lui qui subissait quand Morandi ordonnait.

« Creuse », disait celui-ci. Et il avait fallu qu'à coups de pelle et de pioche il défonce le sol caillouteux du parc, en bordure des massifs de lauriers.

« Couche-toi. » Il s'était allongé dans le trou et Morandi l'avait recouvert de branches, de fleurs roses.

« Tu es mort, ne bouge plus. » Et il était resté immobile.

« Ferme les yeux. » Et il avait encore une fois obéi.

Morandi avait jeté de la terre sur lui et ce n'est que lorsque son visage avait été recouvert que Morandi lui avait crié : « Ressuscite, idiot ! »

Et il s'était levé.

Cette voix, elle le faisait encore frissonner.

Il avait rentré ses lignes, renoncé à pêcher ces poissons argentés qui vivaient dans les grands fonds, au large de la Villa Bardi, et dont la chair était blanche et savoureuse. Il avait commencé à ramer pour se rapprocher de Dongo, de ces berges que frôlaient les égorgeurs noirs, les détrousseurs, ces poissons ventrus aux écailles gluantes qui se tenaient sur la vase et que nul ne pêchait, parce qu'ils sentaient la pourriture et la mort.

Tout en s'éloignant, il n'avait cessé de regarder la Villa Bardi, devinant sur la terrasse éclairée des silhouettes, ombres derrière les tentes, et il avait à nouveau entendu cette voix dominant toutes les autres, imposant pour quelques instants le silence. Elle claquait alors, distincte, dure, atteignant l'homme qui s'était mis à ramer plus vite ; puis, quand il avait jugé qu'il s'était suffisamment écarté de la villa, il avait lancé le moteur.

Il s'était alors dirigé vers le nord, rentrant dans les zones obscures où le lac s'élargit. Sur les berges, les lumières se faisaient plus rares. Il s'était alors souvenu de la façon dont la voix lui avait commandé, jadis, de s'enfoncer dans le souterrain qui, des caves de la villa, descendait vers le lac.

– Avance, avance, je te dis.

Des rats filaient entre ses jambes nues cependant que Morandi le poussait.

– Allons, va !

Morandi portait la torche et hurlait de temps à autre : « Ne bouge pas, ne te retourne pas ! »

La lumière déclinait, la nuit montait dans le souterrain avec le silence rompu par des couinements de rats ou les battements d'ailes de volatiles nichant entre les pierres de la voûte.

Morandi était ressorti, le laissant seul ; depuis l'entrée du souterrain, il lui avait ordonné de continuer : « Je vais te retrouver sur la berge. Si tu n'es pas là, gare à toi ! »

L'homme se souvenait de cette voix et de ses frayeurs d'enfant, de l'humidité qui suintait, de ce grondement qui montait : il imaginait qu'il s'agissait de la respiration d'un ogre, alors que c'était seulement le vent qui s'engouffrait dans le souterrain.

– Retourne à la villa, maintenant, lançait Morandi.

Et il fallait reprendre le chemin parcouru, tâtonner. Parfois, Morandi avait fermé la porte donnant accès aux caves. Il fallait alors taper, taper à coups de poing pour qu'enfin quelqu'un vienne, un jardinier ou bien Maria.

Maria était la « petite bonne », la mère de l'homme. Elle avait été baptisée sous le nom d'Angela, mais Italina Bardi, la grand-mère de Carlo Morandi, madame la comtesse Bardi, qui régnait sur la villa et même sur le village de Bellagio, appelait toutes ses bonnes – ses « petites bonnes », qu'elle engageait quand elles avaient quinze ans – Maria.

– Cela te plaît, j'espère? Sois honorée, ma fille, c'est le nom de la mère du Christ, tu le sais.

Maria serrait son fils contre elle dans la pénombre de la cave, essuyait ses larmes, murmurait qu'il ne fallait plus jouer avec ce monstre de Carlo Morandi : « Ils sont tous comme ça, sans cœur. Échappe-toi dès que tu l'entends. »

Mais Morandi appelait, impérieux, irrité déjà : « Où es-tu? Ne me fais pas attendre! Je sais qu'on t'a ouvert, viens, je t'attends! »

Ils avaient eu l'un et l'autre une dizaine d'années en cet hiver glacial et pluvieux de 1944-45.

On tirait dans les montagnes; les détonations roulaient sur le lac comme une houle énorme qui venait heurter les berges, éclatait en cent échos. Des convois passaient sur les routes sinueuses. Certains s'arrêtaient pour quelques jours sous les arbres du parc et les soldats déambulaient, allumant des feux pour se réchauffer.

A la sortie de Bellagio, ils avaient accroché aux troncs des arbres, des écriteaux marqués d'une tête de mort : «*Achtung Banditi*».

Au printemps 1945, des Allemands s'étaient installés au rez-de-chaussée de la Villa Bardi et des ministres fascistes, accompagnés de leurs épouses, habitaient les chambres du premier étage.

Un soir de la mi-avril, une grande femme aux cheveux bouclés noirs était descendue d'une voiture conduite par un officier allemand. Elle portait un manteau de fourrure qui, dans le souvenir de l'homme, était de couleur rousse. L'officier était tête nue, il marchait près de cette femme en se tenant un peu voûté, les mains derrière le dos.

La femme avait crié : « Mère, mère! », et la comtesse Bardi était apparue sur la terrasse. « Où est mon fils? » avait demandé la femme.

Elle avait vu Carlo, s'était précipitée vers lui, l'empoignant, l'enlaçant, le couvrant de baisers fougueux.

La comtesse Bardi lançait, tout en descendant l'escalier : « Paola, Paola, voyons! »

Carlo Morandi s'était débattu, tentant de repousser sa mère. A la fin, il y était parvenu cependant que la grande femme hurlait : « Franz, Franz, dites-lui d'obéir! » Mais l'officier allemand était resté immobile.

En ces derniers jours d'avril, Carlo Morandi avait été plus brutal encore. Il avait ordonné au fils de Maria de crever les pneus d'une voiture allemande garée sous les eucalyptus. Puis il avait menacé de le dénoncer.

– Je me tais si tu lui craches dessus, avait-il dit en montrant l'officier qui accompagnait sa mère.

Heureusement, celui qu'on appelait le lieutenant Franz Leiburg avait quitté la Villa Bardi afin de gagner l'autre rive du lac.

– On va le guetter, avait alors décrété Morandi.

Le fils de Maria avait dû s'asseoir près de lui sous les massifs de lauriers, malgré la pluie qui, en ce printemps tardif, tombait encore, drue et froide.

– Ma mère est une putain. Tu l'as vue, avec cet officier, ce porc! Tu l'as vue!

Il avait dû répondre par l'affirmative. Morandi l'avait alors empoigné par le cou :

– Ta mère aussi est une putain, dis-le!

Mais il avait eu beau frapper le fils de Maria, qui ne s'était point défendu, jamais Carlo Morandi n'avait réussi à lui faire répéter ces mots-là.

Leiburg était revenu de Dongo. Il marchait dans le parc à grandes enjambées, pressait la mère de Morandi de partir. Le bateau attendait. Elle devait fuir seule, disait-il. Lui, gagnerait Côme par la route. Il était officier allemand, pas fasciste. Il n'avait rien à voir avec Mussolini. On ne le tuerait peut-être pas. Mais eux, les Italiens, les Chemises noires, on les haïssait. Elle devait comprendre!

L'homme se souvenait de ces mots échangés devant la grille du parc, puis de la comtesse Italina Bardi qui criait : « Il faut passer par le souterrain! » De la mère de Carlo qui, son manteau de fourrure lui battant les chevilles, courait sur les graviers, disparaissait dans la cave. Et le moteur de la barque qui hoquetait, en bas contre la berge, à la sortie du souterrain.

La Villa Bardi s'était vidée en quelques heures. On tirait sans discontinuer dans les montagnes du nord, mais c'était des sons assourdis, lointains, que le vent ne poussait plus et qu'aucun écho ne faisait rouler d'une rive à l'autre.

Carlo Morandi allait et venait dans le parc, donnait des ordres : « Suis-moi », « Couche-toi », « Debout. » « Va voir. » Il brandissait une longue baïonnette allemande dont il menaçait le fils de Maria : « Obéis », Avance. »

Il avait fallu sortir du parc, marcher sur la route de Bellagio. Tout à coup, après un tournant, ils avaient vu, au milieu de la chaussée, un side-car jaune dont le moteur tournait encore. Le soldat allemand était tombé, sans doute tué par une rafale. Morandi s'était approché, l'avait saisi par les épaules : « Aide-moi, hurlait-il, aide-moi! »

Les deux enfants avaient traîné le mort jusqu'au bord de la route qui, à cet endroit, surplombe le lac. C'était la fin de la journée. Le vent ne s'était pas encore levé. Le soldat sentait le suint, le cuir, l'essence. Il était lourd comme une pierre.

– Pousse-le, pousse-le! criait Morandi.

Le corps avait glissé puis roulé sur la berge et avait disparu sans même un remous. L'eau calme l'avait englouti.

– Conduis, avait ordonné Morandi, conduis!

Morandi s'était assis dans le side-car et le fils de Maria avait dû serrer la moto entre ses cuisses nues. Elle était encore chaude. Il avait fallu toucher ici et là des leviers, des manettes et, brusquement, elle s'était ébranlée cependant que Morandi hurlait qu'il fallait accélérer : « Plus vite, va plus vite ! »

La moto vibrait, le moteur toussait.

Quand l'homme, plus tard, s'était retrouvé pour la première fois aux commandes de la drague, quand son corps avait tremblé avec l'engin dont les chenilles patinaient sur le sol meuble de la berge, il s'était souvenu de cette moto, un dernier jour d'avril, alors que tous les volets de Bellagio étaient tirés et qu'au contraire les portes et les fenêtres de la Villa Bardi battaient, grandes ouvertes, après la fuite des Allemands et des ministres fascistes. Incapables de relancer le moteur, ils avaient laissé le side-car sur la place de Bellagio et étaient montés à la villa par les sentiers.

– Plus personne, avait lancé Morandi dans un cri de joie, plus personne !, et il avait bousculé le fils de Maria.

L'un et l'autre étaient saisis par le silence que venaient briser, à intervalles réguliers, les claquements secs des persiennes contre la façade.

– Reste là, avait ordonné Morandi.

Il avait gravi en courant l'escalier donnant sur la terrasse. Le fils de Maria avait attendu, percevant des bruits de pas, des voix et, tout à coup, ce hurlement aigu qui s'était enfoncé en lui. Le corps transpercé, il avait couru, traversé le parc, gravi l'escalier, enjambant les marches, et découvert sa mère étendue sur le parquet.

Il lui semblait qu'il avait d'abord vu des fleurs roses au centre des carreaux de mosaïque, et seulement après sa mère, les vêtements déchirés, du sang sur la gorge.

Morandi se tenait contre la cloison, le menton tremblant, les yeux fixes.

– C'est les Allemands, avait-il dit.

Sa voix était changée, rauque.

Il avait répété ces mots : « C'est les Allemands. »

Où était la longue baïonnette qu'il serrait dans son poing quand il était entré dans la villa?

– Sors! avait-il ordonné.

Il avait poussé le fils de Maria sur la terrasse, puis dans l'escalier. Il l'avait contraint à courir, l'insultant, le rudoyant quand le souffle lui manquait, qu'il tournait la tête, qu'il lui semblait entendre à nouveau ce hurlement.

Qui avait crié? Carlo Morandi ou bien Maria, la petite bonne, sa mère?

– Avance, cours! répétait Morandi. Sinon, ils nous tuent aussi!

Ils avaient retrouvé la place de Bellagio. Des hommes se tenaient agenouillés sous les arcades, à l'affût. Le side-car était toujours immobile au milieu de la chaussée.

Avec de grands gestes, on leur avait commandé de se mettre à l'abri.

Morandi avait lancé : « Ils sont partis, ils ont tué Maria, sa mère. »

Puis Carlo Morandi avait retrouvé sa voix déjà grave et déterminée, et, à la tête d'un groupe d'hommes, il s'était dirigé vers la Villa Bardi. Il parlait avec autorité : la villa paraissait vide, expliquait-il. Peut-être les Allemands avaient-ils aussi massacré la comtesse Italina Bardi, « ma grand-mère » ?

Les hommes s'étaient alors mis à l'appeler monsieur le comte.

Sauf l'un d'eux qui avait agrippé Carlo par l'épaule : « Et ta mère, Paola Morandi, où elle est? Si on la trouve, ta mère ou pas, on lui fait la peau à celle-là! »

Morandi s'était dégagé, secouant les épaules : « Ma mère, c'est une putain », avait-il dit en se remettant à marcher.

Les hommes avaient baissé la tête et l'avaient suivi.

Qu'a-t-il fait ? Carlo-[illegible] Marie, [illegible] nous sommes ensemble.

— Avance, connard, répétait Morandi, sans [illegible]ment.

Ils avaient retrouvé les bases de Bellaria. Des femmes se tenaient agenouillées sous les arcades de l'autel. La situation était toujours inchangée au milieu de la chaussée.

11.

LORSQUE des pêcheurs de Dongo avaient aperçu, flottant entre deux eaux, le manteau de fourrure que portait Paola Morandi, la mère de Carlo, à la fin d'avril 1945 – ce manteau que l'homme de la drague, dans son souvenir, imaginait de couleur rousse –, ils avaient d'abord cru qu'il s'agissait d'un corps de bête déchiqueté par les poissons de berge et de vase. Ils les avaient chassés à coups de rame, puis, avec des gaffes, ils avaient repêché le manteau, s'apercevant aussitôt que ce n'était qu'un vêtement lacéré, gorgé d'eau. Ils l'avaient déposé sur le talus qui dominait le rivage et, du bout du pied, ils l'avaient retourné, puis, avec l'une des gaffes, ils avaient déchiré les poches, découvrant un tube de rouge à lèvres et un étui à cigarettes doré marqué aux armes des Bardi : un poisson noir surmonté d'une tour.

Ils avaient regardé vers Bellagio, du côté de la Villa Bardi, car ils avaient pensé d'emblée à cette femme dont chaque homme, un jour, au bord du lac, avait parlé ou rêvé.

Naguère, quand elle passait à bord d'un voiture décapotable, roulant vite sur la route de Bellagio à Côme ou de Côme à Lugano, ils avaient fait des gestes obscènes ou bien avaient craché dans sa direction. C'était la putain, cette salope de Paola Morandi qui changeait d'homme, portait des bottes et des pantalons de cheval et allait, en chemisier et bras nus, une cigarette aux lèvres, s'asseoir à la terrasse d'un des cafés de Bellagio, défiant les carabiniers, contraignant les hommes attablés à baisser les yeux.

Que pouvaient-ils dire?

Elle était la fille de la comtesse Italina Bardi qui possédait la plupart des maisons de Bellagio, qui employait les filles comme domestiques et les garçons comme jardiniers ou hommes de peine.

Juste après l'arrivée de Mussolini au pouvoir, elle avait épousé, en 1922, Dino Morandi, le chef fasciste de Parme, qui avait maté l'insurrection de la ville, conquis les barricades, parcouru la campagne à la tête d'une colonne de camions chargés de *squadristi* qui s'en allaient faire régner l'ordre dans les villages. Ils s'étaient mariés à l'église de Bellagio; dans le parc de la Villa Bardi, sur la terrasse, plus de deux cents invités venus de Rome, de Parme, de Côme, de Bologne et de Milan s'étaient pressés. Paola n'avait alors que dix-neuf ans mais pas un homme, depuis qu'elle avait treize ans, n'avait osé lever les yeux sur elle de crainte de laisser voir ce qu'il pensait, son envie de la toucher, de poser les mains sur ces seins que, provocante, méprisante, elle laissait deviner sous ses chemisiers.

Elle montre son cul, marmonnait-on, et on avait la gorge sèche rien qu'à imaginer.

Elle avait filé à Rome après son mariage et on ne l'avait revue qu'à l'automne, un 27 octobre, quand on avait célébré la messe à la mémoire de son mari qu'un communiste ou un socialiste, un criminel, avait abattu d'un coup de revolver pour venger, disait-on, l'assassinat d'un député socialiste, un certain Matteotti.

On avait donné à la rue principale de Bellagio, celle qui montait vers la Villa Bardi, le nom de Dino Morandi, martyr fasciste (1890-1924), et les orateurs, depuis la tribune dressée face au lac, avaient à grands gestes célébré le souvenir du héros tombé pour la gloire de l'Italie et du Duce. « Salut fasciste à sa veuve! »

Paola Morandi était en noir, le corps caché par les voiles. Mais qu'est-ce qu'elle allait faire de son cul? A vingt et un ans, ça a encore des années d'usage, un cul comme le sien...

Elle était repartie pour Rome et on avait imaginé comment elle devait vivre là-bas quand on l'avait revue, les mois d'été, parcourir les routes, conduisant sa voiture, croisant haut les jambes, exhibant ses bras nus.

Elle ne pleurait pas Morandi, ça, c'était sûr.

Puis, dans le *Corriere della Sera*, on avait lu son nom au côté de celui du Duce.

Elle avait été nommée présidente des Femmes des Héros de la Marche sur Rome tombés pour le fascisme. Elle était à nouveau toute vêtue de noir, un chapeau à larges bords dissimulant ses cheveux et ses yeux. Mais on voyait encore ses lèvres charnues, et on les avait imaginées rouges et humides.

Celle-là, avec ce cul et cette bouche-là, sûr qu'*Il* se la fait ! *Il*, c'était celui qu'on ne nommait pas mais dont on voyait la tête ronde, les yeux furibonds sur les affiches, annonçant la célébration du *decennale*, les dix ans d'ère fasciste, puis qu'on entendait hurler, Piazza Venezia, à Rome : « Peuple d'Italie ! » – et la foule répondait, et les rues de Bellagio, de Côme ou de Dongo étaient aussi pleines de ces cris qui annonçaient qu'on allait faire la guerre, enfin, aux marchands d'esclaves qui gouvernaient l'Éthiopie, qu'on allait donner de la terre à ces pauvres Italiens si nombreux, si valeureux, auxquels les grands ploutocrates français ou anglais avaient refusé d'accorder leur part de pitance.

« A nous, à nous l'Afrique ! A nous l'Empire ! »

C'est en cette année-là, 1935 ou 36 – celle de la *Belle Abyssine* que les soldats du Duce allaient séduire et protéger, dont ils briseraient les chaînes – que Paola Morandi était revenue en coup de vent à la Villa Bardi.

Les domestiques rapportèrent à voix basse qu'elle avait alors laissé un fils à sa mère, la comtesse Italina Bardi, que le « mâle » s'appelait Carlo Morandi, comme le mort de 1924, mais qu'il venait seulement de naître et avait la tête ronde, oui, la tête ronde et les yeux de celui qu'on ne nommait pas.

Puis, dans le Corriere d'Alessandria, on avait lu son avis au cours de la fête du Duce.

Elle avait été nommée présidente des Femmes [illegible] de la branche [illegible] pour la même. Elle était noire, un chapeau de noir, un chapeau à larges bords qui [illegible] ses cheveux et ses yeux. Mais on voyait [illegible] avec [illegible] et on les [illegible] rouges et humides, [illegible] avec ce qu'il y avait comme [illegible] qu'[illegible] qu'on ne pouvait pas [illegible] la tête baissée, les yeux fixés sur les affiches, annonçant la célébration du dixième anniversaire [illegible] qu'on entendait [illegible] « Piazza Venezia, à Rome » « Peuple d'Italie » [illegible] et les rues de Bellagio, de Côme et de Bologne étaient aussi pleines de ceux qui allaient [illegible] qu'on avait dans la guerre, [illegible] aux marchands d'esclaves qui [illegible] qu'on allait donner de la [illegible] ces pauvres [illegible] si nombreux, si valeureux, auxquels les grands [illegible] avaient refusé d'accorder leur part de [illegible].

[illegible]

C'est en cette année-là, 1935 ou 36 — celle de la [illegible] — que les soldats du Duce [illegible] et que [illegible] les chaînes — que Paolo Morandi [illegible] en coup de vent [illegible] Villa Berdi.

Les [illegible] rapportèrent à vos [illegible] qu'elle avait [illegible] un fils à sa mère, la comtesse [illegible], que le [illegible] Chio Morandi, comme le mort de 1924, [illegible] qu'il venait [illegible] de notre [illegible] la tête ronde ou la tête [illegible] du [illegible] qu'on ne [illegible] pas

12.

Ce jour de mai 1945 où les pêcheurs de Dongo avaient jeté sur les mosaïques de la terrasse de la Villa Bardi le manteau de fourrure lacéré, le tube de rouge à lèvres et l'étui à cigarettes, l'homme s'en souvenait comme du jour de sa vengeance.

Souvent, quand il était assis aux commandes de la drague, dans cette cabine qui vibrait, il repensait à ce jour-là, le seul de sa vie où il eut la sensation de respirer vraiment à pleine bouche.

Depuis lors, c'était un petit filet d'air qui passait entre ses lèvres qu'il ne parvenait pas à desserrer, pas même capable de tenir entre elles une cigarette, la gardant entre ses doigts rcpliés, aspirant unc bouffée comme s'il avait été à la merci d'un sous-officier ou d'un contremaître ; toute sa vie il avait eu le sentiment d'être surveillé.

Il repensait alors à ce jour de mai, à sa bouche enfin grande ouverte, crevant la surface, son corps échappant aux mains de Carlo Morandi qui, si souvent, dans le petit bassin du port de la Villa Bardi, lui avait maintenu le visage sous l'eau jusqu'à ce qu'il étouffât. Au moment où ses yeux viraient au noir, où il ne se débattait plus, où il allait tomber comme une pierre sur la vase et avait déjà l'impression que ses cuisses et ses bras étaient mordus, Morandi le lâchait.

C'était fini, cette souffrance, avait-il cru en ce jour de mai 1945, quand l'un des pêcheurs avait dit, faisant glisser du bout de sa botte le tube et l'étui vers la comtesse Italina Bardi : « Ça appartient sûrement à votre putain de fille. Voilà tout ce qu'il en reste. On n'est pas des voleurs, on vous le rend. C'est bien à vous, non? »

Carlo Morandi avait enfoncé ses ongles dans l'épaule du fils de Maria qui n'avait pas bougé, subissant encore.

Les pêcheurs s'étaient avancés vers les deux enfants. L'un avait saisi Carlo Morandi par les cheveux, lui tournant le visage avec brutalité. C'était vrai qu'il avait la tête ronde, comme l'Autre. C'était bien la même graine, non? Qu'est-ce qu'elle en pensait, la comtesse?

Mais Italina Bardi avait bondi, prenant contre elle son petit-fils. Maudits ceux qui osaient s'attaquer aux enfants! avait-elle hurlé. En enfer, ceux qui profanaient le souvenir des morts! « Les morts et les enfants, on ne les touche pas, on prie pour eux, on les respecte! »

Les pêcheurs avaient ricané et dévalé l'escalier en s'esclaffant, en se bousculant, en lançant qu'ils la lui laissaient, sa tête, au fils de la putain, au bâtard de l'Autre! Un jour, on la lui ferait éclater à lui aussi!

L'homme – l'enfant d'alors – avait emboîté le pas aux pêcheurs, criant des injures qu'il ne pensait même pas connaître, quand il avait entendu Carlo Morandi lui ordonner de ne pas bouger, de rester à la villa.

« Traître! » avait été le dernier mot que lui avait lancé Carlo.

Sur la place de Bellagio, le fils de Maria s'était perdu dans la foule. On dansait, on servait du vin blanc, on entendait les chants et refrains des villages de l'autre rive. On racontait à tue-tête comment on avait pris Mussolini avec un casque d'Allemand enfoncé sur son crâne rond, comment Paola Morandi, la fille de la comtesse, avait voulu fuir en barque quand elle avait vu son amant découvert. On l'avait mitraillée. Elle avait hurlé comme une truie qu'on égorge; à la fin, elle s'était jetée à l'eau, jambes en l'air, montrant une dernière fois son cul avant que les poissons ne le lui bouffent et ne la fassent jouir à leur façon.

– Et toi, bois aussi, gamin!

L'homme se souvenait du premier verre de vin blanc qu'il avait bu ce jour-là où les têtes rondes étaient si pleines, si lourdes de sang qu'elles en devenaient noires, éclatant comme des outres crevées, des fruits blets.

Et chacun regardait la photo du Duce et de sa maîtresse Claretta Petacci pendus par les pieds aux poutrelles d'un garage de Milan, Piazza Loretto.

C'était le jour de la vengeance et l'homme n'en avait plus connu depuis lors, comme si, prudent, il n'avait pas osé en vivre d'autres, se contentant de son souvenir, persuadé au fond de lui-même qu'un jour comme celui-là, il en suffisait d'un dans la vie, qu'il l'avait vécu, que Dieu avait été juste avec lui et lui avait dispensé sa part.

Ce jour-là, il était remonté en courant jusqu'à la Villa Bardi.

Il se sentait libre. Le monde lui appartenait aussi. Il criait sur la route déserte : « Je suis le fils de Maria, je suis le fils d'Angela, Angela, Angela ! »

Il était entré dans le parc et avait écarté les branches des lauriers. Il avait aperçu Carlo Morandi qui se tenait sur la première marche de l'escalier, tenant dans son poing la longue baïonnette allemande. La lame était noire.

– Je t'attendais, salaud ! Je vais te tuer ! s'était écrié Carlo.

Mais le fils de Maria avait continué d'avancer.

Quand il repensait à ce jour-là, il revivait la scène comme s'il en ignorait la fin, comme s'il ne savait pas qu'en marchant ainsi vers l'escalier, il avait buté sur une pierre, avait ramassé ce bloc de calcaire crevassé, le soulevant à deux mains, puis, le lançant en direction de Carlo Morandi, avait remercié Dieu.

La tête ronde de Morandi s'était couverte de sang. Il était tombé.

Le fils d'Angela s'était alors enfui.

Il [illegible] regardait [illegible]

[illegible]

2. [illegible] jusqu'à la ville [illegible] tard.

Il se mit [illegible] le [illegible] apparaissait [illegible] désert [illegible]

[illegible] que le [illegible] avait [illegible] des bouches des [illegible] Il [illegible] se tenait [illegible] première marche [illegible]

Mais le [illegible] avait continué d'avancer.

Quand il [illegible] il [illegible] la suivre. Il [illegible] comme s'il ne savait pas [illegible] en marchant [illegible]

[illegible] de Miranda [illegible] ouverte [illegible]

[illegible] alors [illegible]

13.

Toute sa vie – il avait maintenant près de soixante ans –, l'homme avait fui. Il s'était caché dans le fond d'une barque, la tête entre les bras, essayant de ne pas entendre les cris et les chants, ces rumeurs de la fête qui se poursuivait et dont, avec la nuit, l'écho s'amplifiait, le vent s'étant levé.

Il avait détaché la barque et, soulevant comme il pouvait les longues rames, il avait tenté de traverser le lac. Tout à coup, alors qu'il était déjà loin du rivage, le courant l'entraînant vers le sud, il avait été saisi de panique.

Il avait vu le sang continuer de couler sur le visage de Morandi. Il avait entendu le cri que Morandi avait poussé, portant les mains à son front. Il avait été poursuivi par le hurlement et les malédictions de la comtesse Bardi qui descendait l'escalier, bras écartés, répétant : « Ils l'ont tué, ils l'ont tué ! »

Il n'avait eu aucun regret, mais il s'était mis à trembler, lâchant les rames qui avaient glissé le long de la coque sans qu'il cherchât à les rattraper. A quoi bon ?

Il avait pensé se précipiter à l'eau, la bouche ouverte, pour que ce jour de sa vengeance, ce jour qui avait commencé dans la joie, fût aussi celui de sa propre mort.

Mais il avait eu peur de l'épaisseur noire, du temps qu'il lui faudrait pour avaler toute cette eau, jusqu'à devenir aussi lourd qu'un bloc de pierre. Il avait craint d'avoir en lui trop d'instinct de vie, de se débattre, d'être dévoré vivant par les poissons de vase.

Il s'était alors allongé, le visage dans l'eau saumâtre qui allait d'un bord à l'autre de l'embarcation au gré du roulis.

Et les courants, le vent, les vagues l'avaient ainsi porté jusqu'au rivage, au sud de Dongo.

C'était le matin. Il s'était caché dans les massifs de lauriers, puis avait couru vers les hauteurs, vécu plusieurs jours à mi-pente, là où commence la forêt, allant d'une grotte à l'autre, couchant dans des maisons de bergers, ne dormant jamais sans que la peur revînt le harceler, le rouge du sang se répandant autour de lui en même temps que les cris de Morandi et de la comtesse Bardi.

On l'avait recueilli, malade, transi, famélique, allongé sur le bord du chemin avec, dans sa main, un oiseau mort.

Quand il avait rouvert les yeux, son premier geste avait été de lever son bras, de protéger son visage avec son coude, comme si on allait le frapper, alors qu'on ne songeait qu'à le laver et à le nourrir, puis à l'interroger.

Il avait été incapable de parler et on avait cru que ce qu'il avait vécu l'avait rendu idiot.

On avait pensé qu'il était l'un de ces gosses que les familles pourchassées, alors qu'elles marchaient vers la Suisse, perdaient ou bien abandonnaient dans la montagne alors que les rapaces aux aguets, fascistes ou allemands, fondaient sur elles et qu'elles s'égaillaient avant de s'agenouiller pour mourir.

Celui-là avait survécu. Certains l'avaient appelé *Innomato*, du nom du bateau qui depuis toujours faisait la traversée entre Dongo et Bellagio, mais d'autres lui avaient donné pour nom Angelo Trovato, et c'est ainsi qu'il fut connu au long de sa vie, manœuvre, terrassier, charpentier, maçon, conducteur d'engin et bientôt de cette drague que l'on verrait cahoter le long des berges, sa main d'acier dressée audessus de la terre ou de l'eau.

Quelques vieux – mais même ceux-là commençaient à l'oublier – savaient encore qu'il avait été un enfant trouvé sur le chemin qui monte aux pâturages. Mais *Trovato*, c'était un nom idoine pour cet homme qui parlait peu, les lèvres presque toujours serrées.

Parfois, quand il se laissait aller à proférer des injures ou bien qu'il racontait, en quelques phrases, comment la drague avait glissé et qu'il avait bien cru couler avec elle dans le lac, il montrait ses dents, les lèvres retroussées, et on détournait la tête car à cet instant-là, avec ses chicots jaunes, son haleine forte aux relents de tabac, il avait une tête de poisson et sentait, disait-on, comme ceux de la berge, la pourriture.

On disait qu'il était sale et on ne l'avait jamais vu rasé de près. La peau toujours grise, il portait des vêtements informes, souvent tachés de boue. Il vivait seul, on ne lui connaissait ni femme, ni ami. A cause de son aspect, de son odeur aussi – « Il pue », murmurait-on –, de sa solitude, on le trouvait inquiétant, suspect.

Il cachait quelque chose, Angelo Trovato, une maladie ou bien une faute, pour se tenir ainsi à l'écart, pour coucher ainsi dans le hangar municipal, là où l'on remisait les barques sur des chevalets, les rames, les mâts, les cordages et les voiles. Quand il avait repêché la jeune fille morte, c'est là qu'on avait placé le cercueil, car le hangar servait aussi, quand il y avait des accidents – sur la route, l'été, ils étaient fréquents –, de morgue pour les morts inconnus.

Et nul ne s'était étonné que ce fût lui, Angelo Trovato, qui eût repêché la morte, agrippée avec les pinces de sa drague.

Il était celui auquel arrivaient ces choses-là.

Il avait accepté qu'on le juge ainsi.

On l'avait appelé *Trovato* et c'est lui qui avait *trouvé* la jeune morte, celle dont les cheveux étaient mêlés aux algues, dont le corps était à demi dévêtu et qu'il avait dû faire glisser le plus lentement possible sur le talus, au-dessus de la berge, non loin des massifs de lauriers.

Alors, parce qu'il lui avait bien fallu s'approcher, l'examiner, il avait remarqué ces morsures et ces plaies sur les bras, et il l'avait dit – il regrettait de l'avoir dit – à celui qu'il appelait le Français, le père de la morte, celui qui avait marché des jours sous l'averse, tête nue, dans les ruelles de Dongo, rôdant autour du hangar où l'homme dormait, comme si le cercueil s'y trouvait encore.

Pauvre Français auquel l'homme avait montré la drague et le talus, auquel il avait trop parlé déjà, décrivant cette jeune fille qu'il ne pourrait plus oublier, blanche et souillée comme le sont parfois les statues.

L'homme n'avait pas osé dire au Français qu'il avait eu un

moment la tentation de la laisser retomber, que les secousses qu'il avait provoquées, avançant puis reculant l'engin, faisant osciller son bras afin de donner du ballant à la main d'acier, avaient peut-être été destinées à ce que la morte se détache alors qu'elle se trouvait encore au-dessus de l'eau. Mais elle s'était agrippée et il n'avait pas osé s'obstiner, comme s'il avait redouté, en l'abandonnant ainsi après avoir profané sa sépulture, de commettre un nouveau sacrilège, de défier ceux qui l'avaient jetée dans le lac, de la tuer une seconde fois, d'attirer ainsi sur lui la vengeance des assassins et la malédiction de Dieu.

Car on l'avait tuée, il le savait.

Il avait voulu le faire comprendre au Français, il avait craint – mais peut-être souhaité – que cet homme ne lui posât des questions précises, mais le Français avait la tête dans le malheur et, bien vite, il n'avait plus rien voulu savoir, refusant d'entendre, malade de tristesse, plié en deux, vidant son corps.

L'homme s'était alors repris. Il devait se taire.

Il avait fui le Français qu'il avait souvent croisé de nouveau dans les rues vides, balayées par le vent et l'eau boueuse. Il avait répété aux carabiniers ce qu'il leur avait déjà déclaré, comment il avait trouvé la morte, et il avait martelé : « Je n'ai rien vu, j'ai fouillé là parce que la terre avait glissé et qu'on m'a commandé de tenir les berges en l'état. Je ne sais rien d'autre. »

Il avait confirmé, en se penchant sur le cercueil, que c'était bien celle-là qu'il avait trouvée. Il avait reconnu le visage, malgré les bandes de toile qui l'emprisonnaient, et c'était comme si elle avait été, derrière le petit hublot, à nouveau engloutie. Le couvercle était vissé. Les carabiniers avaient l'air pressé. Qu'on referme vite, qu'on l'enterre! Ils étaient comme ceux qui avaient voulu la faire disparaître dans le lac.

Dans la pénombre, le docteur Ferrucci, appuyé à la coque d'une barque, avait signé le permis d'inhumer. En le tendant au lieutenant de carabiniers, il avait longuement considéré l'homme, qui avait baissé la tête.

Il craignait que Ferrucci, les carabiniers et le Français ne devinent qu'il se souviendrait toujours de cette nuit de pluie, de ce qu'il avait vu, marchant le long des berges, puis du matin, quand il était revenu avec la drague, qu'il faisait enfin beau temps et qu'il avait plongé la main d'acier là où il fallait pour retrouver la morte.

Il n'avait rien décidé, mais il l'avait fait.

Il avait quitté sa soupente, mis en route le moteur de la drague, puis avait avancé sur la terre boueuse.

Il accomplissait toujours les choses comme si on les lui commandait, sans qu'il sût dans quel but cette voix qui ordonnait le faisait agir. Après, les choses étaient là devant lui, et il lui semblait qu'il ne les avait pas voulues, qu'elles avaient fondu sur lui d'un seul coup.

Sa mère était couchée sur les mosaïques de la Villa Bardi avec ce collier rouge brun enserrant son cou, et il avait obéi à Morandi.

Il avait lancé la pierre et le sang avait couvert le front et les yeux de Morandi. C'était le jour de la vengeance, et il avait traversé le lac.

Il était ainsi devenu Angelo Trovato, celui auquel on ne parlait pas.

Un jour, il avait reçu l'ordre d'embarquer sa drague sur le bac et de se rendre à Bellagio : le comte Carlo Bardi-Morandi avait besoin d'un engin puissant sur le chantier de ses fouilles ouvert au pied de la Villa Bardi.

L'homme avait cru que sa vie arrivait à son terme. Il avait imaginé que c'en était fini de sa fuite commencée ce jour de mai 1945 où il s'était jeté au fond d'une barque, puis s'était laissé dériver. Morandi allait le reconnaître et le tuer.

Cependant, il avait encore une fois obéi, parce qu'il devait subir la loi de la fatalité et il fallait bien que sa vie finisse.

Mais il s'était trompé.

Le régisseur qui l'attendait sur le quai de Bellagio et le guida vers le chantier était un homme jeune à l'accent du Sud. Ses cheveux noirs, plantés bas, semblaient, quand il plissait le front, rejoindre ses sourcils. On devinait, sous sa veste noire, ses fortes épaules et son torse musclé.

L'homme avait senti que le régisseur ne le voyait même

pas, le considérant comme une simple pièce de sa machine. Il lui donna l'ordre de s'installer sur la berge, à l'orée du souterrain. Et Trovato avait eu bien de la peine à reconnaître cette galerie dallée, bien éclairée, aux parois lisses couvertes de plaques de marbre blanc. Au bout, dans la villa, expliqua le régisseur, l'homme trouverait des caves. Il pourrait loger dans l'une d'elles avec les autres ouvriers travaillant sur le chantier.

Le lendemain, il avait aperçu Carlo Morandi qui, lui non plus, n'avait même pas paru le voir, se contentant de lancer des ordres de cette voix d'antan, grave et voilée. « Avance », « Baisse », « Lève », « Recule, crétin, recule! »

Le régisseur répétait les ordres sur un ton plus aigu, ajoutant des injures et des malédictions.

L'homme avait obéi comme autrefois, comme s'il avait encore été l'enfant de Maria.

Il avait dragué plusieurs jours durant, apprenant à se méfier d'Orlando, le régisseur, ce chien de garde toujours aux aguets, flairant et courant autour de son maître, aboyant, montrant les crocs. C'est lui qui remettait à la fin de chaque journée les quatre billets de cent lires.

Quand l'homme avait sorti de l'eau la statue de jeune femme, le régisseur avait crié afin que Carlo Morandi descendît vite de la terrasse où il se tenait.

– On l'a eue, on l'a eue! hurlait Orlando.

Morandi avait poussé une exclamation de joie, une sorte de rugissement.

Voûté sur les commandes de la drague, l'homme s'était tassé, cachant dans son poing une cigarette, tenté de faire tourner à grande vitesse le bras et la main d'acier afin de projeter contre la berge cette statue, et il s'était ainsi avoué pour la première fois qu'il regrettait de ne pas avoir tué Morandi le jour de la vengeance.

Trop tard.

La tête de Morandi n'était plus ronde. Qui se souvenait encore de ses origines?

Morandi, le bras tendu vers la statue, avait lancé :

– Si tu la brises, je te tue, tu es prévenu! Lentement, lentement... Ne la secoue pas, crétin!

L'homme s'était exécuté.

Morandi avait maintenant la tête d'un riche, d'un seigneur, d'un *condottiere*, puisque c'était ainsi qu'on l'appelait désormais.

Le visage plutôt oblong, osseux, la peau bronzée sous des cheveux argentés, c'est à peine si on distinguait, barrant son front, une cicatrice oblique qu'on eût pu prendre pour une ride un peu profonde.

14.

La cicatrice partageait le front de Carlo Morandi en deux parties inégales : la plus vaste à gauche, l'autre cachée par une mèche, limitée par cette ligne partant de la base du nez et qui se perdait sous les cheveux.

Presque toujours, quand elles étaient couchées contre Morandi, ou bien assises sur sa poitrine, les femmes suivaient du bout du doigt ce sillon de peau un peu moins brune qui se prolongeait loin, jusqu'au milieu du crâne. La pierre lancée par le fils de Maria, celui qu'on allait surnommer Angelo Trovato, était un éclat de bloc calcaire dont l'un des angles était aussi tranchant qu'une hache, et c'est lui qui avait frappé Morandi, faisant jaillir le sang.

Lorsque la comtesse Italina Bardi s'était agenouillée en continuant de crier, d'appeler à l'aide, regardant tout autour d'elle et apercevant, derrière les massifs de lauriers, la silhouette de ce fils du diable, de cet assassin qu'elle avait nourri, elle avait pensé que Carlo allait mourir ou bien rester aveugle, paralysé.

L'espace d'un instant, elle avait imaginé l'enfant assis dans le parc, enveloppé de couvertures, les yeux clos, une entaille profonde défigurant son visage, et elle lui lisait à voix basse *I Promessi Sposi*, « Les Fiancés », dont l'action se déroulait par ici, non loin du lac. Vivant cela, elle avait poussé un cri encore plus aigu, car elle ne pouvait croire que Carlo Morandi ne posséderait jamais aucune femme, qu'il ne serait jamais fiancé, lui, déjà si vigoureux, déjà si mâle, un vrai Bardi – et elle s'était réjouie de ne rien savoir du père, Mussolini, maudit ce porc, si c'était lui, puisqu'il avait provoqué la mort de cette pauvre Paola, mais Carlo, non, non, Carlo, lui, ne mourrait pas!

Morandi avait la tête dure, il s'était remis en quelques jours et, quand elle le regardait, la comtesse Italina Bardi se signait.

Il voyait, il courait, il sifflait. Avec ses pansements blancs qui lui ceignaient le front, on eût dit un cheik, et durant des mois elle l'avait appelé mon petit sultan. Elle avait même réussi à se persuader que Dieu avait voulu cette blessure pour les sauver, eux. Car plus personne ne s'était hasardé dans le parc de la villa, comme si, avec la mort de Paola et la blessure de Carlo, les Bardi avaient assez payé.

Le nouveau maire de Bellagio, un partisan, peut-être un communiste – un rouge en tout cas –, avait lentement gravi les escaliers conduisant à la terrasse. Il tenait son chapeau à la main, bien poliment.

Il avait appris, disait-il, pour le petit-fils. Querelle de gosses, n'est-ce pas? L'autre a dû se noyer en essayant de traverser le lac. C'est la guerre, les esprits sont tous dérangés. Mais la guerre est finie, non? Il faut la paix. Nous sommes des gens pacifiques, vous savez, comtesse. Chacun a eu sa part de souffrances. Vous avez eu la vôtre. La vie recommence. Nous sommes tous d'ici, de la même patrie. Nous avons tous ce lac dans les yeux, ces parfums de notre terre en nous.

Il avait tendu la main et la comtesse l'avait prise, disant qu'il parlait noblement, ce qui ne l'étonnait pas, car les gens du lac ont le cœur fier, le sens de la justice et de l'honneur. Puisque son petit-fils vivait, elle n'avait qu'à s'agenouiller pour remercier Dieu. Et elle prierait aussi pour les habitants de Bellagio.

– Pour vous aussi, monsieur le maire » avait-elle conclu en le raccompagnant jusqu'à l'escalier.

Lorsqu'elle était rentrée dans le grand salon du premier étage, elle avait entendu des rires et des petits cris étouffés.

Elle s'était avancée jusqu'à la porte donnant sur le boudoir et elle avait distingué, dans la pénombre, le pansement blanc de Carlo puis, au-dessous de lui, cette jeune bonne aux yeux bleus enfoncés dans une peau trop brune. Elle battait des jambes comme une noyée, mais Carlo la tenait bien, comme le brave mâle qu'il était. « Va, mon petit sultan, va, prends, prends », avait murmuré la comtesse en s'éloignant à reculons, gagnant la terrasse où, les yeux mi-clos, elle avait attendu la réapparition de Carlo dans le soleil voilé du crépuscule.

Elle l'avait enfin vu s'avancer dans le salon, puis s'immobiliser, jambes écartées, poings sur les hanches, les extrémités de son pansement défait tombant, de part et d'autre de son visage, sur ses épaules.

– Alors? avait-elle dit.

Il avait ri, le menton levé, puis, d'un geste qu'elle avait trouvé vulgaire, mais qui l'avait émue et troublée, il avait essuyé ses lèvres avec le dos de sa main droite, comme un paysan qui vient d'avaler une rasade.

Ce geste-là, dans les années qui avaient suivi, elle le lui avait vu faire tant de fois qu'elle n'y avait même plus prêté attention, et cependant elle le notait, elle savait ce qu'il signifiait, et elle pensait : encore une.

Parfois, elle apercevait ces filles qui descendaient l'escalier de la terrasse en faisant claquer leurs talons hauts, et elle admirait leurs jambes nues, brunes et musclées, leurs cuisses sous une robe à fleurs. Elles tenaient toutes leur sac à main plaqué sur leur ventre comme un petit enfant qu'elles venaient de nourrir. Elles arboraient l'expression résolue et boudeuse de femmes qui ont fait leur travail avec conscience.

Quand elles traversaient la place de Bellagio pour se rendre à l'arrêt du car qui les reconduirait à Côme, d'où, peut-être, elles repartiraient pour Bologne ou Milan, les hommes assis sur le muret qui surplombe le lac les regardaient passer sans un mot, sans même siffler, comme s'ils craignaient d'insulter, en les interpellant, Carlo Morandi à qui elles appartenaient.

Il était loin, le temps où l'on prétendait que Morandi était le bâtard du Duce, que sa putain de mère avait couché avec le dictateur à même le parquet de cette grande salle du Palazzo de Rome où celui-ci recevait en audience et où, murmurait-on, il culbutait ses visiteuses pour une rapide étreinte. Après, il passait sur le balcon et s'adressait à la foule, tonitruant.

Certains, à l'époque, avaient affirmé que Carlo était plutôt le fils de Marcello Petacci, le frère de cette autre putain, Claretta Petacci, qu'on avait abattue à Dongo et pendue avec le Duce, à Milan. Marcello, lui, on l'avait noyé dans le lac avec la mère de Carlo, Paola Morandi, la fille de la comtesse Bardi. Ces deux-là, peut-être qu'ils continuaient de baiser au fond du lac, est-ce qu'on sait ce qui se passe après la mort? Peut-être étaient-ils devenus l'un et l'autre deux de ces poissons ventrus qui s'en vont par couples et qu'on voit dans les eaux troubles près de la berge, couchés sur la vase, repus?

Mais ce qu'on avait dit, cru ou imaginé au printemps de 1945, plus personne ne s'en souvenait. On regardait descendre de la Villa Bardi les filles que louait pour un ou deux jours Carlo Morandi, et quand il passait, lui, on le saluait avec respect d'une inclinaison de tête.

Il aimait parcourir lentement les rues du village aux commandes d'un vieux side-car de l'armée allemande, couleur de sable, sur lequel il avait laissé figurer les emblèmes de la Wehrmacht. Les carabiniers avaient fait une démarche auprès de lui pour le convaincre d'effacer les croix gammées. « Monsieur le comte devrait comprendre, avaient-ils dit au régisseur. Pour l'aigle, nous pouvons fermer les yeux, mais les svastikas, nous avons des directives... » Morandi n'avait fait aucune difficulté : la loi est la loi, et il la respectait. L'ordre avant tout.

Une fille assise dans le side-car, il roulait plus vite, et le bruit du moteur emplissait les ruelles du village, puis se répercutait le long des berges quand Morandi empruntait la route des bords du lac et remontait la rive opposée jusqu'à Dongo.

Il revenait par le bac, ne quittant pas sa machine. La fille avait noué un foulard autour de sa tête : au milieu du lac, le vent du nord soufflait, vif et froid.

A Bellagio, la fille descendait et Morandi, sans même la regarder, s'engageait à vitesse réduite sur la route qui le reconduisait à la Villa Bardi.

Vers les années 60 – il avait donc dans les vingt-cinq ans –, il avait renoncé à ces promenades à side-car. Il quittait la villa à bord de voitures décapotables dont il faisait vrombir le moteur sur la place, et, parfois, deux filles étaient assises à ses côtés.

A voix basse, comme s'ils complotaient, les hommes de Bellagio calculaient le nombre de femmes que ce cochon-là avait déjà dû s'enfiler et combien, s'il continuait à ce rythme, il en aurait eu au bout de sa vie. Ils comptaient sur leurs doigts, oubliaient des retenues, recommençaient leurs multiplications et parfois l'un deux inscrivait des chiffres sur un paquet de cigarettes ou au dos d'une enveloppe. Ils se passaient les résultats, se disputaient. Mettons que tu puisses bander jusqu'à soixante-dix ans, mettons, tu comptes cinquante-deux semaines et cinq filles par semaine, parfois on en voit même passer plus, tu es d'accord jusque-là? Bien, disons cinq filles pour sept jours, et une différente chaque jour, comme ça arrive souvent : ça te fait plus de dix mille filles, dix mille culs, tu te rends compte, dix mille!

Ils hochaient la tête comme s'ils essayaient d'imaginer et l'on devinait, à leur expression, qu'ils passaient de l'admiration, d'une sorte de jubilation même, comme si Morandi avait été leur champion, à un profond accablement.

Il en veut, Morandi, il faut pouvoir, quelle fatigue! lançait quelqu'un. Ou alors c'est un malade, un obsédé.

On interrompait ce type qui n'y comprenait rien : est-ce qu'il avait jamais trompé sa femme, lui?

Le ton montait. Certains s'éloignaient en bougonnant, en jetant des injures. D'autres répétaient qu'ils le savaient, eux : quand on change, c'est toujours bon, ça donne soif de boire. Et, tout comme le faisait Morandi, ils se passaient le dos de la main sur les lèvres.

C'était une force, Morandi, il en avait là, entre les jambes, ça devait peser, murmurait un autre.

Va savoir, lui répondait-on.

Ils haussaient les épaules.

Lui aussi, comme les autres, finirait au fond du lac : grosses ou pas, on finit tous par crever, non?

Oui, mais en attendant, lui, il bandait, il jouissait!

Va savoir...

Ils riaient puis se séparaient, rentrant chez eux à petits pas.

15.

Tandis qu'elle traversait la place de Bellagio afin de gagner l'embarcadère, Joan Finchett avait senti le regard insistant des hommes du village.

Elle les avait vus, assis sur le parapet qui ferme la place au-dessus des berges, parlant à mi-voix sans bouger la tête, et elle avait deviné qu'ils commentaient chacun de ses pas, les mouvements de ses seins. Elle s'en était voulu de porter cette chemise d'homme en toile bleue à col largement ouvert, aux manches retroussées. Trop ample, elle permettait d'avoir les seins nus et c'était ce qu'ils imaginaient.

Elle avait été prise d'une sorte de rage et s'était arrêtée en face d'eux, l'air de vouloir contempler l'autre rive du lac que le soleil embrasait, faisant surgir de la végétation luxuriante les façades des grandes villas princières, alors qu'elle s'attachait à les dévisager dans l'intention de leur exprimer son mépris. Ils n'avaient pas baissé les yeux, souriant au contraire avec une morgue méprisante. Et elle s'était alors souvenue de ce qu'elle avait vécu après le dîner, sur la terrasse de la Villa Bardi, quand, d'un geste autoritaire, Carlo Morandi lui avait empoigné le bras, disant à Franz Leiburg qu'il voulait travailler avec Joan, qu'elle était là pour cela, n'est-ce pas?

Leiburg avait souri avec lassitude, puis s'était mis à toussoter. Il avait déjà beaucoup parlé à Joan de ce printemps 1945, avait-il murmuré en scrutant Morandi : pauvre Paola, il avait été si épris d'elle, une femme admirable, un personnage de légende, fantasque...

Morandi l'avait interrompu, le bousculant presque pour tirer en arrière le fauteuil de Joan, l'obliger à se lever.

Était-ce le vin, la tiédeur de l'air, ce parfum des lauriers, enivrant lui aussi ? Elle s'était laissé guider, malgré l'humiliation qu'elle éprouvait, curieuse de ce qui allait advenir.

Mais le regard que lui avait lancé Orlando, le régisseur, l'avait déjà presque dégrisée.

Dès son arrivée à Bologne, elle avait détesté, haï même cet homme qui l'avait accueillie dans le hall de l'aéroport, tenant un carton sur sa poitrine où il avait simplement inscrit FINCHETT, ignorant son prénom, lançant seulement, quand elle s'était arrêtée devant lui : « C'est vous, ça ? »

Elle avait affronté pour la première fois cette façon d'être jaugée : sans aucune timidité, le regard d'Orlando, l'avait parcourue des pieds à la tête, s'attardant sur son ventre, ses seins, ses lèvres.

Elle avait dit : « Vous avez fini ? On peut y aller ? »

Orlando n'avait été ni gêné ni décontenancé. Il lui avait tourné le dos, ne lui proposant même pas de porter son sac de voyage, n'ouvrant pas la porte de la voiture, mais, durant tout le trajet, il n'avait cessé de l'observer. Dans le rétroviseur, ses yeux ne se dérobaient pas et elle, qui avait tant de fois été confrontée au désir et à l'agressivité des hommes, s'était sentie démunie. Dans le regard d'Orlando, elle n'existait que parce qu'il le voulait bien, mais elle n'était rien, seulement une chose que lui, l'homme, pouvait, le temps d'un regard, de par sa volonté, faire vivre, élever jusqu'à lui avant de la renvoyer au néant.

Au début, elle n'avait pas ressenti la même chose avec Carlo Morandi. Il s'était montré attentionné, séducteur, la prenant à part, établissant avec elle une complicité qui paraissait fondée sur l'estime qu'il lui portait.

Il lui avait confié ce qu'il pensait du ministre Nandini – « un trou du cul », avait-il dit –, et elle avait sursauté cependant qu'il riait, et bientôt elle avait ri à son tour tant la vulgarité de l'expression détonnait dans le luxe raffiné de la Villa Bardi.

– Je veux dire, avait repris Morandi, que Nandini n'est rien, vous m'avez compris : de la pacotille, en solde, au plus offrant. Il s'était penché : Si vous écrivez cela, je ne vous parlerai plus. Or je possède beaucoup de secrets...

Mais, rapidement, Morandi l'avait irritée et jusqu'à cette fin de dîner, elle l'avait tenu à distance, malgré ses invites, préférant la compagnie et les confidences de Franz Leiburg. A la façon dont Morandi l'avait saisie par le bras, elle avait compris qu'il entendait prendre sa revanche. Elle avait eu envie de savoir ce que cela signifiait. On ne connaît la vérité d'un homme qu'au moment où il est seul en face de vous, elle avait appris cela depuis bien longtemps. Et elle avait toujours su se défendre, réussissant à repousser les avances de ceux qui la harcelaient et qui renonçaient, honteux, de crainte d'être ridicules.

Dans les allées éclairées du parc, elle s'était retournée. Orlando suivait à quelques dizaines de mètres.

D'une voix amusée, Morandi avait chuchoté que son régisseur ne le quittait jamais, jamais : ça ne vous dérange pas?

Soudain inquiète, elle avait commencé à essayer de se dégager. Puis le bruit des voix des invités sur la terrasse l'avait quelque peu rassurée. Morandi n'était pas fou au point de prendre le risque de se faire accuser devant témoins. De quoi, au demeurant? Elle s'était calmée. Qu'allait-elle imaginer : qu'il allait la violer? L'idée lui avait paru si excessive qu'elle lui avait abandonné à nouveau son bras pour se prouver à elle-même qu'elle n'était nullement effrayée, qu'elle avait simplement un peu bu et divaguait.

– Je ne vous ai pas montré ça, avait dit Morandi.

Ils étaient entrés dans une sorte de galerie voûtée qui descendait en pente douce vers le lac. Là, dans une niche, elle découvrit un side-car jaune marqué de l'aigle de l'armée allemande.

Puisque Franz Leiburg lui avait parlé du printemps 1945 et qu'elle avait paru passionnée par ce genre de confidences, il avait pensé que cette machine-là l'intéresserait, expliqua-t-il à Joan. Morandi eut un geste pour l'inviter à prendre place dans le side-car, mais elle resta immobile, le regardant qui effleurait le corps de la moto du bout des doigts, précisant que l'engin était en parfait état de marche.

Il se mit à raconter. Ils avaient trouvé le side-car sur la route qui descend à Bellagio, peut-être au dernier jour d'avril 1945. Il était avec un gosse, le fils d'une domestique – il s'interrompit un instant comme s'il avait cherché à préciser un souvenir –, le soldat était en sang : un homme casqué, lourd, portant un long manteau de cuir noir. Ils l'avaient soulevé, puis traîné sur la chaussée et jeté dans le lac. Ensuite ils avaient roulé, c'était excitant, peut-être son plus beau souvenir d'enfance.

Tout à coup, Morandi s'était interrompu et rapproché de Joan.

– Après, avait-il dit, beaucoup de femmes se sont assises là, il montrait le siège du side-car, elles aimaient toutes ça. C'était mon char de triomphe. Vous ne voulez toujours pas?

Il avait poussé Joan contre la paroi, collant son corps au sien, emprisonnant son visage entre ses bras tendus appuyés aux dalles de marbre qui recouvraient la voûte.

Joan avait alors subi ce regard qu'elle ne pouvait fuir, le même que celui d'Orlando, le même qu'elle affronterait sur la place de Bellagio en se dirigeant vers l'embarcadère.

Elle n'existait pas dans ces yeux-là. Elle n'était que le désir de possession de l'homme. Une fois ce désir assouvi, elle serait morte. Elle avait pourtant senti qu'elle était attirée par lui comme par une eau noire, qu'elle avait envie de se laisser couler pour savoir subir ce qu'elle n'avait encore jamais éprouvé.

Elle avait bousculé Morandi, l'écartant avec violence, d'un mouvement instinctif de colère, prête à le gifler.

Il n'avait pas insisté, mais lorsqu'elle avait voulu sortir de la galerie, Joan s'était heurtée à Orlando qui, bras écartés, l'empêchait de passer. Son visage inexpressif était inquiétant, surtout à cause de l'immobilité de ses traits.

Au moment où Joan allait pousser un cri qu'elle voulait strident, Morandi lança d'une voix calme, méprisante : « Laisse, laisse-la », et Orlando s'écarta.

16.

Des semaines plus tard, à Paris, Joan s'était souvenue de cette scène si brève – quelques phrases, quelques regards – avec angoisse et même un sentiment de honte.

Elle était assise en face de Jean-Luc Duguet sur l'un des canapés de la salle de conférences du journal. Il l'avait entraînée, elle avait été émue par cet homme qu'elle avait connu énergique, autoritaire, exigeant de lire tous les articles à paraître dans *Continental*, voire parfois de presque tous les récrire, et qu'elle retrouvait à présent hésitant, voûté, traînant les pieds, la voix si faible qu'elle avait dû lui faire répéter ce qu'il désirait savoir.

Elle s'était penchée vers lui, elle avait eu envie de le rassurer, de le tenir contre elle, mais cette tentation instinctive l'avait gênée quand elle avait surpris le coup d'œil que lui lançait Joëlle, debout à l'autre extrémité de la pièce où elle s'entretenait avec Arnaud et Bedaiev.

Elle n'aimait guère Joëlle, l'une de ces Françaises si soucieuses d'elles-mêmes, si égoïstes, maniérées jusque dans leurs moments de laisser-aller, toujours coiffées avec soin, maquillées minutieusement, veillant à ne commettre aucune faute de goût, si bien que, pour la défier, Joan s'était rapprochée de Jean-Luc avec encore davantage de compassion.

Qu'est-ce qu'un homme qui souffrait, dont le désespoir faisait trembler le menton et les mains, pouvait attendre d'une femme comme Joëlle?

Joan s'en persuadait : elle aurait su et aurait pu l'aider.

Elle avait posé la main sur le genou de Jean-Luc : que voulait-il?

Qu'elle lui parle de cet article, du lac, avait-il murmuré. L'avait-elle traversé, avait-elle débarqué à Dongo, visité le village?

Elle avait d'abord laissé libre cours aux souvenirs qui lui étaient revenus, évoquant cette longue promenade sur le lac, assise sur la plage avant de *L'Innomato*, cette tiédeur un peu moite du sud, vers Côme, puis, dès que l'on atteignait Dongo, l'impression d'une atmosphère plus trouble, incertaine, où à une chaleur lourde se mêlaient tout à coup des souffles froids coulant des vallées, en provenance des cimes du nord. Elle avait parlé de l'exubérance des floraisons, de ces villas qui semblaient surgir de la végétation comme de blancs rochers ou comme des femmes drapées, encore recouvertes d'algues et d'eau, qui s'ébrouaient, que la vigne vierge masquait parfois à demi, si bien qu'elles paraissaient abriter des secrets d'alcôve : Villa Bardi, Villa Melzi, Villa Carlotta... Au fur et à mesure qu'on s'approchait d'elles, on était grisé par les bouquets débordant des vasques, l'enivrante profusion des parfums.

En parlant, elle avait baissé quelque peu la voix comme s'il s'était agi là de confidences, presque d'aveux.

Jean-Luc l'avait écoutée, les lèvres tremblantes, secouant la tête pour marquer son incrédulité, ne quittant plus Joan des yeux, murmurant tout à coup, en lui prenant la main, que, sur cette berge, près de Dongo, là où, à l'aide d'une drague, une énorme main d'acier, on avait trouvé le corps d'Ariane, puis là où on l'avait déposé, sur un talus, les lauriers étaient si fleuris que l'air douceâtre en paraissait poisseux, gluant. Joan avait-elle aussi ressenti cela, cette nausée devant l'excès, la débauche d'une nature obsédante?

Joan s'était alors reproché d'avoir parlé sans réfléchir, avec complaisance, soucieuse peut-être d'impressionner Jean-Luc, de le séduire en l'étonnant. Elle avait oublié ce que Jean-Luc avait vécu là-bas, ce que Joëlle avait raconté, se confiant aux journalistes les uns après les autres, recommençant son récit : Jean-Luc dans la petite chambre de l'Hôtel Stendhal, Jean-Luc qui avait marché des jours et des jours sous l'averse, et cette idée folle de faire enterrer sa fille à Dongo. Est-ce que Clémence, la mère d'Ariane, avait téléphoné au journal? Lui avait-on dit où Ariane était inhumée? Jean-Luc s'y refusait, mais Clémence avait des droits, elle était la mère, n'est-ce pas?

Il y avait à Dongo un médecin adorable. Sans lui, peut-être Jean-Luc se serait-il tué ou aurait-il définitivement sombré. Ce docteur Ferrucci avait écrit, mais oui, il voulait savoir comment Jean-Luc se rétablissait, il n'y avait qu'un Italien pour manifester cette sorte d'attention, de fidélité.

– Ils sont chaleureux, si tendres, vous ne trouvez pas, Joan?

Joan s'était donc tue, puis avait interrogé Jean-Luc. Revenait-il définitivement au journal? On avait besoin de lui. Qu'avait-il pensé des derniers numéros de *Continental*?

Mais il avait insisté, reparlant de Morandi et, quand elle avait décrit la munificence de l'hospitalité à la Villa Bardi, l'habileté du *condottiere* et sa puissance, il avait demandé :

– Derrière ça : qui, quoi?

Cette question avait mis Joan mal à l'aise. Elle n'aimait pas ce sentiment désagréable, irritant, de n'avoir pas fait ce qu'elle aurait dû faire.

Elle avait tenté de se justifier, expliquant à Jean-Luc qu'on ne savait jamais ce qu'il y avait aux origines des agissements d'un homme, que la question ne devait même pas être posée, que le journaliste rapportait seulement ce qui était, ce qui avait eu lieu. Aux historiens, aux policiers, aux confesseurs de sonder les mobiles.

Tout en parlant, elle sentait bien qu'elle se mentait, qu'elle avait tout simplement eu peur de démasquer Morandi, de chercher à savoir qui il était vraiment.

Elle n'avait employé qu'une fois, sous forme d'hypothèse, le mot « inquiétant ». *Peut-être*, avait-elle écrit, *ce milliardaire élégant et resté juvénile pourra-t-il paraître inquiétant à d'aucuns, mais...*

Elle avait déroulé ensuite toutes les anecdotes qui faisaient du *Condottiere* un personnage fascinant et sympathique, un mécène rassemblant des intellectuels autour de lui, un citoyen exemplaire, soucieux du futur des hommes.

Elle s'était sentie honteuse et, tout en regardant Jean-Luc Duguet, elle s'était souvenue de la scène dans la galerie, quand Morandi lui avait montré le side-car. Et l'angoisse s'était mêlée à sa honte.

Après tout, Morandi aurait pu la violer là sans que personne n'entende rien et Orlando aurait témoigné que son maître se trouvait ailleurs avec lui, à l'autre bout du parc. Qui eût cru Joan, toute journaliste qu'elle était?

Morandi aurait prétendu qu'elle voulait attirer l'attention, vendre son témoignage. Un homme comme lui avait-il besoin de la force pour séduire une femme?

Sur la terrasse, après qu'elle eut quitté la galerie souterraine et alors qu'elle devisait avec Franz Leiburg, Morandi lui avait de nouveau empoigné le bras, le serrant à lui faire mal, et lui avait parlé à l'oreille d'un ton ironique : elle ne devait pas s'y tromper, s'il avait vraiment voulu d'elle, il l'aurait prise comme il le souhaitait. Jamais personne, quand il l'avait vraiment décidé, n'avait pu lui résister. Il était ainsi, il fallait qu'elle le sache. Mais il l'avait trouvée traditionnelle; sans doute était-il trop vieux et préférait-il maintenant les femmes un peu... Il avait grimacé, cherché ses mots, fait un geste comme on tâte une étoffe, frottant l'extrémité de son pouce contre le bout de ses autres doigts. Comment dire..., répétait-il. Puis il avait ri. Joan était trop saine, trop propre : américaine! Il aimait ce qui était décadent, corrompu, européen, comprenait-elle cela? Elle pouvait l'écrire dans son article, mais qu'elle prenne garde : il était capable de racheter le journal avec tous ses journalistes afin de se payer le luxe de la licencier. « Je suis comme ça, que voulez-vous. »

Il l'avait lâchée.

Elle se reprochait maintenant d'avoir été prudente sans même s'en rendre compte, d'avoir composé un de ces articles tout en facettes qui se contentent de reflets.

Jean-Luc avait eu raison : derrière ça, quoi, qui?

Elle se l'avouait : elle n'avait pas voulu savoir.

Elle avait d'ailleurs reçu une lettre de Morandi, trois mots qui se détachaient, noirs, sur l'épais papier à grosse trame où, en filigrane, elle avait distingué le blason des Bardi, ce poisson à gueule ouverte surmonté d'une tour crénelée. *J'aime ce portrait*, avait griffonné Morandi.

Elle avait froissé la lettre et cru l'oublier, commençant une autre enquête, faisant défiler sur son ordinateur d'autres phrases comme pour effacer de sa mémoire celles qu'elle avait écrites. Mais elle avait en face d'elle Jean-Luc, un homme diminué, émouvant, qui articulait mal, dont elle devinait les mots plus qu'elle ne les entendait.

– Derrière ça : quoi, qui? demandait-il à nouveau.

Joëlle s'était approchée, jacassante.

Jean-Luc ne pensait qu'à *Continental*, commençait-elle, il ne vivait que pour ces pages.

– Vous aussi, n'est-ce pas, Joan? demanda-t-elle à la jeune femme.

Elle et lui étaient donc faits pour s'entendre, se comprendre.

– Moi, ajouta-t-elle, les journaux, je dois vous dire...

Un numéro chassait l'autre, n'est-ce pas?

Joan avait tendu la main à Jean-Luc qui se levait avec difficulté.

Il était presque tombé sur elle, se raccrochant au dossier du canapé.

Un homme – Jean-Luc, Morandi –, c'était si obscur, comme un lac opaque.

17.

– JOAN ? Joan ?

Qui l'appelait ? Qui la touchait, posant la main sur son avant-bras ?

Elle avait dû s'arracher à ce vide où elle s'était réfugiée, se laissant peu à peu couler, oubliant qu'elle était assise dans la voiture de Christophe Doumic, qu'il la raccompagnait chez elle, rue Frédéric-Sauton, qu'il allait lui proposer de s'arrêter d'abord chez lui, et il lui faudrait traverser ces grands salons, longer ce couloir au plafond haut pour atteindre enfin la chambre de Christophe.

Il demanderait : « Je vous sers quoi, Joan ? »

Elle aurait froid, étonnée de se trouver là face à ce Français en costume croisé qui parlait de *son* ministre, de *sa* réforme fiscale, et pouvait à tout moment situer *le point de chute* – c'était son expression – de tous les anciens de sa promotion de l'ENA.

Elle l'avait devancé. Elle avait murmuré : « Je rentre », insistant sur ce *je* qui voulait dire : je ne passe pas chez vous, vous ne montez pas avec moi, à bientôt, peut-être.

Elle se reprochait son attitude. Christophe était un compagnon agréable, courtois, utile. Ils composaient un couple intéressant, qu'on invitait. « Elle est amusante, Joan Finchett, mais oui, la journaliste américaine de *Continental*. Doumic est au cabinet du ministre du Budget, vous ne saviez pas ? »

– Je suis fatiguée, excusez-moi, Christophe, avait-elle murmuré.

Il avait ri. Puis il s'était mis à parler avec désinvolture du dîner auquel ils avaient participé. Joan avait-elle remarqué les apartés entre Richard Gombin, le président de la banque Wysberg, Alexandre Hassner et Lavignat [1]? Ils sont tous trois aux abois. La banque va être privatisée et Gombin sera débarqué. Avec la défaite de la gauche, l'agence H and H a perdu la plupart de ses contrats, et Hassner cherche un acheteur. Quant à *l'Universel*, l'hebdomadaire, il est en chute libre, n'est-elle pas au courant?

Tout à coup, c'était à nouveau le vide en elle.

Elle n'entendait plus. Elle se souvenait de Morandi sur la terrasse de la Villa Bardi; puis de cette silhouette dans les couloirs du journal : Jean-Luc Duguet qui souriait, balbutiait quelques mots inaudibles, s'appuyait à la cloison, ouvrait difficilement la porte de son bureau. Elle avait eu envie d'entrer derrière lui.

Joan? Joan?

L'avait-elle écouté? s'enquérait Christophe.

Elle fit oui de la tête.

Si Morandi rachète l'agence H and H et *l'Universel*, reprenait-il, il faudra qu'il s'explique sur l'origine des fonds. Vous connaissez sa réputation un peu trouble, comme celle de la plupart des Italiens, il est vrai, ajouta Christophe en riant.

Elle coulait de nouveau.

Elle était entrée dans le bureau de Jean-Luc.

Il déplaçait des feuilles sur sa table en dodelinant de la tête. Il avait marmonné que ces calmants qu'on lui administrait l'épuisaient, qu'il ne savait plus où il en était. Il confondait un mot avec un autre, perdait la mémoire. Mais, avait-il ajouté en haussant les épaules, le souvenir d'Ariane, ce qu'on voulait précisément effacer, cela seul restait : tout seul, plus rien autour. Amusant, non? Contre-effet, en somme. Les médecins étaient perplexes.

Elle avait eu un geste de la main vers lui.

Savait-elle, avait-il repris, que Joëlle le quittait? Il était seul. C'était mieux comme ça, non? L'angoisse, la dépression étaient aussi des maladies contagieuses. Joëlle aimait les hommes sains, forts.

1. Voir *La Fontaine des Innocents* et *Les Rois sans visage*, romans, 1992 et 1994, Fayard.

Joan avait embrassé Christophe, effleurant le coin de ses lèvres.

« Vraiment ? » avait-il interrogé. « Vraiment », avait-elle répondu, puis elle avait tourné le dos.

Dans l'ascenseur, elle n'avait pas bougé quand la porte s'était ouverte puis refermée. Cette boîte métallique où s'accumulait le silence la protégeait.

En sortant du bureau de Jean-Luc, elle avait questionné Arnaud.

Bien sûr, Joëlle quittait Duguet. Pouvait-on le lui reprocher ? Jean-Luc se noie, il refuse de se laisser aider. C'est bien autre chose que la mort d'Ariane. Plus profond. Un refus. Pour ce qui est d'Ariane, cela faisait des années qu'il savait que ça finirait comme ça. Alors, pourquoi ce choc, cette démission ? Ce refus de la vie ? Peut-être parce qu'il y a ce trou noir où Ariane est tombée sans qu'on sache avec précision pourquoi. Les Italiens n'ont rien expliqué. C'était sans doute ça qui rongeait Jean-Luc. L'obsession de ne rien savoir, de ne pas comprendre. Pour un homme comme lui, c'était insupportable.

En tâtonnant, Joan avait appuyé sur un des boutons et l'ascenseur était redescendu. Elle était ressortie, puis avait marché lentement sur la place Maubert, passant entre les piquets de fer disposés pour le marché du lendemain. Elle s'était faufilée entre eux comme dans un labyrinthe.

Troisième partie

Paris, Hôtel Crillon

18.

LORSQUE, quelques semaines étant passées, Joan avait voulu s'avancer vers Franz Leiburg, assis sur un canapé devant les baies vitrées, dans le salon du premier étage de l'Hôtel Crillon, elle avait eu à nouveau le sentiment de s'avancer dans un labyrinthe.

Elle avait dû éviter les câbles des caméras, les perches des preneurs de son, les projecteurs, et elle s'était immobilisée, reconnaissant Brigitte Georges et Pierre-Yves Lavignat [1] qui, à tour de rôle, interviewaient Leiburg.

Il s'était installé de trois quarts, le bras droit appuyé au dossier, jambes croisées, répondant à leurs questions mais sans bouger la tête, paraissant parler dans le vide, surplombant la place de la Concorde qui s'étendait comme un lac minéral et gris sous le ciel bas. Il semblait commander en maître narquois le mouvement des voitures qui se précipitaient vague après vague, disparaissant de l'autre côté du pont dans une course aveugle qui se prolongeait sans fin. Parfois, il soulevait un peu la main comme pour ordonner une accélération de cette agitation silencieuse qui se poursuivait, rythmée par le clignotement des feux, mais c'était le seul signe d'intérêt qu'il manifestait pour ce qui se passait autour de lui ou au-dehors, et son profil osseux, les pommettes faisant ressortir le creux des tempes et soulignant la hauteur du front bosselé, restait figé, les lèvres s'écartant à peine.

Joan avait hésité. Elle détestait Brigitte Georges. Elle ne la voyait que de dos, mais elle imaginait son visage tendu, cette

1. Voir *La Fontaine des Innocents*, romans Fayard et Livre de Poche 1991, 1993.

expression mobile que l'avidité durcissait. Elle avait participé en sa compagnie à quelques émissions, irritée par sa spontanéité appliquée, la duplicité de ses questions. Elle allait se retourner. Elle dirait : Tiens, Joan, vous vous intéressez à Leiburg? Les écrivains, ce n'est pourtant pas votre registre? Comment va *Continental*? Et Duguet, toujours dépressif? On murmure qu'il abandonne la direction du journal. Qui va le remplacer? Arnaud?

Lavignat parlerait de Morandi et de la Villa Bardi.

Joan avait été tentée de partir, mais elle n'avait pas bougé, obstinée malgré elle, retenue par les réponses de Leiburg, cette voix monocorde qui sourdait du fond de la gorge. Il donnait à ses phrases une scansion singulière, comme s'il avait parlé une autre langue que le français, comme si chaque mot qu'il prononçait avait eu un double sens.

Une fois les projecteurs éteints, Leiburg avait levé le bras, saluant Joan cependant que Brigitte Georges lançait : « Nous n'avons pas encore terminé, ma chère... »

Lavignat s'était avancé en souriant, multipliant les phrases inachevées, les ponctuant d'un mouvement de la main, glissant ses doigts dans ses cheveux. Décidément, disait-il, nous ne nous quittons plus. Ce dîner, il y a quelques semaines, une fête! Il avait beaucoup aimé Christophe Doumic, quelle intelligence, quelle finesse rare chez un énarque. Dites-moi, Joan – il l'avait prise par le bras –, qu'attendez-vous de Leiburg? Vous avez des nouvelles de Morandi? Et Duguet, on dit que ça ne s'améliore pas?

Leiburg était resté le bras levé, ne quittant pas Joan des yeux.

Elle l'avait enfin rejoint, enjambant les câbles, contournant les caméras, s'arrêtant devant lui sans oser lui tendre la main, à nouveau paralysée.

Il semblait avoir encore maigri depuis le dîner à la Villa Bardi. Ses yeux s'étaient davantage enfoncés dans les orbites, mais le regard était toujours d'une vivacité étonnante, comme s'il puisait sa force ailleurs que dans ce visage et ce corps décharnés.

– Je ne vous ai pas oubliée, avait-il dit en serrant le poignet de Joan.

Ses doigts étaient longs et noueux, et quand, d'une simple pression, il avait invité Joan à s'asseoir près de lui, elle n'avait pas résisté.

Morandi l'avait donc laissée repartir..., avait-il murmuré. Il avait regardé autour de lui pour s'assurer qu'on ne l'écoutait pas. Savait-elle qu'il avait eu peur pour elle? Il connaissait Morandi depuis longtemps, il était à même de deviner ce qu'il ressentait devant certaines femmes. Et elle était de celles-là, si jeune encore.

Du bout des doigts, il lui avait caressé la joue.

– Vous vouliez donc me voir.

Il avait accepté parce qu'elle était une jeune femme, mais oui, pour cela même. Que restait-il au vieillard qu'il était? Le regard, jouir ainsi de sa présence, c'était déjà beaucoup, elle ne pouvait imaginer.

– Mais c'est Morandi qui vous intéresse, n'est-ce pas?

Il avait souri, montrant des gencives presque blanches, des dents déchaussées.

– Je sais des choses, avait-il ajouté.

Joan s'était un peu écartée.

– Racontez-moi, était-elle parvenue à dire.

Il était le premier de ceux qu'elle voulait interroger et dont elle avait inscrit les noms sur son carnet.

[illegible]

[illegible] trouvé [illegible]

[illegible]

Il [illegible] que le [illegible] retournons [illegible]

19.

Leiburg s'était levé. « Venez », avait-il dit.

Il s'était appuyé au bras de Joan, saluant d'un mouvement de tête distrait Brigitte Georges et Lavignat, s'arrêtant comme pour prendre son élan au moment où il avait dû franchir un faisceau de câbles, pesant alors sur le bras de Joan, lui serrant à nouveau le poignet, soulevant lentement la jambe et chancelant, se retenant à elle, écrasant ses seins de son épaule, de son bras.

En sentant contre elle ce corps osseux, ce coude, cet avant-bras, cette peau glacée, en subissant cette pression insistante contre sa poitrine, Joan avait éprouvé un malaise diffus, fait de curiosité et de révolte, et elle avait eu envie de se dégager d'une brusque secousse, de crainte d'être blessée au contact de ce corps aux angles vifs – ou de se laisser attirer malgré elle.

Mais, comme s'il avait deviné cette pulsion, Leiburg s'était quelque peu écarté de Joan, tout en serrant plus fort son poignet, répétant d'une voix qui semblait plus gutturale : « Venez. »

Elle l'avait suivi dans les larges couloirs aux boiseries claires, aux tapis grenat, cependant qu'il lui expliquait qu'ils allaient dîner tous deux dans sa chambre dont la fenêtre ouvrait sur la place de la Concorde.

C'était un autre lac, murmurait-il, aussi secret, aussi inoubliable que celui de Côme. Vers deux ou trois heures du matin, l'heure du brouillard, il devenait un désert grisâtre, percé de fleurs jaunes à longues tiges noires qui répandaient autour d'elles, comme sur le lac, une constellation de gouttelettes brillantes.

Leiburg s'était effacé pour permettre à Joan d'entrer la première dans la chambre qu'il laissa dans la pénombre afin que seule la lueur montant de la place éclairât la pièce.

– Les lacs, les places : voilà l'Europe, ma chère Joan, dit-il en s'asseyant avec précaution dans un fauteuil.

Il étendit les jambes, croisa ses doigts sur sa poitrine et se mit tout à coup à respirer si faiblement que Joan se rapprocha. Mais il lui sourit. Il allait la regarder dîner. Le soir, lui-même se contentait d'une coupe de champagne. Le corps des vieux doit rester léger, murmura-t-il, afin que chaque jour nouveau puisse le porter. Qu'elle se rassure : il n'allait pas mourir, pas cette nuit-là.

Il en était sûr, avait-il repris, c'étaient les lacs qui avaient donné aux hommes l'idée des places; les rues s'y jetaient comme les fleuves, façades et toits les surplombaient comme les pentes et les cimes.

Ici – il avait tendu le bras –, il se croyait parfois sur la terrasse de la Villa Bardi, quand les villas de la rive opposée s'illuminaient l'une après l'autre et que passait lentement, traçant une diagonale blanche, l'un des navires allant de Dongo à Bellagio.

Se souvenait-elle de L'*Innomato*, le plus ancien de ces bateaux?

Il l'avait emprunté pour la première fois le 1er septembre 1939, le jour de la déclaration de guerre. Il s'était tenu sur la plage avant, en proue, tout le temps qu'avait duré la traversée, exalté par la limpidité et la profondeur du ciel comme s'il avait alors découvert la réalité de l'infini. « J'ai, pour quelques dizaines de minutes, vécu en extase. » Et c'était peut-être à cause de cette émotion, ce jour-là, celui de l'ouverture du grand massacre, qu'il n'avait pu oublier Bellagio.

Ce 1er septembre, il avait retrouvé à la Villa Bardi Paola Morandi. « Elle n'avait pas trente ans; moi, à peine vingt-cinq. »

Leiburg s'était interrompu afin de laisser le garçon d'étage disposer la table, déboucher la bouteille de champagne. Dès qu'il fut parti, le vieillard changea de place, s'installant à droite de la table, demandant d'un geste à Joan de s'asseoir là, un peu décalée par rapport à lui. Elle obéit, l'interrogeant du regard cependant qu'il l'invitait à commencer à dîner. Puis, comme elle restait immobile, il avait souri.

Ce qu'il avait aimé chez Paola Morandi, c'était la vigueur, ses jambes et ses cuisses fortes, sa manière de marcher, son corps nerveux : une femme sans préjugés qui saisissait les hommes qu'elle désirait, quels qu'ils fussent. Et peut-être en effet avait-elle été la maîtresse du Duce, mais qui avait choisi l'autre? Quand Leiburg l'avait connue, elle était présidente d'une association de veuves de héros. On la voyait toute en noir, assise sur des fauteuils dorés au sommet des tribunes, entourée de prélats, de religieuses de la Miséricorde, de généraux et de dignitaires fascistes en uniformes noirs. « La nuit, le souvenir de ces cérémonies funèbres nous enivrait. »

– Mais pouvez-vous imaginer, Joan, que j'aie été autre chose qu'un vieil homme immobile? Je ne suis plus qu'un amateur d'art. Savez-vous pourquoi je me suis installé là? Je vois vos genoux, je peux deviner vos cuisses.

D'un mouvement instinctif, Joan avait serré les jambes.

– Accepteriez-vous de les croiser plus haut?

Elle avait rougi, avait bougé comme si elle s'apprêtait à se lever.

– Restez-là, avait-il dit d'une voix impatiente et autoritaire.

Que risquait-elle? Il n'avait plus l'âge de Morandi!

– Voilà, avait-il murmuré quand il l'avait sentie se détendre, soupirer et commencer à chipoter.

Il s'était donc rendu, le 1er septembre 1939, à la Villa Bardi. Il arrivait de Lugano, il avait téléphoné à Paola Morandi, ils devaient se retrouver. La première scène à laquelle il avait assisté en arrivant dans le parc, c'était, sous les lauriers, un garçon de quatre ou cinq ans qui en frappait un autre à coups de talons, puis qui, armé d'un bâton, continuait à le battre. L'autre gamin, sans doute le fils d'un domestique, se protégeait la tête comme un animal, sans crier, attendant que cesse la raclée.

Et, en effet, au bout de quelques minutes qui m'ont paru bien longues, le bourreau s'est lassé, jetant son bâton, donnant l'ordre à sa victime de se relever, de le suivre, ce qu'elle fit. C'était inhumain de voir l'enfant qu'on avait roué de coups marcher derrière son tortionnaire qui ne se retournait même pas, sûr d'être obéi, ne craignant aucune révolte. C'était une image de la guerre, et je ne l'ai plus oubliée. Chaque fois que j'ai vu des colonnes de prisonniers – et j'en ai longé beaucoup, en Pologne, en France, en Russie, puis j'ai moi-même été dans l'une de ces colonnes –, j'ai repensé à ces deux enfants. Qu'est-ce que c'était la guerre, la cruauté, l'inhumanité ? Des jeux d'enfants interprétés par des hommes dans toute leur force, leur démesure ? Ils possédaient des baïonnettes en lieu et place de bâtons.

« Ç'a été ma première rencontre avec Carlo Morandi. C'était le bourreau, naturellement, le fort, celui qui frappait. Quand je vous ai vue près de lui sur la terrasse, j'ai songé de nouveau à cette scène. On apprend à lire l'envie de meurtre et de viol, le désir de violence dans le regard des hommes. Il suffit d'avoir vieilli ou fait la guerre, ou simplement d'avoir regardé jouer des enfants, ou bien assisté à des conseils d'administration, voire – Leiburg avait ri – à des comités de rédaction ou à des réunions d'écrivains. Vous ne pensez pas, Joan ? Vient un moment où cela disparaît, le regard ne blesse plus, ne pénètre plus ; il enveloppe, caresse ; peut-être soulève-t-il encore les jupes, mais c'est tout, croyez-moi !

Il lui avait servi une coupe de champagne, puis avait bu lentement, les yeux mi-clos.

– Paola Morandi, ce 1er septembre, était d'une beauté que je n'ai jamais plus retrouvée. Quand je l'ai revue en 1944-45, c'était l'hiver, la peur, le meurtre autour de nous, *achtung banditi* – il avait ricané –, nous étions tous devenus des bandits. C'était une femme marquée, inquiète, traquée, comme si elle avait pressenti que le lac était une nasse où elle était venue se faire prendre avec cette bande d'idiots : Marcello Petacci, peut-être son amant, le frère de Claretta, la maîtresse du Duce, Bombacci, etc., tous ces personnages ridicules, grotesques, avec des noms de commedia dell'arte, et Mussolini lui-même qui allait finir comme un traître au dernier acte d'un mauvais opéra.

« Je n'ai rien pu faire pour Paola Morandi. Mais, en 1939, elle était à ce moment où la jeunesse affleure encore cependant que s'annoncent déjà à mille petits signes – la respiration qui manque pendant l'amour, le plaisir qui ne vient pas, des cernes trop sombres le matin –, les temps gris.

« Elle était nue sur la terrasse et je fus choqué par son impudeur. Des jardiniers passaient dans les allées, les deux gosses se battaient au bas des escaliers, mais elle se tenait les yeux fermés sur une chaise longue, les jambes légèrement écartées, ses cuisses un peu lourdes magnifiquement hâlées.

« Vous avez de belles jambes, Joan, mais vous êtes saine. Nous n'aimons pas beaucoup cela, en Europe. Voyez-vous, même en cet après-midi du 1er septembre, alors qu'elle était comme le soleil à son zénith – et il faisait encore un temps estival, et je comprenais qu'elle eût envie de jouir de cette chaleur en chaque partie de son corps, d'abord les plus intimes, car violer l'interdit fait partie du plaisir –, Paola Morandi avait quelque chose de... je pourrais dire de *décadent*, mais non, ce n'est là qu'un mot noble et je préfère dire *pourri* ; oui, il y avait déjà de la pourriture dans ce corps, la putréfaction y avait commencé son œuvre.

« Voyez-vous, Joan, les douanes américaines interdisent, rejettent certains vins, certains fromages parce qu'ils ne sont pas assez purs, assez sains. Quelle folie, ou plutôt quelle naïveté ! Cela fait beau temps que nous avons perdu cette innocence, en Europe. Nous sommes tous très vieux, même les enfants !

« Quand, le 1er septembre, je me suis étonné de l'attitude de cet enfant, Carlo, son fils, si brutal, si cruel – un petit kapo, mais on ne connaissait pas encore le mot –, Paola n'a pas même ouvert les yeux, elle paraissait ne pas m'entendre. Quant à la comtesse Italina Bardi, la mère de Paola, une grande femme charpentée, aux épaules et aux mains d'homme, une impératrice, elle m'a regardé avec commisération : " Vous, un Allemand, m'a-t-elle dit, vous qui connaissez le *drill*, vous êtes ému, choqué ? Mais enfin, nous sommes des Bardi, ce pays et ces gens sont à nous depuis des siècles ! C'est dans notre sang. Nous sommes des *condottiere*, et mon petit-fils Carlo est de bonne race. " Je crois qu'elle a ajouté " malgré tout ".

« Que voulez-vous, le père, on ne le connaît pas. Paola n'a jamais cité son nom. Qui ? Un Petacci, un Bombacci, un Farinacci, un Starace, peut-être un Grandi, le moins fat, le moins stupide, ou bien alors un de ces petits potentats qui paradaient, tout vêtus de noir, dans l'antichambre du Duce, et tremblaient dès qu'ils entraient dans son bureau. A moins que le père n'ait été le Duce en personne. Pourquoi pas? Mais le vrai père de Morandi, Joan, c'est la comtesse Italina Bardi. Étonnez-vous, après cela, qu'il y ait dans le regard de Carlo Morandi un désir de domination, c'est-à-dire le goût du meurtre. Qui peut dominer sans menacer de mort, sans tuer?

« Seulement, le désir n'est pas le passage à l'acte, ma chère Joan. S'il suffisait de désirer pour accomplir, je serais près de vous, en vous... Si je vous regarde, si j'essaie de saisir ce que votre corps émet malgré vous, je me contente de sa présence, de sa chaleur : il est une de ces fleurs chaudes et jaunes que vous voyez sur la place – il avait tendu le bras – et qui, dans quelques heures, au milieu de la nuit, irradieront encore. Quand nous serons restés longtemps l'un en face de l'autre, nous serons liés, quoi que vous en pensiez et quel qu'ait été votre refus. Les corps se parlent, mais, je vous l'ai dit, vous n'êtes pas encore assez ambiguë, vous n'avez pas retrouvé votre souche européenne. Pourtant, je ne désespère pas, vous êtes là, vous êtes revenue, vous n'oubliez pas la Villa Bardi, vous vous intéressez à Carlo Morandi. Mais, au fait, pourquoi donc?

Elle avait dit en baissant la tête :

– Est-ce qu'il a pu tuer une femme?

– Pourquoi pas?

Leiburg avait répondu sans hausser le ton, sans marquer la moindre hésitation, le plus mince étonnement, comme si la question de Joan lui avait paru banale.

Mais il y avait tant de façons de tuer, surtout une femme, avait-il repris. On pouvait la faire mourir d'ennui ou de désir, ou de frustration, ou en la persécutant sans jamais la toucher, ou en lui offrant tout ce qu'elle désirait jusqu'à la rendre folle, afin qu'elle se tue elle-même. On ne meurt de soi que dans la vieillesse, et encore; sinon, ce sont toujours les autres qui vous tuent. Donc Morandi a pu tuer. Mais qui? A quel moment?

– Qu'avez-vous découvert? Vous voulez créer votre petit scandale journalistique, y gagner un peu de gloire, un peu de pouvoir, peut-être de l'argent? Croyez-moi, Joan, vendez votre histoire à Morandi lui-même, c'est lui qui peut vous en offrir le plus. Moi, je vis grâce à lui. Il me paie. Il achète tous mes livres, la moindre de mes phrases. Les notes d'hôtel, ici et là, où je veux, à Londres ou à Genève, c'est la *Morandi Company* qui les règle, ou bien *Morandi Communication*, ou encore *Morandi Edizioni*, ou la rédaction d'*Il Futuro*. Peut-être, si vous lui expliquiez, financerait-il votre enquête sur lui-même, qui sait? Nous sommes comme ça, en Europe : si pervers, si contradictoires, à commencer par les Italiens, tous fils de Machiavel. Vous étudiez sûrement Machiavel aux États-Unis? Vous étiez à Harvard, m'avez-vous dit, mais lire et comprendre est une chose, avoir pour ancêtre Machiavel, marcher dans les rues où il a vécu, c'est comme entrer dans sa peau. Encore une histoire de lacs et de places, de ruelles et de quartiers...

« Morandi a été un étudiant très quelconque, je crois. Je l'ai peu vu entre 1945 et 1960, mais quand je l'ai retrouvé à la Villa Bardi où il m'avait invité – à propos d'une maison d'édition qu'il pensait créer, un auteur qu'il souhaitait éditer en Italie –, je l'ai d'emblée trouvé machiavélien : il faisait montre d'une assurance étonnante dans l'analyse des rapports de force; vous diriez du cynisme, de l'immoralité, je dirais de la lucidité. Il n'avait que vingt-cinq ans, mais un sens du pouvoir qui me fascinait. J'ai pensé : ou on le tue, ou il s'imposera, quoi qu'il entreprenne. C'était un chef de guerre en temps de paix. Mais la paix existe-t-elle jamais? Je me suis demandé pourquoi il avait tant tenu à m'associer à sa première entreprise, et j'ai compris que j'étais pour lui le témoin des années passées. Il voulait me tenir, me surveiller, m'acheter, donc, mais, en même temps, c'était autre chose : le besoin d'être lié par moi à sa mère, à cette dernière année de guerre qui l'avait marqué. Une histoire que je n'ai jamais démêlée, et pourquoi l'aurais-je fait? Je ne mène jamais d'enquête, Joan, contrairement à vous. J'ai été un journaliste qui laissait les événements et les hommes venir à lui. Je hais les détrousseurs, les pilleurs de tombes. Je ne dis pas cela pour vous, Joan. D'ailleurs, vous ne m'avez pas parlé du cadavre. Une amie?

Il n'avait point cherché à briser le silence de Joan, mais s'était remis à parler de cette dernière année, de ce printemps de 1945, des partisans qui contrôlaient les montagnes au-dessus de Bellagio et de Dongo. Le général Wolff, qui commandait les troupes allemandes en Italie du Nord, voulait négocier sa reddition avec les troupes américaines pour éviter de capituler devant les *banditi* qu'on avait traqués pendant des mois et qui auraient pu se venger. Leiburg avait alors été chargé d'examiner les conditions d'un passage en Suisse, de surveiller aussi ces ministres fascistes qui s'étaient installés à la Villa Bardi, et cette femme, Paola Morandi, qui était peut-être la mère d'un bâtard du Duce.

C'était la chute d'un empire, disait Morandi.

– Vous autres, vous ne connaissez pas cela, ces ruines qui s'entassent les unes sur les autres, ces palais qui se reconstruisent sur des décombres et qui deviennent à leur tour vestiges. Peut-être faut-il être vieux, blasé, pour comprendre l'Europe et l'aimer.

« Les gens devenaient fous, à commencer par les Bombacci, les Petacci, et jusqu'à Paola Morandi, les cheveux défaits, les seins lourds, la taille épaisse. C'est ainsi qu'elle est morte, comme une femme déjà grasse, aux chairs molles. Je ne veux pas vous choquer, Joan, mais il y a toujours une relation entre le corps et le destin ; il ne s'agit pas ici de santé ou de maladie, mais de rigueur ou de relâchement, c'est-à-dire de courage ou de lâcheté. Ils ont donc tué Paola et, quelques jours plus tard, on n'a retrouvé que son manteau de fourrure lacéré et de menus objets que les pêcheurs de Dongo ont rapportés.

« La comtesse Bardi m'a raconté la scène plus tard, en 1953, précisément. Je n'étais pas présent à la Villa Bardi quand ces hommes sont venus, je tentais de filer en Suisse, mais on m'a arrêté à Côme. Je n'étais qu'un officier allemand parmi d'autres, sans responsabilité majeure. Un journaliste, un écrivain, même sous l'uniforme, est un soldat à part. Les interrogatoires conduits par les Américains se passèrent sereinement. Je racontais déjà. Puis, tout a changé quand ils ont appris que j'avais séjourné à la Villa Bardi. Des soldats allemands placés sous mon commandement y avaient assassiné, prétendait-on, une pauvre femme, une domestique dont on avait retrouvé le cadavre égorgé. J'ai eu beaucoup de mal à me sortir de cette sordide affaire.

« Et, savez-vous – il avait porté la coupe de champagne à ses lèvres –, je me suis demandé si Morandi ne l'avait pas tuée, mais quelle hypothèse absurde : un gamin de dix-onze ans tranchant le cou d'une femme d'une trentaine d'années, est-ce possible ? Sûrement pas, pensez-vous. Mais Joan, je ne crois jamais à ce qui semble trop évident. Impossible, possible ? Moral, immoral, vrai, faux ? Nous ne savons plus, en Europe. Barbare, civilisé, nous confondons tout. Morandi est un cas exemplaire. Il me paie, il me loge, il accepte tous mes caprices. Je veux une femme ? Il me l'offre. Une émission de télévision ? Il la commande. Même à Paris. Ce Lavignat, cet intellectuel de comédie, et cette rouée déguisée en journaliste à principes, Brigitte Georges, c'est à Morandi qu'ils ont obéi, même s'ils jureraient qu'ils ont agi en toute indépendance, parce que je suis un auteur exceptionnel, un témoin. Bien sûr ! Mais Morandi peut renflouer *l'Universel*, ils le savent. Alors ils devancent ses désirs, les miens.

« Mais je suis attaché à lui pour autre chose. Il ne cesse de me surprendre. Il n'est pas Janus, ce serait trop simple, mais un personnage protéiforme. Il s'est entiché d'archéologie. Aux fouilles des fonds du lac, il consacre des sommes considérables. Pourquoi ? Il aime cette statue de jeune femme drapée qu'il a sortie de l'eau il y a quelques années. Vous avez vu comme il la caresse ? Il vous a fait visiter son musée personnel ? Il tient à ses trouvailles. Il est réellement informé, il lit – vous vous rendez compte ! –, et les colloques qu'il organise sont sérieux, ce ne sont pas seulement des moyens d'attirer à lui intellectuels et hommes politiques. C'est cela aussi, bien sûr, mais cet aspect-là est secondaire. Il s'intéresse aux idées, au futur. Et en même temps, il collectionne les armes, les vestiges de la Deuxième Guerre mondiale. Vous a-t-il montré son side-car de la Wehrmacht ? Il a provoqué la population durant des années avec cet engin, se pavanant avec des filles qu'il importait – c'est un mot à lui – de Milan ou de Bologne, souvent de Paris. Qui refuserait un week-end sur les bords du lac de Côme, Villa Bardi, assorti d'honoraires confortables ? Morandi n'est pas si désagréable, n'est-ce pas ?

« C'est un barbare raffiné, un Européen par excellence, Joan.

« Savez-vous qu'à Auschwitz et dans les autres camps d'extermination que nous, *nous*, les Allemands, lecteurs de Hölderlin et de Goethe, avions construits, les gardiens considéraient qu'une de leurs premières tâches était de constituer, avec les déportés, un orchestre, un grand orchestre comptant les meilleurs musiciens du monde, raflés à Prague, à Varsovie, à Paris, et qui jouaient tandis que l'on pendait, que l'on gazait, que l'on obligeait les déportés à rester des heures debout, tête nue sous la neige, les pieds nus dans des sabots? Les violonistes eux-mêmes avaient les doigts qui gelaient, mais gare à eux s'ils cessaient de jouer, une corde de piano suffisait à les étrangler. Culture et sauvagerie, voilà notre portrait. Même Staline protégeait Pasternak tout en le persécutant et en interdisant la publication de ses romans...

« Je comprends que vous soyez fascinée par Morandi. Mais ne soulevez pas trop la dalle : on ne sait jamais ce que l'on va découvrir dans une tombe. »

Il s'était levé et approché de la fenêtre, avait appelé Joan afin qu'elle contemplât la place. Un lac saisi par la nuit, répétait-il.

Lui commandant à nouveau d'approcher, il voulait qu'elle découvre cette étendue pierreuse dont les confins s'enfonçaient dans le brouillard et que traversaient quelques rares voitures. Les lueurs jaunes, ces tournesols de lumière qui éclairaient la place, ressemblaient à des appels de détresse ou à des projecteurs de surveillance traquant tout reste de vie.

Joan avait posé son front contre la vitre, éprouvant une sensation de froid comme si tous les propos que Leiburg avait tenus au cours de cette nuit avaient concouru à décrire cette place vide.

Elle avait deviné qu'il levait le bras. Sa main lui frôla le dos cependant qu'il disait : « La nuit, les places sont des champs de ruines, des cimetières; les lacs aussi... »

Il lui avait entouré la taille, se plaquant contre elle.

Elle saisit les doigts posés sur sa hanche et desserra leur étreinte.

Leiburg soupira, murmura qu'elle était encore trop saine, qu'elle n'avait pas compris le sens des choses d'ici, mais elle pouvait s'en persuader, elle allait changer. Tous ceux qui approchaient de Morandi se transformaient. Il avait ce pouvoir, il était comme une gangrène ou bien une drogue, voilà, et on se retrouvait pris sans même le savoir, elle comme les autres – sinon, pourquoi aurait-elle passé toute une nuit avec un vieil homme dont le corps lui faisait horreur, mais si, si, dont elle craignait la présence, la contagion, qui n'avait à lui offrir que le souvenir du désir, mais qui pouvait peut-être, si elle le souhaitait, livrer la formule permettant de soulever la dalle ?

Attention, il le lui avait dit, il fallait qu'elle se montrât prudente : mais elle ne l'était déjà plus puisqu'elle avait accepté de rester avec lui toute une nuit dans une chambre, qu'elle avait supporté son regard, admis qu'il la désirât du bout des yeux. C'était déjà beaucoup, mais peut-être pas assez, non ?

Joan ne put éviter qu'avec une vivacité qu'elle ne soupçonnait pas, il en vînt de ses doigts osseux à lui toucher les seins.

Elle fut affolée de ressentir, mêlée à de la honte – comme si elle s'était offerte, vendue –, une émotion inconnue, l'intuition qu'il existait des jouissances âcres, brûlantes, détestables, où elle avait soudain envie de se vautrer jusqu'à s'y noyer.

Elle n'avait pas bougé.

[illegible]

[illegible] dans le corps [illegible]
[illegible]
[illegible]
[illegible]

[illegible] l'attention [illegible] qu'il [illegible]
[illegible] mais elle [illegible]
[illegible] dans une [illegible]
[illegible] son [illegible] du bout de
[illegible] C'était [illegible]
[illegible] avec une [illegible]
[illegible] ses doigts [illegible] à lui toucher les
[illegible]

Il lui [illegible] de ressentir [illegible] — comme
[illegible]
[illegible]
[illegible] jusqu'à [illegible]
Elle n'avait pas bougé.

20.

Au milieu du déjeuner, Leiburg avait cessé d'écouter Lavignat et Brigitte Georges. Il s'était mis à caresser la nappe du bout des doigts de sa main droite et, les yeux mi-clos, s'était souvenu de la soie blanche du chemisier de Joan, froide d'abord, puis, quand il avait appuyé, attiédie par la chaleur du sein, et il avait alors imaginé la peau, le corps de la jeune femme qui l'avait laissé faire, quelques secondes à peine, mais cela avait suffi pour qu'il devinât son trouble, et il avait alors pu croire qu'il n'était plus un vieil homme.

Ce n'avait été qu'un bref éclat de vigueur, une illusion d'énergie juvénile que Joan, en se reprenant, en le repoussant, avait dissipés. Elle avait quitté la chambre de l'Hôtel Crillon sans dire un mot.

Il s'était allongé, les mains jointes comme un gisant, essayant de dormir tout en sachant qu'il n'y parviendrait pas ; il ne connaissait plus que des états intermédiaires entre la veille et le sommeil. Ses rêves mêmes n'étaient plus que le souvenir de scènes qu'il avait vécues autrefois, sans qu'il pût les situer : 1990, 1980, voire 1970, ou bien plus loin, vers les années 40, quand il s'était assis ici, dans cette salle du Maxim's où il déjeunait aujourd'hui en compagnie de Lavignat et de Brigitte Georges.

Il avait été là en uniforme, victorieux, vigoureux, commandant du champagne dans le brouhaha des voix que l'orchestre ne parvenait pas à couvrir. Une femme se tenait près de lui et il avait posé sa main sur son sein sans se soucier du sommelier. Il était le maître. Il avait resserré les doigts sur ce sein et la femme s'était abandonnée, se collant à lui.

Une autre fois – peut-être était-ce seulement quelques mois auparavant –, il se trouvait sur la terrasse de la Villa Bardi et une jeune femme qu'il avait aperçue à plusieurs reprises se promenant dans le parc s'était avancée, les seins nus.

Orlando, le régisseur, la suivait à quelques pas.

Elle marchait lentement, ses cheveux blond cendré dénoués tombant sur ses épaules, et Morandi lui avait fait un signe.

Elle s'était approchée. Distraitement, Morandi avait posé ses deux mains sur ses seins. Elle n'avait pas bougé, paraissant ne se rendre compte de rien, cependant qu'Orlando attendait, jambes écartées, les doigts passés dans sa ceinture, le front plissé. Morandi s'était alors tourné vers Leiburg :

– Du marbre, avait-il dit, insensible mais belle, n'est-ce pas ? Un modèle superbe, qu'en pensez-vous, Franz ?

Puis il l'avait repoussée, lui donnant de la main gauche une petite tape sur la cuisse, et elle s'était éloignée, suivie d'Orlando.

Celui-là, Leiburg le haïssait. Il avait les muscles d'un chasseur, le regard d'un tueur, le front étroit d'un animal obstiné. Il ressemblait à ces tireurs d'élite qui, au repos, nettoient méticuleusement la lunette de leur fusil, ou bien à ces hommes des sections spéciales quand ils graissaient leur revolver ou affûtaient leur baïonnette. Leiburg les avait observés avant les opérations de ratissage dans les marais du Pripet ou en Yougoslavie, plus tard, durant l'hiver 1944, dans ce parc de la Villa Bardi, quand ils s'apprêtaient à donner la chasse aux *banditi.* Orlando était de leur race.

Un jour, rentrant à la Villa Bardi, Morandi avait dit en désignant cet homme : « Voilà Orlando, c'est mon chien de garde. » Et Orlando était devenu son double silencieux.

Ce devait être dans les années 70, quand on commençait à enlever ou à tuer les banquiers, les industriels, des journalistes.

– Je ne finirai pas comme ça, avait déclaré Morandi, c'est nous qui tuerons, n'est-ce pas, Orlando ? Il est là pour ça !

Souriant, Orlando avait montré ses dents petites, pointues, écartées.

Leiburg aurait pu raconter cela à Joan, lui confier le dégoût qu'il avait alors éprouvé. Il résidait à la Villa Bardi.

La comtesse Italina Bardi était morte, léguant ses biens à son petit-fils. Morandi avait aussitôt créé la *Morandi Company* dont le siège était à Parme, comme par défi, en souvenir de ce Dino Morandi, le mari de sa mère, dont il portait le nom et qui avait mis la ville à la raison, emprisonnant ou fusillant les antifascistes qui y avaient dressé des barricades. Quand un rouge avait assassiné Dino Morandi en 1924, on avait donné son nom à une rue proche du Baptistère et Paola Morandi, enveloppée de voiles noirs, un grand chapeau masquant ses yeux, avait assisté à l'inauguration, entourée de dignitaires bottés et ceinturés.

En 1945, la foule avait détruit les plaques portant le nom de *Dino Morandi, héros fasciste,* et plus tard, à la fin de l'année 1946, on avait dressé à quelques centaines de mètres de là une stèle de marbre en souvenir des martyrs de la liberté tombés à Parme en 1922 et dans la lutte de libération.

Dans les années 70, les passants ne remarquaient même plus cet austère monument, ils ne lisaient plus ces dizaines de noms gravés dans le granit, mais quand ils levaient les yeux, ils découvraient en lettres immenses, courant le long des façades de trois immeubles, le nom de Morandi et le blason des Bardi, ce poisson surmonté d'une tour, qui restaient illuminés toute la nuit.

Morandi avait installé ses bureaux, ses salles d'exposition au centre de Parme. Il présentait dans les vitrines du rez-de-chaussée ses créations, des tissus moirés que les décorateurs drapaient sur des statues antiques; au printemps et à l'automne, il organisait dans les salons du premier étage des défilés de mode au terme desquels il réunissait Villa Bardi les jeunes femmes, les acheteurs, les journalistes, les écrivains, les artistes, les hommes politiques, tous ceux qu'il payait ou qui avaient besoin de lui.

Peut-être, avait-il dit à Leiburg, Parme ferait-elle un jour de lui un citoyen d'honneur et donnerait-elle son nom à une place, pourquoi pas celle où se dressait la stèle des martyrs de la liberté?

Lui faisait vivre des centaines d'hommes et de femmes, oui, vivre! A quoi servait le souvenir des morts?

Au bout de quelques années, quand il avait paru disposer de fonds illimités, il avait acheté les autres immeubles fermant la place : son « lac », comme il disait. L'un était consacré à *Morandi TV,* les autres à *Morandi Communication* et à *Morandi Edizioni,* et le dernier à *Il Futuro,* le journal qu'il avait créé. Il avait obtenu le droit de creuser le sol de la place afin d'y construire des parkings et des galeries-musées où il présentait les œuvres d'art qu'il accumulait, provenant de ses fouilles à Bellagio ou des commandes qu'il passait.

Souvent il sortait sur la place, les mains enfoncées dans les poches de sa veste aux couleurs vives. Orlando se tenait à un mètre derrière lui, dévisageant chaque passant, surveillant les rues, se tournant parfois d'une rotation brutale comme s'il avait perçu quelque menace.

– Je suis chez moi, avait confié Morandi à Leiburg.

Le fleuve coulait, tumultueux, mais les Bardi restaient les maîtres : des rocs, des tours que l'eau entourait et battait, mais qui résistaient.

– Je me demande, avait-il ajouté à mi-voix comme pour lui-même, si la mort voudra de moi. Peut-être y a-t-il un pacte, un contrat entre les Bardi et...

Il avait entouré Leiburg de son bras. Plaisantait-il? avait-il ajouté comme si lui-même ignorait la réponse. Puis il avait entraîné le vieillard dans ce qu'il appelait « sa caverne », ces galeries-musées voûtées – certaines étant de vieilles caves restaurées, d'autres ouvertes par ses architectes –, composant un labyrinthe aux parois recouvertes de marbre antique arraché au fond du lac, au pied de la Villa Bardi.

Il s'était arrêté devant une vitrine où étaient exposées plusieurs lames que le temps avait ébréchées, que l'eau du lac avait rongées. Leiburg connaissait-il le culte de Mithra? Ces lames étaient des couteaux de sacrifice. Le sang d'un taureau comme source d'énergie, avait commenté Leiburg avec lassitude, se souvenant de ces taureaux qu'on égorgeait au-dessus d'un homme afin que le sang se répandît sur la tête, le visage, le corps de ce prince ou de ce prêtre, baptême rouge qui conférait la virilité, l'homme renaissant du sang de l'animal.

– Ouvre ça, avait dit Morandi à Orlando qui poussait la vitre.

Morandi s'était emparé de l'une des lames, la tenant à pleine main, bien droite.

– J'avais dix ans, mais vous étiez là, Franz, c'était à la

villa, j'avais trouvé cette baïonnette, vous vous souvenez? avait-il insisté en regardant Leiburg. Sur la route qui va à Bellagio, nous avions découvert ce soldat, l'un des vôtres, mort, et ce side-car, cette baïonnette si lourde dans son étui d'acier noir. Vous les connaissez, vous vous souvenez?

– J'étais déjà prisonnier, avait murmuré Leiburg.

– On ne m'a jamais pris! lâcha Morandi en reposant la lame et en faisant un geste à Orlando pour qu'il refermât la vitrine.

Il s'était tourné vers Leiburg, l'entraînant vers les galeries, lui expliquant qu'il voulait qu'il s'installe dans l'un de ses bureaux du dernier étage des *Morandi Edizioni* en tant que directeur de publication des œuvres étrangères.

– Nous allons vous promouvoir, Franz, faire de vous le grand écrivain européen de cette fin de siècle. Je peux cela aussi!

Il avait secoué la tête, rejetant d'avance les réticences de Leiburg. Ce dernier n'avait-il pas connu tous ceux qui avaient bouleversé l'Europe, qu'ils eussent détruit ou construit, qui pouvait savoir? En fin de compte, la guerre avait été le grand unificateur, elle avait purgé les passions des peuples.

– Un bain de sang, nous y revenons, Franz : Hitler et Mussolini ont égorgé le taureau, ils ont aspergé l'Europe de sang, maintenant elle est unie, vous voyez?

Puis, croisant les bras, fixant Leiburg, il avait ajouté :

– Tuer, c'est vivre, Franz, vous le savez, vous avez fait la guerre. Seul celui qui tue, vit. J'ai compris ça très tôt, ou plutôt je n'ai même pas eu à l'apprendre, c'est dans le sang des Bardi. *Condottiere,* mon cher!

« Vous le savez, avait répété Pierre-Yves Lavignat tout au long du déjeuner, vous êtes le seul, Leiburg, le seul à pouvoir influencer Morandi, si vous le voulez. Vous le connaissez depuis toujours. Il a, je vous assure – cela se voit, je l'ai découvert Villa Bardi –, des liens affectifs avec vous. Vous êtes pour lui une sorte de père, le témoin de sa réussite, peut-être même un modèle.

Leiburg avait tourné la tête. Il avait aperçu, se détachant sur le décor en arabesque de la salle du Maxim's éclairée par de petites lampes à abat-jour, le visage de Lavignat penché vers lui, ses cheveux longs couvrant sa joue gauche, dissimulant son regard, et, en arrière-plan, Brigitte Georges, ses yeux soulignés par un fin trait bleu.

– Morandi, oui, Morandi, un témoin, avait marmonné Leiburg.

– Tout dépend de vous, en fin de compte, n'est-ce pas, avait repris Lavignat en se rapprochant encore.

Brigitte Georges approuvait avec des petits hochements de tête : oui, oui, oui, disait-elle des lèvres, sans parler.

Morandi, continuait Lavignat, devait donc entrer dans le capital de *l'Universel.* Leiburg savait ce qu'était la presse, le monde des médias, le milieu intellectuel européen, parisien.

– Vous êtes des nôtres, vous êtes ici chez vous, cela se sent, cela s'entend, mon cher Leiburg. Quel est le pays qui vous lit le plus, sans doute plus que l'Allemagne elle-même? Nous, Paris, l'Italie aussi, peut-être, parce que vous êtes soutenu par *Il Futuro.* Justement, vous aurez ici *l'Universel....*

Leiburg devait convaincre Morandi. *L'Universel* serait le cheval de Troie permettant le développement des autres activités de Morandi en France – la télévision, pourquoi pas?

Morandi pourrait prendre l'avantage dans le domaine de la communication, racheter peut-être l'agence H and H, « puisque Hassner va mal, très mal, il est à prendre, vous mesurez, Leiburg, l'avantage stratégique! En faisant l'opinion, vous joueriez gagnant, y compris dans le textile, et dans la mode, bien sûr, vous davanceriez tous vos concurrents. »

– Les autres, avait murmuré Leiburg, il ne faut pas chercher à les dépasser, mon cher, il faut les tuer.

– Bien sûr, bien sûr, avaient répondu d'une même voix Lavignat et Brigitte Georges.

Puis ils avaient ri de l'accord intime et spontané que leurs voix mêlées avaient manifesté.

Il y avait tant de force à prendre dans le sang des autres..., avait ajouté Leiburg, mais si bas que Lavignat et Brigitte Georges avaient pu feindre de ne pas entendre.

21.

JOAN n'avait plus cessé de penser à Leiburg et donc à Morandi. Elle était dans la chambre de Christophe Doumic qui lui caressait les seins; elle avait fermé les yeux et sans doute croyait-il qu'elle s'abandonnait alors qu'elle se souvenait, qu'elle imaginait, qu'elle confondait ce qu'elle avait ressenti quand Leiburg avait posé ses doigts sur sa poitrine, dans la chambre de l'Hôtel Crillon, et l'angoisse et la peur qui l'avaient étreinte dans la galerie de la Villa Bardi au moment où Morandi s'était appuyé contre elle et où elle voyait, à quelques mètres derrière lui, cette machine de guerre, ce side-car jaune où tant de femmes s'étaient assises, avait-il dit, et, plus loin encore, le visage d'Orlando, son front bas et plissé.

Christophe la serrait, murmurait d'une voix haletante : « Joan, Joan, Joan, je vous en prie, je vous en prie », mais elle était submergée par un sentiment d'amertume et de fureur, de honte et d'angoisse, humiliée de ne rien ressentir, hormis le poids d'un corps en sueur sous lequel elle étouffait alors qu'elle désirait pousser le cri qui bouillonnait derrière ses lèvres, prêt à jaillir, mais Christophe ne saurait jamais le provoquer et elle se sentait coupable de le mépriser à cause de cela, de penser à Leiburg, à Morandi, et même à Orlando, effrayée à l'idée qu'elle avait à ce point changé, déjà, qu'elle n'était plus la jeune femme qui avait tant fait l'amour comme on joue, avec un entrain joyeux qui lui suffisait.

Elle cambrait son corps et devinait que Christophe était surpris, inquiet. Au lieu de la violence, de la brutalité même qu'elle espérait malgré elle, qui lui auraient enfin desserré les lèvres, il la cajolait, la berçait comme pour la calmer, alors qu'elle se sentait en proie à une rage désespérée, qu'elle s'accusait d'être devenue une femme tentée par la pourriture, qui ne se satisfaisait plus de ce jeune homme tranquille qui maintenant l'abandonnait, s'installait sur le bord gauche du lit et que le sommeil allait saisir.

Elle avait feint de s'assoupir.

Elle avait vu passer devant ses paupières fermées, crispées, ne parvenant pas à se détendre, des points lumineux pareils à de lointains tournesols, aussi insaisissables que des étoiles filantes.

Ces lueurs jaunes parcouraient tout son corps, la brûlant ici et là, tout à coup, comme autant de morsures, de piqûres sur les cuisses et le sexe, le bout des seins, brefs éclairs qui la perçaient, la faisaient frissonner, et elle avait envie de hurler pour que cela cesse.

Honteuse encore, elle avait pensé de nouveau à Leiburg, à Morandi, à cette brute d'Orlando.

Peut-être Ariane, la fille de Jean-Luc, avait-elle subi ce que Joan osait appeler le désir de jouir, qui était aussi désir de pourrir et de mourir.

Joan avait quitté la chambre dès que Christophe s'était endormi. Elle s'était habillée dans le salon aux meubles massifs et aux fauteuils recouverts de housses blanches, celles-ci étaient zébrées par les éclats des phares lorsque des voitures passaient sur l'avenue Mozart, éclairant la façade.

Elle avait imaginé les parents de Christophe, Monsieur et Madame l'ambassadeur Doumic, et elle avait arraché l'une des housses, la lançant loin sur le parquet, se laissant tomber dans le fauteuil de bois et de cuir si semblable à ceux de la maison de son enfance à Beware, dans la banlieue de Boston.

Elle avait cru rompre avec sa famille, en venant s'installer en France, alors qu'elle ne s'en était jamais éloignée, en fait, restant sur la même rive.

Mais, depuis la Villa Bardi, depuis qu'elle avait rencontré Morandi et Leiburg, depuis que le malheur de Jean-Luc l'attirait et qu'elle avait envie d'aider cet homme, de l'aimer, peut-être afin de connaître les raisons pour lesquelles une jeune femme en vient à mourir, elle savait qu'il existait un autre côté de la vie : elle avait à la fois le désir d'entreprendre la traversée et peur de céder à la tentation. Elle craignait un voyage sans fin, celui qu'Ariane avait accompli, dont elle n'était revenue que morte. Mais c'était ce voyage en elle et hors d'elle qui fascinait Joan.

Au cours des semaines précédentes, elle avait vu Jean-Luc presque chaque jour.

Il errait dans les couloirs du journal, se dandinant d'un pied sur l'autre, les bras ballants, souriant à tous ceux qu'il croisait, leur répétant qu'il écrivait, qu'il était prêt à assumer la totalité de ses fonctions. Joan avait chaque fois été bouleversée.

C'était une autre émotion, mais tout aussi forte que celle qu'elle avait éprouvée dans la galerie de la Villa Bardi ou dans la chambre de l'Hôtel Crillon.

Quand elle lui prenait le bras, faisant mine de lui présenter un projet d'enquête, elle se sentait émue au point qu'elle avait l'impression d'être enveloppée, pénétrée par une douceur tiède et humide. Ce n'était plus un cri qui était emprisonné derrière ses lèvres, mais un chant, une mélopée enfantine qu'elle aurait voulu murmurer à Jean-Luc alors qu'elle n'était capable que de lui dire qu'elle le trouvait beaucoup mieux, en meilleure forme, qu'il avait raison de venir au journal, que c'était ainsi qu'il allait reprendre pied.

Il l'approuvait d'abord en hochant la tête, puis il la regardait et elle était forcée de baisser les yeux, car elle avait envie d'appuyer le visage de Jean-Luc contre ses seins, et c'était aussi une manière pour elle de se défendre contre les souvenirs de la Villa Bardi.

Peut-être, disait-il, aurait-il dû changer de continent, s'installer à Washington ou à Pékin comme correspondant permanent, loin de l'Europe, loin du lac de Côme. Il n'osait prendre cette décision, il lui semblait que ç'aurait été déserter, abandonner sa fille, la terre où elle vivait.

Oui, il avait bien dit : « la terre où elle vivait ». Il le ressentait ainsi. Cela faisait tant d'années qu'il ne voyait plus Ariane – morte, vivante, morte, elle était là, sans cesse présente, il n'y avait plus de frontière dans son esprit. Il allait de l'une à l'autre, c'était toujours des souvenirs. Peut-être, vivante, avait-elle vécu comme une morte; peut-être, morte, n'en était-elle que plus vivante. Et lui s'était mis à croire en un monde où les morts ont une vie. Est-ce que cela faisait de lui un fou, un malade?

Joan s'était tue tandis qu'il jouait avec un crayon, silencieux lui aussi, griffonnant, et elle reconnaissait dans les lignes qu'il traçait les contours du lac de Côme. Ce point qu'il marquait d'un D, c'était Dongo, cet autre, Bellagio, cette croix, l'endroit où l'on avait retrouvé le corps d'Ariane.

Il froissait la feuille, la pétrissait.

Après, reprenait-il, quand il aurait élucidé les circonstances exactes de la mort d'Ariane, après seulement, peut-être qu'il irait mieux, mais il ne serait jamais plus l'homme qu'elle avait connu. Il avait entrepris la traversée de la vie à la mort et s'il en revenait, il ne pourrait oublier ce qu'il avait découvert.

Est-ce que Joan comprenait, est-ce qu'elle voulait l'aider?

Peut-être avait-elle fait oui, peut-être était-elle simplement sortie du bureau en répétant, comme tous les autres, qu'il fallait tourner la page, accepter, mais elle était sûre d'avoir aussi murmuré « Je suis là, je suis là », et il lui avait répondu d'un geste de la main qui voulait dire : « Je sais. »

Joëlle avait tenu à déjeuner avec Joan et elles s'étaient retrouvées dans un restaurant italien bruyant, à quelques rues de la place de l'Alma.

Joëlle s'était avancée entre les tables tout en regardant autour d'elle, se penchant pour embrasser une femme, puis deux hommes qui l'accompagnaient, interpellant le serveur. Elle était petite, mince, la taille serrée dans une veste de tailleur vert sombre boutonnée très bas, une blouse de soie couleur rouille, échancrée, laissant deviner sa poitrine menue et ferme. Elle était chez elle ici, expliquait-elle, c'était la cantine de la télévision. Joan avait-elle remarqué Brigitte Georges, là-bas, dans un angle de la salle? Joëlle travaillait avec elle sur une série d'émissions, des portraits. On allait monter celui de Franz Leiburg, vous connaissez, bien sûr?

Puis, tout à coup, elle changea de voix :

– J'ai quitté Jean-Luc pour qu'il s'en sorte.

Elle était trop liée au passé. Elle avait connu Ariane. Ils avaient même vécu quelque temps tous les trois.

– Elle me faisait peur, c'était une passionnée glacée, vous vous représentez, Joan, quelqu'un qui ne montrait rien, mais folle au-dedans, totalement folle. Jean-Luc ne veut pas l'admettre, plus personne ne pouvait rien pour elle. Une jeune fille d'une beauté extraordinaire, grande, mince, aux cheveux blonds cendrés, au charme diabolique. Oui, elle attirait, mais comme le gouffre attire, vous comprenez, Joan? Je n'ai pas du tout été étonnée qu'on l'ait retrouvée noyée. D'ailleurs, Jean-Luc ne la voyait plus. Que pouvais-je faire, moi? Je gênais. Je ne pouvais pas être la femme de cette nouvelle étape de sa vie et je ne voulais pas me laisser prendre dans le tourbillon de ses obsessions; coupable, responsable, on n'entend plus que ça! Chacun fait son destin, non? Je devais penser à moi, tout le monde à présent pense à soi.

Joëlle avait mangé avec avidité, s'était levée pour embrasser Brigitte Georges qui regardait Joan sans paraître la reconnaître. Puis, tout en buvant sa tasse de café, passant sa langue sur ses lèvres entre chaque gorgée, Joëlle avait ajouté qu'elle se sentait mieux de s'être ainsi confiée à Joan.

– Vous connaissez Jean-Luc, il ne dit jamais les choses simplement, mais vous êtes pour lui un espoir. C'est ainsi, je le sais, je le sens : c'est à vous qu'il s'accroche, vous êtes la seule au journal en qui il ait confiance. Peut-être parce que vous êtes le contraire d'Ariane, ou qu'il le croit. Je voulais vous le dire, Joan : moi, Jean-Luc, je l'ai définitivement quitté, je fais ma vie ailleurs, alors...

Elle avait allumé une cigarette, puis, les yeux mi-clos, elle avait dit que, d'après ce qu'ils avaient appris, Joan travaillait aussi sur Franz Leiburg : « Quelque chose d'important? L'homme est fascinant, n'est-ce pas? »

Pour masquer les vraies raisons de sa rencontre avec Leiburg, Joan avait voulu lui consacrer un article et elle avait rassemblé des photos et des extraits de presse, se vouant à ce travail de documentation avec frénésie. Mais peut-être désirait-elle seulement téléphoner à Parme, prononcer ces mots : *Morandi Edizioni*, ou s'adresser au rédacteur en chef d'*Il Futuro*, Giorgio Ballaso, en expliquant qu'elle avait écrit un portrait de Carlo Morandi, qu'elle avait été reçue Villa Bardi, qu'elle cherchait maintenant des éléments pour cerner la personnalité de Franz Leiburg, l'ami de Morandi, n'est-ce pas?

Quand la télécopie s'était déclenchée, Joan avait suivi le déroulement du papier, surprise de voir apparaître le visage maigre d'un jeune journaliste qui, en 1937, sur le front de Madrid, avait posé auprès du général Franco, puis avait été reçu par le Führer sur la terrasse du Bergohf. Ce visage-là annonçait celui du vieil homme d'aujourd'hui, comme si la boucle d'une vie s'était refermée, effaçant cinquante années, les rondeurs de la quarantaine, et ne laissant subsister que l'ossature anguleuse.

A l'aide d'une loupe, elle avait essayé de distinguer les traits de cette femme, peut-être Paola Morandi, qui se trouvait à l'arrière-plan sur un cliché pris dans le parc de la Villa Bardi, en 1939, précisait-on, sans doute le 1er septembre. Et elle avait imaginé, dans les massifs de lauriers, ce jour-là, Carlo Morandi qui continuait à battre à coups de bâton l'enfant de la domestique qui lui tenait lieu de victime.

A partir des années 1975-1980, *Il Futuro* avait presque chaque mois publié un article élogieux sur Leiburg, l'un des plus grands écrivains allemands, disait-on, un éminent collaborateur des *Morandi Edizioni*, un témoin lucide de la tragédie puis de la construction européenne. Les articles étaient illustrés de photos montrant Leiburg en compagnie de Morandi, et c'était le visage de ce dernier que Joan avait scruté, mesurant les modifications qui, d'une année sur l'autre, en avaient changé les traits, joues rondes encore dans les années 70, puis le visage s'amincissait, le regard devenait impérieux, les mâchoires plus fortes, le menton plus marqué, et peu à peu les deux hommes coïncidaient avec le souvenir qu'en avait gardé Joan, l'un décharné, l'autre athlétique et hautain, l'expression souvent méprisante et ironique.

Quand on faisait ainsi glisser les articles les uns sur les autres, parcourant en quelques minutes les mois et les années, cette présence de Morandi aux côtés de Leiburg devenait obsédante.

Les deux hommes se regardaient sans amitié. Bras croisés, ou bien le droit posé sur les épaules de Leiburg, Morandi paraissait présenter une statue à l'instar de celles qu'il arrachait, couvertes de vase, aux profondeurs du lac. En même temps, il ne pouvait dissimuler une certaine inquiétude, le visage tendu comme s'il avait craint les confidences de

Leiburg et avait tenu à le surveiller de près. Le plus souvent, Leiburg souriait, tête baissée, comme écrasé par le bras de Morandi, acceptant de se soumettre, mais, sur quelques photos, prises à l'improviste, il regardait Morandi avec une anxiété haineuse, celle d'un prisonnier pour un geôlier souverain et imprévisible qui peut à tout instant décider de sa mort.

Lorsque, une nuit, Joan avait voulu commencer à écrire, le premier mot qu'elle avait inscrit sur l'écran de son ordinateur avait été celui-là : *mort*. Leiburg – elle l'avait vu ainsi dès leur première rencontre Villa Bardi – avait les traits d'un masque mortuaire et, cependant, c'était cet homme-là qui l'avait troublée, qui lui avait révélé ce désir sombre qu'elle n'avait eu de cesse de refouler.

Elle avait alors écrit cet autre mot : *désir*. Puis, une fois les mots lancés, elle avait composé les premières phrases : *Franz Leiburg porte sur lui les traces de la mort, non pas de la sienne, mais de celle qu'il a côtoyée. Il sait ce qu'est la mort. Il sait ce qu'est le désir de mort. Il sait le lire dans le regard d'autrui. Et on découvre la mort dans ses propres yeux.*

Elle avait effacé ces phrases, les avait réécrites, mais, malgré l'élan qu'elle prenait chaque fois en les reformulant, elle n'avait pu aller au-delà.

Ce n'était pas ce portrait de Leiburg qu'elle souhaitait écrire, mais elle désirait comprendre ce qui liait Leiburg à Morandi et cerner ainsi le *Condottiere*. Leiburg n'était que le premier passage. Il y en avait d'autres, ces noms dont elle avait dressé la liste; Valdi, Balli, Nandini, mais aussi Lavignat, Hassner, peut-être même Orlando et les deux Russes qui avaient assisté au colloque de la Villa Bardi, lui permettraient d'accéder jusqu'à Morandi.

Elle avait vu Arnaud dès le lendemain matin. Elle abandonnait le portrait de Leiburg, lui expliqua-t-elle : trop classique. Brigitte Georges allait d'ailleurs lui consacrer une longue émission. Mais, à partir de Leiburg et, d'autres témoins en Europe, elle songeait plutôt à reprendre son enquête sur Morandi. Il était au centre du système italien, européen. Elle voulait aller jusqu'au bout.

Arnaud grogna sans relever la tête, puis, au moment où Joan quittait le bureau, il l'avait rappelée. « Jean-Luc? » avait-il simplement demandé. Elle avait grimacé, gênée :

Morandi n'avait aucun rapport avec Jean-Luc, aucun, avait-elle lâché.

– Attention au lac, avait alors murmuré Arnaud.

Elle s'était enfermée chez elle plusieurs jours, prostrée. Elle avait envie de vomir. Passait de la terrasse à la chambre, répétait de menus gestes, feuilletait des livres et des journaux sans les lire, laissait le téléphone sonner sans décrocher, quittait la pièce afin de ne pas entendre la voix, refusant d'écouter la bande enregistreuse du répondeur, puis se laissait tomber sur le lit.

Quel était le sens de ce qu'elle voulait entreprendre?

Elle se sentait humiliée de ne pouvoir maîtriser ces sentiments confus qui la bouleversaient, la déchiraient, la poussaient vers Jean-Luc et Morandi.

Jusque-là, elle avait toujours su ce qu'elle désirait, et sa vie, elle l'avait conduite avec méthode et résolution. Chaque matin, elle remontait de la place Maubert vers le jardin du Luxembourg et accomplissait trois tours du parc, d'une foulée régulière, la respiration bien rythmée, ne cherchant ni à accélérer ni à ralentir, ayant trouvé la bonne cadence. A l'image de sa vie. Et voici brusquement qu'elle passait de l'accablement qui la laissait sans force sur ce lit, comme une loque, à ces images qui lui coupaient le souffle comme dans une course échevelée. Et le plus insupportable, c'est qu'elle goûtait ce désordre au lieu d'aspirer à retrouver la discipline, le calme, la sagesse.

Qu'avait-elle pourtant à faire de ce sordide cauchemar que devait être la relation avec des hommes comme Leiburg, ce mort, Morandi ou Orlando? Que pouvait-elle attendre du sentiment qui la poussait vers Jean-Luc Duguet, cet autre vieux bonhomme – quarante-cinq ans, peut-être? Il le lui avait dit : elle avait l'âge de sa fille, d'Ariane, la morte.

Joan avait l'impression d'être traversée de désirs, de pulsions qui la corrompaient, comme si ces lueurs jaunes qu'elle distinguait quand elle fermait les yeux avaient été autant de taches de décomposition en elle, sur sa pensée pourrie, sur son corps insatisfait qu'elle ne pouvait plus contraindre à un effort physique régulier.

Elle ne courait plus. Elle n'avait plus envie de courir, mais de rester allongée, pensant à Morandi, à Leiburg, à Orlando, à Jean-Luc.

Jean-Luc avait téléphoné, parlant d'une voix hésitante, et elle avait décroché.

– Je ne vous vois plus, Joan. Vous étiez... Si vous aussi... Long silence : Je vais mal, vous savez.

Elle avait murmuré : « Mais non, mais non. »

Il avait ajouté que le seul fait d'entendre sa voix le rassurait. Elle était pour lui la vie, il s'excusait de dire cela, comme ça, mais oui, depuis la mort d'Ariane, Joan était à ses yeux la preuve que la vie continuait. « C'est ce que je ressens, excusez-moi, Joan. »

Elle n'avait pas répondu.

– Et votre grande enquête : l'Europe, Morandi...? avait-il demandé.

Savait-elle qu'un juge italien, Roberto Cocci, venait, à Parme, d'inculper Morandi pour corruption?

Il avait conclu : « A bientôt, ne m'abandonnez pas. »

Elle avait arpenté à grands pas l'appartement, s'écriant à plusieurs reprises : « Non, non je ne veux pas ! » Puis elle avait pris une douche, s'était habillée, et, avec une fébrilité qu'elle ne pouvait maîtriser, elle avait cherché des images de Morandi, accroupie devant le téléviseur, passant d'une chaîne à l'autre.

Elle avait tout à coup reconnu le portail de la Villa Bardi, les massifs de lauriers qui bordaient l'allée. La voiture s'avançait lentement. Morandi était assis à l'avant, ignorant les journalistes, regardant droit devant lui. Orlando conduisait. Brusquement, la voiture avait démarré à grande vitesse, franchissant le portail en direction de Bellagio, fonçant sur le groupe des journalistes au milieu de la chaussée et qui s'égaillaient en bonds désordonnés, cependant que la voix du commentateur se faisait plus aiguë : « Morandi, Morandi... »

Elle avait couru jusqu'à Saint-Germain-des-Prés acheter les journaux italiens, puis, du drugstore, elle avait téléphoné à Christophe Doumic.

Il lui avait donné rendez-vous dans un restaurant chinois de l'avenue Raymond-Poincaré où ils allaient parfois avant de rentrer chez lui, et à l'idée que c'était cela qui se préparait, elle avait éprouvé un sentiment de dégoût si puissant qu'elle en avait été inquiète, affolée même par la découverte des changements qui s'étaient opérés si vite en elle.

Elle l'avait harcelé de questions. Elle avait besoin d'informations sur les affaires de Morandi, ses intentions précises concernant l'agence H and H, le rachat de *l'Universel*. Le ministère du Budget devait avoir enquêté.

– Parlons de ça ailleurs, avait répondu Christophe en souriant.

Elle n'ignorait pas – il montrait par des mimiques qu'il plaisantait – qu'il gardait les dossiers confidentiels à son appartement.

Elle l'avait regardé si durement qu'il avait baissé les yeux et s'était interrompu.

Il était fade comme le riz blanc, un peu trop cuit, les grains collés en boules gluantes, qu'elle mangeait à petites bouchées, oubliant de l'arroser de la sauce rouge-brun pareille à un sang épais.

Joan avait pourtant suivi Christophe chez lui le soir même, peut-être pour simplement vérifier qu'il était devenu pour elle un corps dont on ne supporte plus ni le poids, ni les mouvements.

Elle l'avait même haï tandis qu'il l'aimait. Elle avait méprisé son application, ses attentions, sa maladresse, la peur qu'il avait d'elle – elle la sentait à la manière dont il lui touchait les seins, dont il passait la main sous son dos, et même à ce parfum dont il s'était aspergé de crainte sans doute de lui déplaire par l'odeur de transpiration de son corps.

Jamais auparavant elle n'avait remarqué ni pensé cela. Que voulait-elle ? Des mots montaient de sa gorge, pleins de sucs âcres. Elle voulait qu'on forçât sa bouche jusqu'à ce qu'elle eût mal aux commissures, qu'on l'écartelât, au besoin, pour lui arracher son cri. Elle voulait un corps rugueux qui l'aurait griffée, écorchée, peut-être même un homme comme avait dû l'être Leiburg, comme l'était Morandi, malsain et pourri, si c'était là la condition.

Elle était effrayée de ce qu'elle imaginait, de ce qu'elle voyait derrière ses paupières fermées.

Elle avait laissé Christophe s'endormir, puis elle s'était rhabillée dans le salon funèbre, parmi les housses blanches qui faisaient ressembler les meubles à des stèles. A présent, elle s'apprêtait à téléphoner afin d'obtenir un taxi.

Elle s'était redressée, écartant du pied la housse qu'elle avait arrachée au fauteuil et, levant la tête, elle avait découvert Christophe dans l'encadrement de la porte du salon. Son pyjama bleu pâle flottait autour de lui.

Il avait répété d'un air hébété : « Mais pourquoi, Joan? Pourquoi vous êtes-vous rhabillée, Joan? »

Pouvait-elle lui expliquer ce qu'elle ressentait, son envie de traverser ce lac qu'elle imaginait gris sombre, presque noir, troué de lueurs jaunes?

Elle avait laissé Christophe s'endormir [illegible] habillée dans le salon [illegible], pendant les heures [illegible]. À présent, elle s'apprêtait à téléphoner [illegible] un taxi.

Elle s'était redressée, [illegible] la housse qu'elle avait arrachée au [illegible] devant la tête, elle avait découvert Christophe dans l'encadrement de la porte du salon. Son pyjama [illegible] autour de lui.

Il avait [illegible] d'un air hébété : « Mais pourquoi, Joan ? Pourquoi vous êtes-vous habillée, Joan ? »

Pouvait-elle lui expliquer ce qu'elle ressentait, son envie de traverser ce [illegible] qu'elle imaginait gris, sombre, presque noir, [illegible] jamais ?

22.

CES mots que Jean-Luc avait dits à Joan – « Je ne vous vois plus, je vais mal, ne m'abandonnez pas » –, auxquels elle avait à peine répondu, ces mots dont il avait honte mais qu'il était pourtant soulagé d'avoir prononcés, qu'il avait même envie de répéter puisque c'était avec cette jeune femme qu'il avait besoin de parler (depuis ce premier appel chez elle, il avait essayé plusieurs fois de la joindre, mais il n'avait osé se confier au répondeur de crainte que quelqu'un ne surprît les mots qu'il avait envie d'ajouter aux précédents : « Je veux vous voir, venez, j'ai besoin de vous, ne me laissez pas tomber, sinon je coule... »), cette lamentation, cet appel, ces mots de désespoir ou d'attente étaient ceux qu'il aurait dû dire à Ariane mais qu'il n'avait su trouver à l'époque.

Elle avait quinze ans et demi, seize ans peut-être. Tôt le matin, dans la cuisine, elle arrivait en tâtonnant, les yeux gonflés. Elle avait veillé, murmurait-elle, à cause de cette leçon qu'elle ne retenait pas, une épreuve de contrôle; il répondait sur le même ton : jus d'orange, café, que veux-tu, mange, bois – tout ce tas de mots jetés entre eux comme pour se cacher derrière leur amoncellement, ne rien dire, lui qui aurait tant voulu l'embrasser, la serrer contre lui, l'interroger et se confier, lui demander ce qu'elle pensait de Joëlle, si elle tolérait sa présence dans l'appartement, si elle souhaitait qu'ils vivent seulement tous les deux, père et fille, et il aurait aussitôt acquiescé.

Chaque fois qu'il la croisait, il aurait dû lui dire : « J'ai besoin de toi, je ne te vois pas assez, je me moque de Joëlle, du journal, cela vient après toi, parle-moi, ne nous quittons pas, ne nous manquons pas, cessons ce jeu d'esquive! »

Elle ne buvait pas le jus d'orange qu'il lui avait préparé. Elle disait d'un ton irrité ou las, selon les matins : « Mais je n'ai pas le temps, tu vois bien, je suis en retard... »

Elle portait une grosse veste de laine à fermeture Éclair, au col large qu'elle relevait, dissimulant ainsi ses cheveux blond cendré, et parfois il sortait sur le balcon, la regardait s'engager dans la rue de Sèvres, et il éprouvait alors une fierté mêlée d'effroi à la voir si grande, si mince, et la vue de ses jambes fines serrées dans un pantalon de toile bleue délavée, marchant à longues foulées, vers le métro, sans que jamais elle tournât la tête pour vérifier s'il la suivait des yeux, lui inspirait un sentiment de fatalité et de désespoir.

Il rentrait dans la chambre.

Joëlle dormait encore. Il avait envie de se tuer.

C'était une tentation qui passait, cisaillant sa pensée, irradiant sa vie qu'il se représentait à cet instant comme une suite d'échecs : ce mariage avec Clémence, cette façon dont elle avait refusé la naissance d'Ariane, son départ, les laissant là, fille et époux, c'était le moment tournant de sa vie, lui avait-elle dit, il devait comprendre. Qu'était-il donc, lui, pour qu'on le laisse ainsi tomber? Et maintenant, il en avait eu la certitude, à la lumière de ce désir de mort, c'était Ariane qui allait partir, l'abandonner, peut-être pour répéter, sans le savoir, ce qu'avait fait sa mère des années auparavant, ou bien pour le punir de n'avoir pas su la garder.

Il s'asseyait sur le lit, sûr qu'il ne réussirait pas non plus à retenir Ariane, parce qu'il n'osait pas prononcer les mots qu'il portait en lui : « J'ai peur pour toi, pour moi, restons ensemble, parlons-nous, parlons-nous! »

Mais elle aurait répondu comme elle l'avait déjà fait les quelques fois où il avait tenté d'écarter ces barrages de phrases toutes faites, cet entrelacs de mots inutiles dont on avait plein la bouche, dont on comblait l'espace pour ne pas se toucher, mêler comme des lèvres qui se joignent ce qu'on avait au fond de la gorge : « Mais je te parle, papa, c'est ce que nous faisons! Tu es drôle, tu es vraiment bizarre. »

Elle aurait secoué la tête, elle l'aurait regardé avec commisération, mais, en même temps, il aurait deviné ce défi qu'elle lui lançait, cette provocation à aller plus loin s'il osait, mais il fallait qu'il ose, qu'il prenne le temps, qu'il franchisse les obstacles qu'elle allait dresser entre eux : « Je suis pressée, il faut que je me coiffe, que je revoie le cours... »

Il n'avait pas osé, il avait reculé devant le premier barrage, murmurant : « Oui, oui, nous parlons, mais... »

Peut-être aussi le téléphone avait-il sonné, Arnaud l'appelait de la rédaction ou bien c'était Joëlle qui faisait irruption dans la cuisine et disait d'une voix sèche : « Excusez-moi, est-ce que je peux m'approcher? »

Ariane s'écartait d'un mouvement vif, quittait la cuisine. Et Jean-Luc savait qu'elle sortirait ainsi un jour de sa propre vie.

Il l'avait redouté durant des années mais c'était lui, pourtant, qui, comme s'il avait voulu mettre fin à son angoisse, l'avait en quelques minutes jetée dehors, elle et cet étudiant noir qu'elle avait accueilli. « Je m'en fous, je m'en fous, avait-il lancé, empêchant Ariane de s'expliquer. Je m'en fous! Dehors, dehors tout de suite! »

Il avait parlé comme on se tue sur un coup de désespoir, pour en finir avec la peur ou son obsession.

Ariane avait à peine seize ans, elle était revenue au bout de quelques jours, mais ni elle ni lui n'avaient évoqué ce qui s'était passé. Il n'avait pas osé la regarder. Il la sentait tendue, ou si passive – c'était pire – qu'il vivait déjà comme si elle n'était plus là, et sa présence ne changeait rien au manque qu'il ressentait, à sa disparition, puisqu'il ne pouvait plus la serrer contre lui comme autrefois, il y avait si longtemps, quand elle était cette petite fille qui lui montrait ses cahiers bien tenus, à l'écriture régulière, ou bien à qui il apprenait, sur une route de campagne, au bord d'un fleuve, à tenir en équilibre sur un vélo.

Il avait si bien anticipé son départ que lorsque, presque majeure, elle avait définitivement quitté l'appartement de la rue de Sèvres – pour aller où? –, son accablement, son désespoir ne l'avaient point surpris.

Il était châtié pour ce qu'il n'avait pas su vouloir, pour ce qu'il n'avait pu empêcher, pour la violence qu'il avait laissé s'exprimer lorsqu'il l'avait *jetée* dehors – c'était l'expression qu'il se répétait parce qu'elle le blessait –, ce dimanche où Joëlle et lui l'avaient découverte – mais voulait-elle se cacher? – en compagnie de cet étudiant noir, dans *leur* appartement, comme avait dit Joëlle.

Elle ne reviendrait plus. Il le savait.

– Mais, en fin de compte, tu prends ça très bien, avait constaté Joëlle. Je craignais le pire, tu faisais tant d'histoires, chaque fois que tu parlais d'elle. Mais je me trompais, tant mieux. On dirait même que ça t'arrange. Moi, je ne me suis jamais mêlée de vos relations : c'était tellement curieux, je n'étais rien pour elle, elle me le faisait comprendre, et toi aussi...

Le souvenir de ces propos dérisoires, comme une bouffée aigre, un relent nauséeux, lui était souvent revenu, cachant ce qu'il ressentait vraiment sous les commentaires et les bruits de voix.

Parfois, dans son bureau de *Continental*, après avoir terminé la rédaction de son éditorial, las, la tête vide, n'ayant pas encore demandé à sa secrétaire de lui passer à nouveau les communications, il cherchait à retrouver le visage d'Ariane, découvrant avec affolement qu'il n'y réussissait pas. Il voyait une silhouette quitter la cuisine, disparaître au bout de la rue de Sèvres, et il parvenait seulement à reconstituer la couleur de ses cheveux, sa démarche, ce coup de tête destiné à jeter ses mèches d'un côté de son visage. Mais c'était tout.

Lorsqu'il avait fait entrer pour la première fois Joan Finchett dans son bureau et qu'il avait vu cette jeune femme – bien qu'elle eût quelques années de plus, elle paraissait du même âge qu'Ariane –, il avait éprouvé un sentiment de joie, presque d'émerveillement, comme si, par quelque sortilège, on avait transformé Ariane tout en la laissant elle-même, en la parant de cette énergie, de ces mollets musclés, de cette volonté d'agir qu'elle n'avait pas ou qu'elle avait peut-être toujours dissimulée.

Il était obligé d'admettre que, puisqu'elle était partie, qu'elle avait laissé des traces, ces photos à la une des magazines (pas les plus grands) pour présenter des collections de mode (pas les plus connues), c'était bien qu'elle savait elle aussi décider, entreprendre. Mais il n'en avait rien deviné, il avait même été incapable de l'imaginer.

Il avait embauché Joan au bout d'à peine une demi-heure d'entretien. Arnaud s'était étonné : Jean-Luc était-il sûr de son choix, qu'avait donc cette petite Américaine? Ses papiers, pas mal, originaux, certes, mais...

La jeune femme avait dit : « J'ai quitté les États-Unis pour des questions familiales. » Jean-Luc avait baissé la tête : « Quoi? »

Elle n'avait pas hésité, exposant calmement qu'elle ne s'entendait plus avec son père, qu'il intervenait trop dans ses choix professionnels, qu'elle ne voulait plus dépendre de lui, qu'elle avait le sentiment qu'il la surveillait et, en même temps, ne la comprenait pas.

Jean-Luc l'avait interrompue. Ce n'était pas son problème, avait-il lâché d'un ton bourru, il s'en foutait, lui, de ce qui se passait dans la famille Finchett à New York – mais elle l'avait repris : c'est vous qui m'avez interrogée, monsieur, et c'est à Boston.

Il s'était levé. C'était O.K. pour un contrat à durée déterminée. On verrait pour son renouvellement. D'accord? Qu'elle discute les conditions avec Arnaud.

Ç'avait été comme si l'absence de sa fille s'était incarnée. Quand il croisait Joan, Jean-Luc éprouvait des sentiments mêlés. Il souffrait de la voir. Elle marchait dans les couloirs du journal, droite et volontaire, presque fière. Elle rendait la disparition d'Ariane plus présente et il en souffrait comme s'il avait été le père d'une jeune incurable, chaque jour confronté à la santé d'une fille du même âge, à cette provocation que constituent le bonheur d'un être ou simplement son insouciance, quand on est soi-même blessé. Mais, en même temps, Joan lui redonnait de l'élan, comme si c'était véritablement une Ariane changée, saine, qui se trouvait là, dans les locaux du journal, travaillant à ses côtés comme il l'avait quelquefois espéré.

Puis il avait vu le visage d'Ariane enveloppé de bandelettes, gris et figé derrière le petit hublot du cercueil, dans le hangar proche du port de Dongo.

Depuis ce jour-là, il n'avait plus pu s'éloigner des rives du lac.

On l'avait enseveli dans le sommeil, on l'avait attaché sur un lit, enfermé dans une chambre dont la fenêtre, derrière les rideaux de tulle blanc, était grillagée.

On l'avait observé, questionné, écouté.

Joëlle lui avait répété en pénétrant dans la chambre :

– Mais tu vas mieux, parfait, secoue-toi !

Il avait obéi, mais il n'était pas ressorti du hangar, il n'avait pas détourné les yeux du visage d'Ariane.

Il avait titubé dans les couloirs et les bureaux du journal, essayant de donner le change.

Il avait téléphoné à Joan.

– C'est quelqu'un comme cette jeune Américaine qu'il te faudrait, mon cher Jean-Luc. Cela ne fait aucun doute, lui avait dit Joëlle.

Elle allumait une cigarette, consultait sa montre. C'était une scène de film, le moment des adieux qu'elle interprétait, résolue comme à son habitude, et il l'avait écoutée, se souvenant du départ de Clémence, il y avait déjà près d'une dizaine d'années.

– Tu crois que je n'ai pas remarqué ? disait-elle. Mais ce n'est pas un reproche, Jean-Luc, bien au contraire. Tu n'as rien fait pour ça, j'en suis sûre, et elle non plus. Mais il y a entre vous... Je lui en ai parlé, mais oui, il fallait bien, tu sais que j'aime que tout soit clair, contrairement à toi qui hésites, qui restes dans le flou, qui te complais dans l'incertitude... Pas moi, mon vieux : j'ai besoin de savoir, de trancher. Oui, entre Joan et toi, il y a comme une relation incestueuse, sauf qu'elle n'est pas ta fille – excuse-moi, Jean-Luc, tu comprends ce que j'ai voulu dire – et que tu n'es pas son père. Alors, tout est possible entre vous. Moi, je ne suis pas un obstacle, je m'en vais, Jean-Luc. Je ne peux plus, tu comprends : ce drame est comme un voile qui se déchire, je te vois comme tu es, émouvant, sympathique, mais un homme, pour moi, ce n'est vraiment pas ça. Les Américaines sont toutes un peu des secouristes, des infirmières, c'est une affaire d'éducation, de religion. Moi, que veux-tu, je suis une catholique égoïste. J'ai fait ce que j'ai pu, je ne peux plus, tu comprends ? Tu sais, je recommence à travailler avec Brigitte Georges : je suis chargée de la gestion de ses émissions de portraits. J'ai besoin d'avoir la tête libre. Je ne peux plus rien pour toi. Et je ne veux pas me noyer avec toi. Je ne suis responsable de rien, tu le reconnais. Quand je me suis installée chez toi, Clémence vous avait déjà quittés depuis... mais à quoi bon revenir là-dessus? Tu sais bien que j'ai raison. Je suis directe : je ne peux plus, je m'en vais, c'est tout.

Pourquoi se lever du fauteuil, répondre?

– C'est tout ce que tu as à dire? demandait-elle.

Avait-il jamais réussi à parler à Joëlle?

Elle avait fermé la porte sans la claquer, mais en la tirant avec suffisamment de force pour qu'il mesure qu'un nouveau chapitre de sa vie venait de se terminer.

Il était seul.

C'est ce qu'il avait dit à Joan.

Et elle n'avait pas détourné la tête, elle ne s'était pas contentée de lui lancer d'une voix bougonne, irritée ou inquiète, qu'il devait se sortir de là, s'accrocher.

Elle avait murmuré des phrases confuses, elle lui avait effleuré la main comme l'eût fait une fille, peut-être même une épouse si elle l'eût aimé.

[illegible]

[illegible] ne pas [illegible] le [illegible] que [illegible]
le reconnaissait [illegible] avec [illegible] avec [illegible]
[illegible] c'est tout.

[illegible] dans un fauteuil [illegible]

C'est tout ce que [illegible] elle.

[illegible] jamais [illegible]

En [illegible] la porte [illegible] et la [illegible] avec [illegible] pour qu'il [illegible] de son [illegible]

Il en [illegible]

C'est ce qu'il [illegible] le jour.

[illegible] de [illegible] elle ne [illegible] d'une [illegible] son [illegible] de faire [illegible]

Elle avait [illegible] des [illegible] une [illegible] de [illegible]

Une [illegible] de [illegible]

23.

JEAN-LUC avait dit : « Je l'ai vue morte dans ce hangar », et Joan avait eu le sentiment de s'avancer avec lui vers le cercueil où reposait le corps d'Ariane.

Ils avaient marché côte à côte depuis le début de ce samedi matin. Il bruinait. Ils s'étaient retrouvés au bas de chez Jean-Luc, rue de Sèvres. Il lui avait téléphoné tôt, parlant d'une voix hésitante et grave, si désespérée que Joan, d'un coup de pied, avait rejeté draps et couvertures, répondant d'une voix brutale qu'elle venait, qu'il l'attende. Elle l'avait vu adossé à la façade, les mains enfoncées dans les poches d'une longue veste de cuir à col de fourrure, une casquette dissimulant le haut de son visage, et il lui avait donné l'impression d'être là depuis des heures et de pouvoir y demeurer encore, indifférent au temps qui passait.

– Excusez-moi, avait-il dit quand elle s'était immobilisée devant lui.

Il avait levé la tête. Il n'était pas rasé. Le col de sa chemise était ouvert. Il donnait une image de faiblesse et d'abandon si misérable qu'elle lui avait tourné le dos pour ne pas montrer son émotion.

Elle s'était mise à marcher en direction du boulevard Montparnasse et il l'avait rejointe au bout de quelques pas, puis il avait commencé à parler.

Il y avait encore peu de monde dans les rues, les voitures étaient rares. Des camions de livraison stationnaient; leurs clignotants jaunes avaient rappelé à Joan ces lueurs nocturnes qui perçaient le gris-noir de la place de la Concorde. Parfois, Jean-Luc s'arrêtait et elle l'attendait. Il reprenait alors son récit, mais elle s'efforçait de ne pas tourner les yeux vers lui, de l'écouter sans le voir, comme une voix désincarnée racontant une histoire qui la bouleversait.

– Peut-être, quand elle a quitté l'appartement, aurais-je dû lancer un avis de recherche, mais je craignais qu'elle ne se sente pourchassée, qu'elle s'éloigne définitivement. J'espérais encore, je pariais sur sa raison, sur l'attachement qu'elle m'avait à plusieurs reprises manifesté. Elle m'aimait. Quand elle était petite, dix ans, douze ans, elle m'avait répété tant de fois : « Je ne te quitterai jamais, papa, tu le sais. »

Au son de sa voix, Joan devinait qu'il était au bord des larmes et elle s'écartait alors un peu de lui ou bien le devançait, marchant plus vite.

Joan ne savait plus qui parlait, ce qu'elle faisait à côté de cet homme-là.

Elle se persuadait que la vie d'Ariane, telle que Jean-Luc la racontait, aurait pu être la sienne. Elle aussi avait eu envie d'errer, de se perdre, d'aller de l'un à l'autre au gré du hasard, de rouler jusqu'au bout de la pente, de plus en plus vite, et qui pouvait condamner un tel choix, au nom de quoi ? Elle n'était pas sûre d'avoir eu raison de museler ces velléités, ces désirs dont elle avait pris conscience il y avait si peu de temps qu'ils grondaient toujours en elle.

Elle se disait que vivre comme Christophe Doumic, avec lui, parmi ces meubles protégés du temps par des housses blanches, c'était aussi mourir. Que se mentir à longueur de vie, comme Brigitte Georges ou Lavignat, c'était aussi s'ensevelir.

Peut-être valait-il mieux monter dans le side-car de Morandi et mourir de trop vivre, comme Ariane l'avait fait.

Ariane avait dû hurler, réussir à faire jaillir ce cri qui restait bloqué derrière les lèvres de Joan, ses lèvres qu'elle mordillait pour ne pas pleurer en écoutant Jean-Luc, lâche et bête de se laisser ainsi émouvoir.

– Elle vous ressemblait, murmurait Jean-Luc.

Quand, pour la première fois, il avait fait entrer Joan dans son bureau, l'espace d'un instant il avait eu l'illusion de voir Ariane, une Ariane forte. Il l'avouait, il avait aussitôt été attiré par elle, mais il avait fallu cette mort pour qu'il le reconnaisse, ose lui confier.

– Excusez-moi.

Il baissait la tête et ils reprenaient leur marche sans jamais se frôler, restant même à bonne distance l'un de l'autre.

Elle n'avait aucune question à poser. Elle croyait à l'histoire de cette jeune fille un peu trop grande et un peu trop mince, mais dont le visage encadré par de longs cheveux blond cendré avait cet air de naïveté provocante qu'ont souvent les adolescentes, qui attire et émeut.

– Pourquoi a-t-cllc basculé? s'interrogeait Jean-Luc.

Qu'avait-il fait ou oublié de faire? Un homme, à Dongo, l'ouvrier qui l'avait trouvée, lui avait dit cette phrase : si on mourait à cet âge, c'est que quelqu'un vous avait tué ou laissé mourir.

Joan faisait non de la tête. Non, Jean-Luc n'était pas le coupable. Elle aurait voulu le convaincre que tout s'était joué en dehors de lui. Ariane avait dû sentir que son corps changeait, que les autres portaient sur elle un regard plus appuyé. Elle avait cru qu'elle détenait un pouvoir, que ces hommes qui se retournaient sur elle, qui la flattaient, qui l'invitaient, elle pourrait les dompter, obtenir d'eux tout ce qu'elle voulait. Elle avait éprouvé le désir de mesurer sa force, d'affronter quelqu'un, de déchirer l'enveloppe qui tout à la fois la protégeait et l'enfermait. Elle avait voulu s'ouvrir et il avait peut-être suffi d'une seule rencontre pour que toute sa vie fût engagée.

Joan aurait aimé ajouter qu'elle-même aurait pu être cette jeune morte, qu'elle regrettait de ne pas avoir pris le risque de mourir, qu'elle était prête à le courir, maintenant, avant qu'il ne soit trop tard, et elle aurait pu parler de Leiburg, de Morandi, d'Orlando, de l'enquête qu'elle avait entreprise, parce qu'elle ne pouvait plus vivre avec une housse sur la tête, sa voix et son corps étouffés.

Ariane avait eu ce courage, cette volonté plus tôt, dès quinze ou seize ans.

Alors qu'ils traversaient le pont de l'Alma, Jean-Luc parlait à présent de ce photographe italien, Roy, l'un de ceux qui avaient probablement donné à Ariane l'illusion de sa force, son désir de liberté.

A quoi bon rapporter ce que cet homme lui avait dit? Peut-être avait-il cru que Jean-Luc était un vieil amant d'Ariane et lui-même ne l'avait point détrompé, et ç'avait été horrible de l'écouter confirmer qu'en effet, il avait tiré toute une série de photos d'Ariane, qu'elle avait une forte personnalité, *le cul et la tête* – c'étaient ses propres mots. « Oui, c'est d'Ariane qu'il parlait », murmurait Jean-Luc.

Joan aurait voulu qu'il se tût. Elle préférait ne plus savoir, laisser désormais son imagination composer la vie de cette jeune femme qu'elle aurait pu être.

Elles avaient la même taille, lui avait précisé Joëlle, la même teinte de cheveux. Mais ceux d'Ariane étaient longs. Joan avait coupé les siens du jour où elle avait décidé qu'il fallait choisir l'ordre et l'efficacité, quand elle avait renoncé à l'autre versant de la vie.

Ariane était morte avec les cheveux longs. Joan vivait avec les cheveux bouclés.

Vivait?

Jean-Luc avait encore parlé en arpentant des quais, des avenues, des esplanades.

Ils avaient franchi le pont de l'Alma, puis la place. En ce samedi matin, l'avenue Marceau était déserte. Plus tard, ils avaient contourné la place du Trocadéro, remonté l'avenue Raymond-Poincaré. Et la vie s'était déroulée au rythme de leurs pas.

Clémence, la mère d'Ariane, expliquait Jean-Luc, ne s'était pas indignée de découvrir les photos de sa fille sur la couverture de magazines italiens. Jean-Luc, avait-elle souligné, n'avait jamais été sensible à ce qui relevait de l'art, de l'esthétique. S'était-il jamais demandé ce qu'avait signifié pour elle le fait d'être comédienne, de vivre par son corps et sa voix, de se mouler dans d'autres destins, d'être multiple? Ariane avait commencé à vivre comme elle, avait prétendu Clémence. Que Jean-Luc ne la gêne pas, qu'il la laisse s'épanouir!

Que pouvait-il faire?

Ce qui avait tué Ariane, c'était peut-être leur désunion, ce désaccord entre Clémence et lui. Ils ne lui avaient pas donné la vie, mais la mort. Belle liberté! avait-il ricané. Comment aurait-elle pu échapper à pareille malédiction?

Joan s'indignait. Elle refusait d'imaginer qu'Ariane eût simplement subi ce destin scellé dès l'origine, médiocre et banal : un père et une mère désunis, une adolescente fugueuse qui s'en va, un jour d'averse, peut-être d'overdose, mourir au bord d'un lac.

C'était trop simple, trop sordide, inacceptable.

Elle avait pour la première fois répondu à Jean-Luc, l'obligeant à se taire au moment où il répétait : « Je l'ai vue morte dans ce hangar. » Elle ne pouvait plus supporter sa voix, cette complaisance, cette soumission.

Elle avait repris la phrase de l'homme de Dongo : on ne meurt pas, on vous tue.

Elle avait martelé : « Quelqu'un l'a tuée. » Elle le sentait, Ariane n'était pas quelqu'un qui renonce. « J'en suis sûre. »

Jean-Luc s'était arrêté, lui avait saisi les poignets : que savait-elle ?

Elle secouait la tête, murmurait : « Rien, rien. »

Ce n'était même pas une hypothèse. Sans doute un désir. Pour cette jeune morte, pour l'idée même qu'elle se faisait de la vie, elle voulait qu'il y ait eu risque, combat, affrontement. Piège, peut-être, mais par conséquence, un ennemi, un tueur.

Elle voulait la colère, la vengeance plutôt que le désespoir.

Jean-Luc s'était collé à elle : « Ne me laissez pas, ne me laissez pas. »

Il l'avait enlacée et elle l'avait à son tour entouré de ses bras.

24.

JOAN avait toujours refusé de passer la nuit entière chez Jean-Luc, rue de Sèvres.

Elle n'avait ni réfléchi ni hésité. Ç'avait été une réaction instinctive qu'elle avait eue dès ce samedi de novembre, quand elle était entrée pour la première fois dans cet appartement du troisième étage, au coin de la rue Vaneau.

Elle n'avait pas été surprise par les pièces en désordre, les journaux froissés sur les fauteuils, les livres qui s'amoncelaient en piles contre les cloisons, mais elle avait aimé cette odeur de tabac, de café et de poussière qui l'avait saisie quand Jean-Luc l'avait entraînée à travers les pièces vers sa chambre où ils étaient, d'un même mouvement, tombés sur le lit.

Elle s'était sentie alanguie et émue tandis qu'il l'embrassait, mêlant la fougue et la tendresse, disant – et elle était troublée par cette voix suppliante : « Mon amour, mon amour, ma vie, tu me sauves, vous devez le savoir, mon amour... » Elle l'avait écouté, passive, heureuse de se laisser aller avec la sensation d'être épanouie, d'offrir un corps si généreux que Jean-Luc allait s'y fondre comme un enfant qui rentre dans le sein de sa mère; c'était la première fois qu'elle éprouvait ce sentiment : être une mère pour un homme, alors que cet homme était déjà vieux, et elle avait pensé, tout en s'abandonnant : Clémence et Joëlle ont couché dans ce lit, je n'y dormirai pas.

Elle n'éprouvait ni jalousie ni amertume, elle ne regrettait pas de venir après ces deux femmes, mais elle avait ensuite besoin de se retrouver seule, comme on referme les bras sur soi quand on a froid. Elle voulait reprendre ses pensées qui s'émiettaient quand elle se tenait auprès de Jean-Luc. Elle craignait de ne pas savoir lui résister parce qu'il était faible, qu'il avait tant besoin d'elle; elle était tentée de le laisser faire, n'ayant jamais connu cela : un homme en qui déverser sa vie, qui avait vingt ans de plus qu'elle et qui était sans forces, qui disait ne plus pouvoir puiser qu'en elle l'énergie, la volonté de continuer à vivre.

Quand, après avoir marché toute la matinée de ce samedi, une bruine glacée leur collant au visage, ils s'étaient embrassés sur le trottoir de l'avenue Raymond-Poincaré, et qu'elle avait été si émue par l'abandon de ce corps d'homme qui se laissait aller contre elle, par sa voix qui répétait : « Joan, sans vous, je meurs, Joan, vous êtes ma seule raison », par ses larmes, car il pleurait et, visage contre visage, elle sentait ses larmes sur ses propres joues, elle avait pensé : tiens, il n'est pas si grand, peut-être même le dépassait-elle de quelques centimètres. Et ce constat qu'elle avait fait malgré elle lui avait aussitôt laissé comprendre que Jean-Luc n'était qu'un moment de sa vie qu'elle devrait vivre sans remords ni calculs, mais qu'il finirait un jour. Peu après, alors qu'enlacés ils cherchaient un taxi, elle avait aperçu de l'autre côté de la chaussée l'enseigne de ce restaurant chinois où elle avait dîné avec Christophe Doumic avant de le suivre chez lui, sans doute pour la dernière fois.

Jean-Luc pelotonné contre elle dans le taxi, leurs jambes mêlées, elle avait eu la certitude qu'elle était plus forte, plus lucide que cet homme qui avait posé la tête sur son épaule, dont elle voyait les cheveux grisonnants, qui lui disait ne vouloir jamais plus la quitter – quel adolescent lui avait jadis déclaré la même chose? Il lui fallait rechercher dans sa mémoire le nom de cet étudiant en histoire, lors de sa dernière année à Harvard, qui composait des tragédies et déclamait ses vers sans croire un traître mot de ce qu'il récitait.

Dès ces premières minutes, Jean-Luc avait même murmuré qu'il voulait un enfant d'elle.

Mais il avait dit cela sans vigueur, comme une supplication, tout en s'en remettant à elle pour décider, et elle avait pensé qu'il avait dû être un homme faible bien avant la mort d'Ariane, que Clémence et Joëlle avaient dû le quitter, tout comme Ariane, à cause de cette incertitude de sa personnalité que l'exaltation, la spontanéité, l'énergie qu'il mettait à se confier ou à faire des projets ne parvenaient pas à masquer.

Drôle de type.

C'était une voix souterraine qu'entendait Joan, une mise en garde qui ne l'empêchait pas pour autant de bercer Jean-Luc comme elle ne l'avait jamais fait pour un autre homme, de lui chantonner des mots qu'elle n'avait plus prononcés depuis son enfance, qu'elle murmurait si bas qu'il ne les comprenait pas, refrains de complaintes ou comptines dont elle savait d'instinct qu'il les aimerait.

Et c'est ainsi qu'elle l'avait accueilli en elle, sans rien attendre de lui que ce désir de se perdre dans son corps, de tout espérer d'elle, le plaisir et la vie, et c'était une sensation de plénitude qu'il lui dispensait ainsi : celle des mères quand elles comblent l'enfant qui dépend d'elles.

Mais elle s'était dégagée de lui alors qu'il était encore couché sur le ventre, bras écartés, murmurant que c'était pour lui comme la première fois, qu'il n'avait jamais éprouvé cette émotion, un plaisir aussi fort, que ce n'était pas seulement le plaisir du corps, mais une communion, une révélation, il comprenait enfin ce que cela signifiait, cette *petite mort*, l'envie de ne plus reprendre pied parce qu'on est au-delà, ailleurs. Il avait soupiré, il avait geint comme si ce plaisir qu'il venait de vivre était en même temps douloureux, et elle l'avait écouté, touchée par ce qu'il disait, qu'elle savait sincère, mais aussi parce qu'elle-même avait ressenti quelque chose d'inattendu, de nouveau, qui n'était pas de l'ordre du plaisir ou de la jouissance, plutôt de la bonté.

Le mot l'avait étonnée, Jean-Luc l'ayant à son tour employé dans cette suite de phrases qu'il ne cessait de prononcer. Il avait dit : « Tu es bonne, Joan, bonne, d'une bonté du miel » – et il avait ri. C'était la première fois qu'elle l'entendait rire, et elle avait été heureuse de ce signe de vie.

Mais elle s'était rhabillée et Jean-Luc, comme naguère Christophe Doumic, avait de nouveau paru accablé, désespéré : « Ne m'abandonne pas, pas maintenant, pas après ce que tu m'as donné. »

Elle l'avait enlacé, lui répétant qu'elle rentrait seulement chez elle, qu'elle avait besoin de ces heures de solitude pour réfléchir et travailler.

En la raccompagnant vers l'entrée, il avait – elle n'avait pas aimé qu'il fît cela – ouvert une porte, éclairé une chambre plus longue que large, et elle avait entrevu sur un lit des peluches renversées les unes sur les autres, et, dans un coin, appuyée à une chaîne stéréo, une guitare dont les cordes étaient détendues.

Elle ne s'était arrêtée devant la chambre que le temps d'un regard, puis elle avait ouvert la porte palière avant que Jean-Luc ne la rejoignît, murmurant qu'il avait voulu lui montrer la chambre où avait vécu Ariane, que ç'avait été plus fort que lui, qu'il souhaitait tout partager avec elle.

– Vous êtes ma vie, à présent, avait-il dit.

Elle n'avait pas attendu l'ascenseur, elle avait dévalé les escaliers, épuisée tout à coup : sans doute la fatigue de cette journée, leur longue marche dans Paris, ces vies que Jean-Luc lui avait fait connaître, cette jeune morte dont il venait de dévoiler l'intimité, puis l'enfance.

Des années durant, elle aussi avait joué de la guitare. Et elle gardait encore contre elle, certaines nuits, un lion en peluche, celui que sa mère lui avait offert pour son deuxième anniversaire, lui avait-on dit.

C'était le milieu de la nuit et elle n'avait point répondu à Jean-Luc qui, depuis la fenêtre, lui criait qu'il allait lui appeler un taxi. Elle fit un grand geste de refus, si net qu'il n'insista pas et qu'elle put s'éloigner sans qu'il l'interpellât de nouveau, mais il devait la suivre des yeux et elle avait pressé le pas afin d'échapper plus vite à son regard.

Lorsqu'elle eut atteint le boulevard Raspail, elle avait ralenti, sachant que Jean-Luc ne la voyait plus. Elle était libre et calme. Elle était allée jusqu'au bout d'un besoin et d'une tentation. Elle avait cédé à l'émotion qu'elle ressentait chaque fois qu'elle voyait Jean-Luc, à l'envie qu'elle avait eue de le serrer contre elle, de le rassurer. Elle l'avait fait. Elle en était apaisée. Elle respirait mieux. Elle trouvait le vent froid vivifiant. Il avait balayé le ciel de sa brume et de sa bruine, si bien que dans cette clarté nocturne, les angles étaient vifs et qu'au carrefour de la Croix-Rouge, la statue du Centaure, sur sa stèle, se découpait, bronze noir sur les façades claires de la rue du Cherche-Midi.

Joan avait refusé un taxi qui, venant du boulevard Raspail, s'était arrêté au moment où elle traversait la rue de Rennes. Elle en voulait à l'intrus de l'avoir un instant dérangée dans ses pensées, à cette heure de la nuit où elles se détachent comme des figures détourées.

Elle essayait d'analyser ce qu'elle avait ressenti, cette attirance pour un homme faible qui, sous le masque énergique qu'il avait longtemps présenté au journal, avait les traits indécis de quelqu'un qui aspirait d'abord à être consolé, écouté, bercé. La mort d'Ariane avait arraché le masque, elle n'avait pas remodelé le visage.

Joan savait déjà qu'elle allait le quitter comme les autres femmes l'avaient fait, car la faiblesse ne retient qu'un temps; elle pensait qu'un jour elle allait devoir blesser Jean-Luc et c'est aussi pour cette raison qu'elle refusait la perspective de vivre chez lui. Elle voulait bien l'entourer de sa compassion, l'aimer, jouir du rôle qu'il attendait d'elle, mais sans se laisser prendre, en l'avertissant qu'elle n'était pas seulement cette consolatrice, cette jeune mère d'un homme déjà vieux.

Car il était vieux : vingt ou vingt-cinq ans de plus qu'elle, et cela étonnait Joan qui s'était sentie d'emblée plus mûre, plus forte que lui. De cette découverte aussi elle avait joui, n'exigeant rien de Jean-Luc, n'attendant de lui que l'aveu de sa dépendance qu'il faisait en la tutoyant, la vouvoyant, avec l'élan d'un adolescent grandiloquent et naïf.

Mais peut-être les hommes ne changeaient-ils guère au cours de leur vie : Jean-Luc avait dû être un gosse hésitant et soumis; Morandi, ce bourreau qui frappait un autre enfant; Christophe Doumic, un digne jeune homme qui jouait à la perfection le rôle que les adultes lui avaient assigné.

Qui osait encore inventer sa vie?

Ariane. Mais elle en était morte.

[illegible]

[illegible] de Groupe Flac.

[illegible]

On essaya d'analyser [illegible]

[illegible]

c'est aussi pour cette raison [illegible] de sa compression.

[illegible]

Quand il était [illegible]

[illegible]

Qui est [illegible]

Quatrième partie

Paris, Pavillon Laurent

25.

Au moment de pénétrer dans le Pavillon Laurent, avenue Gabriel, Joan avait de nouveau hésité.

Depuis le matin – elle s'était réveillée vers cinq heures, angoissée, puis, ce qu'elle n'avait pas fait depuis longtemps, était allée courir autour des grilles du Luxembourg, les portes du jardin étant encore fermées –, elle avait changé d'avis à plusieurs reprises. Le déjeuner de presse avec Morandi était fixé à treize heures quinze, au Pavillon Laurent. A chaque fois qu'elle était passée devant sa table de travail, elle avait jeté un coup d'œil à ce carton d'invitation parcheminé, gravé au blason des Morandi, qu'elle avait reçu à son domicile, et non pas au journal. Ce fait l'avait déjà inquiétée. Elle avait interrogé Bedaiev, responsable de la rubrique économique à *Continental*. Il avait eu un geste irrité : Morandi, c'était la chasse gardée de Joan, non? Pourquoi voulait-elle qu'on l'eût convié, lui? Qu'elle se débrouille! D'ailleurs, que pouvait annoncer Morandi qu'on ne savait déjà? Il rachetait *l'Universel* et l'agence H and H. Il était poursuivi en Italie pour corruption, et son banquier, Ferdinando Balli, était soupçonné d'accueillir des fonds aux origines douteuses. Morandi préférait qu'on s'intéressât à sa psychologie ou à sa biographie sentimentale plutôt qu'à ses affaires. Donc, c'était Joan Finchett qu'il avait invitée à son déjeuner de presse. Félicitations. Bedaiev avait continué à bougonner tout en tournant le dos à Joan.

Il s'était montré injuste et le savait. Voilà des semaines qu'elle accumulait des informations sur ce qu'elle avait appelé *« les inconnues du système Morandi »*. Elle avait montré à Bedaiev la liste des subventions versées par la Commission de Bruxelles aux entreprises textiles de Morandi. « Tire le fil, avait-il dit dans un moment d'enthousiasme et de sincérité, tout peut venir ! »

Elle avait remarqué ces apartés qui, sur la terrasse de la Villa Bardi, avaient rassemblé, tout au long du colloque, Ferdinando Balli, le banquier, Alberto Nandini, qu'on appelait « monsieur le ministre », et Carlo Morandi. Elle avait longuement observé ces trois hommes depuis la salle de conférences, soulevant le rideau pour suivre leurs allées et venues à pas lents tandis qu'ils discutaient avec vivacité, imaginant que nul ne les voyait.

Balli était trapu, chauve, bedonnant, vêtu sans élégance, de façon presque débraillée, le gilet mal boutonné, le nœud de cravate défait. Nandini, au contraire, portait une veste de tweed foncé, une chemise en coton à col blanc et à plastron bleu, une cravate assortie au tissu de sa veste et nouée avec soin.

Lorsque, plus tard, Joan avait commencé à défaire la trame pour comprendre comment fonctionnait le système Morandi, elle avait appris que la banque Balli, dont le siège était à Lugano, gérait les fonds de toutes les sociétés du groupe et qu'elle avait ouvert à cet effet une succursale à Parme, la seule qu'elle possédait en Italie.

Nandini, lui, avait été, à Bruxelles, ambassadeur auprès de la Communauté européenne, puis il avait occupé divers postes ministériels, dont ceux du Commerce extérieur et des Finances. Il n'était plus que député mais dirigeait le courant le plus influent de ce qu'il restait de la Démocratie chrétienne, faisant et défaisant les carrières politiques.

Joan avait essayé de les interroger depuis Paris, de solliciter des rendez-vous, mais Balli et Nandini s'étaient l'un et l'autre dérobés, lui faisant répondre qu'ils étaient absents tout en l'assurant de leurs bons souvenirs. « Peut-être à bientôt, Villa Bardi », avait même ajouté à la main Nandini.

C'était lui, s'était-elle souvenue, qui s'était rendu compte, Villa Bardi, qu'elle les suivait des yeux, écartant le rideau du bout des doigts, et les trois hommes s'étaient peu après séparés, regagnant la salle de conférences.

Morandi était venu s'asseoir auprès de Joan. « Intéressant ? » avait-il interrogé en désignant le rapporteur. Puis, tout en la dévisageant, il avait dit que les vrais philosophes d'aujourd'hui étaient les banquiers. « Vous connaissez Ferdinando Balli ? » Elle avait fait non de la tête. C'était un homme de savoir et de sagesse, avait expliqué Morandi. Les banquiers n'ignorent rien : ils sont le centre de gravité de l'Histoire, les seuls à penser la totalité du monde. « Vous vous intéressez à Balli ? Dans sa famille, ils sont financiers depuis le XIIIe siècle. Italiens, Suisses, ce sont des hommes de passages, de frontières, de lacs. Vous voulez enquêter sur sa banque ? »

Avait-elle deviné quelque anxiété chez Morandi ou bien l'avait-elle imaginée ?

Elle avait essayé de prendre l'expression la plus naïve, la plus indifférente. Elle se moquait bien des banques, avait-elle répondu. Elle était Villa Bardi pour tracer le portrait d'un *condottiere* : Morandi.

Il avait souri, mais l'avait-elle convaincu ?

Elle allait donc se retrouver en face de lui. Sans doute savait-il qu'elle avait essayé d'interviewer Balli et Nandini, peut-être même Franz Leiburg lui avait-il fait part de leur conversation à l'Hôtel Crillon, de la question qu'elle lui avait posée : Morandi peut-il tuer une femme ? Peut-être ce déjeuner de presse n'était-il qu'un prétexte pour la rencontrer, chercher à l'influencer ?

Le matin même, elle avait essayé de joindre une nouvelle fois le juge Roberto Cocci qui avait inculpé Morandi et procédé à des perquisitions au siège de ses sociétés dans ses immeubles du centre de Parme. Elle avait pu ainsi occuper ses doigts, son esprit, sans penser à ce déjeuner. On l'avait renvoyée de bureau en bureau, de Milan à Bologne, et finalement une secrétaire, au Palazzo Ducale de Parme, lui avait annoncé qu'elle allait lui passer monsieur le juge Cocci.

Joan n'avait pas été surprise par sa voix aiguë, la manière dont il hachait les phrases. Elle avait vu plusieurs fois en photo ce visage à l'ossature apparente, ascétique, barré par une moustache noire, les yeux profondément enfoncés, le regard voilé par des verres épais cerclés d'une monture d'acier. Il s'exprimait dans un français précis, sur un ton d'impatience. Que voulait-elle, qui était-elle? Morandi, avait-elle expliqué, tenait une conférence de presse ce matin-là à Paris; elle était journaliste, Joan Finchett, de *Continental*; pouvait-on lui préciser l'état de l'enquête? Il avait éclaté d'un rire où elle avait perçu de l'amertume et de la colère : Finchett, américaine, n'est-ce pas, CIA ou Mafia? Elle avait été invitée Villa Bardi. Il avait relevé son nom aux côtés de ceux de Balli, de Nandini, de Lavignat, de Hassner, etc. Le portrait qu'elle avait brossé de Morandi dans *Continental*, il l'avait lu. Il figurait au dossier. Une œuvre pieuse. Dites de ma part à monsieur Morandi que l'enquête progresse. A bientôt à Parme, peut-être?

Elle avait répondu sur le même ton : « Sans aucun doute », puis raccroché avec violence, rembarrant dans les minutes suivantes Jean-Luc qui l'avait appelée, l'avait invitée à déjeuner : « Je déjeune avec Carlo Morandi », lui avait-elle répliqué. Elle avait été déçue de l'entendre dire : « Bien, bien, excusez-moi, Joan. Vous me raconterez. »

Elle s'était habillée en hâte, découvrant qu'il était déjà près de midi, mais elle avait trouvé sans attendre un taxi à la station de la place Maubert et s'était fait déposer à l'entrée des jardins des Champs-Élysées.

De nouveau elle avait le temps.

Elle avait marché lentement, revenant sur ses pas, contournant les pelouses, les amoncellements de feuilles mortes. Elle s'était enfoncée dans cette épaisseur rousse et humide qui collait aux chevilles et que ses talons perçaient.

Il ne pleuvait plus, mais Joan avait gardé le capuchon de son imperméable relevé, avançant tête penchée avec le sentiment d'être ainsi protégée, masquée, préservant de cette manière, jusqu'au dernier moment, la possibilité de renoncer à ce déjeuner qu'elle avait cependant confirmé, dans un défi spontané, dès qu'elle avait reçu l'invitation.

Elle palpait le carton dans la poche de son imperméable et, du bout des doigts, reconnaissait la gravure du blason, cette tour surmontant un poisson à gueule ouverte.

C'était cela, le système Morandi : comme une tour que l'on voyait de loin, des immeubles sur une place centrale, des hommes connus, Leiburg, Nandini, Balli, toute une activité et des amitiés d'apparence, des colloques Villa Bardi, ces galeries-musées ouvertes au public, « ces collections particulières, précisait le guide de Parme, offertes à l'admiration du public grâce à la générosité de leur propriétaire, Monsieur le Président Carlo Morandi ».

Mais, au-dessous, dans les profondeurs opaques, d'autres formes se profilaient, qu'on pouvait imaginer sans vraiment les voir, à l'instar de ces poissons qui disparaissent dans les remous et se confondent avec les algues et la vase.

D'où venait l'argent de Morandi? De l'héritage familial, des profits? Ou bien, comme les eaux des fleuves se mêlent dans un lac, ces capitaux avaient-ils plusieurs sources que nul ne pouvait identifier?

Bedaiev l'avait dit à Joan, puisqu'elle l'avait interrogé sur le rôle de la banque Balli : si Ferdinando Balli venait à parler, on le retrouverait noyé dans le lac, ou peut-être même pas. N'affirmait-on pas que les poissons des berges étaient particulièrement voraces?

Alors que la pluie avait repris, à peine sensible, une pluie tenace et fine qui n'en résonnait pas moins sur les feuilles comme un crépitement léger, Joan, repensant à ces propos, avait éprouvé un moment d'abattement. Il ne naissait pas de la crainte. Qe risquait-elle dans cette salle à manger du Pavillon Laurent? Mais elle avait eu le sentiment d'être totalement impuissante. La vie n'était que compromission, pourriture. Cela l'attirait et la désespérait tout à la fois. La mort seule était franche comme un coup qui tranche. La Faucheuse était seule à manier la lame. Tout le reste n'était que vase, abdication, hypocrisie, corruption, tentation et plaisir d'y céder pour voir, jouir de cette décomposition. Peut-être aussi tout simplement parce que la vie n'était que cela – et que ceux qui refusaient en mouraient. De quoi était morte Ariane?

Du regret d'avoir choisi la vie, ce lent envasement, ce lent pourrissement, et peut-être avait-elle éprouvé tout à coup le désir de rompre, peut-être qu'on ne le lui avait pas pardonné?

Vivre, c'est être complice. Les vivants n'aiment pas qu'on trahisse le pacte secret qui les unit.

Lorsque Joan avait levé la tête, le portier du Pavillon Laurent l'observait.

Elle rejeta son capuchon, fit quelques pas vers l'entrée et aperçut dans le hall Orlando qui, debout, jambes légèrement écartées, la regardait s'avancer.

26.

Au milieu de l'après-midi, Joan avait à nouveau traversé les jardins des Champs-Élysées et il lui avait semblé que les arbres s'étaient dépouillés de leurs dernières feuilles ; les allées en étaient entièrement recouvertes comme s'il avait suffi des quelques heures du déjeuner pour passer de l'automne à l'hiver.

Elle avait longé l'avenue Gabriel, engourdie, rassemblant difficilement ses idées, cherchant à reconstituer ce que Morandi avait dit.

Elle ne sentait pas le vent froid qui s'était levé, soufflant depuis la place qu'elle apercevait devant elle, déjà éclairée par ces lueurs jaunes dont Leiburg, depuis la chambre de l'Hôtel Crillon, lui avait fait remarquer qu'elles ressemblaient à des tournesols ou à des projecteurs traquant les rares silhouettes de passants.

C'est Franz Leiburg qu'elle avait vu le premier en pénétrant dans la petite salle à manger du Pavillon Laurent vers laquelle Orlando l'avait guidée, paraissant ne pas la reconnaître, ayant examiné avec attention son invitation, répétant son nom : Joan Finchett, c'était elle ? Elle n'avait pas bougé, attendant qu'il se décide à appeler un maître d'hôtel, puis une jeune femme s'était avancée, tendant les mains pour que Joan lui confie son imperméable. Joan avait de nouveau hésité comme si, en ôtant ce vêtement qui enveloppait son corps d'une forme vague, elle allait se retrouver exposée, désarmée. Mais ils étaient trois autour d'elle à attendre, paraissant s'étonner de sa maladresse, les bras levés, prêts à l'aider. Puis elle avait dû suivre Orlando qui s'était effacé après avoir ouvert la porte.

Franz Leiburg était assis seul à la table ronde qui, Joan l'avait aussitôt noté, ne comportait que six couverts. Elle avait entendu un brouhaha de voix en provenance d'un salon voisin, mais elle n'avait pu y regarder, saisie par la présence de Leiburg, à nouveau angoissée et attirée par ce visage, ces tempes creusées.

Il l'avait dévisagée mais n'avait pas proféré un seul mot, et c'était comme si son regard avait transpercé Joan pour aller au-delà et ainsi la mettre en garde contre un invisible danger. Elle s'était alors retournée et avait vu Morandi sortir le premier du salon. Derrière lui, les autres – Hassner, Lavignat, Brigitte Georges et un homme que Joan ne connaissait pas – paraissaient flous, comme si la présence de Morandi les gommait à demi.

Joan avait oublié la force et le charme de son visage, ce mélange de brutalité et de grâce qui l'avait attirée dès qu'elle l'avait aperçu pour la première fois à la Villa Bardi. Il portait un pull-over à col roulé bleu ciel, un blazer foncé. Ses cheveux blancs ondulés, plus longs, couvraient ses oreilles, formant autour du visage une couronne qui soulignait le brun de la peau tannée. Quand le vent se levait, il aimait, avait-il confié à Joan, tirer quelques bordées, seul avec Orlando, sur son bateau léger, traversant le lac d'une rive à l'autre.

Il s'était avancé vers Joan, les bras légèrement écartés, présentant ses paumes ouvertes, et elle n'avait pu éviter qu'il l'embrassât comme une vieille amie. Les autres arboraient des sourires figés, l'homme qu'elle ne connaissait pas restant seul impassible. Morandi expliqua qu'il avait voulu réunir des amis plus que des journalistes. Il devait présenter à Joan Giorgio Balasso, le rédacteur en chef d'*Il Futuro*, qui allait coordonner le travail des rédactions du quotidien de Parme et de *l'Universel*, ici. Car *l'Universel* et l'agence H and H avaient rejoint le groupe Morandi. Mais cela, elle le savait, n'est-ce pas? Il avait souhaité qu'il n'y eût que deux journalistes, deux amies, l'une représentant la presse écrite, elle, Joan, l'autre pour la télévision, Brigitte Georges. Le reste des médias suivrait. Il voulait expliquer en ami son intention de bâtir un groupe de presse européen dont les ramifications s'étendraient loin, jusqu'à Moscou. Joan se souvenait-elle de Krivolsky et Gorai, les Russes qui participaient au colloque de la Villa Bardi? Ils montaient en Russie une chaîne de télévision associée à *Morandi Communication*. Il fallait voir large, bâtir une Europe nouvelle.

– Nous dessinons le futur.

Il avait fait asseoir Joan à sa droite, Brigitte Georges à sa gauche. Il ordonna au sommelier de verser le champagne, au maître d'hôtel de commencer le service, puis, d'un simple mouvement de tête, il fit comprendre aux garçons qu'il leur fallait quitter la salle à manger.

Dans l'entrebâillement de la porte, Joan avait aperçu la silhouette d'Orlando, appuyé au mur, les bras croisés.

Les plats s'étaient succédé, Morandi commentant chacun d'eux, s'opposant à Hassner qui jugeait un peu légers ce Château Sociando-Mallet 1983, puis ce Chinon qui accompagnait, peut-être à tort, le cœur de filet aux pommes soufflées.

– Alors, Joan, avait-il murmuré, vous vous intéressez toujours, me dit-on, à ce que nous faisons au bord du lac? Mais vous n'êtes jamais venue à Parme, qu'attendez-vous? »

Pendant que les autres haussaient la voix comme pour afficher leur discrétion, il avait murmuré en se penchant qu'il tenait toujours un avion à sa disposition, qu'elle pouvait séjourner à son gré Villa Bardi; une vedette la conduirait à Côme, puis, de là, un hélicoptère la transporterait jusqu'à Parme. « Tout est possible pour vous », ajouta-t-il.

Leiburg ne mangeait pas, portant souvent son verre à ses lèvres qu'il humectait, ne quittant pas Joan des yeux, et elle ne savait s'il s'agissait de sa part d'une menace ou s'il voulait au contraire la mettre à nouveau en garde.

Au café, ils avaient regagné le salon, Morandi invitant Brigitte Georges et Joan à s'asseoir à ses côtés sur le canapé, mais Joan avait refusé, s'installant à l'extrémité du demi-cercle qu'avaient formé Balasso, Leiburg, Hassner et Lavignat.

– Nous sommes entre nous, avait dit Morandi.

Il avait tendu le bras, pointé le doigt vers Lavignat puis Balasso, le dirigeant enfin sur Joan. Il désirait que Joan rejoignît la rédaction de *l'Universel*. Il formulait cela brutalement, sans respecter les usages? Elle ne voulait pas? Il le savait! D'un geste de la main, il avait empêché Joan de répondre. Elle avait participé à ce déjeuner en tant que représentante de *Continental*. Mais le déjeuner avait pris fin, on était entre amis. Brigitte Georges collaborait déjà à *l'Universel*. Joan y avait sa place. Elle était américaine, elle avait une vue supranationale des problèmes. *Morandi Communication* avait besoin de journalistes qui étaient porteurs d'une conception mondiale de l'information. « Je vous veux, Joan », avait-il conclu, souriant et lui tapotant le genou.

Il avait allumé son cigare. Les autres avaient ri : Brigitte Georges silencieusement, Hassner en ajoutant d'une voix forte que personne, chacun le savait, ne pouvait résister à Morandi. Balasso s'était penché vers Joan; c'était un homme d'une cinquantaine d'années au visage long et maigre, à la peau très blanche.

– Venez avec nous, avait-il murmuré, vous nous raconterez Paris.

Lavignat s'était contenté d'approuver en regardant Brigitte Georges. Leiburg s'était lentement redressé en prenant appui sur les accoudoirs.

– Tout peut s'acheter, n'est-ce pas? avait-il dit.

Sa voix avait rappelé à Joan leur nuit commune au bord de la grand-place.

Ces quelques mots avaient imposé silence et Morandi s'était contenté de plisser le front, les dents serrées sur son cigare.

– Vous payez d'ailleurs fort bien, Carlo. Vous savez y faire, avait repris Leiburg en se levant. Vendez-vous un bon prix, Joan, avait-il poursuivi, multipliez par trois ou quatre ce que vous estimez valoir. Ce sera encore au-dessous de votre valeur. On ne vend son honnêteté qu'une fois, comme sa virginité!

Il avait fait quelques pas, puis, se retournant :

– Excusez-moi, avait-il conclu en quittant le salon.

Était-ce à ce moment-là, dans le silence qui s'était instauré, que Joan avait évoqué l'enquête du juge Roberto Cocci, l'inculpation pour corruption, les perquisitions effectuées à Parme au siège des sociétés de Morandi?

– Quelle passion! s'était exclamé ce dernier en se levant à son tour.

Il s'était approché de Joan, lui avait pris le bras tandis que les autres, après une certaine hésitation, sortaient du salon, les laissant seuls.

Était-elle son ennemie, ainsi qu'on l'en avait prévenu lui avait alors demandé Morandi sans lâcher son bras. Pourquoi? Il lui avait ouvert toutes ses portes. Elle pouvait interroger qui elle jugeait bon. Et il lui offrait, après cela, d'entrer dans son groupe de communication. Que voulait-elle? Qu'imaginait-elle? Que cachaient cette violence, ce trouble qu'il devinait? De l'attirance, peut-être? Les femmes sont si souvent contradictoires, non?

Elle avait tenté de se dégager, murmurant qu'elle faisait simplement son métier.

Il s'était encore approché comme il l'avait fait naguère dans la galerie, Villa Bardi. Elle était plus émue qu'alors, plus tentée de s'appuyer à lui, de fermer les yeux, plus curieuse de ce qui pourrait se produire.

Il l'avait senti et avait essayé de l'enlacer tout en lui chuchotant qu'elle était une passionnée, que c'était la qualité qu'il appréciait le plus.

Elle s'était mise à respirer de plus en plus vite, et, comme pour reprendre souffle, elle lui avait demandé s'il se souvenait d'une jeune femme, Ariane Duguet, qu'il connaissait peut-être, qu'on avait retrouvée morte dans le lac, près de Dongo.

Il ne s'était pas écarté de Joan mais avait lâché son bras tout en continuant à sourire.

Il ne se souvenait, avait-il répondu, que des femmes avec qui il avait fait l'amour ou avec qui il désirait le faire.

Il s'était d'ailleurs souvenu de Joan, elle ne pouvait pas en douter, n'est-ce pas?

– Ariane Duguet, avait-elle répété, ignorant son badinage.

Il avait secoué la tête, ajouté, en quittant le salon, que les autres femmes, pour lui, n'existaient pas.

27.

JOAN avait essayé de reconstruire ce qui s'était passé depuis qu'elle avait quitté le Pavillon Laurent et l'avenue Gabriel.

Elle s'était engagée sur la place de la Concorde, hésitant à la traverser, regardant vers l'Hôtel Crillon, se demandant si elle allait continuer à pied jusqu'à chez elle – une demi-heure de marche, et il pleuvait – ou bien tenter d'arrêter un taxi. Entre l'instant, où elle était rentrée et le lendemain matin, quand elle avait quitté la rue Frédéric-Sauton, elle avait remarqué, l'air de surveiller la porte de l'immeuble, un homme en long manteau de cuir noir, et elle avait aussitôt pensé : c'est Orlando. Sitôt dehors, elle s'était élancée vers le boulevard Saint-Germain, réussissant à monter dans un taxi, et quand elle s'était retournée, elle n'avait plus vu l'homme, le coin de la rue Lagrange où il se tenait les bras croisés était vide, et c'est à partir de là qu'elle avait compris qu'elle ne pourrait rien raconter, car elle-même, dès cet instant, recroquevillée dans le taxi, serrant ses genoux entre ses bras, transie – le chauffeur lui avait lancé en la regardant dans le rétroviseur : « Vous, on dirait que vous avez froid » –, avait commencé à douter de ce qu'elle avait vécu, craignant de s'être laissée emporter par l'imagination, l'angoisse, rassemblant des faits qui n'avaient aucune espèce de rapport entre eux.

Était-elle sûre que l'homme qu'elle avait aperçu en face de chez elle était Orlando? Il avait la même taille. Quand elle avait quitté le Pavillon Laurent, il lui avait semblé que, sortant derrière elle, il avait pris au vestiaire un manteau de cuir noir. Elle l'avait vu se diriger vers une voiture dont le portier lui remettait les clés, et qui était garée devant le pavillon, les deux roues avant engagées sur le trottoir.

Joan avait donc marché lentement jusqu'à la place de la Concorde et, au moment de s'engager sur la chaussée, d'affronter le flot des voitures, elle avait remarqué, se détachant des files qui se dirigeaient vers le pont ou vers les Champs-Élysées, une voiture, noire comme celle d'Orlando, qui venait vers elle, seule, roulant à vive allure. Joan s'était immobilisée, un pied déjà sur la chaussée, fascinée par cette gueule métallique qui se rapprochait et qui, au tout dernier instant, avait obliqué un peu à gauche. Elle avait senti sur ses jambes le souffle chaud de l'échappement – sûre à présent que l'homme au volant n'était autre qu'Orlando.

Elle s'était précipitée vers l'arrêt d'autobus, bousculant les gens afin de monter la première, se faufilant pour atteindre le centre du véhicule, cherchant malgré la buée à voir si une voiture noire s'était arrêtée : et, en effet, entre l'avenue Gabriel et les Champs-Élysées, elle avait cru l'apercevoir qui démarrait lentement, comme pour s'apprêter à suivre le bus.

L'espace d'un instant, elle avait cédé à l'affolement, cherchant autour d'elle parmi les passagers celui qui pourrait l'aider, puis, à contempler ces visages gris, fermés – une femme tricotait, des hommes lisaient, un couple de jeunes se tenaient aux épaules, bras mêlés, yeux clos, se laissant balancer par le roulis du bus –, elle avait éprouvé un sentiment de solitude. Elle était exilée, étrangère. Elle aurait dû rester chez elle, elle avait eu tort, c'était même folie que de quitter son pays, sa langue, c'était comme si elle avait voulu changer de sexe, elle s'était condamnée à jouer toute sa vie un rôle, elle n'était plus chez elle nulle part, et c'est pour cela qu'elle était attirée par Morandi, par la pourriture, pour cela que Franz Leiburg la fascinait, mais, en même temps, elle ne connaissait aucune des règles du jeu, la France, l'Italie, l'Europe étaient des régimes étranges, et elle s'était souvenue des rires de complaisance de Lavignat et de Hassner durant le déjeuner, du visage de Giorgio Balasso qui exprimait la veulerie et le remords. Que pouvait-elle, elle qui venait d'ailleurs ?

Elle était descendue du bus place du Panthéon. La nuit était tombée, des lueurs jaunes éclairaient aussi cet autre lac de pierre. Qui se serait soucié d'elle si une voiture l'avait renversée?

Elle avait hésité à traverser la place, à descendre vers Maubert, puis elle avait marché au milieu de la chaussée, ne laissant le passage aux voitures que lorsqu'elles klaxonnaient. Qu'on l'écrase! Elle était si indécise, si incertaine de ce qu'elle était, qu'elle acceptait maintenant avec fatalisme qu'on vînt la tuer. Peut-être Morandi l'avait-il décidé, peut-être Ariane avait-elle éprouvé ces mêmes sentiments contradictoires : n'être plus rien, vouloir vivre, cependant, aller jusqu'au bout et ne pas savoir pourquoi, ne plus savoir avec qui.

Chez elle, Joan s'était sentie si seule qu'elle avait appelé Jean-Luc, le regrettant dès qu'elle avait entendu sa voix. Il voulait la voir, insistait-il. Lui parler. Qu'elle l'écoute, au moins. Il la suppliait.

En était-il donc toujours ainsi : vouloir se faire entendre et n'être jamais écoutée parce que l'autre veut se confier, qu'il tend les mains sans se soucier de celles qui se tendent vers lui? Marché de dupes...

Au moins Morandi, Leiburg n'étaient pas hommes à appeler au secours. Ils prenaient. Ils exigeaient.

– Venez, venez, Joan, répétait Jean-Luc.

Elle avait éloigné le téléphone de son oreille et n'avait cependant pas osé raccrocher, peu à peu émue par cette lamentation, ce récit qu'il avait entrepris de lui faire.

Lui avait-il raconté comment il avait chassé Ariane de chez lui, de chez elle, peut-être par jalousie, par égoïsme, saisi de panique, poussé par Joëlle?

Il fallait que Joan sache qui il était : un type mesquin, un mauvais père.

Il rentrait d'un long week-end en compagnie de Joëlle. La concierge les guettait dans l'entrée de l'immeuble de la rue de Sèvres. Vous vous rendez compte, avait-elle dit, leur fille Ariane avait reçu deux garçons, l'un, un Noir, était resté, il devait être encore là-haut, elle avait tenu à avertir Monsieur Duguet et Madame; elle les plaignait : est-ce qu'on aurait jamais cru ça possible, une petite fille comme Ariane? Et voilà que de nos jours des choses comme ça arrivaient.

Dans l'ascenseur, Joëlle n'avait cessé de parler vol, viol, sida, drogue, Ariane était irresponsable, comme sa mère, Jean-Luc savait ce qu'il avait subi avec Clémence, allait-il accepter encore? Il fallait qu'il réagisse.

Jean-Luc bredouillait au téléphone, il voulait savoir si Joan l'écoutait toujours.

Elle l'écoutait.

Elle avait vécu des scènes semblables chez elle : le père qui surgissait, qui n'admettait pas n'importe quelle fréquentation, qui menaçait.

Et Jean-Luc avait hurlé, interrompant Ariane qui tentait d'expliquer qu'elle avait accueilli cet ami pour quelques jours, le temps qu'il trouve un logement.

– Je m'en fous, je m'en fous! Dehors, tout de suite!

Il l'avait laissée partir avec l'Africain et elle n'était revenue que quelques jours plus tard. Sa première fugue. Elle n'avait plus jamais parlé de l'incident. Ils avaient tous paru effacer cette scène de leur mémoire, mais il se souvenait, à présent.

Coupable, il l'était, coupable! Quelle étroitesse d'esprit, n'est-ce pas? Quelle mesquinerie, quelle violence! Il l'avait tuée, lui.

Qui n'est pas coupable, avait murmuré Joan tandis qu'il répétait : « Ne me laissez pas, je vous en supplie. »

Elle s'était allongée, avait essayé de dormir, le corps moulu.

Le téléphone avait sonné à plusieurs reprises sans qu'elle décroche. Peut-être était-ce encore Jean-Luc, ou bien... Au quatrième appel, elle avait répondu sans qu'aucune voix ne vînt combler le silence. Au matin, dans l'interphone, après qu'on eut sonné, cette absence de voix, à nouveau, cependant que Joan criait : « Mais qui est là? Qui est-ce? »

Elle s'était précipitée sur la terrasse, se penchant pour

voir dans la rue, et c'est quand elle était descendue qu'elle avait cru apercevoir cette silhouette d'homme en manteau de cuir noir qui paraissait la guetter depuis le coin de la rue Lagrange.

Elle ne s'était calmée qu'une fois parvenue dans son bureau du *Continental*, lorsqu'elle s'était mise à écrire. C'était peut-être cela, son identité, sa seule patrie, le moyen qu'elle avait de vivre à la fois avec les autres et dans sa solitude.

Cinquième partie

Parme, Palazzo Ducale

28.

QUAND Roberto Cocci eut terminé de lire l'article de Joan Finchett, il ôta ses lunettes.

Les dossiers empilés contre les cloisons du bureau, ceux ouverts sur la grande table au centre de la pièce devinrent des masses grises aux contours flous; les murs, des surfaces sombres; les fenêtres donnant sur le parc du Palazzo Ducale, des taches à peine plus claires au-delà desquelles s'étendaient et se mêlaient des bancs de brouillard.

Cocci ferma les yeux et commença à se masser lentement, du bout dcs doigts, lc front d'abord, puis lcs arcadcs sourcilières, enfin les paupières, appuyant de plus en plus fort chaque fois qu'il répétait son geste, faisant glisser ses doigts vers le menton, tirant sur sa peau comme s'il avait voulu se débarrasser d'un maquillage ou plutôt retirer quelque masque ou arracher une couche de vase collée à sa peau afin de recouvrer ses traits, de respirer.

Parfois il s'interrompait, entrouvrant les yeux, mais, devant la confusion des formes, des lignes et des couleurs, il éprouvait une sensation de vertige et de nausée, comme si le Palazzo Ducale de Parme, tel une nacelle, s'était mis à osciller dans le brouillard.

Cocci massait à nouveau ses yeux, ses joues, ses tempes, et il avait alors l'impression de s'effacer du monde, ses doigts gommant sa présence.

Il cessait d'être le juge Roberto Cocci qui, au troisième étage du Palazzo Ducale, avait, en attendant l'arrivée du témoin Giorgio Balasso, rédacteur en chef d'*Il Futuro,* lu un article qu'un journal parisien, *Continental*, avait consacré aux *Inconnues du système Morandi.*

Il était libre, léger, ses traits se détendaient, la fatigue des nuits précédentes, passées à confronter les documents saisis lors des perquisitions qu'il avait conduites aux sièges des sociétés du groupe Morandi, dans les immeubles du centre de Parme, se retirait peu à peu de son corps. A chaque fois qu'il appuyait sur ses paupières, ses yeux étaient inondés d'une lumière irisée. Ses pensées, ses idées, ses souvenirs en étaient illuminés. Il se sentait envahi d'un sentiment de confiance.

Peut-être même souriait-il.

Il se souvenait de la manière dont il avait rembarré cette journaliste, Joan Finchett, quand elle l'avait appelé, il y avait quelques semaines.

Il était alors persuadé qu'elle agissait pour le compte de Morandi, dont elle avait été l'invitée Villa Bardi, qu'elle voulait lui tendre un piège, comme d'autres déjà, Balasso, Valdi, l'éditorialiste d'*Il Futuro,* Leiburg s'y étaient essayés. Il avait remarqué son accent américain et elle s'était emportée quand il lui avait demandé si elle était au service de la Mafia ou de la CIA – il eût pu ajouter : peut-être des deux. Il avait imaginé un complot, leur conversation téléphonique enregistrée, sa propre secrétaire achetée. Il avait convoqué cette dernière, l'interrogeant avec brutalité sur les conditions dans lesquelles elle lui avait passé directement cette communication de Paris, pourquoi, qui le lui avait demandé?

Il continuait de se masser le visage, la nuque, enfonçant profondément ses doigts dans l'épaisseur de ses cheveux. Il se dédoublait. Il s'entendait hurler à sa secrétaire : « Un juge, moi en tout cas, est inaccessible, inaccessible, vous entendez! C'est lui seul qui choisit qui il doit écouter ou voir. Vous voulez ouvrir la porte de mon bureau à un tueur? Dites-le ! Il vous abattra aussi, croyez-moi. »

La pauvre femme avait sorti un mouchoir brodé et avait essuyé ses yeux comme une écolière.

Cela paraissait à Cocci un épisode déjà si lointain et il avait le sentiment qu'un autre que lui l'avait vécu. Le mouvement de la vie était si rapide. Il avait reçu ce matin la photocopie de cet article de Joan Finchett, une dizaine de feuillets sur lesquels le directeur de l'Institut culturel italien, l'ami Mario

Grassi, qui les lui avait envoyés de Paris, avait griffonné quelques phrases courant au fil des pages, de sa grande écriture penchée, généreuse et enthousiaste :

Polémique à Paris entre l'Universel *(Lavignat : un* « fashionnable intellectual ! », *un familier de Morandi? Morandi a racheté ou va racheter l'hebdomadaire), la télévision (Brigitte Georges), Hassner (Morandi est désormais majoritaire dans le capital de son agence de publicité) et* Continental *(Jean-Luc Duguet, Joan Finchett). Gauche contre droite? Morandi, ici, est un condottiere de... gauche ! Tu imagines ! Je peux rencontrer Finchett, si tu veux – et même si tu ne veux pas, je crois.*

C'était le ton, la voix de Mario Grassi, inchangée depuis les années 70 lorsque Cocci le rencontrait dans ce café de la via d'Azeglio, à Bologne, où se retrouvaient les étudiants « critiques » de la faculté des lettres et de droit. Ils avaient manifesté ensemble piazza del Nettuno, ils avaient serré le poing lorsque les terroristes avaient fait exploser leur bombe à la Stazione Centrale. Ils criaient « A bas le fascisme ! », mais peut-être – on le disait aujourd'hui – les assassins agissaient-ils pour d'autres, respectables ministres, banquiers, les mêmes que ceux que Cocci retrouvait à présent dans l'entourage de Morandi. Et qui sait s'ils ne parvenaient pas enfin à la conclusion de ces années marécageuses – « à vomir », disait Grassi – qu'ils avaient vécues : plus de vingt ans de meurtres, de corruption, de putréfaction? Balasso et Valdi étaient de la même génération que Grassi, et du même petit groupe, mais celui-ci, comme il disait encore, s'était mis à l'abri des tentations auxquelles les premiers avaient cédé : professeur à Berkeley, puis directeur d'instituts culturels ici et là, désormais enfin en Europe, à Paris, 50, rue de Varenne. Grassi était resté lui-même avec des cheveux toujours noirs, un peu trop longs, un corps mince à près de cinquante ans – « Nous sommes restés maigres, Cocci », lançait-il quand ils se rencontraient –, un regard distrait, ce qui conférait à ses yeux une douceur attirante, des femmes autour de lui, pas d'enfant, pas de livre publié, quelques articles seulement où Cocci découvrait plus d'intuition que de rigueur, pas d'œuvre, donc. « Mais, Roberto, protestait Grassi, est-ce que vivre, vivre le moins mal possible, essayer de ne pas faire souffrir, tenter d'aimer, oui, d'aimer, est-ce que ce n'est pas une création, une œuvre, la seule à compter? »

Les autres, Valdi, Balasso, Roberto Cocci les avait retrouvés ici, à Parme, salariés de Morandi, si différents de ce qu'ils avaient été au temps de la via d'Azeglio et de la piazza del Nettuno que ni eux ni Cocci n'avaient, fût-ce d'un geste ou d'un mot, cherché à rappeler ces heures-là.

Giorgio Balasso, Cocci devait l'entendre comme témoin, mais il l'avait déjà croisé depuis son arrivée à Parme et il avait eu un sentiment de pitié, de compassion envers cet homme qui se tenait voûté, auquel ses yeux éteints, son teint blanchâtre donnaient une expression maladive, comme si l'amertume, les désillusions, peut-être les remords l'avaient peu à peu miné.

Fabrizio Valdi, au contraire, portait avec suffisance ses reniements, pochette blanche sur complet bleu roi. Il avait déjà témoigné, méprisant et agressif, accusant la justice de se mettre au service d'un État en putréfaction, de chercher, en accusant Morandi, des boucs émissaires afin de protéger les responsables politiques. Il fallait que le Nord s'ampute de Rome, de ce Sud corrompu et paresseux, et crée ici – il avait tapé du plat de la main sur le bureau de Cocci – un État, une République.

« Avec Morandi comme modèle de vertu! » avait murmuré Cocci en mettant fin à la déposition de Valdi. Puis, alors que ce dernier protestait, s'indignait, la lèvre inférieure tremblante, Cocci avait ajouté qu'il préférait les cyniques aux hypocrites et n'aimait pas les faux prêtres.

Cocci avait ôté ses lunettes et le greffier avait pensé que monsieur le juge, comme à chaque fois qu'il était las, allait se masser le visage, et c'était un curieux spectacle que celui de cet homme aux traits rigoureusement dessinés qui, les coudes appuyés sur la table, les doigts tendus, modelait sa peau les yeux fermés, donnant si fort la sensation d'être absent, à mille lieues de ce bureau, que le greffier n'osait plus bouger et quittait la pièce à reculons.

Il est vrai que, peu à peu, les scènes et les souvenirs les plus récents s'effritaient comme une boue sèche et que Cocci se retrouvait piazza del Nettuno, avec les autres, Grassi, Balasso, Valdi, à l'époque où aucun d'eux n'acceptait la société telle qu'elle était, où ils imaginaient la vie comme un combat pour la justice – et il était devenu juge, il espérait qu'enfin, dans ce pays, ils allaient peut-être en finir avec les plus corrompus. Ou bien sa mémoire creusait plus profond encore, comme s'il avait voulu fuir vraiment le temps présent, ses illusions, la peur des déceptions, et Cocci se souvenait de ces parties de tennis qu'il disputait avec son père à la fin des après-midi d'été, si orageux dans la plaine padane.

Ils jouaient sur la terre brune et grumeleuse, derrière les bâtiments de la ferme, en bordure des champs de maïs, les balles se perdaient souvent entre les épis. Le père, Alberto Cocci, s'impatientait, criant, sa raquette levée, montrant un sillon : « Là, là, mais tu es aveugle ! »

Roberto Cocci ne portait pas encore de lunettes. Quelquefois, il lui semblait que la balle, avant de venir vers lui, disparaissait, mais il se plaçait d'instinct, sans la voir, harcelé par la voix de son père qui, tout en la renvoyant, lançait des ordres : « Coup droit, revers, filet, cours, mais cours ! » Alberto Cocci avait appris à jouer alors qu'il était prisonnier des Anglais, en Afrique orientale; rentré à la ferme, il avait voulu, par défi – peut-être aussi par amertume, car il semblait n'éprouver aucun plaisir sur le court, mais c'était tout ce que la guerre du Duce lui avait apporté et il n'entendait pas le laisser, pour une fois que le fascisme donnait quelque chose ! –, continuer à jouer une fois par semaine, obligeant ses neveux d'abord, puis son fils Roberto à lui servir de partenaire.

Le soir tombait. L'air était si pesant, si chargé d'électricité qu'on étouffait à courir tout en frissonnant cependant, la peau parcourue de petites décharges qui piquaient les avant-bras, le cou et les joues. Le ciel devenait si sombre, d'un gris plombé, que Roberto ne voyait plus la balle, les gouttes de sueur brûlaient ses yeux, mais il entendait le bruit sec des coups que son père renvoyait. Il était envahi par une bouffée de rage et de haine, y compris contre cet homme, ce fou qui devait être le seul dans toute la campagne, entre Reggio et Parme, à jouer au tennis au milieu des champs. Puis le ciel tremblait et des gouttes grosses comme des fruits s'écrasaient sur la terre, tandis que l'horizon se fendait.

Certains crépuscules, alors même que le vent se levait, tourbillonnant, pliant les épis, que la foudre claquait non loin, le père s'obstinait à jouer encore, et Roberto Cocci s'était plus tard demandé s'il n'avait pas perdu son acuité visuelle pour échapper au calvaire de ces parties de tennis et fuir un père qui, lorsqu'ils étaient sortis de chez l'ophtalmologiste – Roberto avait alors dix-sept ans, c'était en 1960 –, avait simplement marmonné : « Ça aussi, maintenant! »

Une fois rentrés à la ferme, à quelques kilomètres du village de Vignola, le père s'était enfermé dans son atelier et n'avait même pas répondu quand on lui avait crié que le dîner était servi.

Roberto l'avait vu, sous l'averse, arracher les piquets entre lesquels le filet était tendu, puis, manœuvrant brutalement, ranger, sur ce qui avait été le court, les tracteurs, les moissonneuses-batteuses, les motoculteurs qu'il avait en réparation.

Peut-être avait-il même brisé les raquettes, jeté les balles dans un fossé, enterré le filet; toujours est-il qu'en quelques heures, plus rien n'avait subsisté de ce qui avait semblé constituer depuis des années sa passion et sa gloire.

Quand un fermier descendant de sa machine s'étonnait, après lui avoir expliqué ce qui ne fonctionnait pas, de ne plus voir le court de tennis et le questionnait : « Tu ne joues plus, Alberto, tu ne fais plus l'Anglais? Trop vieux? », le père paraissait ne pas entendre ou bien il lançait une bordée d'injures, disant que c'était un crime de confier des machines à des paysans. Mais personne ne se vexait. Qu'est-ce qu'il était, ce fou d'Alberto Cocci? Un fils de fermier qui avait abandonné l'exploitation à son frère aîné et qui, parce que la guerre lui avait pris ses meilleures années, six au total, avait appris sous les armes, avec les Anglais, à réparer les moteurs et à jouer au tennis.

A la fin de la guerre, l'aîné, Giuseppe Cocci, avait voulu partager avec son cadet les revenus de la ferme. Alberto avait refusé. Il avait simplement demandé qu'on lui laisse un bâtiment pour y loger et un hangar pour y monter son atelier de réparations.

La surface du court, il l'avait prise sans rien demander, mais on savait dans les campagnes qu'on ne discute pas de la folie d'un homme, qu'il faut l'accepter comme un orage de grêle ou un printemps sans pluie.

C'était la vie. Et elle avait déjà frappé dur les Cocci : le grand-père, Antonio, on l'avait retrouvé en octobre 1923, le 28, jour du premier anniversaire de la Marche sur Rome, avec un épieu enfoncé dans la bouche, le corps à demi plongé dans une auge, les doigts dévorés par les cochons.

Lorsque Roberto Cocci avait lu l'article de Joan Finchett, il s'était souvenu que son oncle Giuseppe racontait que c'étaient les bandes de Dino Morandi qui avaient assassiné Antonio Cocci. Giuseppe avait alors quatre ans et avait vu ces hommes en uniforme noir sauter des camions dans la cour de la ferme, leurs gourdins à la main, leur étrange bonnet à pompon enfoncé sur la tête. Ils hurlaient : « Où est Cocci ? Qu'on le donne à bouffer aux cochons ! »

L'article de Joan Finchett était le seul de tous ceux qui avaient été publiés sur l'affaire Morandi à rappeler que ce nom-là, Morandi, dans les années 20, pas un paysan, pas un adhérent de coopérative – de ceux qu'on appelait les « rouges » – qui ne l'eût maudit, l'articulant à voix basse parce qu'il y avait des mouchards partout et que les *squadre* de Morandi – trois, quatre camions d'hommes armés – terrorisaient les campagnes.

On les voyait passer au loin sur les routes, entre les peupliers, gesticulant, brandissant leurs fusils et leurs matraques. Leurs voix, portées par le vent, volaient jusqu'aux fermes au-dessus des épis, « *eia eia alala* ». Les paysans courbaient le dos. L'orage finirait bien, celui-là comme les autres, et seuls quelques-uns, comme Antonio Cocci, le grand-père de Roberto – de monsieur le juge qui avait installé ses bureaux au troisième étage du Palazzo Ducale de Parme – avaient résisté, et les *squadristi* de Dino Morandi les avaient en effet donnés à bouffer aux cochons.

On n'avait pas touché à un cheveu de la femme d'Antonio. Après avoir entraîné son mari vers le camion, les fascistes avaient tourné autour d'elle qui se tenait droite devant la porte de la chambre où elle avait enfermé ses trois fils.

Ceux-ci pleuraient. Dino Morandi l'avait écartée d'un geste brutal, avait poussé la porte de la pointe de sa botte et, tourné vers ses *squadristi* qui avaient envahi la pièce, il avait dit que l'honneur des fascistes, c'était de respecter les familles, même celles de leurs pires ennemis : « Pas un cheveu des femmes et des enfants. » Les fils seraient eux aussi un jour des enfants de la Louve, *eia eia alala*.

Mais ni Giuseppe Cocci, l'aîné, celui qui avait vu le jour en 1919, un an après le retour de guerre de son père, ni Alberto Cocci, né en 1920, celui que, plus tard, revenu d'Afrique orientale en short kaki, on avait appelé « l'Anglais » ou *il Meccanico* (le mécanicien) – c'était lui le père du juge Roberto Cocci –, ni Giacomo, né en 1921, n'étaient devenus fascistes. Vingt ans durant, ils avaient rentré la tête dans les épaules. On les avait insultés. On avait exigé d'eux qu'ils signent des proclamations, des aveux, des bulletins d'adhésion. Ils étaient restés impassibles comme s'ils avaient eu les lèvres cousues, les oreilles bouchées.

Quand elle avait appris, en 1924, que Dino Morandi avait été abattu par un rouge, leur mère avait tué deux poulets et, toute la nuit, elle avait malaxé la pâte, préparé la farce pour les *cappeletti*, la sauce, le bouillon, et ce déjeuner-là, un jour de semaine, sur une nappe blanche, celle de son mariage, ses fils s'en étaient toujours souvenus.

Elle était morte en 1944 sans avoir revu ses deux aînés, l'un prisonnier en Afrique orientale, l'autre combattant avec les partisans, sans doute au Piémont.

Son plus jeune fils, Giacomo, l'avait portée en terre, puis – c'était l'automne ou le début de l'hiver, novembre ou décembre 1944 – il avait à son tour gagné les montagnes du Nord, au-dessus de Côme, et il était devenu l'un de ceux qu'Allemands et fascistes, les derniers, ceux qu'on appelait les *Repubblichini*, cruels comme des bêtes traquées, qualifiaient de *Banditi*.

Un matin, peu avant la fin de la guerre, en mars ou avril 1945, quelques jours seulement avant qu'on ne tue Mussolini, sa maîtresse Claretta et Paola Morandi, les habitants de Bellagio avaient dû monter jusqu'à la forêt, les Allemands les ayant rassemblés et forcés à marcher. Dans une clairière d'où l'on apercevait tout le lac, le parc et le toit de la Villa Bardi, ils avaient découvert une trentaine de corps couchés les uns sur les autres, qu'ils avaient dû ensevelir côte à côte. Parmi eux, Giacomo Cocci.

– *Banditi, Banditi!* avaient hurlé les Allemands.

C'était il y a mille ans, le temps pour Roberto Cocci de fermer et de rouvrir les yeux.

29.

PEUT-ÊTRE Joan avait-elle accepté de rencontrer Mario Grassi le matin même où il avait téléphoné, non pas, comme elle l'avait expliqué à Jean-Luc, parce que Grassi s'était présenté comme l'ami de Roberto Cocci, oui, le juge chargé de l'affaire Morandi, et qu'il avait été impressionné par l'article qu'elle avait écrit sur les *Inconnues du système Morandi* – « Votre titre, très bon! *La Repubblica* l'a repris ce matin en vous citant, j'ai le journal, si nous nous voyons... » avait-il dit –, mais parce que sa voix grave et pourtant changeante, avec des inflexions ironiques, des éclats, l'avait intriguée, attirée.

Elle n'avait pas été séduite, plutôt distraite, comme si quelqu'un, de manière inattendue, lui avait ouvert une porte, tendu la main et dit : « Vous n'allez pas continuer à étouffer, là, dans cette pièce sombre, à vous morfondre. Et pourquoi? »

Elle était debout dans le bureau de Jean-Luc, au journal, et il lui avait passé le téléphone sans même la regarder : « C'est pour vous, Joan, l'Institut culturel italien, avait-il lâché d'une voix accablée, ajoutant : Dépêchez-vous, je vous en prie, Joan, il faudrait qu'on parle, il faut qu'on trouve le temps, je dois tout vous raconter... »

Elle l'avait interrompu d'un geste de la main gauche, agacée. Jean-Luc avait aussitôt baissé la tête.

Elle avait eu envie de quitter son bureau, se reprochant d'être ainsi passée avec lui, en quelques semaines, de la compassion, de la tendresse – et, même si elle n'employait pas le mot, elle y avait cru : de l'amour – à la lassitude, à l'obligation de l'écouter, de le rencontrer par devoir, parce qu'il insistait sans craindre de paraître pitoyable, semblant même trouver dans cette attitude de quémandeur rejeté, houspillé, accepté à contrecœur et avec impatience, une sorte de satisfaction morbide.

Il comprenait Joan, disait-il. Il savait qu'il pesait sur elle. Il lui donnait raison de vouloir déjà se dégager, l'abandonner, mais elle ne le pouvait pas : pas elle, si différente de Clémence et de Joëlle, si proche, il l'avouait, d'Ariane, au point qu'il revivait sans doute avec elle une sorte de sentiment paternel mêlé de sensualité.

Elle devait le savoir, elle occupait dans son destin une place unique, à un moment décisif de sa vie, alors que tout avait basculé. Imaginait-elle ce que cela signifiait pour lui, vingt années d'une vie qui tout à coup disparaissaient comme si elles n'avaient jamais existé, plus aucune trace : l'eau avait englouti Ariane mais l'avait noyé aussi. Il n'y avait plus rien que ces sentiments de culpabilité, de remords, d'abandon et de mort, de mort, cependant que Joan représentait tout à coup la vie, l'avenir, quelque chose de vibrant. Il éprouvait pour elle une passion complexe, comme il n'en avait jamais vécue. Elle était la première femme qui le bouleversait, la première avec Ariane, et voilà pourquoi il l'avait rencontrée et l'aimait maintenant, au moment où il souffrait de la disparition d'Ariane.

Comprenait-elle tout ce qu'elle représentait pour lui?

C'était une question d'humanité, il le disait sans honte : il fallait avoir pitié, il acceptait qu'elle ne l'aime pas, mais qu'elle joue un peu, quelquefois, l'amour. Il lui semblait que c'était un devoir humain, qu'il avait droit à cette compréhension-là. On était parfois si tendre avec des chiens, si généreux avec des inconnus, des mendiants! Qu'est-ce qu'il demandait puisque, il le sentait bien, elle ne voulait pas, ou ne voulait déjà plus? Oui, il gâchait toujours ses chances, il ne savait pas s'y prendre avec les femmes, et il était coupable de la mort d'Ariane à force de maladresse et d'égoïsme, il en convenait. Il ne s'illusionnait donc plus, elle ne voudrait pas d'enfant de lui, elle ne vivrait pas avec lui, il l'avait compris quand, dès la première nuit, elle avait refusé de coucher rue de Sèvres, chez lui.

Elle avait d'emblée voulu garder ses distances. Il n'avait pas su la retenir le premier soir, comment aurait-il pu après?

Mais il demandait seulement de l'amitié, un appui, quelques

gestes d'amour. N'avait-il pas droit à ça, après ce qu'il avait vécu, était-il à ce point abject, coupable? Fallait-il qu'il se tue? Il le ferait si Joan ne montrait aucune pitié de lui, si elle l'abandonnait après lui avoir... oh, malgré elle, il reconnaissait qu'elle n'avait jamais rien promis, rien dit, mais elle avait accepté qu'il imagine, qu'il parle, elle était bien venue chez lui, rue de Sèvres, ils avaient bien fait l'amour, et ç'avait été pour lui le moment le plus fort de sa vie, il le lui jurait, elle lui avait vraiment rendu la vie, il l'avait dit, elle avait accepté qu'il le dise...

Cet espoir qu'elle lui avait donné, simplement en ne refusant pas, en écoutant, en se laissant aimer, elle ne pouvait pas déjà, après quelques semaines – est-ce qu'elle imaginait, dans l'état où il se trouvait –, le briser?

Il devait le lui avouer : il ne le supporterait pas. Ce serait pire, plus tragique encore pour lui que la mort d'Ariane. Oui, il osait dire ça. Il fallait que Joan l'entende, le comprenne. Il se tuerait, car si elle l'abandonnait, il n'aurait plus rien. Fini, ce qu'elle lui avait fait entrevoir de bonheur; envolé, le recommencement de sa vie. Après tout, il n'avait que quarante-cinq ans, il n'était qu'à la moitié de son destin, il avait encore toutes les cartes en main, et voilà qu'on le laissait sans rien après lui avoir permis de croire qu'il pouvait encore tout. Qu'est-ce qu'il lui restait, comme issue, à lui? « Mais de me noyer, Joan, de crever comme Ariane. »

Et, après tout, après tout, c'était bien ce qu'il avait envie de faire, car c'était le châtiment qu'il méritait.

Est-ce qu'elle se souvenait de ce qu'il lui avait raconté? Cet homme qui conduisait la drague, à Dongo, celui qui avait sorti le corps d'Ariane, cet homme lui avait dit que lorsqu'on mourait à l'âge d'Ariane, c'était toujours un crime : quelqu'un avait tué ou laissé mourir. Elle se rappelait, Joan? Lui réentendait à chaque instant la voix de cet homme.

En voyant Jean-Luc redresser la tête, l'interroger du regard, Joan avait imaginé tout ce qu'il allait lui dire durant ce déjeuner qu'elle lui avait promis, et comment, vers la fin du repas, par lassitude, par lâcheté peut-être, elle se laisserait saisir les poignets. Il collerait alors ses genoux contre les siens et murmurerait : « Je vous en prie, Joan. »

Elle accepterait qu'il demande d'une voix tout à coup impérieuse qu'on appelle un taxi, répétant : « Mon amour, ma vie, ma vie », et cette exaltation la fascinait, la flattait sans doute, comme si elle avait découvert le pouvoir magique qu'elle détenait : changer un homme, le rajeunir – car il paraissait soudain juvénile à cause du rire, de la vivacité du regard, du ton de sa voix, des mots qu'il prononçait : « Mon amour, venez, viens... »

Il semblait à Joan qu'elle était le témoin d'une scène qu'elle aurait ensuite à décrire, elle voyait leur couple traverser en hâte la chaussée, le trottoir de la rue de Sèvres, l'homme un peu corpulent enlacer une jeune femme élancée qu'il tentait d'embrasser dans l'ascenseur, mais elle se dégageait avec une expression ennuyée comme si, déjà, elle avait été au bout de l'amour, déçue, lasse.

Joan, en effet, n'éprouvait plus aucune surprise dès qu'elle entrait dans l'appartement de Jean-Luc. Elle aurait voulu le quitter aussitôt mais elle était prise, elle devait aller jusqu'au centre du labyrinthe, il fallait qu'elle y meure pour que Jean-Luc puisse dire, en roulant sur le côté du lit, bras écartés, respiration haletante : « Joan, Joan, vous êtes ma vie, ma vie... »

Elle pensait aux nuits si semblables qu'elle avait passées chez Christophe Doumic.

Ces hommes ne vivaient-ils donc que de la passivité, de la compréhension des femmes, voire de leur sacrifice et de leur mort lente ou soudaine ?

Et voici, tout à coup, l'appel de Mario Grassi, le téléphone que Jean-Luc tendit à Joan en faisant la moue, répétant qu'il s'agissait du directeur de l'Institut culturel italien, et la voix de cet inconnu qui passait, tout en gardant le même accent, du français à l'américain, puis à l'italien. Il était, disait-il, *l'amico di Roberto Cocci, il giudicce dell'affare Morandi*, le juge de l'affaire Morandi. Elle avait répondu qu'il pouvait poursuivre en italien, qu'elle le comprenait, et, durant quelques minutes, il avait expliqué qu'il avait envoyé, la veille, le texte de l'article de Joan à Parme, et Cocci l'avait beaucoup apprécié. Sur l'aspect français du système Morandi, il contenait même, avait-il dit, des informations que le juge ne possédait pas. Puis Grassi avait poursuivi en français. Joan connaissait-elle Parme, le Palazzo Ducale, un modèle de l'architecture du XVIIIe siècle, construit par un Français – il s'interrompait, sifflotait, le nom lui échappait –, peut-être Petitot, mais les admirables fresques qui le décoraient étaient de Carracci, le parc qui l'entourait était l'un des plus beaux d'Italie, à son avis, et il s'y trouvait des statues de Boudard, ainsi qu'un *laghetto*, mais il était vrai que souvent, en hiver, le brouillard masquait tout cela, et en été...

Joan avait-elle lu récemment *La Chartreuse de Parme*? Grassi, lui, l'avait fait. Quel livre de passion, quelle juste perception de l'Italie, l'été, précisément : « Le jour de sa visite, la chaleur était accablante à Parme. » Voilà ce qu'écrivait Stendhal et il n'y avait pas d'autre mot : *accablante*. « Mais il faut prendre le risque du voyage, Cocci ou moi nous vous ferons visiter... » Il avait ri : « Vous vous méfiez sûrement des Italiens... »

Joan l'avait laissé parler. C'était soudain de l'air vif, du mouvement, des portes qui battaient. Elle imaginait un paysage ouvert, elle allait échapper à cette atmosphère confinée, à ce piétinement, au regard et à la voix de Jean-Luc...

– Oui, répondit-elle sans hésiter. Aujourd'hui, si vous voulez. Dans une heure, à l'Institut, rue de Varenne. A tout de suite.

Elle n'avait pas même écouté les protestations de Jean-Luc. Il devait dire : « Mais enfin, Joan, notre déjeuner, il fallait... »

Morandi, avait-elle répondu alors qu'elle avait déjà ouvert la porte. Cocci, le juge qui l'a inculpé... Le directeur de l'Institut est un ami du juge...

Elle ne s'était même pas excusée. Peut-être avait-elle ajouté qu'elle lui expliquerait plus tard, et elle avait refermé la porte sans se retourner, puis elle s'était élancée dans le couloir, ne prenant pas la peine de répondre à Bedaiev qui l'interpellait :

– Lavignat, Hassner et même Brigitte Georges, je les ai tous sur le dos ! Et, bien sûr, les avocats de Morandi ont déjà appelé. Qu'est-ce que je dis, je te les passe ?...

Elle dévalait l'escalier, uniquement préoccupée de quitter le journal avant que Jean-Luc ne la rejoigne, ne la sollicite à nouveau : « Joan, Joan, quand ? Vous le savez, j'ai besoin de vous parler, je vous ai expliqué, mais il faut encore que je vous raconte, pour Ariane... » Et elle craignait autant de céder que de lui répondre qu'elle souhaitait pour l'heure ne plus le voir, qu'elle ne pouvait rien pour lui, qu'il ne s'agissait là que d'un nouveau mirage, qu'il devait cesser d'attendre d'une femme – Clémence, Joëlle, Ariane, maintenant elle – une issue, l'absolution.

Elle traversa l'entrée du journal, adressa un salut joyeux à l'hôtesse qui lui montrait le téléphone décroché en murmurant : « Duguet, Duguet », mais Joan secouait la tête : non, non... Elle se reprochait d'être inconstante, instable, d'aller de l'un à l'autre, d'être plus curieuse que passionnée, sans doute de faire ainsi souffrir Christophe Doumic, Jean-Luc, d'en éprouver peut-être du plaisir mais qui sait si elle ne recherchait pas un homme qui saurait lui résister, se venger, si elle ne désirait pas souffrir à son tour?

Elle s'était dirigée lentement vers la rue de Varenne. Le temps était sec et froid. En elle, malgré tout, de la gaieté, et, pour la première fois depuis des mois, de l'insouciance parce qu'elle avait entendu cette voix inconnue, surprenante, celle de Grassi, qui avait eu le temps, en cinq ou six minutes de conversation, d'évoquer Parme, le juge Cocci, d'ajouter qu'il voulait expliquer son attitude vis-à-vis du français, de l'italien, de l'américain, de l'espagnol, il parlait toutes ces langues, et même un peu de russe, mais il avait une éthique linguistique : il employait toujours la langue du pays dans lequel il se trouvait; à Paris, même avec d'autres Italiens, il parlait français. Ils pourraient aussi discuter de ça s'ils déjeunaient ensemble. Pourquoi pas aujourd'hui?

Joan avait accepté aussitôt. Elle avait échappé à ce tête-à-tête avec Jean-Luc. Trop replié sur lui-même, celui-ci n'avait même pas été capable de la féliciter pour son article. Cherchait-il vraiment à connaître les circonstances de la mort d'Ariane? Il le prétendait, mais l'incertitude qui planait sur les circonstances de cette mort, et cette mort elle-même, oui, la mort d'Ariane, il les invoquait désormais non sans une certaine complaisance.

Joan s'était trouvée injuste, excessive, mais qu'y pouvait-elle? Elle ne savait pas, elle ne savait plus ce qu'elle pensait.

Peut-être, quand on avait commencé à dériver – ce qu'elle avait fait en quittant son pays –, n'était-il plus possible de s'ancrer à nouveau?

De quoi était-elle sûre, à présent? Pas même de ses désirs.

30.

A quel moment Joan avait-elle osé penser : « Cet homme-là me plaît » ?

Lorsqu'elle s'était assise en face de Mario Grassi, dans ce restaurant de la rue Saint-Simon qu'elle connaissait, l'un de ces lieux où se retrouvaient députés et journalistes, parfois même des ministres et de jeunes femmes désinvoltes au regard impertinent, ces mots-là résonnaient déjà si fort en elle que la voix de Grassi lui semblait venir de très loin. Au bout de quelques minutes, elle s'était excusée, levée, afin de recouvrer son calme en s'isolant quelques instants.

Elle avait lentement traversé la salle du restaurant et gravi les escaliers conduisant au premier étage.

Là, elle avait placé ses mains sous le robinet d'eau froide, tout en se dévisageant dans le miroir placé au-dessus du lavabo, puis, en quelques gestes vifs, elle avait fait bouffer ses cheveux au-dessus de sa nuque, clignant des yeux comme si elle avait eu du mal à se voir ou avait été gênée de se regarder, ou peut-être honteuse de ce qu'elle pensait : « Cet homme me plaît. Pourquoi pas ? »

Au début, quand elle avait aperçu Mario Grassi dans l'entrée de l'Institut culturel italien où il paraissait l'attendre, elle n'avait été que surprise.

Une secrétaire, installée derrière une petite table en marquetterie aux pieds galbés, lui avait dit, tout en la détaillant avec insistance et presque de l'hostilité : « *È lui*, c'est lui. » Elle tendait le bras en direction de cet homme grand et mince qui, appuyé des deux mains aux montants d'une bibliothèque placée au fond de l'entrée, lui tournait le dos. Il avait les bras écartés, légèrement levés, le corps plié; il devait lire les titres des volumes dont Joan, malgré les reflets et la distance, devinait les reliures anciennes en cuir fauve.

Grassi s'était tout à coup redressé et lui avait fait face, puis il s'était avancé vers elle en secouant la tête.

Le front était large, démesuré, couronné de cheveux noirs en bataille; des mèches longues et bouclées, rétives, échappaient de ses mains quand elles tentaient de les emprisonner, de les tirer en arrière. Sa bouche était petite, son menton marqué. Le visage avait ainsi une forme triangulaire accusée, posé sur un cou long, maigre, serré par une chemise noire que tranchait une cravate à pois blancs. Les épaules étaient larges et la forme de la veste, croisée, noire elle aussi, en soulignait l'ampleur.

Joan avait aussitôt pensé à Orlando : il y avait dans l'allure des deux hommes, dans le choix même de ce type de vêtements, du noir pour toute couleur, une certaine ressemblance. Peut-être était-ce aussi cela qui, dès le premier instant, l'avait attirée.

Elle avait tenté de saisir le regard de Grassi, mais il semblait s'avancer sans la voir, et ce n'est qu'à la seconde où il lui avait serré la main en répétant son nom : « Grassi, Mario Grassi, je suis heureux de vous rencontrer », qu'elle avait distingué ses yeux, aussi noirs que ses cheveux, mais comme estompés, lointains, à cause de leur douceur, de leur mobilité et de l'ironie mêlée de tristesse qu'elle croyait y avoir décelée lorsqu'ils s'étaient posés sur elle.

Il l'avait entraînée jusqu'à son bureau par un long couloir étroit. Était-elle déjà venue ici? demanda-t-il. Mais pourquoi y serait-elle venue? Il entrouvrit une porte, montrant une petite pièce qui donnait sur le parc. On se serait cru dans une salle de musique, un salon particulier de la fin du XVIIIe siècle.

« Vous regardez nos chaises », murmura-t-il en désignant les sièges à cannelures dorées, capitonnés d'un velours grenat élimé. La gloire du passé, avait-il ajouté : les vieilles dames y étaient sensibles, et quelques jeunes gens un peu singuliers, des sortes d'handicapés, venaient avec elles écouter des conférences sur Dante ou Pétrarque. « Ils aiment la poésie, ce sont donc des fous, des anormaux, non? »

Son bureau encombré de livres était décoré de cinq ou six toiles devant lesquelles Joan s'était arrêtée, attirée par ces bandes ocre et bleues, ces silhouettes noires à peine esquissées. « Vous aimez? » questionna-t-il. Fresques romaines, peinture de ruines, nostalgie, désespoir, tout ce qui s'effrite et se corrompt : il adorait.

Pouvait-il l'appeler Joan, avait-il demandé abruptement. Il était incapable de prononcer le mot « Madame » à son propos : Madame Finchett, *Signora* Finchett, ou *Signorina*, ridicule, non? Pourquoi vivait-elle à Paris? Un mari diplomate à l'ambassade, un ami français? « On m'a dit – je citerai ma source si vous le voulez – que vous vivez avec Jean-Luc Duguet? »

Elle avait eu envie de le gifler, puis elle était sortie du bureau en marmonnant – mais peut-être avait-il entendu, elle l'aurait souhaité : « Mais qu'est-ce que ce type, pour qui se prend-il? Il est stupide, ou quoi? »

Il l'avait rattrapée dans l'entrée. Il avait endossé une houppelande vert foncé qui lui battait les chevilles et lui donnait l'allure grotesque d'un cocher, d'un personnage baroque ou déguisé, issu d'un autre temps ou s'apprêtant à jouer quelque rôle.

– Excusez-moi, avait-il grogné.

Puis il avait repris son bavardage, paraissant ne plus se souvenir de ce qu'il avait dit, s'arrêtant à plusieurs reprises dans le parc de l'Institut, passant de la gravité à la dérision, et, peu à peu, pas après pas, Joan, en le regardant évoluer, ses mains repoussant ses cheveux en arrière puis accompagnant ses propos de virevoltes rapides, avait oublié sa colère et l'humiliation qu'elle avait ressentie. Comment pouvait-on croire qu'elle vivait avec Jean-Luc? Profitant d'un moment de silence, elle répliqua d'une voix coupante qu'elle vivait seule, qu'elle n'avait pas de mari diplomate ni d'ami français. Elle ne se laissait dicter sa conduite par personne. Il jouait à quoi, à l'homme méditerranéen?

Il s'était excusé de nouveau et, de nouveau, elle avait pensé que cet homme-là l'intéressait, l'intriguait.

Il se justifiait maintenant, la tête penchée, les mains dans les poches. Savait-elle comment Stendhal jugeait les Italiens, toujours dans *La Chartreuse de Parme*, au début, dans l'avertissement? Ils sont sincères, bonnes gens, disent ce qu'ils pensent – lui-même avait dit à Joan ce qu'il pensait : Italien, en effet qu'y pouvait-il? –, et Stendhal ajoutait que ce n'était que par accès qu'ils avaient de la vanité, laquelle devenait alors passion...

Trop bienveillant, Stendhal, murmura Grassi, n'est-ce pas?

– Nous sommes grossiers, vous m'avez déjà jugé. Les pâtes : toute notre cuisine est rudimentaire. Nous sommes tous des paysans. Je vous raconterai. Cocci et moi, nous sommes de la même région : maïs, élevage de cochons, parmesan, des culs-terreux, comme on dit ici. Nous sommes primaires, fascistes, totalitaires, mafiosi, machiavéliens, felliniens, nous avons inventé tous ces mots-là, et maintenant les *mani puliti*. Sartre, c'était *les mains sales*, nous, les mains propres! Nous sommes créatifs et en même temps si blasés, si las, écrasés par le passé! Quand nous grattons un mur, quand nous creusons la terre, c'est pour mettre au jour une fresque romaine ou une tombe étrusque. C'est tellement plus simple quand on ne trouve que des carcasses de bisons, non?

Il avait ri. Elle n'était pas vexée? Il avait enseigné à Berkeley, à New York. Il admirait la civilisation américaine, Coppola, Scorsese, Capra, Bandini. Mais c'étaient aussi des Italiens, non?

Cet homme-là amusait Joan.

Au moment où ils débouchaient dans la rue de Varenne, Grassi s'était à nouveau immobilisé, avait regardé Joan avec une expression si mélancolique qu'elle avait détourné les yeux, puis la petite phrase avait surgi distinctement en elle : « Cet homme-là me plaît. »

Elle l'avait fixé à son tour et il avait hoché la tête, tendu le bras, lui montrant la direction de la rue du Bac.

Avait-elle songé, lui dit-il en marchant, que Carlo Morandi ou d'autres autour de lui, sans même le consulter – parce que c'est cela, le pouvoir : les courtisans qui devancent les désirs du maître –, après l'article qu'elle avait publié sous un très bon titre – il s'interrompit : il avait oublié de lui montrer *la Repubblica* qui l'avait repris; une autre fois, Joan, vous reviendrez, non, nous nous reverrons? –, que certains proches du *Condottiere*, donc, pouvaient avoir décidé de la faire abattre ? C'était si facile, un accident de voiture. Elle conduisait, elle garait sa voiture dans un parking ? Une méthode efficace, qui ne laisse pas de trace. On desserre la direction. Est-ce qu'elle avait songé à cette éventualité ?

Il s'était souvent demandé pourquoi Roberto Cocci était encore en vie. Ils avaient tué un général des carabiniers, Della Chiesa, des juges, Falcone, Borsellino, des prêtres, des journalistes. Ils avaient fait exploser des bombes dans les trains et les rues. Des centaines de morts. Pourquoi Cocci et elle seraient-ils épargnés ?

Il avait peut-être tort de dire ce qu'il ressentait, mais il était comme ça : italien selon Stendhal.

Elle s'était arrêtée devant une boutique, au coin de la rue du Bac, sans regarder vraiment les tailleurs qui y étaient exposés. Peut-être pour mieux entendre cette voix qui chuchotait plus distinctement en elle : « Cet homme me plaît », et qu'elle tentait encore d'étouffer.

Pourquoi prendre des risques, avait-il dit. Est-ce que cela en valait la peine ? Il y aurait toujours des Morandi. Ils trafiquaient déjà sous César, alors ? Il n'y avait guère le choix qu'entre démocratie et corruption ou dictature et corruption. Comme chez les Russes : Staline ou Eltsine. Savait-elle qu'il avait été en poste à Moscou, qu'il avait rencontré jadis ceux qu'elle nommait dans son article, qui étaient à présent les salariés de Morandi, Krivolsky et Gorai, deux belles âmes, deux démocrates qu'il avait connus, l'un responsable de l'idéologie à la télévision soviétique, surveillant, flic, mouchard, censeur, l'autre chargé des tournées théâtrales à l'étranger, donc flic lui aussi, privilégié, trafiquant en tous genres. Qu'ils se soient associés avec Morandi, quoi de plus normal ? Les mafias rouge et noire finissent toujours par s'aboucher. Dictature et corruption, donc, ou bien démocratie et corruption, l'histoire oscillait entre ces deux pôles. Il craignait parfois qu'à vouloir combattre la corruption dans les pays démocratiques, on n'aboutisse à la dictature : on tuera les juges, on les assassine déjà ; ou bien, au nom de la pureté, on tuera aussi les corrompus...

A moins que – il avait un instant enveloppé les épaules de Joan, puis avait promptement retiré son bras –, à moins que les temps, les âmes aient vraiment changé... Peut-être les juges comme Roberto Cocci, les journalistes comme Joan étaient-ils devenus les plus forts ? Mais il restait sceptique. Trop d'intérêts en cause, des milliards de dollars circulant autour du globe... Vous voudriez interrompre ça ?

Elle savait sûrement qu'il existait – peut-être même les avait-elle vus, puisqu'on affirmait qu'elle avait été l'invitée de Morandi, Villa Bardi, comme tout le monde, pas vrai ? Et Joan avait confirmé d'un signe de tête au moment où ils entraient dans le restaurant, rue Saint-Simon –, qu'il existait, dans le lac de Côme, des poissons noirs qu'on ne pêchait pas et qui vivaient pourtant près des berges, noirs, énormes, voraces. Vous les avez aperçus ? Éternels. Morandi est un de ces monstres-là.

Elle s'était assise en face de Grassi. Il la dévisageait en souriant. Il ne voulait pas, répéta-t-il, que Cocci et elle prissent des risques, mais peut-être était-il déjà trop tard ?

Elle n'avait pas répondu, mais s'était levée et, en traversant la salle du restaurant, elle avait pensé : « Cet homme-là me plaît. Pourquoi pas ? »

31.

JOAN n'avait pas pu se résoudre à quitter Mario Grassi lorsqu'ils étaient sortis, tard, du restaurant.

Elle aurait dû lui tendre la main, promettre de lui téléphoner, puis lui tourner le dos et presser le pas vers le boulevard Saint-Germain. Mais elle était restée immobile, découvrant avec angoisse que le crépuscule tombait. Le boulevard était déjà envahi par la pénombre, tandis que la rue Saint-Simon demeurait claire, une façade blanche exposée à l'ouest réfléchissant encore une lumière cendrée. La rumeur et l'obscurité du boulevard gagnaient et Joan, à l'idée de se retrouver seule, avait éprouvé un sentiment de désespoir et de révolte. Elle ne pouvait pas. Elle ne voulait pas. Elle était inerte, ne regardant même pas Grassi, demeurant seulement plantée là en face de lui. Et, tout à coup, il avait recouvert ses épaules d'un pan de sa houppelande. « *Che freddo!* », avait-il dit, répétant : « Quel froid! » et l'entraînant vers la rue du Bac, dans la direction opposée au boulevard.

Elle avait marché, appuyée contre lui, se disant seulement qu'elle n'avait pas remarqué d'emblée à quel point il était grand, et comme elle se trouvait bien, appuyée contre lui; c'était cela qu'elle avait espéré, attendu : ne pas se séparer de lui, ne pas déchirer ce qu'au long du déjeuner ils avaient noué ensemble. A plusieurs reprises, quand il s'était interrompu – il fallait bien qu'il mange et qu'il boive –, elle s'était étonnée de la complicité qui les unissait. Elle avait eu la sensation que plus le repas avançait, plus ils étaient entourés de silence, comme s'ils avaient tissé autour d'eux un cocon protecteur.

Elle avait d'abord dû faire effort pour l'écouter. Elle avait été distraite par la salle, ces visages qu'elle reconnaissait, ces œillades rapides qu'on lui lançait, cette connivence que soulignaient parfois un mouvement de tête, un petit geste de la main. Non loin de l'Assemblée nationale, de certaines ambassades, de quelques ministères, on était entre soi, dans l'un de ces lieux où l'on devait se montrer : s'asseoir à l'une de ces tables était un signe d'appartenance au petit groupe qui comptait à Paris, donc en France. Elle avait aperçu le ministre Torane qui déjeunait avec Arnaud et elle avait été déçue que Grassi eût choisi ce restaurant où Christophe Doumic et Jean-Luc Duguet l'avaient déjà invitée.

Arnaud s'était retourné, avait froncé les sourcils, regardé longuement Grassi, et, pour le provoquer, Joan s'était penchée au-dessus de la table comme si elle avait voulu inciter l'Italien à se rapprocher aussi d'elle, à parler plus bas, ce qu'il avait fait, sa bouche si proche de celle de Joan qu'elle en avait été troublée et s'était vivement reculée.

Donc, poursuivait Grassi, il s'inquiétait pour son ami Cocci, pour elle aussi. En Italie, on connaissait mieux qu'ailleurs le sort qu'à toutes les époques on réserve aux hérétiques, à ceux qui luttent contre la domination, quelle qu'elle soit. Fallait-il qu'il cite Savonarole, Giordano Bruno, etc. ? On croyait les maîtres abattus, mais d'autres prenaient leur place. On savait cela depuis toujours en Italie. Bien sûr, la foule, composée de naïfs, pouvait croire changer les choses. L'Église, la sage, la grande, l'habile Église catholique avait renoncé depuis longtemps à la justice terrestre. Quant à l'autre... il fallait y croire ! Le catholicisme avait choisi les hommes d'ordre, saint Paul, les règles du Concile de Trente, jamais ceux qui avaient imaginé que le Christ annonçait la fin de l'inégalité, jamais les disciples de Joachim de Flore.

Tout en parlant, Joan avait senti qu'il l'observait avec attention comme s'il jaugeait l'effet que chacune de ses paroles pouvait avoir sur elle.

« Je vous ennuie, n'est-ce pas ? Je suis bavard, mais cela me déplairait que Cocci et vous soyez condamnés au bûcher pour si peu de chose. » Se souvenait-elle de ces vers de Léonard Cohen que *Continental*, son journal avait reproduits :

I've seen the future, brother
It is a murder?

Mais pourquoi ne pas avoir cité aussi les deux premiers, plus terribles encore ? Il avait chantonné en rythmant les mots de petits coups de couteau sur le rebord de son assiette :

Give me back the Berlin Wall
Give me Stalin and saint Paul
I've seen the future, brother
It is a murder.

Pourquoi les avoir censureurs ? Trop provocateurs, hérétiques ?

Joan avait haussé les épaules. Elle n'éprouvait pas le besoin de justifier les choix du journal. Elle n'était pas responsable des pages culturelles, avait-elle répondu laconiquement.

Savait-elle qui était Joachim de Flore ? lui avait-il alors demandé sans prêter attention à ce qu'elle avait entrepris de lui expliquer. Elle n'avait aucune prétention à la sainteté, répliqua-t-elle, elle faisait son métier de journaliste d'investigation, elle était satisfaite de la chute du Mur de Berlin, de la disparition de l'URSS ; pour saint Paul, elle croyait en Dieu, mais les Évangiles, les querelles théologiques ne la préoccupaient guère. Quant à Léonard Cohen, c'était désormais un vieux monsieur qui essayait de conquérir un nouveau public en parlant d'apocalypse, voilà ce qu'elle pensait.

Mais c'était là des mots qu'elle lançait sans y attacher d'importance. En fait, elle se sentait peu à peu enveloppée dans quelque chose de chaud, de doux, qui naissait du fait qu'elle le partageait avec Grassi, qu'elle était assise en face de lui, que parfois leurs mains et leurs genoux se frôlaient.

Joachim de Flore ? Un nom, avait-elle commenté, simplement un nom. Mais si beau ! Il incitait à rêver. Elle imaginait des lauriers, le calme, la paix. Elle avait répété : *Joachim de Flore*, et ç'avait été comme si elle avait parlé de ce qu'elle ressentait. *Joachim de Flore* : voilà ce qu'elle éprouvait dans ce restaurant cependant que Grassi parlait.

Elle n'entendait plus les voix autour d'elle, les gens passaient tels des ombres lointaines, et quand Arnaud lui avait touché l'épaule, au moment où il partait, se penchant vers elle, disant : « Après, reviens au journal, il faut que tu voies

Jean-Luc, il va mal », c'était comme si, en elle, on avait défoncé une porte : elle avait sursauté, l'avait dévisagé, paraissant ne pas le reconnaître. Elle n'avait pas répondu, se tournant à nouveau vers Grassi, répétant : « Joachim de Flore. »

Avec hésitation, il avait touché sa main du bout des doigts, n'osant pas la saisir, manifestant pourtant ainsi qu'il en avait le désir, et elle aurait voulu qu'il le fît, mais il avait baissé la tête, tout à coup timide, laissant ses mèches noires retomber. Il expliqua que Joachim de Flore avait annoncé l'ère du Saint-Esprit, de la pureté, de l'égalité, et que cette espérance-là, cette mystique resurgissait sans fin mais était toujours vaincue, toujours. Roberto Cocci et elle aussi, il l'avait tout de suite pensé en lisant son article, en la voyant si droite, si claire – oui, il y a des femmes qui sont claires, Joan était de celles-là –, appartenaient aux disciples de Joachim de Flore.

Elle avait ri et avait à son tour baissé la tête, comme s'il lui avait fait une déclaration d'amour.

Elle prétendait tout ignorer de Joachim de Flore, mais son nom la faisait rêver, n'est-ce pas? Un rêve suffisait. Des millions, des centaines de millions d'hommes étaient morts d'avoir rêvé, cru à des rêves. Cocci était un rêveur, comme elle.

Le père de Cocci... Mario Grassi avait ri. Il fallait imaginer dans la campagne, au milieu des champs de maïs, un homme corpulent, en combinaison de mécanicien, jouant au tennis, on l'appelait *l'Inglese* ou *il Meccanico*, Cocci était obligé de lui servir de partenaire. Un beau jour, il en avait eu assez et n'avait plus vu la balle, il avait refusé de voir son père, l'Italie telle qu'elle était.

Nous étions quatre amis : Fabrizio Valdi, peut-être le plus précoce, hâbleur, séducteur, jouisseur, gras à vingt ans, un peu chauve déjà mais vif; Giorgio Balasso, vous le connaissez, silencieux, grave, un mystique, imaginait-on, qui citait Joachim de Flore et Thomas Münzer, le Christ comme le premier des révoltés, celui qui avait ouvert l'ère de la libération des hommes en ce monde, bref, un jeune homme auquel on pouvait prédire une vie exemplaire et difficile; Roberto Cocci avec ses verres épais qui lui cachaient les yeux : on ne le prenait pas au sérieux, sa myopie en faisait un silencieux; de temps à autre, il parlait des principes pour lesquels il fallait mourir, etc.; ni un réaliste, ni un cynique, ni un mystique, mais un garçon que j'ai aimé tout de suite parce que je sentais qu'il était meilleur que moi. Et puis moi...

Grassi s'était interrompu, avait fait une moue. Il n'avait plus rien à dire, murmura-t-il. Joan souhaitait-elle qu'il lui raconte encore Joachim de Flore?

Vous, avait-elle demandé, et elle avait répété d'un ton buté cette syllabe qui les liait.

Son père à lui était avocat à Reggio nell'Emilia. Il possédait des terres du côté de Vignola; la route longeait les bâtiments des Cocci où l'on faisait réparer les machines. C'est comme ça que Grassi avait découvert ce court de tennis, ces parties entre père et fils, cette folie, ce rêve...

– Vous?

Il n'y avait plus rien autour d'eux : ni voix, ni ombres qui passaient, ni tables. Seuls.

Il avait été tenté par Joachim de Flore. Enfantillage, inconscience. Il avait refusé de suivre Valdi, puis Balasso quand ils étaient entrés dans le groupe Morandi qui s'apprêtait à lancer *Il Futuro*. Balasso l'avait prétendu et peut-être le croyait-il : ils allaient prendre le pouvoir dans le journal, le détourner, contraindre ainsi Morandi à payer ceux qui le combattaient. C'était un défi machiavélien, affirmait Balasso.

On connaissait la suite. Cocci était parti dans le sud, magistrat. On avait essayé de le tuer à deux reprises. On l'avait alors rapatrié vers le nord : Milan, puis Bologne, puis Parme.

– Vous! avait insisté Joan.

Il avait à nouveau ramené ses cheveux en arrière, pris un air boudeur, ennuyé.

Lui, il avait fui pour ne pas avoir à choisir entre ceux qui tuaient au nom de Joachim de Flore – les Italiens sont cruels, tendres et barbares, monstrueusement baroques – et ceux qui se vendaient. Cocci, lui, croyait aux principes, modestement.

– Je ne suis pas modeste, avait conclu Grassi. J'ai préféré partir : États-Unis, Argentine, URSS, maintenant Paris. Et de nouveau Joachim de Flore, avec Cocci, puis avec vous.

Ils étaient restés longuement silencieux, puis avaient découvert ensemble qu'ils étaient les derniers clients du restaurant.

Grassi s'était levé et Joan avait alors commencé à redouter de se retrouver seule. Elle l'avait attendu, cependant qu'il s'attardait à la caisse, puis, tout en l'aidant à mettre son manteau, il lui avait chuchoté qu'il avait retrouvé la phrase exacte de Stendhal : « Ce n'est que par accès que les Italiens ont de la vanité, alors elle devient passion et prend le nom de *puntiglio.* »

En lui ouvrant la porte, il avait ajouté qu'il ne savait pas pourquoi il lui avait dit cela et parlé de Joachim de Flore.

Joachim de Flore. C'était ce nom qu'elle avait encore en tête, appuyée contre Grassi, marchant rue du Bac vers la rue de Varenne.

32.

Dans le taxi qui la ramenait au journal, alors qu'on était déjà au milieu de la nuit – mais c'était soir du bouclage, Arnaud et peut-être Jean-Luc devaient encore se trouver avec les secrétaires de rédaction dans la salle de montage, regardant défiler les pages d'actualité afin d'y insérer les dernières nouvelles tombées –, Joan avait gardé les bras croisés, ses mains agrippées à ses épaules comme si elle avait serré quelqu'un contre elle, caché quelque chose, ou pour garder cette chaleur, cette douceur qu'elle avait éprouvées lorsque, avec Mario Grassi, ils s'étaient enlacés.

Elle n'y pouvait rien, mais ce souvenir si proche, si fort, était parfois recouvert par d'autres, certains très lointains, qu'elle avait crus perdus : un étudiant, à Harvard, brun, d'origine italienne, elle s'en souvenait maintenant, Peter Landini, qui l'embrassait, et c'était une émotion bouleversante dont elle ressentait encore la vibration, comme si l'amour avec Mario en avait fait revivre le souvenir. Depuis lors, ces autres moments avec Doumic, avec Jean-Luc après leur longue marche dans Paris lui apparaissaient plutôt comme des successions de gestes qui n'avaient laissé en elle qu'un sentiment de gêne ou d'ennui. Les seuls souvenirs qui la troublaient encore et venaient brouiller ce qu'elle gardait de l'instant où Mario Grassi, dans la cour de l'immeuble qu'il habitait, à quelques dizaines de mètres de l'Institut, rue de Varenne, l'avait enveloppée de sa houppelande et de ses bras – et elle avait posé sa bouche dans le cou de Grassi, elle avait senti le menton de Grassi contre son front, elle lui avait passé les bras autour de la taille, collant son ventre au sien, attendant qu'il la guide vers l'ascenseur, vers chez lui, puisqu'elle avait accepté quand elle était passée sans dire un mot devant la porte de l'Institut, et à cet instant il l'avait serrée plus fort contre lui – oui, cette émotion et son plaisir d'il y avait à peine quelques heures venaient seuls encore troubler les images de Carlo Morandi, la vision de son corps qui s'approchait du sien, ce malaise et cette attirance mêlés qu'elle éprouvait à chaque fois et qu'elle devinait encore en elle alors qu'elle pensait à Grassi, à la façon dont ils s'étaient aimés, calmement, amplement, leurs corps accordés, leurs souffles confondus, et à le revivre elle se sentait alanguie, moulue, affaiblie, dolente, prise d'une fièvre douce qui lui faisait serrer ses propres épaules, bras croisés.

Ils n'avaient parlé ni dans la cour, ni dans l'ascenseur, alors qu'ils se tenaient l'un contre l'autre dans la petite cabine vitrée qui montait lentement, illuminant la cage d'escalier restée plongée dans l'ombre. Grassi avait tâtonné pour ouvrir la porte de son appartement. Lorsqu'enfin il l'avait poussée, Joan avait eu le sentiment qu'elle entrait dans un lieu hospitalier dont l'obscurité ne l'inquiétait pas mais, au contraire, la rassurait, et quand elle avait compris à un mouvement de son bras que Grassi allait éclairer les pièces, elle l'en avait empêché.

Il l'avait soulevée et elle avait accepté d'être portée, accrochée à son cou, sentant tomber par terre sa houppelande. Il s'était arrêté après voir ouvert deux portes; la pénombre était toujours aussi dense, ne laissant deviner que des masses plus noires, des meubles bas sans doute. Joan s'était alors déshabillée; au froissement d'étoffes qu'elle entendait, elle imagina qu'il en faisait autant, debout près d'elle. Elle fut surprise de la hâte joyeuse qu'elle mit à faire glisser sa jupe, à ôter son soutien-gorge, sans éprouver aucune gêne, aucune hésitation, comme si elle acceptait enfin le désir, trouvait les gestes naturels qu'il imposait, et quand Mario Grassi avait appuyé son corps nu contre le sien, elle avait respiré profondément. Sa course désordonnée s'achevait. Elle avait trouvé la cadence et pourrait ainsi courir longtemps, longtemps.

Ce n'est que plus tard – peut-être l'un et l'autre avaient-ils dormi? – que Mario Grassi avait allumé une petite lampe posée à même le parquet, à droite du lit où ils s'étaient aimés.

L'appartement qu'elle découvrit en traversant des chambres qui semblaient vides n'était éclairé que par de rares points lumineux. Placés dans les angles, tournés vers le sol, ils laissaient la plus grande partie des pièces dans la pénombre. Joan distingua cependant les meubles bas qu'elle avait devinés en entrant, des rayonnages, des tableaux engloutis par l'obscurité, peut-être des sculptures, hautes formes écartelées, crucifiées, qui se détachaient, grêles, devant les croisées plus claires. Lorsqu'elle s'assit en face de Grassi dans une boule de cuir souple qui avait épousé les formes de son dos, Joan ne vit de lui que ses mains et ses jambes : le reste de son corps, son visage restaient dissimulés par les jeux d'ombre. Il en était sans doute de même pour elle et il lui plut qu'il ne vît pas ses traits ni les sentiments qu'ils devaient exprimer.

Elle était émue, apaisée, peut-être heureuse. Elle n'avait nulle envie de partir et pourtant elle allait le faire, peut-être parce qu'elle avait peur des bouleversements qui se seraient produits en elle et dans sa vie si elle était restée là jusqu'au matin.

Ils étaient demeurés longtemps ainsi, face à face, dans le silence et la nuit. Puis elle s'était levée difficilement : chaque fois qu'elle tentait de prendre appui sur le cuir, sa main s'enfonçait comme dans un plan d'eau, et elle s'était laissée aller à plusieurs reprises, renonçant, recréant un creux où son corps se lovait.

A la fin, pourtant, elle était parvenue à s'arracher à cette douceur qui l'enveloppait. Puis, sans s'approcher de Mario, elle avait quitté la pièce et ouvert la porte palière.

Il l'avait suivie.

Les seuls mots qu'elle prononça à mi-voix au moment de pénétrer dans l'ascenseur, alors que Grassi se penchait vers elle – mais elle ne l'embrassa pas, se collant au contraire au fond de la cabine – furent *Joachim de Flore, Joachim de Flore.*

Et elle rit de la surprise de Grassi qui répétait ce nom, s'étonnant elle-même, le lançant plus fort : *Joachim de Flore*, cependant que la cage de lumière de l'ascenseur descendait dans le noir.

LIVRE II

LES SOUVENIRS

Sixième partie

Joachim de Flore

33.

Joan ne saurait jamais de *Joachim de Flore* que ce nom, qu'elle avait aimé dès l'instant où Mario Grassi l'avait prononcé dans le restaurant de la rue Saint-Simon.

Depuis, chaque fois qu'elle songeait à Grassi, ce nom-là s'épanouissait, elle voyait des lauriers-roses dont les fleurs s'ouvraient, elle croyait sentir leur parfum doux et âcre, elle se souvenait des allées du parc de la Villa Bardi, et, l'espace de quelques secondes, elle échappait à ceux qui l'entouraient, elle éprouvait une sensation d'engourdissement, de fatigue et de paix, d'abandon. Elle rêvait. Elle ignorait ce que Jean-Luc Duguet, Arnaud, Bedaiev lui disaient : les avocats de Morandi avaient déposé plainte contre Joan et le journal, Hassner et Brigitte Georges aussi, Lavignat avait exigé la publication d'un droit de réponse de sept feuillets. « Que faisons-nous ? » Joan détenait-elle de nouvelles informations ou bien fallait-il capituler, se déconsidérer, payer pour éviter les procès ? C'était à Joan de répondre, de quelles armes disposait-elle ? Silencieuse, Joan se souvenait du plaisir, elle se laissait envahir par le désir d'appeler Grassi, de le retrouver chez lui, puis ce désir s'évanouissait à son tour, laissant place à la mélancolie, à ce nom qu'elle se répétait : *Joachim de Flore,* dont elle ne saurait jamais qu'Ariane Duguet l'avait elle aussi murmuré, attirée puis troublée sitôt qu'elle l'avait lu, le 7 mars 1989.

Mais la mort avait effacé le geste et les émotions de cette jeune fille de quinze ans qui s'était arrêtée devant la boîte d'un bouquiniste, sur le trottoir de la rue Pierre-Nicole, à quelques dizaines de mètres seulement de la sortie du Cours

Élisabeth où Ariane était alors élève en classe de seconde. De la main droite, elle avait trié les livres qui s'entassaient dans la boîte de métal bleu sur laquelle était placé un petit rectangle de carton où l'on avait inscrit en grosses lettres noires : NEUFS SOLDÉS.

Les doigts d'Ariane s'étaient immobilisés sur un livre mince, sans nom d'auteur. Il avait fallu, pour découvrir le titre, qu'elle le sortît de la boîte. Elle avait alors lu ce nom, *Joachim de Flore,* en italiques, et elle avait été aussi surprise, aussi intriguée, émue, même, que Joan Finchett, plus tard, quand Grassi lui aurait cité ce nom : *Joachim de Flore*, qu'elle avait peut-être entendu prononcer autrefois, au cours de ses études, mais totalement oublié.

Ariane avait pris le livre, ne se servant toujours que de sa main droite, la gauche tenant ses classeurs. Sous le papier cellophane un peu brillant, elle avait lu le titre complet : *Joachim de Flore. Amour et passion, mystique et espérance*, et ces mots groupés deux à deux l'avaient retenue, fascinée. Elle avait gardé longuement le livre dans sa main, l'avait enfin laissé retomber, s'enfouir parmi les autres, mais elle avait éprouvé un tel sentiment de regret et de privation qu'elle l'avait aussitôt repris, le retournant, découvrant, écrit au crayon-feutre noir : *10 F.*

Elle avait glissé ses classeurs sous son aisselle, fouillé dans la poche gauche de son blouson de toile, remué une poignée de pièces, puis elle était entrée dans la boutique, plutôt un couloir encombré de livres.

Un homme d'une soixantaine d'années se tenait derrière une petite table à laquelle il s'appuyait. Son visage était sans expression, les traits gommés par l'enflure des joues et le double menton. Il avait dû observer Ariane qui lui montra le livre. Il articula : *dix francs*, tout en dévisageant la jeune fille aux cheveux blond cendré qui lui tombaient sur les épaules. Son regard s'était attardé sur l'ovale régulier du visage, remarquant la peau trop blanche, presque pâle, les yeux d'un bleu vert, les sourcils déjà épilés, et ce signe de coquetterie avait suscité en lui colère et mépris.

Il avait penché la tête de côté pour apprécier cette silhouette, ces longues jambes minces serrées dans un pantalon de toile un peu court qui laissait apparaître les chaussures à tige en cuir noir. Puis, levant les yeux, remontant lentement le long du corps, il avait remarqué le chandail en cachemire que gonflaient les seins, ces lèvres charnues qui donnaient à la bouche et à tout le visage une expression boudeuse.

Il avait reniflé, comme pour rejeter une odeur désagréable, avait tendu la main pour empoigner le livre et, ce faisant, il avait effleuré les doigts d'Ariane, longs et fuselés. La mauvaise humeur l'avait envahi ; il s'en voulait de ces sentiments confus qui l'habitaient.

Dix francs, vraiment, il ne comprenait pas pourquoi ce livre était à ce prix, il ne savait d'ailleurs plus s'il voulait le vendre, c'était un texte rare. Il avait bougonné, tournant et retournant le livre entre ses doigts.

Pourquoi, à son âge, s'intéressait-elle à Joachim de Flore ? Savait-elle seulement de qui il s'agissait ? Ce n'était sûrement pas – d'un mouvement de tête, il avait montré la direction du Cours Élisabeth – là-bas qu'on parlait de Joachim de Flore ! Puis il avait lancé le livre sur la table. Mais, avait-il poursuivi, elle croyait peut-être qu'on y parlait d'amour et de passion, elle prenait ça pour un roman pornographique ?

Ariane n'avait pas bougé, les cuisses collées à la table, son poing gauche fermé, serrant la pièce de monnaie.

« Prenez-le si vous le voulez, prenez-le », avait dit le bouquiniste. Seulement, ce n'était pas dix francs, mais vingt. Et, d'un geste rageur, il avait repris le livre, surchargé le premier prix, marmonné qu'il ne forçait personne à acheter.

Ariane avait de nouveau enfoncé sa main gauche dans sa poche. Elle était en sueur. Chaque mouvement – ses doigts cherchant les pièces, son bras serrant les classeurs, ses cuisses s'appuyant au rebord de la table – lui paraissait difficile, comme si elle était déjà entravée, le corps lourd, mais elle n'en éprouvait pas moins une sensation inédite, angoisse et anxiété emportées par une fébrilité et une curiosité avide, un désir d'inconnu.

Elle sentait peser sur elle le regard de cet homme et c'était la première fois qu'elle se trouvait dans un lieu clos face à un adulte dont elle devinait le tumulte des sentiments. Dans ce réduit où l'on pouvait à peine se mouvoir, où les livres montaient en piles le long des cloisons, elle était prise au piège et s'affolait tout en souhaitant que cette panique qui l'étreignait fût plus forte encore. Quand elle rentrait chez elle, rue de Sèvres, soit en métro, soit à pied, descendant le boulevard Saint-Michel, elle avait souvent remarqué qu'on la regardait avec insistance; elle savait qu'on se retournait sur elle, qu'on marchait parfois à ses côtés. Cela l'avait surprise et flattée : c'était toujours des hommes qu'elle jugeait vieux, dont elle pensait qu'ils avaient l'âge de son père, comme si les garçons de son âge, ceux qu'elle côtoyait en classe, l'avaient ignorée ou, pis encore, n'avaient pour elle aucune existence réelle, personnages inachevés qui rougissaient ou se haussaient sur la pointe des pieds pour tenter de se montrer aussi grands qu'elle, et que leur condition d'élèves obligés de réciter, de se rendre au tableau, de se planquer dans la cour pour fumer une cigarette, maintenait dans un état d'enfance dont elle-même avait le sentiment d'être depuis longtemps sortie.

Ces hommes qui la regardaient, qui l'abordaient – mais elle n'écoutait pas ce qu'ils disaient, elle ne voulait pas les entendre, tournant la tête, pressant le pas – lui donnaient la certitude qu'en effet, elle ne pouvait pas même parler à ses camarades de classe. Elle se débarrassait de ceux qui tentaient de l'accompagner par un mouvement de tête, un regard, un haussement d'épaules, et c'était comme si tout son corps les rejetait. Ils n'insistaient pas. Ils l'insultaient de loin. Mais leurs regards ne portaient rien, n'étaient pas chargés de cette agressivité qui l'angoissait et l'attirait tout à la fois, qu'elle décelait dans les yeux des vieux, ceux de ce bouquiniste qui répétait : « Vingt francs, c'est à prendre ou à laisser. Vous prenez? »

Elle avait jeté deux pièces sur la table et avait aussitôt enfoui le livre dans la poche droite de son blouson, mais, en voulant se hâter de quitter la boutique, elle s'était retournée si brutalement, comme pour se dégager d'une étreinte, qu'elle avait glissé, heurtant de l'épaule les livres, laissant tomber ses classeurs, se penchant pour les ramasser, et elle avait senti le bouquiniste s'avancer vers elle. Il avait frôlé ses jambes tout en disant : « Vous en faites un bordel! Mais qu'est-ce que vous croyez, vous avez vu le bordel que vous avez fait? »

En se redressant, elle s'était retrouvée contre lui et avait reculé cependant qu'il restait les bras ballants, le visage empourpré, avançant la lèvre inférieure comme s'il allait cracher.

Rue Saint-Jacques, marchant vite, gardant la main dans sa poche, paume ouverte sur la couverture du livre, elle avait froissé du bout des ongles le papier cellophane et avait ressenti à ce petit geste une nouvelle bouffée d'anxiété, comme si les mots du titre étaient entrés en elle : *Amour et passion, Joachim de Flore, espérance et mystique...*

Il lui semblait qu'en achetant ce livre, en le voulant plus que tout – car elle savait, et cette certitude l'affolait, l'homme de la boutique aurait pu exiger bien plus que vingt francs, le double du prix affiché, et pourtant elle n'aurait pas refusé – elle s'était comportée comme une joueuse qui accepte sans fin d'augmenter la mise. Rien ne justifiait son attitude. Elle ignorait qui était Joachim de Flore, mais ce nom, les autres mots : *amour et passion, mystique et espérance,* l'avaient attirée, poussée à accomplir cet acte de liberté, bien petit en vérité mais qu'elle avait vécu comme un défi, presque le viol d'un interdit, un premier ébranlement dans sa vie, une décision qui allait en entraîner d'autres dont elle craignait déjà les conséquences sans même savoir quels choix elle ferait, mais sûre qu'elle attendait ces changements, les désirait.

Lorsqu'elle était entrée dans l'appartement de la rue de Sèvres, Ariane avait serré les doigts sur le livre. Comme à chaque fois qu'elle refermait derrière elle la porte palière, elle avait éprouvé un instant d'appréhension. L'appartement était le plus souvent vide, humide, envahi par cet éclat glauque des après-midi de grisaille.

Autrefois, Clémence, la mère d'Ariane, apprenait ses rôles dans l'appartement, allant et venant dans le couloir, traversant les pièces, ignorant sa fille, mais sa voix chaude, mélodieuse, enveloppait Ariane, prononçant des mots qui lui paraissaient immenses et qu'elle répétait à voix basse, recroquevillée dans son lit, la porte de sa chambre entrouverte pour que la voix parvînt jusqu'à elle : « *Mon amour, ma passion, crois-tu que je puisse accepter cette déchirure entre nous... Mon amour, ma passion, j'ai besoin de toi, de ton corps, viens, viens !* »

Puis, brusquement, le silence avait envahi toutes les pièces, Clémence avait quitté la rue de Sèvres, embrassant sa fille distraitement : « Tu es mignonne, passe me voir quand tu voudras, je t'adore, tu sais, je reste dans le même quartier, voici mon téléphone, tu m'appelles, mais pas avant quinze heures, jamais, tu entends, jamais ! »

Ariane avait eu envie de dire en s'accrochant au cou de sa mère : « *Mon amour, ma passion, crois-tu que je puisse accepter cette déchirure entre nous, mon amour, ma passion, j'ai besoin de toi, de ton corps, viens, viens...* »

Elle avait murmuré des bribes de cette phrase mais sa mère répétait : « Jamais avant quinze heures, n'est-ce pas ? Tu me comprends, j'en suis sûre. Ton père a de grandes qualités, tu dois l'aimer, mais tu as senti qu'entre lui et moi ça n'allait pas, il a l'esprit tout en angles, c'est la raison, les faits, la lucidité personnifiés, un journaliste, un réaliste, si tu veux. Moi je suis ronde, tout en méandres : une actrice, une rêveuse... Il fallait que cela se termine, mais toi, tu n'en souffriras pas... »

« *Mon amour, ma passion !* »

Peut-être avait-elle acheté ce livre pour ces deux seuls mots : *amour et passion,* venus d'autrefois, et qui plus jamais n'avaient retenti dans l'appartement.

– Voici Joëlle, avait dit un jour le père d'Ariane.

– Douze ans, c'est cela ? avait demandé Joëlle. Elle a douze ans, une grande fille.

C'était une voix cassante et Ariane avait désormais fermé la porte de sa chambre. Elle était d'ailleurs le plus souvent seule dans l'appartement et y rentrer l'accablait. En se dirigeant vers sa chambre, elle avait le sentiment d'être engloutie par le silence. Il n'y avait que la rumeur de la rue de Sèvres, comme un lointain bruit de vagues en surface qu'elle aurait entendu depuis le fond.

Alors elle s'enfermait dans sa chambre, ramenait la couette sur elle, et, pour refouler ce silence, elle faisait hurler les sons de son walkman et elle avait vraiment l'impression que la musique expulsait les idées, les souvenirs, les projets, les inquiétudes de sa tête qui n'était plus qu'une caisse de résonance. Peu à peu elle s'engourdissait, la nuque raide, une douleur lui coupant le front.

Son père la surprenait ainsi, s'indignait puis la cajolait. Elle devait lire, travailler. Il la serrait contre lui : « Ariane, Ariane, qu'est-ce que tu veux? Qu'est-ce que je peux faire? »

Il était retenu au journal, expliquait-il. Il devait dîner avec les uns ou les autres, cela faisait partie de ses obligations professionnelles, comprenait-elle ça? Il l'avait inscrite au Cours Élisabeth, puisque le lycée Victor-Duruy refusait son entrée en seconde. Et Joëlle ajoutait que c'était une scolarité hors de prix : « C'est fou ce que ça coûte! Est-ce que tu te rends compte, Ariane? Tu es une privilégiée, tant mieux, tant mieux, mais il faut en avoir conscience... »

Ariane ne répondait rien. Elle avait parfois la sensation d'être enfermée dans un sarcophage qui était sa propre apparence, son corps. Elle se trouvait à l'intérieur, petit être ratatiné qu'on ne voyait pas, qui n'occupait qu'une minuscule partie d'elle-même. Et elle pensait parfois que c'était injuste, anormal, qu'il devait y avoir une manière de vivre qui permettait de s'épanouir, d'envahir tout le sarcophage, d'être présent jusqu'au bout de ses doigts et jusqu'à l'extrémité de ses cheveux, de ressentir l'unité de son corps et de soi-même. Ce n'avait d'abord été qu'un espoir, comme un refus du froid, de l'engourdissement, les mots glissant sur elle sans qu'elle éprouvât rien d'autre qu'une tristesse qui la laissait transie. Il ne lui restait plus que la musique dans la tête, sans rien entre les sons et son corps, les écouteurs sur les oreilles : violence et cruauté du bruit qui arrachait toutes les questions; douleur, mais apaisement.

Puis il y avait eu cette transformation de son corps, cette surprise et cette émotion, ce sang qui s'échappait d'elle, le gonflement de ses seins, cette chaleur dans les veines, ce battement du cœur qui résonnait dans la gorge, lui imprimait une respiration saccadée, haletante, et cette sensation que ses membres, chaque partie de son corps lui appartenaient, qu'elle était enfin en eux.

Elle avait commencé à sentir des regards se poser sur elle dans la rue, qui la terrorisaient et lui donnaient la joie inquiète d'exister.

Elle avait grandi, elle marchait très droite. A l'agacement de Joëlle quand elles se croisaient de loin en loin dans l'appartement, elle devinait de la jalousie, une rivalité qu'elle ne désirait pas mais qui naissait spontanément, rendant sa voix encore plus aiguë, coupante : « Jean-Luc, voyons, mais c'est une femme! disait-elle. Regarde-la : Ariane est devenue une femme, maintenant. Le corps, ça existe, et le sien est un corps de femme! »

Ariane ne répondait pas, s'enfermait dans sa chambre. Avant d'entrer, désormais, son père frappait.

Il se sentait désarçonné, inquiet, attentif à la façon dont elle s'habillait, soucieux de connaître les heures auxquelles elle rentrait. Il lui téléphonait du journal, la mettant en garde sans préciser ce qui pouvait la menacer, et elle en jouait : « Mais qu'est-ce que tu veux dire, papa? » Il grimaçait, haussait les épaules : enfin, elle savait bien, elle était une femme, elle lisait les journaux, regardait la télévision. « Tu es au courant, quand même, non? »

Une ou deux fois, elle l'avait provoqué. Craignait-il qu'on lui passe le sida? « Les préservatifs, papa, voyons, on nous explique ça en classe. »

Il s'était tu, avait quitté la chambre et elle avait été aussitôt envahie par une bouffée d'anxiété, d'impatience et de désespoir.

Que savait-elle? Rien. Elle avait peur. Il fallait cependant que *cela* ait lieu, pour elle comme pour toutes ces autres filles qui, dans la cour, à deux ou trois, parlaient à mi-voix, jetant des regards autour d'elles, de leurs nuits dans un châlet, pendant les vacances de février, ou de ces étudiants qui les attendaient au coin de la rue Pierre-Nicole et de la rue Saint-Jacques et qu'elles accompagnaient jusque dans leur chambre.

Certains d'entre eux s'étaient approchés d'Ariane, mais quand elle ne les ignorait pas, elle les regardait avec un tel mépris qu'ils s'éloignaient en se dandinant, ridicules, et Ariane se sentait à la fois fière et désemparée.

Peut-être était-ce à cause d'eux qu'elle s'était arrêtée devant la boîte de bois bleu du bouquiniste de la rue Pierre-Nicole, peut-être avait-elle souhaité que l'un de ces garçons qu'elle avait aperçus à l'angle de la rue s'approchât d'elle. Puis elle avait lu ce nom : *Joachim de Flore,* ces mots : *amour et passion, mystique et espérance,* et elle était entrée.

A présent, dans sa chambre, elle déchirait le papier cellophane, tournait les pages, lisait une phrase : « *J'ai encore beaucoup de choses à vous dire, mais vous ne pouvez pas les accepter maintenant* »; puis une autre : « *Quand viendra l'Esprit, il vous conduira vers la vérité tout entière... Il vous annoncera les choses à venir.* »

Elle était exaltée et déçue, cherchant les mots *amour, passion,* s'arrêtant cependant sur des lignes qui exprimaient ce qu'elle ressentait : «*Aujourd'hui, nous voyons à travers un miroir de manière confuse, mais bientôt ce sera face à face... Quand viendra la perfection, ce qui est limité sera aboli.* »

Et, tout à coup, elle avait entendu la voix de son père et celle de Joëlle. Les mots que lançait celle-ci au bout du couloir claquaient comme des portes.

Ariane s'était agenouillée devant la cheminée condamnée, glissant le livre sous les briques du foyer, sa cachette.

Peut-être ce livre, « *Joachim de Flore, amour et passion, mystique et espérance* », se trouvait-il encore à la même place, puisque Ariane, quand elle avait quitté l'appartement, l'avait laissé là, oublié pour l'éternité.

34.

Lorsqu'il avait fouillé la chambre d'Ariane, espérant y découvrir une adresse, un nom qui lui auraient permis de retrouver sa fille, Jean-Luc Duguet n'avait pas remarqué ces trois briques disjointes dans le foyer de la cheminée.

Il avait essayé de ne pas écouter Joëlle qui, de temps à autre, se tenant à l'entrée de la chambre, lui répétait qu'il perdait son temps, qu'il était inconscient : n'était-ce pas lui qui avait laissé partir sa fille avec ce jeune Africain? Et il avait bien fait. Il fallait infliger à Ariane une leçon afin qu'elle mesure ce qu'est la réalité. Car ce Noir, on voyait bien qu'il n'était rien d'autre qu'un de ces pauvres types qui traînent – ce n'est pas leur faute, mais ils ne s'adapteront jamais –, et que Jean Luc se rassure, Ariane tient à son petit confort, c'est une réaliste, comme sa mère; entre femmes, on sent ça. Elle reviendra, parce qu'elle préfère habiter rue de Sèvres plutôt qu'au bout du RER, et il ne lui arrivera rien : trop égoïste. Alors, que Jean-Luc ne s'inquiète pas. Qu'une fois de plus, Ariane ne leur gâche pas la vie à eux, car Joëlle commençait à trouver la note un peu trop lourde, n'est-ce pas? Elle avait fait preuve de patience, mais n'était pas décidée à sacrifier sa vie pour une fille qui ne pensait qu'à elle. Soit, Joëlle l'acceptait, mais pourquoi fallait-il que tout, toujours, tourne autour d'elle?

– Jean-Luc, je t'avertis...

Il n'avait pas répondu. Il avait continué à feuilleter ces cahiers d'écolière. Oui, cette petite écriture appliquée était bien celle d'une enfant : la même façon de former les lettres que lorsqu'elle était au cours moyen, tenant ses cahiers avec tant de soin qu'il lui disait chaque fois qu'il n'avait jamais été, lui, capable d'écrire ainsi. Elle s'installait sur ses genoux. Elle disait : « Je vais te montrer, papa, c'est simple. » Elle avait neuf ans.

En ce temps-là, Clémence vivait encore avec eux. Parfois, lorsqu'ils étaient ainsi en train de calligraphier, elle leur criait : « Je m'en vais, le taxi m'attend, je n'ai pas le temps ! » Ariane s'élançait, mais la porte avait déjà claqué. Et Jean-Luc expliquait en tendant les bras à Ariane qu'une actrice, bien sûr, ne peut en aucun cas manquer le lever du rideau.

Il n'avait repéré aucun indice parmi les papiers étalés sur le bureau : des dissertations inachevées, des pages remplies d'équations et de courbes auxquelles il ne comprenait déjà plus rien. Et il avait pensé que s'il était rentré tout seul dans cette chambre, sans Joëlle sur ses talons, il aurait peut-être tout simplement tendu la main à ce jeune Noir, lui demandant ce qu'il faisait : lycéen, étudiant ? Ils auraient parlé tous trois calmement, et peut-être Ariane aurait-elle dit – c'était, il s'en souvenait, ce qu'elle avait tenté de lui expliquer, mais il l'avait interrompue, hurlant : « Je m'en fous, je m'en fous ! Dehors, tout de suite ! », et il l'avait laissée partir – qu'elle souhaitait que ce garçon restât un jour ou deux chez eux. Jean-Luc aurait accepté, les aidant même à préparer le lit dans la petite chambre, au fond du couloir à droite.

Mais il les avait mis à la porte en répétant : « Je m'en fous, je m'en fous ! » et Joëlle, quand ils s'étaient retrouvés en tête à tête, l'avait félicité. Il s'était conduit comme il le devait, avait-elle ajouté en l'enlaçant. Les adolescentes – elle le savait, elle avait été jeune fille – avaient besoin de rencontrer une certaine résistance. Quand elles trouvent un mur, elles s'y appuient, même si elles s'imaginent vouloir le renverser. Jean-Luc allait le découvrir, Ariane rentrerait changée – soumise n'était pas le mot, mais disciplinée, parce qu'il avait fait acte d'autorité, montré qu'il ne cédait pas au chantage de l'amour. C'est trop facile : elles l'espèrent toutes ! Il fallait qu'elles comprennent que la vie, c'était bien différent.

En cette fin d'après-midi, Joëlle l'avait empêché de penser à Ariane, l'entraînant dans leur chambre, le poussant sur le lit, murmurant : « Pour une fois que nous sommes seuls ici... On n'est jamais vraiment libres, on ne peut pas être fous quand on sait qu'il y a quelqu'un qui vous épie... On ne peut pas... »

Elle voulait être folle, avait-elle dit.

Il ne l'avait jamais connue ainsi, l'obligeant à demeurer passif, à se laisser aimer, et il avait peu à peu perdu tous ses repères. Il ne savait plus où il était, avec qui il était; si ce plaisir, il le vivait ou le rêvait. Il retrouvait une juvénilité enfouie, qu'il croyait morte, et, tandis qu'il redécouvrait en lui cette énergie qu'il avait imaginée perdue, il aima Joëlle avec violence, presque de la sauvagerie, comme pour se venger d'avoir pendant des années – celles qu'il avait partagées avec Clémence, puis tout le temps qu'il avait déjà vécu entre Ariane et Joëlle – oublié combien le plaisir du corps est nécessaire à la vie.

Il avait sombré dans le sommeil et, quand la lumière du jour l'avait réveillé, qu'il avait vu Joëlle près de lui, dormant nue, couchée sur le ventre, il avait dû faire effort pour reconstituer les heures de la veille, ne retrouvant qu'au bout de plusieurs secondes le souvenir de la scène qui l'avait opposé à Ariane, puis le départ de sa fille avec le jeune Africain; et, tout à coup, il avait eu le sentiment du malheur et de la faute, s'habillant rapidement, courant jusqu'à la chambre d'Ariane, ayant un moment de doute et d'espoir quand il vit la couette couvrant le lit, imaginant qu'Ariane, comme elle faisait souvent quand elle était petite fille, s'y était blottie, cachant son visage, mais il savait bien qu'il s'illusionnait.

Ariane n'était pas rentrée et il avait entrepris de fouiller sa chambre.

Il n'avait même pas remarqué le foyer de la cheminée. Se fût-il penché, eût-il aperçu la couverture du livre, eût-il ôté les briques et saisi le livre avec anxiété, peut-être avec effroi, qu'il eût été stupéfait de lire ce titre : *Joachim de Flore, amour et passion, mystique et espérance*, désemparé, éprouvant le sentiment d'avoir tout ignoré de sa fille, se souvenant avec angoisse de leurs rencontres si fugaces dans la cuisine, le matin, quand il essayait de lui parler et qu'elle se dérobait

– « Mais je te parle, on se parle, papa, c'est ce que nous faisons », lançait-elle.

Feuilletant le livre, il eût découvert ces lignes soulignées, ces paragraphes encadrés qui témoignaient d'une lecture méthodique, et peut-être eût-il ressenti une angoisse et une impuissance encore plus grandes qu'au moment où la concierge leur avait annoncé que, durant leur absence, Ariane avait reçu deux garçons et que l'un, un Africain, était encore dans l'appartement : elle avait préféré les prévenir, ils pouvaient ainsi se préparer, car ça faisait un choc, quand on se souvenait de la petite fille si douce, si polie qu'avait été autrefois Ariane – « Même vous, madame, avait ajouté la concierge, tournée vers Joëlle, vous l'avez connue comme ça, mais je parle surtout du temps de sa mère, Clémence Rigal... » Et voir maintenant ce qu'elle était devenue, cette jeune femme – il n'y avait pas d'autres mots – qui recevait des hommes chez elle, « car ce Noir, c'est un homme, vous le verrez vous-mêmes... »

Il se serait assis sur le bord du lit et aurait commencé à lire ces passages qu'Ariane avait voulu retenir. Ils racontaient comment Joachim de Flore avait annoncé la venue de l'Âge de l'esprit et de la perfection, comment il avait prêché le règne de l'amour, et que seule cette passion mystique, ce refus d'un monde corrompu permettaient d'accéder à l'espérance. Ce temps nouveau allait régner sur terre et il exigeait de chacun don de soi, dépouillement, générosité et partage.

Jean-Luc n'avait pas déplacé les briques, ni découvert le livre ni lu ces phrases, mais il y avait un tel écart entre la violence des propos qu'il avait tenus – « Je m'en fous, je m'en fous ! Dehors, tout de suite ! », ceux que Joëlle, dans l'ascenseur, lui avait murmurés – *viol, vol, sida, drogue* – et qu'ils avaient répétés dans le couloir tout en se dirigeant vers la chambre d'Ariane d'où provenait cette musique rythmée aux sons graves, et l'innocence, la naïveté, la pureté qui émanaient de cette chambre, une chambre d'enfant encore, qu'il avait eu honte, qu'il avait été accablé par ces mots prononcés, par la violence de son comportement, l'implacable dureté dont il avait fait preuve en chassant ce garçon et sa propre fille, et il avait eu le sentiment d'une indignité coupable dont il lui faudrait payer le prix.

Il n'avait pas reproché à Joëlle de l'avoir influencé. Elle avait dit ce qu'elle pensait et obtenu ce qu'elle souhaitait, le départ d'Ariane, mais lui seul était responsable.

Cependant, quand Joëlle s'était approchée, le visage encore fripé par le sommeil, qu'elle avait dit en bâillant : « Ariane n'est pas rentrée? Ne t'inquiète pas. Cela devait arriver, il faut bien que tout le monde découche une première fois », Jean-Luc avait crié en gesticulant : « Mais c'est ma fille, ma fille ! » Joëlle avait serré ses lèvres, le menton en avant, exprimant avec ses yeux plissés un mépris si violent qu'il avait su dès cet instant qu'elle romprait un jour avec lui, qu'il demeurerait seul, que tel serait son châtiment.

Il était retourné dans la chambre d'Ariane, s'était allongé sur le lit, la tête enfouie dans la couette, et il avait sangloté, le corps secoué tout entier, des mots venant dans sa bouche, qu'il entendait comme si quelqu'un avait crié tout près de lui.

Il était cet enfant qui appelait son père, cet enfant que le père avait quitté; cette trahison qu'il avait subie, il l'avait perpétrée à son tour en chassant Ariane.

Il était à la fois le père défaillant et l'enfant abandonné.

35.

Un matin, Ariane avait refait irruption dans la cuisine comme si elle n'avait jamais quitté l'appartement.

Elle n'avait pas baissé les yeux. Jean-Luc avait bredouillé, les mains si tremblantes que le café avait débordé de sa tasse et rempli la soucoupe. Il s'était détourné pour poser la tasse dans l'évier et était resté ainsi, n'osant pas regarder Ariane. Lorsqu'il lui avait à nouveau fait face, elle n'avait pas bougé. Elle tenait à bout de bras un sac de toile qu'il ne lui avait jamais vu. Elle lui semblait d'ailleurs si différente, les cheveux noués en chignon, amaigrie, mais était-il possible, en quatre jours et quatre nuits, de changer à ce point ? Il ne lui connaissait pas ce blouson de cuir ni ce pantalon noir. Était-elle déjà si grande, si femme ?

Il s'était à nouveau tourné, reversant du café dans une tasse. Elle était devenue une femme, sûrement. Évitant toujours de la regarder, ouvrant un placard, cherchant un plateau, le sucrier, il n'avait pas pu s'empêcher d'imaginer ces quatre nuits, ce qu'elle avait fait peut-être avec cet Africain, peut-être avec d'autres.

Il s'était senti honteux d'y penser.

Il avait murmuré : « Tu as besoin de quelque chose ? », puis, pour reprendre le cours de leurs habitudes, il avait ajouté qu'il allait lui préparer une orange pressée, mais, lorsqu'il avait voulu la regarder, Ariane avait quitté la cuisine et Joëlle y pénétrait, narquoise.

– Tu vois, tout rentre dans l'ordre, dit-elle. Tout le monde aime l'eau chaude, même ta fille. Ce n'était pas la peine d'en faire un drame.

Joëlle allait et venait d'un placard à l'autre; à gestes précis, elle disposait la théière, le grille-pain, le pot de confiture, le beurre sur la table. L'ordre régnait aussi autour de sa tasse.

Elle buvait à petites gorgées, grignotait le pain grillé, lâchant d'une voix indifférente : « Tu ne t'assois pas? Tu ne restes pas, Jean-Luc? », puis plus bas, le visage changé, comme si la curiosité le modelait, le rendant plus pointu, le menton, les lèvres et le nez paraissant s'avancer comme un museau de rongeur, elle demandait si « on » avait raconté quelque chose. Jean-Luc lui avait-il demandé de se laver, de jeter ses vêtements? D'abord, d'où sortait-il, ce blouson? Le sien était en toile. Celui-là, Joëlle ne l'avait jamais vu. Il ne faudrait pas qu'elle nous ramène...

– J'espère qu'elle a pris ses précautions! J'espère...

En tout cas, plus que jamais Joëlle voulait garder sa salle de bains pour elle toute seule. Ariane pourrait se contenter de la petite douche, au fond du couloir.

Ariane était à nouveau là.

Avait-elle entendu? Elle était plus pâle encore que d'habitude, les yeux cernés; ses lèvres semblaient plus gonflées, ses joues s'étaient creusées.

– J'ai cours, avait-elle dit simplement.

Jean-Luc s'était précipité derrière elle. Il aurait voulu l'accompagner rue Pierre-Nicole, lui parler dans la voiture, s'excuser peut-être, lui dire qu'il ne lui reprochait rien, qu'il fallait comprendre Joëlle. Mais il avait vu l'ascenseur disparaître et il n'avait osé l'appeler, rentrant lentement dans l'appartement, croisant Joëlle qui murmurait : « Encore plus insolente! Elle attend des excuses... C'est extraordinaire, tu ne trouves pas? Est-ce qu'elle t'a raconté? Qu'est devenu ce Noir? Elle va le revoir? Il ne faut pas l'accepter ici, n'est-ce pas, Jean-Luc? »

Il n'avait pas répondu, s'élançant le long du couloir jusqu'à la fenêtre donnant sur la rue de Sèvres.

Comme autrefois, il l'avait vue marcher, déjà si grande, si grande, mais il lui avait semblé qu'elle avançait plus lentement, avec une sorte d'indifférence, de tristesse dans tout le corps, et il avait eu la certitude qu'elle avait été blessée durant ces quatre jours et ces quatre nuits, il avait pressenti que ce qui s'était passé allait influencer toute la vie d'Ariane et donc aussi la sienne.

Tout à coup, alors qu'elle ne l'avait plus fait depuis des années, Ariane s'était retournée, avait cherché Jean-Luc des yeux. Elle avait eu un instant d'hésitation, comme si elle allait lever le bras, et il avait cru que, d'un geste, elle lui faisait comprendre qu'elle l'attendait afin qu'il la rejoignît. Mais elle avait baissé la tête et s'était remise à marcher du même pas lent.

Jean-Luc était resté sur le petit balcon, penché en avant, cherchant à l'apercevoir encore au-delà de la rue du Bac. Mais il savait que c'était impossible, qu'il l'avait perdue.

C'était dans cette portion de la rue de Sèvres comprise entre la rue du Bac et le boulevard Raspail qu'Ariane avait rencontré pour la première fois Makoub, ce jeune Africain dont la présence dans l'appartement de la rue de Sèvres avait scandalisé tour à tour la concierge de l'immeuble, Joëlle et Jean-Luc.

Quand elle avait répondu par quelques mots à ce jeune homme qui s'était mis à marcher à ses côtés en se dandinant, exagérant le balancement de son corps, comme s'il tenait vraiment à ressembler à ces silhouettes de jeunes Noirs dégingandés qui apparaissent dans les feuilletons de télévision américains, Ariane avait-elle imaginé la violence de la scène qui allait éclater dans sa chambre ? En invitant Makoub et Sami – mais ce dernier était bientôt reparti – à pénétrer dans l'appartement, à ne point se soucier du retour de son père et de Joëlle, peut-être avait-elle voulu mettre à l'épreuve ces deux adultes avec qui elle vivait. Auraient-ils pu suivre la prédication de Joachim de Flore, étaient-ils de ceux qui partagent, qui veulent le règne de l'esprit et de l'amour, ou bien (mais ne connaissait-elle pas déjà la réponse ?) étaient-ils accrochés à leurs possessions, si effrayés à l'idée que quelqu'un ou quelque chose vînt déranger l'ordre de leur vie, qu'ils en perdaient la raison ? Et leurs masques tombaient...

Quand son père avait crié : « Je m'en fous, je m'en fous ! Dehors, tout de suite », quand il l'avait empêchée de s'expliquer en hurlant : « Tais-toi. Je vois ! Crois-tu qu'il y ait quelque chose à dire ! Il est là, celui-là ? Non ? », qu'elle s'était levée en même temps que Makoub et que Jean-Luc n'avait pas eu un geste pour la retenir, elle avait eu la révélation de sa face hargneuse, hideuse, sordide, celle d'un homme que la panique transforme en loup et dont les pensées mesquines salissent ceux qui l'écoutent, le monde qui l'entoure.

C'était son père et elle avait éprouvé du dégoût. Elle avait fui. Il lui avait semblé qu'en sortant de l'appartement de la rue de Sèvres, elle quittait un univers impur pour se diriger vers cette perfection – *amour et passion, mystique et espérance* – dont Joachim de Flore annonçait la venue.

Ç'avait été comme si tout ce qu'elle s'était refusé à penser de son père depuis des années, le mépris qu'elle avait accumulé contre lui pour la façon dont il regardait Joëlle, lui prenait la taille, l'écoutait, tout ce qu'elle avait gardé au fond de sa tête sans jamais vouloir le préciser, devenait soudain comme une masse hérissée d'aspérités à laquelle elle se déchirait.

Il ne l'avait donc pas laissée raconter cette première rencontre avec Makoub, Makoub qui lui avait dit l'avoir souvent vue traverser le square, au bout de la rue de Sèvres, après le Bon Marché, parce qu'il dormait souvent là, caché dans les fourrés ou sous un banc. On avait chassé sa famille de la chambre qu'elle occupait dans un hôtel meublé du XXe arrondissement. Savait-elle où il se trouvait? Impasse de la Confiance! Est-ce qu'un nom pareil, ça s'inventait? Elle avait souri malgré elle. Il avait répété d'une voix plus forte : « Impasse de la Confiance! » Lui, il ne faisait confiance à personne et avait décidé de s'en sortir seul, laissant sa famille s'installer dans une cité de banlieue.

Quand elle passait le matin dans le square, Ariane ressemblait, disait-il, à une fille de roi. Il avait dessiné des arabesques avec ses mains tout en abaissant sa casquette de toile sur son front, si bien qu'elle n'avait plus vu ses yeux. Elle lui avait répondu quelques mots alors que des phrases entières se bousculaient en elle, l'assourdissaient, celles qu'avait prononcées Joachim de Flore : *partage, amour, égalité, esprit, espérance, passion...*

Prudente, elle avait réussi à ne poser que quelques questions. Il vivait donc là? Il lui avait présenté un autre adolescent qui s'avançait, Sami. Ils étaient les oiseaux du square, des sortes de corbeaux qui picoraient ce qu'ils pouvaient et qu'on aurait aimé abattre, mais qui avaient tôt fait de s'envoler.

Sami avait interrompu Makoub. « Est-ce qu'il vous a dit qu'il pense que vous allez l'aider, parce qu'il voit quelque chose au-dessus de vous? Il dit que vous êtes marquée, que vous n'êtes pas comme le autres, que vous avez un signe. C'est un sorcier, Makoub : il voit, il sait. »

Sami était petit, souriant, avec un visage mobile. Il avait répété : « Marquée, il dit. Qu'est-ce que vous pouvez nous donner? Vous fumez même pas! »

Elle avait tendu sa paume pleine de pièces et, ce matin-là, Makoub ne l'avait pas suivie.

[illegible] des [illegible]

[illegible] Malcolm [illegible] Est-ce qu'il vous a [illegible] qu'il [illegible] que vous [illegible] quoi [illegible] quelque chose au-dessus de vous ? Il dit que vous êtes [illegible] qu'à [illegible] comme les autres, [illegible] vous avez [illegible] C'est [illegible] il sait [illegible]

[illegible] était tout [illegible] avec un visage mobile. Il avait [illegible] Marcouf, il dit : Qu'est-ce que vous pouvez nous [illegible] ? [illegible] même pas [illegible]

Elle avait tendu la main pleine de pièces [illegible] ce matin-là [illegible] ne l'avait pas suivie.

36.

Ariane avait le corps d'une femme et avait peur des désirs qu'il faisait naître en elle ou chez ces hommes qu'elle croisait et qui ralentissaient le pas en la voyant avancer.

Parfois, elle ne détournait pas les yeux; elle les dévisageait avec mépris. Ils étaient vieux, estimait-elle. Elle voyait leur bouche; elle imaginait. Elle regardait leurs mains; elle se sentait honteuse.

Elle récitait des passages de Joachim de Flore : il faut aimer en l'homme l'image de Dieu; la chair du démon enveloppe l'esprit; que l'esprit soit; que vienne le temps de la passion mystique; l'espérance et l'amour régneront alors sur le monde... Elle oubliait la rue. Elle voyait loin devant elle, exaltée par les jeux de lumière dans les vitres d'un immeuble encore plongé dans la pénombre matinale. Elle tremblait d'émotion.

Mais, tout à coup, elle entendait un mot, une phrase murmurés. Certains hommes, ceux qu'elle appelait des vieux, passant près d'elle, lui lançaient un compliment. Elle devinait plus qu'elle ne comprenait. Ils avaient tout vu d'elle : ses cheveux, ses yeux, ses seins, sa démarche, ses jambes. Ils n'oublieraient plus, disaient-ils. Parfois, elle était brûlée par un mot ordurier, une proposition qui l'affolait. Elle avait envie de se mettre à courir. Elle fut d'autant plus heureuse quand, plusieurs jours d'affilée, Makoub l'accompagna – parfois Sami leur emboîtait le pas jusqu'à l'entrée du jardin du Luxembourg, puis les laissait.

Elle avait ainsi traversé plusieurs fois le jardin, de la rue de Vaugirard à l'avenue de l'Observatoire, Makoub sautillant près d'elle, la protégeant de ces hommes qui les observaient et dont elle sentait le dédain, la jalousie, la colère. Un jour, Makoub confia qu'il avait froid, qu'il pleuvait, que des rondes, la nuit, les forçaient à fuir le square et qu'ils allaient alors de porte en porte, mais il y avait maintenant des codes qui transformaient chaque immeuble en bunker. Il avait dit *bunker*; qu'est-ce que c'est? demanda-t-elle. C'était le truc de Hitler, là où il se planquait, où il s'enfermait pour donner l'ordre de tuer les Juifs, les Noirs, les autres. Elle aussi, avait-il ajouté, avait son bunker. Il avait déclaré cela sans hargne, avec une lassitude attristée, comme une fatalité qui tout à coup l'accablait. Il ne sautillait plus. Il ne cachait plus ses yeux derrière la visière de sa casquette. Il avançait, traînant les pieds, les mains dans les poches, voûté, si différent de ce qu'il avait été jusque-là que, pour la première fois, Ariane lui avait pris le bras comme pour le soutenir, l'aider à avancer. Elle devait partager, elle devait aller vers les plus humbles, ceux qui ont besoin d'amour et de compassion.

Makoub s'était redressé. Il grimaçait, peut-être pour cacher son trouble. Il ajouta, cette fois en riant, en recommençant à gesticuler, désignant les immeubles de la rue Guynemer : « Des bunkers, partout des bunkers, et, dedans, des petits Hitler... et nous dehors! »

Elle n'avait pas réfléchi avant de répondre qu'il pouvait venir chez elle pour le week-end, qu'elle était seule, qu'il pourrait prendre un bain s'il le voulait, se réchauffer, se protéger de la pluie.

A présent, ces mots étaient prononcés. Elle les avait entendus comme si une autre voix que la sienne les avait émis, et elle les répétait pour bien s'assurer qu'ils étaient à elle, qu'elle avait eu le courage de dire : « Oui, chez moi, si tu veux. Mon père est absent. »

Lui aussi aurait pour quelques heures son bunker, non?

Il avait secoué la tête, joué avec sa casquette, soufflé sur ses doigts glacés. Il s'était dandiné.

Pourquoi tu fais ça? avait-il murmuré.

Il l'avait avertie : peut-être que chez elle, quand on saurait, sûrement même, ça péterait fort; les parents, ils n'aiment pas qu'on entre chez eux comme ça, avec un type comme lui, il le savait. Qu'est-ce qu'il était? Il avait brusquement cessé de sautiller, avait plissé les lèvres, fait la moue, l'amertume crispant son visage. Qu'est-ce qu'il était, hein ? Une merde, seulement une merde, et pis encore : une merde d'ailleurs, toute noire.

Ariane lui avait posé la main sur la bouche. Elle voulait lui faire comprendre qu'il appartenait lui aussi au monde de l'esprit et que, lorsque le moment viendrait, il serait appelé avant les autres, parce qu'il avait été humble ; c'est pour cela qu'elle devait l'aider.

Elle avait senti sur sa paume les lèvres chaudes et quand il l'avait enlacée dans cette allée toute droite où, malgré le vent, des vieux, épaule contre épaule, assis en cercle sous un auvent, paraissaient comploter, hochant ensemble la tête, penchés vers le centre du cercle qu'ils formaient, Ariane s'était laissée aller contre lui, et c'était la première fois de sa vie qu'elle sentait ainsi un corps d'homme qui, collé au sien, en épousait les formes, cuisse contre cuisse, lèvres contre lèvres – son double et son contraire.

Mais elle s'était reprise, s'était écartée, appuyant ses deux mains à ses épaules, disant d'une voix altérée mais résolue qu'il pouvait, comme elle l'avait dit, venir chez elle, mais qu'elle souhaitait seulement l'aider, partager avec lui ce qu'elle avait, qu'elle ne possédait même pas.

Elle avait commencé à se confier comme elle ne l'avait jamais fait et, tandis qu'elle parlait, il l'avait entraînée – il pleuvait maintenant – sous l'auvent où se tenaient les vieux.

Ils s'étaient assis non loin d'eux qui, parfois, lançaient en chœur une exclamation comme dans un rituel primitif.

Elle lui avait dit : « Ma mère m'a laissée. Mon père vit avec une autre femme. On ne se parle pas, chez moi. C'est à peine si l'on se voit. On s'évite. Tu comprends ? »

Il lui avait caressé la joue. Il distinguait un signe au-dessus d'elle..., avait-il murmuré. Il l'avait remarqué dès qu'il avait vu Ariane s'avancer rue de Sèvres, puis traverser le parc comme une fille de roi.

Il avait pris la main d'Ariane, effleurait du bout des ongles sa paume qu'il avait ouverte.

Il ne savait pas si ce signe était maléfique ou bénéfique. Il brillait comme une comète ou comme la foudre, qui pouvait dire ?

37.

Oui, il se souvenait d'elle...

Tout en parlant, Makoub avançait la tête et le menton dans un mouvement d'oscillation qui laissait ses épaules et sa poitrine immobiles. Il ressemblait à ces oiseaux au long cou décharné qui régurgitent par courtes saccades. Il avait du mal à arracher les mots de sa gorge et paraissait vouloir les pousser hors de lui, vers ses lèvres, en se secouant ainsi dans un geste instinctif qui, chaque fois, surprenait Joan Finchett.

Elle était assise en face de lui dans ce café de la rue de Sèvres proche du commissariat de police, peu après la rue Vaneau, à quelques centaines de mètres de l'immeuble où habitait Jean-Luc Duguet. On avait interpellé Makoub à la demande de la concierge de l'immeuble alors qu'il gesticulait, demandant à voir son amie Ariane Duguet, celle qui habitait là-haut, qui l'avait accueilli, quelques années auparavant, dont il se souvenait comme d'une fille de roi, marquée par un signe que lui-même avait discerné dès qu'il l'avait croisée, et qui lui avait lu un livre comme on le fait à l'église. Et il avait pris un bain, il avait couché dans un lit; au matin, elle lui avait préparé du lait chaud et un jus d'orange. Puis le père était venu et les avait chassés, elle et lui; les pères peuvent ainsi être pris de folie. Ils avaient dormi sous un banc et il lui avait donné son blouson de cuir; elle ne portait alors qu'un blouson de toile et lui, Makoub, protégeait ceux qui se montraient généreux avec lui. Ce blouson de cuir, un blouson Air Force, il l'aimait bien, pourtant. Peut-être l'avait-elle encore? Un blouson de cuir, ça dure toute une vie.

Joan l'écoutait et essayait de se le représenter, à l'époque, quand Ariane s'était effacée pour le laisser pénétrer dans l'appartement avec Sami, puis, après le départ de ce dernier, quand il avait voulu l'enlacer et qu'elle l'avait repoussé, les mains plaquées sur sa poitrine, secouant la tête, disant qu'il n'était pas là pour ça, mais parce qu'elle voulait l'aider, partager avec lui ce qu'elle avait. Il était son ami dans la mesure où il ne possédait rien. Il avait ri et avait dû répondre, comme il venait de se le remémorer devant Joan : « Impasse de la Confiance... J'habitais impasse de la Confiance... J'habitais impasse de la Confiance, dans le XXe ! Mais la confiance, c'est rue de Sèvres, ici, chez toi ! »

Oui. Il se souvenait d'elle.

S'il avait voulu la revoir, au bout de tant d'années, c'est parce qu'il n'avait plus rien, pas même le blouson de toile qu'elle lui avait remis en échange du sien, ce blouson de cuir fauve mais sans col de fourrure, un vrai blouson Air Force. Et il était sûr que si elle s'était trouvée aujourd'hui dans l'appartement, si cette concierge n'avait pas aboyé comme la chienne qu'elle était, elle lui aurait ouvert. Il avait même pensé un moment que le père était peut-être mort ou parti, qu'elle habitait seule : il aurait pu alors s'installer là pour quelque temps.

Quand Ariane l'avait accueilli, il ne devait pas encore avoir ces yeux striés de fines lignes rouges qui, par moments, quand il regardait Joan, incitaient celle-ci à baisser la tête pour ne pas affronter les pupilles injectées de sang. Peut-être aussi était-il alors moins maigre, ses joues pleines, ou moins creusées, faisant ressortir les pommettes sous la peau tendue. Il toussait ; à chaque quinte, il rentrait la poitrine, enfonçant son cou, rapprochant ses épaules comme pour contenir une douleur ou rassembler son souffle.

– Pourquoi êtes-vous venue ? avait-il tout à coup demandé. Qui vous êtes pour me sortir comme ça des pattes des flics ?

Elle avait murmuré : « Une amie d'Ariane. »

C'était Arnaud qui l'avait appelée. Elle était la seule à pouvoir s'occuper de ça. Qu'elle n'en dise rien à Jean-Luc, il ne supporterait pas. Pas en ce moment. Au journal, ils avaient reçu une demande de renseignements du commissariat de la rue de Sèvres. Un Africain prétendait connaître Ariane Duguet, il avait fait du scandale dans l'immeuble. La concierge les avait prévenus, l'appartement de M. Duguet figurait sur la liste des lieux du quartier à surveiller. Qu'est-ce qu'ils faisaient de l'Africain? Il était en règle. M. Duguet voulait-il le voir? Il fallait que Joan se rendît sur place, avait dit Arnaud.

Joan avait eu l'impression de se remémorer une scène à laquelle elle aurait assisté : Jean-Luc faisant irruption dans la chambre d'Ariane en hurlant « Je m'en fous, je m'en fous! Dehors, tout de suite! » Il l'avait tant de fois racontée pour se reprocher sa propre violence... Et maintenant, le Noir était là devant elle.

– Une amie d'Ariane, avait-elle répété. Journaliste, aussi.

Il avait aussitôt levé la main comme pour prêter serment. Bien qu'il eût appuyé le coude sur la table, tout son avant-bras tremblait.

Oui, il se souvenait d'Ariane, oui.

Mais il ne savait rien, il n'avait rien fait avec elle : seulement dormi l'un contre l'autre, sur la terre, dans ce square au bout de la rue de Sèvres. C'est quand il s'était retrouvé là, ce matin même, sans savoir ce qu'il allait manger, qu'il s'était souvenu d'elle comme d'une lumière, car, dès qu'il l'avait aperçue, la toute première fois, il y avait une lumière au-dessus de sa tête, un signe comme en sont marqués les enfants de rois.

Mais il ne savait rien de plus.

Il s'était tu. Joan s'était demandé comment elle allait le questionner pour apprendre ce qui s'était passé au cours des trois autres nuits et des trois autres jours durant lesquels Ariane avait disparu.

Jamais, après, elle ne devait en dire quoi que ce soit à Jean-Luc, jamais celui-ci n'oserait l'interroger, se bornant à répéter à Joan qu'Ariane était revenue comme morte, plus belle peut-être, plus calme, mais pareille à l'eau d'un lac quand on la compare à la mer.

Tout à coup, Makoub avait levé les deux mains devant son visage, paumes ouvertes, doigts légèrement écartés. Il paraissait ainsi se cacher derrière des barreaux entre lesquels Joan apercevait ses yeux rouges.

Il s'était mis à se secouer la tête de bas en haut, déclarant qu'il avait besoin d'argent, là, tout de suite. Joan plongea la main dans son sac, prit quelques billets qu'elle froissa sans même vérifier la somme qu'ils représentaient, les enfermant dans son poing.

Il savait, elle en était sûre, avait-elle dit en frappant du poing sur la table.

– Est-ce qu'elle est morte? avait demandé Makoub.

Je dois le lui dire, avait pensé Joan. Il ne suffisait pas de répondre d'un hochement de tête. Il fallait des mots pour que la mort prît toute sa place entre eux deux.

– Elle est morte, avait-elle enfin répliqué, mais si bas, la première fois, qu'il parut ne pas avoir entendu.

Elle est morte, répéta-t-elle en détachant chaque syllabe.

Il tremblait si fort qu'il avait été contraint d'appuyer ses doigts sur son front, les pouces enfoncés dans les joues, les mains formant une sorte de heaume.

Longtemps, ainsi caché, il était demeuré silencieux, puis, en se remettant à bouger le cou d'arrière en avant – et, tout à coup, cela avait paru à Joan si obscène qu'elle s'était écartée, les paumes calées contre le rebord de la table –, il avait murmuré qu'au moment où il avait quitté Ariane, au début de la deuxième nuit, il s'en souvenait à présent, il avait remarqué que le signe au-dessus de sa tête était un masque de mort. Il les connaissait, ces masques-là, tout entourés de bandelettes; il savait qu'il ne fallait pas les regarder, mais s'éloigner aussi vite qu'on pouvait, mais il était resté trop longtemps, puis, à la fin, comme il ne pouvait rien, qu'il sentait bien que le masque le fixait, il avait décidé de partir et avait couru jusqu'à la porte d'Orléans. Un camion s'était alors arrêté : ça, c'était la preuve qu'il était encore protégé, lui. Ils avaient roulé jusqu'à la frontière espagnole, qu'il avait franchie, et il avait passé l'été sur la côte, à Castellon della Plana, après quoi, il s'en souvenait, il avait traversé le détroit, et, de camion en camion, était rentré chez lui, à Dakar. Parce qu'il voulait s'en aller loin de cette fille marquée, arborant ce masque, ce signe de mort, ces bandelettes maléfiques qui lui entouraient le visage. Du moins est-ce comme ça qu'il l'avait vue.

Puis il était revenu. Il n'avait plus songé à elle. Son souvenir était comme un scorpion sous une pierre, engourdi. Mais, ce matin, dans le square, parce qu'il n'avait plus rien, il avait soulevé la pierre, il avait cru que le scorpion s'était transformé en petit lézard, il ne s'était souvenu que de la nuit qu'il avait passée chez elle, du livre qu'elle lui avait lu – *partage, amour,* voilà les mots qu'elle disait.

Mais le scorpion l'avait mordu. La police était venue.

Est-ce qu'elle avait de l'argent, maintenant qu'il lui avait dit tout ce qu'il savait?

Il n'avait encore rien raconté, avait répondu Joan.

Il secouait la tête, grimaçait. C'était comme s'il avait sangloté sans qu'aucune larme ne coule.

Il avait besoin d'argent, répétait-il en tendant la main. Elle avait retiré son poing, le posant sur ses genoux.

Qu'il explique pourquoi il l'avait quittée, la deuxième nuit.

Il avait noué ses doigts, laissé son visage à découvert, sans masque. Ses lèvres tremblaient. Il reniflait, une narine après l'autre.

– Elle est morte quand? demanda-t-il.

Il y avait peu de temps, avait-elle répondu. Des années après qu'elle eut accueilli Makoub chez elle.

Il n'avait pas paru rassuré.

– Elle est morte, cette nuit-là, répondit-il, même si elle a continué de vivre. Cette nuit-là, j'ai vu son signe et c'est pourquoi je suis parti, j'ai creusé un grand trou entre elle et moi. Parce que j'avais peur. La mort, ça vous suce. Le scorpion, à la fin, il m'a mordu.

Il avait respiré, réclamé une cigarette que Joan lui alluma.

– Ils étaient quatre, commença-t-il en aspirant lentement la fumée. Quand ils m'ont vu avec elle, ils m'ont entouré : Fous le camp, merdeux! Voilà ce qu'ils m'ont dit : Fous le camp ou on t'arrache la peau, on te fait griller, fous le camp ou on te découpe en lanières! Ils ont sorti des couteaux. C'est elle qui m'a dit : Laisse-moi, Makoub, va-t'en, va-t'en... Elle semblait tranquille. Et les quatre types riaient : Tu vois, elle te dit de partir, qu'est-ce que t'attends? Je savais qu'ils allaient lui faire mal, eux quatre. J'ai vu son signe, celui de la mort, j'ai essayé de lui faire comprendre qu'il fallait se mettre à courir, qu'on pouvait leur échapper, ensemble. Mais peut-être qu'elle ne voulait pas, qu'elle ne voulait plus. Elle était comme une statue, toute immobile. Alors je suis parti à reculons, je les ai vus qui l'entraînaient, qui la faisaient entrer dans une maison, au bout de la rue... Elle ne s'est même pas retournée... La rue où j'habitais avant, c'était l'impasse de la Confiance. Cette rue-là, où je l'ai quittée, c'était rue de la Gaîté. Ils sont fous, les noms des rues! Puis il ajouta : Donnez-moi de l'argent, maintenant.

Joan desserra le poing, puis, quand il eut pris les billets, elle le referma, enfonçant ses ongles dans sa paume.

38.

JOAN avait marché rue de la Gaîté après avoir longé le cimetière du Montparnasse. Elle avait eu la tentation d'y pénétrer. Comme un sillage, la grande allée s'ouvrait devant elle entre les moutonnements gris, chaotiques, les blocs de granit dressés, les tombeaux en formes d'étraves ou de poupes ventrues, les croix pareilles à des mâts, avec leurs haubans figés. Elle avait contemplé ce lac silencieux au milieu des bruits qui venaient battre contre les murs, et elle s'était tenue sur la berge, n'osant avancer, se souvenant des stèles devant lesquelles elle s'était arrêtée, à Bellagio, en descendant de la Villa Bardi vers le lac, ces pierres blanches érigées entre les arbres, des noms et des mots arborés : *martyrs de la liberté... ici sont tombés...* En s'éloignant du cimetière et en se dirigeant vers la rue de la Gaîté, elle avait pensé que les morts étaient présents à chaque pas, dans toutes ces villes d'Europe, et que Leiburg, la nuit où il lui avait montré les lueurs jaunes sur la place de la Concorde, avait oublié de préciser qu'on avait tué là un roi, et, avant lui, des centaines d'autres hommes. Au moment où elle s'engageait dans la rue de la Gaîté, elle avait encore découvert, à hauteur de visage, une plaque de marbre où étaient gravés ces mots en lettres dorées : *Ici sont tombés le 23 août 1944...* Elle n'avait pas voulu lire les noms, elle avait contemplé cette courte rue bordée de maisons encore basses où nul n'apposerait jamais une plaque rappelant qu'une jeune femme, Ariane Duguet, y avait trouvé la mort, une nuit, même si elle avait encore survécu des années, même si on n'avait retrouvé son corps que plus tard, dans les eaux d'un lac sur les berges duquel des stèles indiquaient aussi – Joan les avait lues – qu'*ici la Résistance au fascisme* avait, en versant son sang, rendu justice.

Mais les morts d'aujourd'hui ne laissaient plus derrière eux de phrases héroïques gravées en lettres dorées dans le marbre ou le granit. On ne les couchait plus au cœur des villes. Ils mouraient de rien.

Joan avait contemplé la rue de la Gaîté au-delà de la plaque célébrant la mémoire de héros tombés un 23 août 1944. C'était une succession d'enseignes lumineuses aux éclats jaunes, rouges et verts, traçant sur les façades de grandes balafres de couleur qui disparaissaient quelques secondes, laissant alors les maisons retrouver leur apparence vieillotte, leurs mines grisâtres, leurs volets fermés, puis la lumière rejaillissait et ce passé, un instant émergé, s'effaçait sous l'agression d'une teinte criarde.

Joan avait marché lentement. Bousculée, interpellée, elle était passée devant des vitrines où s'entassaient les uns sur les autres des postes de télévision à l'écran allumé, et c'étaient des hommes et des femmes qui gesticulaient d'un rectangle à l'autre comme dans autant de scènes vécues à l'intérieur d'une de ces tours qui avaient remplacé les maisons basses. Et il suffisait de lever la tête pour apercevoir, s'enfonçant dans le brouillard, une immense stèle, bloc percé de milliers d'alvéoles où enfoncer des urnes funéraires : la tour Montparnasse écrasait le quartier qui grouillait autour d'elle.

Joan savait ce qu'elle voulait retrouver : cette maison de la rue de la Gaîté où Makoub avait dit que quatre hommes avaient entraîné Ariane. Mais elle ne cherchait pas, son regard effleurant la vitrine d'un magasin de vidéo, la façade rouge d'un restaurant chinois où dansaient des dragons, cette étroite devanture opaque bordée de hautes lettres jaunes : *SEX SHOP, LIVE SHOW.*

Elle s'était immobilisée, observant des hommes qui entrebâillaient la porte, disparaissant dans une lumière rougeâtre, d'autres qui se glissaient dans la rue, le visage souvent baissé, furtifs, ne se redressant que quelques dizaines de mètres plus loin, quand, devant une vitrine illuminée, ils s'arrêtaient, se regardaient comme pour se reconnaître.

Elle avait déjà parcouru plusieurs fois dans les deux sens la rue de la Gaîté, à l'instar de ces femmes qu'elle avait remarquées et qui l'avaient dévisagée avec hostilité – parmi elles, une Africaine, malgré le froid, portait une minijupe ne cachant que le haut de ses cuisses et une sorte de justaucorps de fourrure échancré laissant voir ses seins; d'autres, plus vieilles, grimaçantes, blondes, se tenaient immobiles, appuyées à une façade, à la limite de la lumière.

Joan avait vu des Noirs et des Maghrébins s'arrêter un instant devant elles, puis s'éloigner et revenir. Non loin de là, ils passaient devant une boucherie violemment éclairée exposant des blocs de viande rouge sur des étals blancs. Deux hommes au tablier maculé de sang faisaient glisser leurs couteaux le long des os, dans le plein des chairs.

Rue de la Gaîté! « Ils sont fous, les noms des rues... », avait dit Makoub.

Joan regardait. C'était le monde dans lequel elle vivait. Races et produits, les continents s'étaient déversés dans cette rue, ensevelissant le passé, les maisons basses, la plaque apposée à l'entrée de la rue, devant laquelle Joan s'était à nouveau arrêtée.

De quoi était morte Ariane?

On mourait de rien, pour rien.

Est-ce à la cinquième ou sixième reprise, quand le regard des femmes et des hommes qui arpentaient comme elle la rue s'était fait plus insistant, que Joan avait remarqué cette plaque de cuivre, à droite d'une porte cochère : *Agence Livio ROY, mode, reportages, top-models*, et qu'elle s'était souvenue – c'était la seconde fois que le passé d'Ariane et de Jean-Luc lui revenait comme s'il s'agissait du sien, comme si elle avait vécu à leurs côtés – de ce que Jean-Luc avait raconté : la scène dans la chambre de sa fille avec Makoub, et, à présent, la visite qu'il avait faite à ce photographe italien après que des magazines eurent publié des photos d'Ariane – sa mère, Clémence, n'avait pas voulu qu'on poursuive le photographe, même si Ariane n'avait pas encore dix-huit ans; elle était même fière, heureuse que sa fille apprît ainsi à imposer sa personnalité aux autres, à faire de son corps une œuvre d'art. Que savait Jean-Luc, pataugeant dans cette réalité mort-née qu'on appelle l'actualité, de la beauté, de la place qu'un corps et un regard de femme peuvent occuper dans le monde, du rôle qu'ils jouent dans l'imaginaire de millions d'hommes? De quoi rêvait-on, de qui? De la guerre ou de Marilyn Monroe? « Laisse-la faire, laisse-la naître, je m'en remets à sa beauté, à son intelligence... »

Jean-Luc avait vu Roy. Ariane Duguet? Oui, elle avait du chien, avait répondu le photographe, elle possédait ce qu'il fallait, de la tête et du cul, excusez-moi, cher, mais j'ai l'habitude de dire les choses, je vois tant de filles, tant de visages, de fesses, de cuisses, de culs. Mais c'est si rare, la chair qui vit – vous allez rire : *la chair qui pense.* Excusez-moi encore.

Jean-Luc n'avait jamais avoué à Roy qu'il était le père d'Ariane. Il avait écouté sans bouger, humilié, sentant se creuser ce vide en lui, puis il avait raconté cela à Joan, les yeux clos, avec une expression si désespérée qu'elle était allée vers lui.

C'est ainsi – elle y songeait en poussant la lourde porte de bois, une porte d'autrefois donnant sur une cour pavée de grosses pierres rebondies entre lesquelles on devinait des rainures de terre humide, peut-être de l'herbe –, à cause de ce Livio Roy, des propos qu'il avait tenus, du désarroi qu'il avait provoqué, que Joan avait eu vis-à-vis de Jean-Luc ce mouvement de pitié qu'elle n'avait jamais pris pour de l'amour; mais chacun modèle les sentiments de l'autre au gré des besoins qu'il ressent, de ses propres désirs. Pauvre et faible Jean-Luc qui avait voulu croire qu'elle l'aimait, qui s'agrippait à elle, qui était venu là, dans cette cour entourée de constructions basses, jusqu'au second et dernier étage de l'une d'elles, du côté droit, vitré sur toute sa longueur, où l'on devinait une verrière en guise de toiture. La lumière brutale de cet atelier fusait vers le ciel et inondait une partie de la cour, faisant apparaître entre les pavés usés cette terre noire, ces herbes courtes que Joan avait imaginées en passant sous le porche.

C'était peut-être là, dans cette cour, que les quatre hommes qui avaient encerclé Ariane dans la rue de la Gaîté, menaçant Makoub, l'avaient entraînée; peut-être ce Livio Roy dont elle apercevait la silhouette – ce ne pouvait être que lui – passant derrière les vitres, grand, le profil régulier, les cheveux noirs et bouclés, était-il l'un d'eux.

Joan était longtemps restée dans la partie sombre de la cour à observer les allées et venues dans l'atelier, ces éclats de lumière qui en jaillissaient tout à coup comme des jets crevant le mur de nuit qui se reconstituait aussitôt après. Il y avait aussi des voix de femmes, des rires, puis des périodes de silence et des formes qui passaient, bras levés, fugitives et souples, des mannequins sans doute; certains soirs, Ariane avait dû glisser ainsi entre la nuit et la lumière.

Joan avait vu sortir des femmes en longs manteaux se tenant par la taille, leurs visages dissimulés par des capuchons bordés de fourrure. Elle avait attendu qu'il n'y eût plus dans l'atelier que deux ou trois silhouettes, et elle s'était alors avancée, passant de l'ombre à la clarté. Elle avait traversé l'étendue illuminée de la cour pour atteindre l'autre rive, la porte de la maison basse à laquelle elle sonna, déclinant son nom : « Joan Finchett, journaliste à *Continental.* »

Continental? s'étonna-t-on.

La voix était grave et joyeuse en même temps, l'accent italien lui conférait une douceur un peu mélancolique, pensive, et Joan, tout en montant l'escalier et se dirigeant vers l'agressive blancheur qui inondait le palier du second étage, sous la verrière, se dit que, dans l'enquête qu'elle menait, il s'agissait là du tournant décisif.

Elle pouvait encore redescendre ou ne prononcer que quelques mots anodins, prendre avec ce Livio Roy un rendez-vous qu'elle annulerait plus tard. Il y avait encore une issue derrière elle. Malgré son séjour à la Villa Bardi, la fascination et la peur que Morandi, Leiburg, Orlando avaient fait naître en elle, malgré la peine qu'elle ressentait chaque fois qu'elle repensait à Ariane, comme si c'était d'elle-même qu'elle suivait la trace, elle pouvait encore renoncer. Malgré les articles qu'elle avait écrits, malgré ce que ses recherches avaient déjà changé dans sa vie – elle avait rompu avec Doumic, elle s'était laissé aimer par Jean-Luc Duguet, peut-être aimait-elle Mario Grassi, peut-être se souviendrait-elle toujours de Joachim de Flore dont elle ne savait rien, hormis que Mario avait prononcé ce nom et qu'elle l'avait aimé – oui, elle pouvait encore renoncer, dire à Arnaud et à Jean-Luc qu'elle n'avait recueilli aucune information nouvelle, qu'il fallait céder devant Morandi, publier le droit de réponse de Pierre-Yves Lavignat, qu'elle était allée trop loin, oubliant la vieille devise : *facts, facts, only facts* – les faits, les faits, seulement les faits. Elle pouvait encore redescendre l'escalier, et cependant elle le montait, atteignait le palier. Par la porte ouverte, elle aperçut les murs blancs, les spots, les parasols, les estrades, les appareils sur leur trépied, cette jeune femme qui portait un long pull-over cachant à peine son pubis, les jambes nues tendues sur des chaussures à hauts talons, et, devant elle, passant d'un appareil à l'autre, cet homme svelte en chemise à carreaux, manches retroussées, col ouvert, ses boucles noires tombant sur son front, couvrant ses oreilles et sa nuque, Livio Roy qui, sans regarder Joan, lui dit d'entrer, de s'asseoir, il n'en avait plus que pour quelques minutes, comme ça elle le verrait travailler puisqu'enfin *Continental* s'intéressait à lui !

Il était d'une vivacité juvénile, donnant d'une voix calme des ordres brefs – « Lève le bras droit; comme ça, les cheveux; plus à gauche; la jambe, oui » – et Joan considérait la jeune femme automate qui obéissait, se pliait, se cambrait, soulevait ses cheveux; il semblait qu'elle n'était plus qu'une apparence, aussi lisse que la photographie qu'elle était en train de devenir, une idée de femme et non plus une femme, aussi insaisissable, et pourtant Joan se trouvait à quelques pas de cette image comme apparue sur un écran et qu'on ne peut immobiliser.

– Fais le vide, fais le vide ! s'exclamait Livio Roy. Souple, plus souple, le buste. Plus légère ! Le vide, le vide...

Quand il s'était enfin redressé, éteignant les spots l'un après l'autre, la jeune femme était restée sur l'estrade, immobile, et il avait fallu qu'il la saisisse par la taille, l'embrasse tendrement dans le cou, cependant qu'elle se ployait, faisant gonfler ses seins – le pull-over se soulevant, laissant voir une culotte échancrée sur laquelle Roy posa la main –, pour qu'elle quittât la scène.

Joan avait éprouvé un sentiment de colère et de mépris, d'indignation et de dégoût. Mais elle se reprocha ce mouvement d'humeur : Roy n'était que le regard qu'ont les hommes pour les femmes, et les femmes entre elles. Il fournissait ce que voulait l'époque. Il était un rabatteur, un marchand de femmes alimentant cette traite quotidienne à laquelle chacun se livrait. On le payait. Ce qu'on attendait de lui, c'étaient bien ces corps qu'il vidait, transformait en petites machines. On voulait des femmes modelées à l'identique; il était le fabricant de ces séries.

Elle avait eu un sourire de défi au moment où il se tournait vers elle. Bien qu'il eût les yeux mi-clos, elle sentait qu'il jaugeait ses jambes, sa taille, ses seins. Et elle s'était un peu penchée en arrière, les paumes appuyées au canapé, bras tendus, jambes écartées, dans une pose qu'elle savait équivoque; elle souhaitait le provoquer, l'attirer, le prendre au piège. Elle n'aimait pas les prédateurs et il était l'un d'eux.

Il s'était avancé avec assurance, la tête inclinée sur l'épaule, souriant.

Que voulait-elle?

En même temps, de la main gauche, il saluait le mannequin qui passait, s'approchait, chuchotait quelques mots. Joan entendit : « Je t'attends, si tu veux. » Avant de répondre, il avait à nouveau parcouru du regard le corps de Joan, puis il avait secoué la tête : « Plus tard, chez toi, peut-être... Je t'appelle... »

Il avait tiré un tabouret et s'était assis en face de Joan, ses genoux contre les siens.

Que voulait-elle? Elle pouvait tout lui demander. Il était prêt.

Elle s'était redressée, cuisses serrées, genoux écartés des siens.

Elle avait déposé entre eux le corps mort d'Ariane.

Il avait froncé les sourcils et s'était levé, marchant tête baissée. Quand il se tournait vers Joan, elle voyait son visage crispé au front plissé, une ride profonde le partageant en deux.

Qu'est-ce qu'elle imaginait? Il n'avait plus revu cette fille depuis des années. Un homme était venu; Roy avait dit ce qu'il pensait d'elle : du chien... le cul et la tête... Il bougonnait : pourquoi cette histoire ressortait-elle?

Elle est morte, répéta Joan. Elle est passée par ici. Elle a bien vécu ici, non? C'est une trace qu'on suit. Une vie, une histoire...

Il avait serré et brandit le poing.

Ce qu'il avait fait, lui? Sauvé une conne, d'abord, là. Il avait tendu le bras, indiqué la cour. Il y avait quatre types qui voulaient la violer. Elle ne criait même pas. Elle se débattait à peine. Ils tenaient ses jambes et ses bras, avaient arraché son pantalon. Est-ce qu'elle imaginait ça?

Il les avait éclairés, avait hurlé, puis il avait sorti...

Il ouvrit un placard, empoigna le fusil qui y était accroché, l'épaula, visant Joan. Puis il ricana, refermant le placard d'un coup de pied.

Les petits salauds avaient déguerpi. La fille était restée couchée par terre. « Je suis descendu. Je lui ai donné un pantalon noir, je me souviens : celui d'une fille qui venait parfois ici. » Après – il eut un mouvement instinctif des épaules et se passa la main dans les cheveux –, elle était retournée au lycée, mais elle était revenue le voir de temps à autre, et c'est ainsi qu'il l'avait mieux connue, avait découvert qu'elle avait du *suc*...

Il s'était rassis en face de Joan, se rapprochant d'elle à nouveau. Mais elle ne le craignait pas. Elle le haïssait trop, avec une sorte d'élan qu'elle ne pouvait maîtriser. Lui-même l'avait senti, s'exprimant avec colère, le poing brandi.

Bien sûr, il l'avait baisée, la deuxième nuit qu'elle avait passée chez lui. C'est elle qui avait voulu. « Elle est montée là. » Il montra la loggia où Joan avait aperçu un lit. Est-ce qu'il courait après les filles, lui? Mais elle avait du *suc*. Joan savait-elle même ce que cela signifiait? On pouvait tout changer d'une femme, y compris le regard. Les formes, les traits, la taille, tout cela n'était qu'une question d'éclairage, d'objectif, d'angle de vision. On pouvait même faire croire qu'une conne avait de la personnalité. Mais le *suc* d'une femme, c'était autre chose : un petit miracle! Au début, les premiers mois, Ariane en avait vraiment, même si c'était une désespérée, ou peut-être à cause de cela... Le *suc*, ça vient quand on est imprudent, excessif, absolu. Elle l'était, parce qu'elle ne croyait plus à rien. Quand je suis allé la chercher dans la cour – il tendit à nouveau le bras –, elle était comme raide morte, et pourtant ils n'avaient eu le temps de rien lui faire, seulement déchirer son jean.

Joan avait eu envie de le gifler à cause de cette scène qu'elle imaginait : Ariane, les jambes nues, peut-être le sexe nu, ces quatre types autour d'elle, puis cet homme qui se penchait, l'aidait à se soulever, la soutenait dans l'escalier et qui, tout en l'aidant à s'allonger sur le canapé – celui-là même où Joan était assise –, n'avait pu s'empêcher de l'examiner, de l'évaluer, de sentir le désir monter en lui. Elle était vierge, la peau lisse, si blanche. Elle était si apeurée. Il l'avait aidée à enfiler ce pantalon noir. Il avait dit en la faisant pivoter sur elle-même : « Il te va... Admirable ! » Devait-il la raccompagner ? Savait-elle où aller ? Elle avait fait comprendre qu'elle souhaitait rester là, si possible, pour la nuit. Il avait montré la cuisine, la salle de bains. Peut-être était-il sorti pour s'interdire de la baiser tout de suite, pour la laisser se remettre, pour mieux la jauger, apprendre d'où elle venait. Il fallait être prudent : une mineure. Il ne voulait pas se laisser piéger.

La deuxième nuit, elle était montée dans la loggia. Et il en avait éprouvé un sentiment de fierté, de plénitude. Il s'était montré tendre avec elle qui, toute la journée, était restée assise sur le canapé à regarder les filles poser. Les quelques fois où elle avait traversé l'atelier, il avait eu envie de la photographier. Elle avait du *suc*. Elle n'était pas pleine de paille, comme les autres. Il n'aurait pas à lui dire : « Vide-toi, vide-toi... »

Joan comprenait-elle ? demanda-t-il tout à coup.

Quand une fille a du *suc*, alors on peut la prendre telle qu'elle est, on n'a nul besoin de la vider. Mais la plupart des gens sont bourrés de paille, de merde, et ceux-là, il faut bien les transformer en automate...

Joan avait répété : « Automate... » Elle s'était quelque peu détendue, peut-être parce qu'il venait d'employer le mot auquel elle avait songé. Roy était intelligent, retors, peut-être plus pervers et moins prédateur qu'elle ne l'avait cru, mais cynique, amer, sans doute...

Après ? demanda Joan.

– Je l'ai faite, répondit Roy.

Mais le ton était celui de la dérision et il ajouta aussitôt :

Est-ce qu'on peut modifier le destin de quelqu'un? Elle était venue s'installer ici pendant quelques mois; chez elle, elle crevait. Le père était... Il n'a jamais su au juste.

– Directeur de la rédaction de *Continental*, précisa Joan.

Roy jura en italien. Et il regarda Joan, les dents serrées, le visage transformé par la colère. Il ressemblait à Mario Grassi ou à Orlando avec ce front étroit à demi caché par des cheveux noirs plantés bas.

Il hésita à poursuivre. Il connaissait les journaux : ils truquaient tout, textes et photos. Elle et lui étaient payés pour le savoir, non!

– Elle est morte, répéta Joan.

Il le savait, maintenant! se mit-il à hurler.

Ariane était encore mineure, mais sa mère, une actrice, Clémence Rigal, avait donné l'autorisation de publier les photos; ça suffisait. « Quand elle était là – il montra l'estrade –, je n'avais besoin de rien lui dire, elle était pleine, dense. Il faut toujours choisir entre dense ou vide... Celles qui ne sont pas denses, elles doivent être vides, je ne veux ni paille ni merde à l'intérieur. Vous comprenez? Du *suc*, oui. Je prends! »

Après? demanda Joan.

Il montra les appareils sur leur trépied, les spots, les parasols, cette frêle forêt qui encombrait l'atelier au fond duquel, sur des fils, les photos étaient accrochées, silhouettes suspendues, blanches et noires, dépouillées. Son tableau de chasse.

– Qu'est-ce que vous croyez qu'on devient, même quand on est plein et dense?

Il savait ce qu'il faisait, mais Ariane aussi. Toutes, elles savent. Elles vendent leur peau, leur cul, mais ça, ce n'est encore rien; elles vendent ce qu'elles sont, c'est du troc – il frappa du poing dans sa paume. C'étaient comme des mères porteuses. Les hommes se branlaient devant elles, les femmes rêvaient de leur ressembler, elles étaient bourrées de la paille du désir des autres, et puis, un jour, plus rien! Ça ne fonctionne plus. Vide ou pleine, c'est fini.

Peut-être était-ce cela qui était arrivé à Ariane? Il n'en savait rien. Il avait vendu ses photos en Italie. Elle avait obtenu les couvertures de plusieurs magazines à Milan, à Rome, etc. Elle avait été prise sous contrat...

Joan n'eut nul besoin de l'entendre préciser que *Morandi Communication* engageait des filles pour deux ou trois saisons un peu partout en Europe : Paris, Budapest, Moscou... Elle imaginait.

Ariane, reprit Roy, commençait à basculer. Elle avait voulu partir à cause de ça, parce qu'elle savait qu'il n'acceptait pas chez lui qu'on boive, qu'on fume, qu'on se pique. Qu'est-ce qu'il restait, après ? De la peau trouée, de la merde. Elles tiennent plus sur leurs jambes, elles deviennent folles...

Ailleurs, on laissait faire, il ne l'ignorait pas.

Là, ajouta-t-il, montrant la place où Joan était assise...

Plus tard, rentrant à pied par la rue de la Gaîté, passant de nouveau devant cette vitrine opaque et ces lettres inscrites à hauteur d'homme, *SEX SHOP, LIVE SHOW*, Joan avait imaginé Franz Leiburg assis sur le canapé qu'elle venait de quitter, les yeux mi-clos, contemplant les jeunes femmes sur l'estrade, avançant un peu la tête quand elles se cambraient ou bien quand, virevoltant, elles laissaient apparaître, le temps d'un flash, leurs dessous tendus sur le pubis.

Septième partie

Clélia et Ariane

39.

ALORS qu'elle quittait la rue de la Gaîté et s'engageait dans la rue Froidevaux – elle eut un moment d'hésitation tant le trottoir, le long du cimetière du Montparnasse, lui paraissait sombre, comme si le mur de clôture étendait son ombre dans la nuit, repoussant les passants de l'autre côté de la rue –, Joan avait imaginé la scène.

Elle avait vu Franz Leiburg tassé sur le canapé de l'atelier de Livio Roy.

– Leiburg, vous le connaissez? lui avait demandé Roy.

Avant qu'elle ait pu répondre, Roy lui avait montré un portrait qu'il avait pris le jour où Leiburg était venu proposer des contrats à certains mannequins au nom de la *Morandi Communication.*

C'était un portrait volé, avait expliqué Roy. Leiburg était si fasciné par les jeunes femmes qu'il ne l'avait même pas vu le photographier, au milieu des flashes.

Joan avait longuement contemplé ce visage auquel la vigueur du contraste entre le noir et le blanc donnait l'apparence et la force d'un bloc minéral dans lequel les yeux brillaient comme deux éclats. Ce pouvait être aussi – souvent, Joan avait pensé que ces animaux n'étaient pas tout à fait vivants, qu'ils appartenaient plutôt au monde figé de la pierre – la tête d'une tortue, à l'épaisse peau plissée, aux angles et aux méplats osseux, à la fixité du regard.

Avec un sentiment de dégoût, mais la même curiosité contre laquelle elle se révoltait et qui n'en persistait pas moins, vive et ambiguë – que voulait-elle savoir de Leiburg? pourquoi ce visage mort, ce corps réduit à de la peau tendue sur un sac d'os l'attiraient-elle? –, elle s'était souvenue des moments de l'Hôtel Crillon, de cette nuit entière qu'elle avait passée en compagnie de Leiburg. Et elle pressentait que les jeunes femmes – et, parmi elles, Ariane – avaient pu éprouver une attirance et une répulsion égales aux siennes.

Elles avaient présenté leurs corps à l'objectif de Roy avec plus de vivacité encore, de l'agressivité et du défi, comme pour affirmer leur jeunesse et leur santé face à cet homme si impassible qu'il ressemblait à une statue placée au centre de l'atelier, un élément de mise en scène. Mais toutes savaient que Leiburg pouvait leur offrir un long séjour en Italie, les couvertures des suppléments illustrés d'*Il Futuro*, peut-être même un engagement à la télévision, puisque Morandi contrôlait plusieurs chaînes, et, bien sûr, une participation aux défilés de mode de la *Morandi Company*.

Quand Leiburg s'était levé difficilement, s'appuyant sur ses mains – elles avaient été surprises par ce corps si grand, si maigre, si droit aussi –, et était venu vers elles en compagnie de Livio Roy, elles avaient souri comme elles savaient le faire, avec cette feinte spontanéité qui laissait croire à un élan alors qu'il ne s'agissait pour elles que de grimaces tirant sur leurs joues. Mais, à la manière dont il les avait regardées, elles avaient cessé de jouer un rôle, redevenant ces jeunes femmes anxieuses, guettant un signe.

Il était passé entre elles, les frôlant de l'épaule, la lèvre supérieure un peu retroussée, laissant apparaître les dents déchaussées, le visage marqué par une sorte de rictus méprisant.

D'une inclinaison de tête, il avait désigné Ariane : « Si vous le voulez, nous pouvons peut-être nous entendre. »

– J'étais son agent, avait expliqué Roy à Joan. J'ai signé et j'ai touché dix pour cent : ma commission. C'était un très bon contrat, tout à fait dans les règles. Rien d'illégal; j'avais l'autorisation écrite de Clémence Rigal, la mère. Après, je m'en suis désintéressé, ce n'était plus mon problème. »

Roy avait levé les bras. Qu'est-ce qu'il aurait pu faire? Il n'était pas le père. Et, même s'il avait été le père, il aurait donné son accord. D'ailleurs, peu après, Ariane était devenue majeure. Elle était responsable d'elle-même. Et il l'avait crue forte et intelligente.

Joan se souvenait : il avait dit *le cul et la tête.* Elle avait répété la formule. Roy avait haussé les épaules.

C'était ce qu'il pensait : le cul et la tête. Mais peut-être s'était-il trompé. Qu'y pouvait-il ?

Que Joan voie Leiburg, s'il était encore vivant – il l'était sûrement, on ne meurt plus à cet âge. On vit par les yeux. Joan avait-elle déjà vu les yeux de Leiburg ?

Il avait de nouveau glissé le portrait de Leiburg devant elle : « Inhumain, non ? »

C'est à ce moment-là qu'elle s'était levée, quittant l'atelier, cependant que Roy lui répétait qu'elle devrait voir Leiburg, à Parme ou à la Villa Bardi, pourquoi pas ?

Elle avait marché jusqu'à la place Denfert-Rochereau. Au moment de traverser, sur le bord d'une de ces avenues qui convergeaient, elle avait éprouvé un sentiment de peur et d'angoisse, se souvenant de la place de la Concorde, de la voiture qui l'avait frôlée. Elle avait été accablée par sa solitude, par l'idée de rentrer chez elle, de n'y trouver que le silence ou les voix enregistrées sur le répondeur du téléphone. Sa poitrine et son ventre se creusaient, appelant un autre corps, non par désir, mais parce qu'elle avait froid. Elle avait pensé à Mario Grassi et le vide s'était ouvert plus profond en elle. En même temps, elle avait su que Mario pouvait – lui, lui seul – le combler, que c'était de lui qu'elle avait besoin.

Elle avait arrêté un taxi et, rencognée au fond de la voiture, les bras serrés sur la poitrine, le nom de Joachim de Flore lui était revenu et elle l'avait prononcé à voix haute, malgré elle : *Joachim de Flore.*

Le chauffeur avait bougonné. Elle lui avait demandé d'aller rue de Varenne, non ? Si elle voulait changer maintenant, il fallait qu'elle se décide. Où souhaitait-elle aller exactement ?

Elle avait dû répéter l'adresse de Mario Grassi.

– Amusez-vous bien... Tant qu'on le peut, hein ? avait-il lancé au moment où elle descendait, reconnaissant l'immeuble, angoissée à l'idée qu'elle ne pourrait peut-être pas y pénétrer.

Heureusement, il n'y avait qu'un interphone sur lequel elle appuya tout le poids de son corps, répétant simplement à la question que Mario posait d'une voix enrouée : « *I am Joan, Joan Finchett* », tout à coup incertaine, songeant à s'éloigner avant qu'il n'ouvrît, montant néanmoins l'escalier, arrivant sur le palier toujours plongé dans l'obscurité, essoufflée.

Quand elle vit Mario Grassi, elle se laissa tomber contre lui, frottant sa joue à la laine rêche de son pull-over blanc. Elle eut envie de sangloter. Et elle se reprocha cette émotion, la facilité avec laquelle elle s'abandonnait.

Son corps se soulevait malgré elle. Il se cambra. Elle était une arche qui vibrait et elle avait la sensation qu'elle allait se briser tant elle était tendue. Comme elle le craignait et le désirait, elle fut emportée, ne reprenant conscience que des minutes plus tard, alors que Mario Grassi s'était mis à lui parler.

Connaissait-elle Franz Leiburg, demandait-il. Celui-ci le prétendait. Il était passé à l'Institut, il voulait la voir.

Joan s'était recroquevillée.

Grassi bâillait, la tête tournée du côté gauche. Leiburg, quel drôle de regard... Un bonhomme, non? Ses derniers livres, malsains. Mais que lui restait-il, à cet âge, pour se donner l'illusion d'être encore en vie?

Une dernière phrase de Mario s'était perdue dans sa respiration comme un éboulis.

Et Joan s'était appliquée à guetter son souffle, essayant de ne plus penser.

40.

Dès que Joan s'était retrouvée seule, après que Mario Grassi, lui tenant maladroitement les épaules, eut essayé de l'embrasser – elle avait seulement présenté ses joues alors qu'elle désirait tant sa bouche, sa langue, mais ils se trouvaient devant l'entrée du journal et elle avait craint qu'on ne les vît : peut-être Arnaud ou Bedaiev, ou Jean-Luc qu'elle voulait éviter à tout prix –, après que la voiture de Mario eut démarré puis disparu dans la rue de Rennes, Joan avait éprouvé un sentiment inattendu, né de son ventre, d'abord comme un chaud frémissement sous la peau puis qui montait jusqu'à la gorge, et elle avait alors eu envie de rire comme parfois quand on a bu, qu'on ne parvient plus, l'espace de quelques secondes, à se contrôler et que les autres vous observent avec surprise et indulgence – et il semblait à Joan que l'hôtesse qui se tenait dans le hall du journal la regardait en effet avec une certaine bienveillance, peut-être même une tendresse un peu moqueuse. Joan avait eu l'impression que ses jambes tremblaient, non parce qu'elle était lasse, mais au contraire parce qu'elle était si joyeuse dans tout son corps qu'elle avait envie de sauter, de gravir les quatre marches menant à l'ascenseur en courant, en dansant. Voilà ce qu'elle ressentait, et elle s'observait avec étonnement. Elle n'osait prononcer ces petits mots si ridicules qu'elle n'avait que si rarement pensés : *Je l'aime*. Est-ce qu'on ose encore conjuguer ce verbe quand on patauge depuis des années déjà dans la vie ? Quand on a coutume de placer sur la table d'une cuisine, d'une cellule ou d'une chambre d'hôpital son magnétoscope portatif, de vérifier que le voyant rouge clignote, indiquant qu'on peut enregistrer, que « ça » tourne, et de lancer d'une voix grave, tête baissée : « Racontez-moi comment ça s'est passé. »

Joan avait tant de fois posé cette question, tant de fois écouté, quand elle se retrouvait seule devant son ordinateur, la bande enregistrée, pauvres voix, pauvres vies qu'elle avait mises en mots, en pages ! La guerre, la chair pantelante... Tant d'Ariane déjà dont elle avait voulu dire la vie...

Mais si peu de fois elle avait écrit *Je l'aime* !

C'était toujours au moment du regret, de la douleur, du désespoir qu'elle avait rencontré l'amour. Peut-être ne le saisissait-on que quand il n'était plus, ou pas encore ? L'amour comme un espace flou entre attente et souvenir ? Qu'on peut guetter sans jamais le saisir, car, pour le décrire, il faut l'éprouver, et on ne sait parler que du manque, que du vide qu'il laisse ?

C'est pour cela que Joan s'était arrêtée au bas des quatre marches, dans le hall du journal, tout étonnée de cette joie physique, de cet enthousiasme qui était l'affaire de son corps, non pas parce qu'elle avait fait l'amour, mais parce qu'elle avait rencontré quelqu'un, un autre être humain avec qui elle avait pu coucher nue, dormant avec lui, l'écoutant geindre dans son sommeil, la tête un peu penchée du côté gauche – à un moment donné, il avait tendu le bras et l'avait posé sur le ventre de Joan ; elle n'avait pas bougé, heureuse et rassurée par le poids de ce bras inerte qu'elle n'osait soulever, puis elle s'était assoupie.

Quand elle s'était réveillée, elle était serrée contre le dos de Mario. Ils avaient dormi ainsi. Elle avait songé à ce couple de vieux chats qu'elle avait eus, enfant, dans sa maison de Beware, qu'elle voyait couchés, lovés, le corps de l'un se distinguant à peine de celui de l'autre, et elle les recouvrait souvent d'un morceau de taffetas.

– On est comme des animaux, avait-elle murmuré dans le cou de Mario qui commençait à s'étirer, puis elle avait ajouté : Joachim de Flore..., et encore : C'est comme à l'origine du monde...

A ce moment-là elle avait ri malgré elle, si fort, d'un rire irrépressible, se moquant de ce qu'elle avait pensé de manière si grotesque, si emphatique. Et Mario s'était levé.

C'est alors qu'elle avait éprouvé cet autre sentiment qui l'habitait à présent, immobilisée dans le hall : une peur panique succédant à l'enthousiasme et à la vibration joyeuse de son corps, une impression de manque, d'angoisse, comme si ce qu'elle avait vécu cette nuit-là avec Mario n'avait été qu'un mirage qui ne se reconstituerait plus. Peut-être même Mario n'existait-il pas et l'avait-elle seulement imaginé. Elle voulait déjà lui téléphoner, s'assurer qu'il y avait quelque part sa voix, son corps, qu'elle pourrait donc les retrouver, le jour levé. *Je l'aime*, avait-elle alors pensé.

Et elle était sidérée d'oser l'admettre. Elle se sentait tout à coup frappée de stupeur et il lui semblait qu'elle assistait à un spectacle extraordinaire. Tout se passait en elle. Elle ne voyait rien. Mais elle éprouvait. Elle était irradiée, transformée. Elle aimait. Elle se disait qu'elle était folle de le penser : ignorait-elle que la vie n'est qu'attente et regret de l'amour? Elle était déjà désespérée à l'idée que cet amour pouvait se dérober.

Elle avait alors entendu prononcer son nom, et peut-être tout ce qu'elle venait d'éprouver n'avait-il duré que le temps, pour l'hôtesse, de répéter : « Joan, Joan, on vous attend ! » Elle s'était retournée et avait vu, assis côte à côte dans les fauteuils du hall, Orlando et Franz Leiburg.

41.

PLUS tard, Joan essaya de retrouver les mots que Leiburg lui avait dits, mais, sitôt qu'elle croyait se souvenir d'une phrase et s'apprêtait à la noter, l'émotion était si forte qu'elle s'affolait. Son écriture devenait illisible, elle fermait les yeux. Elle pensait alors à Mario Grassi sans parvenir à chasser la vision de Leiburg qui, dans l'ascenseur, à peine avaient-ils quitté le hall, s'était approché d'elle.

Leiburg lui avait murmuré qu'elle avait eu tort d'attaquer Morandi à découvert. Il l'avait pourtant avertie, qu'elle se souvienne. Qu'espérait-elle ? Morandi avait des alliés. Elle était si faible, si seule. Qui la protégerait ? Qui la défendrait si Morandi s'en prenait à elle ?

Ou bien Leiburg n'avait-il fait que suggérer cela d'un regard, et s'était-il contenté de tendre la main vers la poitrine de Joan, sans toucher ses seins ? Elle avait reconnu ces doigts longs, osseux, cette peau si blanche qu'elle en paraissait diaphane. Peut-être ne cherchait-il qu'à lui rappeler ce geste qu'il avait eu devant la fenêtre de l'Hôtel Crillon, après cette nuit qu'ils avaient passée ensemble ?

La lumière dans l'ascenseur avait la même teinte jaune que celles qui, de point en point, crevaient la nuit sur la place.

Dans le bureau, en s'asseyant face à Joan, Leiburg avait semblé se réduire, comme si son long cou s'enfonçait, sa haute taille se tassant, elle n'en avait plus vu que le visage et la bouche, cette fente qui s'écartait à peine chaque fois qu'il parlait.

Elle l'avait haï avant même qu'il ne la menaçât. Il la contraignait à penser de nouveau à Morandi, à la Villa Bardi, à tous ceux qu'elle avait nommés dans son article et qui lui paraissaient si distants, déjà, son enquête étant devenue dérisoire à présent qu'elle aimait. C'était comme si, tout à coup, ce qui l'avait passionnée, émue, révoltée – Ariane elle-même, Jean-Luc –, s'était éloigné si vite qu'il ne s'agissait plus pour elle que d'un point perdu dans un univers qu'elle avait quitté mais que Leiburg la forçait à réintégrer.

– Il attend de vous que vous démentiez. *Amende honorable* : c'est la formule consacrée, n'est-ce pas? Faites amende honorable!

Peut-être avait-elle alors prononcé les noms d'Arnaud, de Jean-Luc Duguet? Peut-être s'était-elle défendue avec hargne? Elle n'était pas la propriétaire du journal, ni le directeur de la rédaction. Elle exécutait. Elle avait vérifié ses informations. *Facts are facts.* Elle n'était pas encore allée jusqu'au bout. Mais elle y était bien décidée.

Il l'avait écoutée, impassible, ses yeux semblant ne pas la voir. Alors elle s'était emportée : connaissait-il le juge Roberto Cocci, celui qui avait inculpé Morandi? Elle avait fanfaronné : elle aussi avait les mains propres – *le mani pulite*, c'est la formule consacrée, non?

Elle se souvenait de la manière dont, à cet instant-là, Leiburg avait croisé ses doigts : ils s'emmêlaient, se tordaient, ses longs ongles pareils à des têtes pointues, et rosâtres.

Elle s'en voulait d'avoir ainsi joué les femmes déterminées. Que voulait-elle donc? Que désirait-elle vraiment? Elle le savait pourtant : Mario, seulement Mario! *Joachim de Flore...*

Elle était oppressée, emportée par le flot de ses sentiments, sachant au fond d'elle-même qu'elle ne pourrait pas se dépêtrer de cette enquête. On n'admettait pas qu'elle s'échappe ainsi, qu'elle dise : *J'ai fini de jouer, je change la donne. Est-ce que vous connaissez, est-ce que vous imaginez ce que je ressens quand je pense à Mario? Le reste ne m'importe plus vraiment. Que les cadavres demeurent engloutis!*

Mais Mario lui-même, ne l'avait-elle pas connu grâce à cette enquête? Les univers s'entrecroisaient, les courants se mêlaient comme les eaux des rivières qui se jettent dans un lac. Elle était ce lac.

Quand elle avait cité les noms d'Arnaud et de Jean-Luc Duguet, puis celui du juge Cocci, Leiburg avait donc croisé les mains devant son visage, puis, après qu'il eut étiré et tordu ses doigts, elle avait vu ses joues se creuser comme s'il les rentrait, mais peut-être était-ce sa manière de sourire qui laissait apparaître les gencives de part et d'autre de la bouche?

Elle seule détenait les clés, avait-il répondu. Elle seule pouvait expliquer à tous les autres qu'elle s'était trompée. Il lui suffisait, il le répétait, de *faire amende honorable.* Il aimait cette expression qui préservait l'honneur. Elle était une femme d'honneur. Il le croyait. Mais il lui demandait de réfléchir au sens des mots. Connaissait-elle aussi l'expression : *un homme d'honneur*? Qu'elle y pense!

Leiburg avait laissé retomber son bras. Elle entendait encore le claquement de la main inerte frappant la cuisse du vieillard. Elle s'était souvenue du bras de Mario qui, la nuit, s'était posé sur elle, de cette peau si douce, de ce poids si léger.

Joan se trompait, avait poursuivi Leiburg, si elle imaginait qu'un juge pouvait l'aider. *Mani pulite*? Il avait ricané. Il fallait si peu de temps pour que les mains se salissent à nouveau! Il y avait autour de Morandi des hommes dont elle n'imaginait ni le pouvoir, ni la cruauté. Qui pouvait les dénombrer, les nommer? C'étaient des guerriers glacés qui agissaient sans rancune ni colère, mais qui n'oubliaient rien. Peut-être en viendrait-elle à blesser Morandi et, qui sait, à contribuer à sa chute? Mais s'imaginait-elle pour autant qu'elle serait intouchable? Et Cocci, croyait-elle vraiment qu'il pourrait, même avec l'aide de l'opinion, vaincre ces hommes-là? Qu'était-ce, l'opinion? Une vague qui passe. Une autre suit. L'eau bouge, mais reste l'eau. Ces hommes-là étaient autant de récifs, de statues.

Leiburg s'était interrompu, hochant la tête, et Joan avait eu l'impression de ne plus pouvoir bouger, comme s'il la tenait hypnotisée.

Savait-elle ce que cela signifiait, des hommes qui tuaient sans haine, simplement pour écarter des obstacles, des hommes pour qui les adversaires avaient cessé d'être des corps, des visages, n'étaient plus que des objets mous, si faciles à crever?

Lui, Leiburg, avait fait la guerre. Il savait cela.

S'il le disait à Joan, c'était, elle l'avait sûrement deviné, parce qu'il éprouvait pour elle de la sympathie, une certaine attirance, mais il était trop vieux pour se lever, l'enlacer, la protéger.

S'appuyant des deux mains sur les accoudoirs du fauteuil, il s'était légèrement soulevé comme s'il allait en effet se dresser et s'approcher d'elle. Elle avait été incapable de bouger, paralysée, et elle avait attendu, mais il s'était rassis en disant : « Trop vieux, Joan, trop vieux ! »

Il se contentait de l'avertir, de la mettre en garde.

Il avait donc fait la guerre, elle le savait. Dans le mauvais camp, celui des vaincus, pensait-elle, n'est-ce pas ? Mais en était-elle si sûre ? Qui avait été vaincu ? Ceux qui étaient morts, les *banditi* qu'on avait abattus dans les bois couvrant les pentes au-dessus de la Villa Bardi. Peut-être avait-elle vu, dans les clairières et les parcs de Bellagio, les stèles de granit ou de marbre rappelant leurs noms ? Mais des lettres gravées, ce n'est pas la vie. Lui était vivant, donc vainqueur. Et, autour de Morandi, il avait reconnu les mêmes guerriers froids que ceux qui, casqués, partaient jadis nettoyer les forêts.

Avait-elle vu Orlando ? Il était dans le hall, il attendait. Qu'imaginait-elle ? Que c'était un homme mû par la rancune ou le ressentiment ? Non, seulement un homme d'obéissance, un homme d'honneur. Un chien qui sautait à la gorge, d'instinct.

Leiburg avait porté la main à son cou.

– Je ne voudrais pas, avait-il dit. Pas vous, Joan.

Il avait toussoté comme s'il avait effectivement serré ses doigts autour de ce cou maigre à la peau flasque, et elle avait eu envie de crier, mais Leiburg avait tendu la main vers elle.

A la guerre, avait-il dit, il faut savoir reculer, lever les bras. Il avait été fait prisonnier, mais il était en vie, donc vainqueur. Et il s'engageait, si elle faisait *amende honorable* – il avait souri, souligné qu'il radotait, mais c'était un défaut de vieil écrivain qui aimait les mots, les répétait, les polissait, « *amende honorable* », elle appréciait l'expression, n'est-ce pas ? –, à obtenir un pardon généreux.

Morandi ne menait pas une guerre personnelle. Joan ne pouvait même pas concevoir les enjeux de cette guerre à laquelle il participait : des intérêts colossaux, une empoignade mondiale.

Leiburg avait respiré bruyamment, comme si le souffle lui avait manqué.

La guerre ne cessait jamais, Joan devait le comprendre, avait-il ajouté au bout de quelques secondes. Telle était l'histoire du monde. La guerre changeait seulement de forme, tantôt visible, tantôt invisible. Croyait-elle pouvoir l'arrêter? Il n'y a que dans les fables que les grains de sable enrayent les machines. Dans la vie, ils sont écrasés. Voulait-elle être un grain de sable?

Il avait à nouveau claqué sa main sur la cuisse.

– Écrasée, ou bien noyée? avait demandé Joan.

Leiburg avait secoué la tête, fermé à demi les yeux.

Elle ne se trompait pas, avait-il murmuré en se levant lentement. Au fond du lac, il y avait en effet une multitude de grains de sable.

42.

Roberto Cocci s'était assis sur la berge. En cette fin de matinée, l'eau était transparente et Cocci pouvait distinguer le fond du lac. Entre des zones sombres couvertes d'algues d'où surgissait parfois un banc de poissons noirs, se trouvaient des surfaces presque blanches où chaque grain de sable, suivant les variations de la lumière, brillait quelques instants avant de s'éteindre, englouti parce qu'un nuage passait, que l'eau devenait tout à coup opaque, aussi dense qu'un bloc de métal. Cocci s'apprêtait alors à se lever, à rejoindre la voiture qu'il avait laissée sur la route, au-delà des lauriers, mais le temps changeait vite. Un vent fort poussait les nuages vers le sud et les paillettes du fond reparaissaient.

Cocci ne bougeait plus, faisant glisser entre ses doigts le sable un peu humide de la berge, presque grain après grain.

Telle était aussi son enquête : fait après fait.

Peut-être, dans quelques jours, se rendrait-il dans cette Villa Bardi qu'il avait reconnue sur l'autre rive, à demi dissimulée derrière les arbres de son parc, dont la si longue façade, la terrasse d'angle, la situation exceptionnelle, dominant Bellagio comme un rocher au bout d'un promontoire, un bloc blanc et rose qui paraissait inaccessible, les routes et sentiers d'accès cachés par les buissons, les massifs, les bouquets de pins, empêchaient toute hésitation. C'était bien là la Villa Bardi. Peut-être Cocci pourrait-il lancer bientôt son mandat de perquisition. Mais il ne souhaitait pas se dévoiler prématurément. Il attendait d'avoir accumulé suffisamment d'indices et de preuves pour que Carlo Morandi soit acculé.

Il l'avait à peine rencontré, ses avocats formant devant lui comme un bouclier de leurs corps et de leurs amples gestes, le tissu noir de leurs robes, l'éclat de leurs voix, les dossiers qu'ils brandissaient créant une sorte d'écran sonore, mobile, derrière lequel Morandi s'était tenu, souriant, sarcastique, méprisant. En quittant le bureau de Cocci, Palazzo Ducale, sortant le dernier, comme s'il n'avait plus besoin d'être protégé, il avait lancé un « Bonne chance, monsieur le juge! Longue vie! » que Cocci avait entendu sans bouger, sans même redresser la tête, ne répondant pas au greffier qui s'indignait, prétendait qu'il y avait là un défi, une menace. « Longue vie, monsieur le juge, il a dit longue vie! » répétait celui-ci d'une voix aiguë.

« Allons, allons », avait bougonné Cocci, faisant comprendre d'un geste de la main qu'il n'attachait aucune importance à ce propos, puis il avait ajouté qu'il fallait cependant le noter, avec le jour, l'heure – après tout, on avait déjà essayé par deux fois de le tuer, n'est-ce pas? « Mais c'était dans le Sud, avait-il murmuré, et en quelques mois... »

Il n'avait pas poursuivi. Était-il sûr, comme il s'apprêtait à le dire, qu'en quelques mois l'Italie avait changé?

Tout le monde paraissait le croire et lui-même était souvent emporté par une fébrilité joyeuse qui le poussait à rester dans son bureau du Palazzo Ducale jusqu'au milieu de la nuit, parce qu'il fallait mettre à profit l'élan général pour crever les derniers abcès, porter le feu au plus profond, débrider, inciser, épurer.

Parfois, il avait l'impression d'être tout proche du but. Le procureur de Milan ou de Parme lui téléphonait. On tendait le filet. Mario Grassi avait appelé de Paris, envoyé l'article de Joan Finchett, rapporté ses confidences, cette visite que Franz Leiburg avait rendue à la journaliste au siège de *Continental*, montrant peut-être que l'entourage de Carlo Morandi commençait à s'affoler. Il n'était pas dans les usages de menacer aussi ouvertement les journalistes. On les ignorait ou on les tuait. Peut-être Morandi, malgré les apparences, commençait-il à avoir peur, ne sachant pas exactement quels chemins emprunterait Cocci? Cocci ne le savait pas lui-même. Il accumulait grain après grain.

Il avait interrogé Giorgio Balasso et en éprouvait encore un sentiment de répulsion, comme si cet homme qu'il avait connu à l'âge de vingt ans avait vomi sur lui.

Balasso avait extérieurement peu changé : des cheveux toujours noirs, mais peut-être teints, la tête un peu penchée en avant, si bien qu'il regardait de bas en haut et que cette attitude lui donnait une expression à la fois hypocrite et soumise. Lorsqu'il était étudiant, il citait Joachim de Flore, se présentait en apôtre de la morale chrétienne, égalitaire. Qui le croyait ? Cocci avait toujours été sceptique : trop d'austérité apparente, une vertu affichée comme un manifeste, une prudence de tacticien retors qui quittait les amphithéâtres au moment des votes difficiles et reparaissait après coup, rejoignant toujours la majorité, mais s'en tenant cependant assez éloigné pour pouvoir la quitter à temps.

Change-t-on jamais ?

Il était entré au service de Morandi, courtisan, rédacteur en chef d'*Il Futuro*, et s'apprêtait maintenant à le trahir.

Cocci se sentait encore imprégné par la nauséabonde odeur des aveux, et dénonciations des complices, moyens choisis non pour rejoindre le camp de la justice, mais celui du plus fort. Car, pour l'heure, Balasso devait penser qu'il valait mieux être du côté des juges que de celui de Morandi.

Il avait pourtant rusé, cherché d'abord à ne pas choisir, tenté de retrouver avec Cocci le ton des amitiés de faculté, le tutoyant, émaillant ses propos de souvenirs.

Cocci l'avait aussitôt interrompu. Monsieur Balasso devait répondre à des questions précises. Savait-il que Leiburg – vous connaissez, n'est-ce pas ? – s'était confié à l'étranger, présentant Morandi comme un *homme d'honneur* ? Balasso ne pouvait ignorer le sens de cette expression. Pouvait-il confirmer les propos de Leiburg, évoquer les rapport de Morandi avec l'organisation mafieuse ? Il devait savoir : il était au centre du dispositif, rédacteur en chef d'*Il Futuro*, ce n'était pas rien. N'avait-il pas accompagné Morandi à Paris, déjeuné en compagnie de MM. Hassner, Lavignat, Leiburg – Cocci feuilletait un dossier –, et aussi de Brigitte Georges et Joan Finchett, deux journalistes ? Quel était l'objet de cette rencontre ? Balasso connaissait-il l'article publié ensuite par Joan Finchett ?

Cocci avait poussé vers Balasso les photocopies de l'article intitulé *« Les inconnues du système Morandi »*.

A ce moment-là, c'était encore au début de l'interrogatoire, Balasso – cité « comme témoin, bien sûr, avait précisé Cocci, je ne vous inculpe pas, pas encore, cela dépend de vous » – avait paradé, parcourant l'article en haussant ostensiblement les épaules. En effet, il avait rencontré cette journaliste à Paris – une Américaine, avait-il ajouté avec une moue de mépris –, elle tenait à collaborer au *Futuro*. Il avait demandé à lire ses articles, n'est-ce pas, mais elle avait des prétentions folles : correspondante permanente à Paris, des honoraires réguliers, etc. Bref, il fallait lui faire un pont d'or, « trois ou quatre fois tes émoluments, Monsieur le Juge, si vous permettez ». Morandi avait refusé, prétendait Balasso, et le résultat c'était cet article en forme de chantage ! Il avait immédiatement compris quelle sorte de femme c'était, ambitieuse, avide, sans scrupules, une Américaine, un personnage de série télévisée. Effrayante ! Cocci n'allait pas considérer cet article comme une preuve recevable ? avait demandé Balasso. Parce qu'alors – il avait ri –, pauvres de nous !

Cocci avait repris l'article et l'avait lentement glissé dans le dossier. Balasso savait-il que Franz Leiburg et – il avait recherché une fiche – M. Orlando (vous connaissez ?) s'étaient à nouveau rendus à Paris ?

Balasso avait eu d'abord un mouvement de dénégation, secouant rapidement la tête, puis il s'était comme affaissé, regardant le greffier avec anxiété, et, au moment où il tournait à nouveau la tête vers Cocci, celui-ci avait eu la certitude qu'il allait s'effondrer – et ce sentiment lui donnait un plaisir dont il avait honte, mais qui l'envahissait. Il avait la bouche pleine d'une salive âcre. Il passa sa langue sur ses lèvres avant d'ajouter : « Voyons, Balasso, vous connaissez sûrement, Orlando, le régisseur de M. Morandi, son garde du corps, préposé aux basses besognes, non ? »

Orlando accompagnait donc Franz Leiburg – lui, naturellement, vous le connaissez : un écrivain estimé, un ancien nazi, n'est-ce pas ? – et ils avaient l'un et l'autre rendu visite à Joan Finchett. Leiburg avait proféré des menaces précises, des menaces de mort. Balasso n'était pas au courant, bien sûr ? Mais Mme Finchett avait consigné les propos de Franz Leiburg, déposé plainte auprès de la justice française. Et savez-vous...

Cocci s'était levé, était allé s'installer devant la fenêtre. Jour de brouillard, comme à l'habitude; le parc du Palazzo Ducale recouvert de vagues grises creusées de place en place par des lueurs jaunes. Puis il était revenu s'asseoir, avait saisi un dossier, l'avait agité quelques secondes sans parler, regardant Balasso se décomposer, commençant à éprouver du dégoût pour cet homme, cette si ancienne connaissance, ce visage familier qui allait craquer, se livrer, moucharder.

Même la trahison d'un adversaire est contagieuse, c'est comme la preuve que la fidélité, cette forme élémentaire de l'amour, peut être corrompue, détruite, et cela affecte aussi bien celui qui se soumet, qui livre ses amis, ses complices, que celui qui reçoit les aveux.

La vertu, la morale, pensait Cocci, constituent un bloc; quand il se fissure, tout le monde, coupables ou innocents, criminels ou juges, est atteint.

Les aveux que Balasso allait faire d'ici quelques minutes, ou quelques jours, et dont Cocci se félicitait déjà, n'étaient pas qu'une contribution à la justice, une soumission à ses lois, une reconnaissance de la nécessité de la vérité, ils exprimaient aussi – Cocci en était atteint, peut-être sa honte venait-elle de là – la défaite d'un individu, son reniement, le visage le plus veule que pouvait donner un homme abandonnant son camp, fût-ce celui du crime. Et il y avait dans cette désertion nécessaire, souhaitable, que Cocci avait préparée, une lâcheté qui atteignait tous les hommes.

Cocci avait baissé la tête. Il venait une nouvelle fois de découvrir cette dépendance entre les hommes qu'il avait si souvent ressentie, même quand il s'était trouvé devant des monstres, ces tueurs sans scrupules, ces fous qui attentaient à la vie des enfants : ces êtres-là, qui étaient son contraire, faisaient pourtant aussi partie de lui, de son espèce. Peut-être voulait-on les tuer si vite, pour se donner l'illusion qu'on pouvait ainsi faire disparaître la preuve que l'homme était capable d'une telle cruauté, qu'il était aussi le mal, qu'il y avait peut-être en lui une part de Dieu, mais sûrement la part du Diable!

Savez-vous, Balasso, avait repris Cocci, que Joan Finchett accuse Morandi d'avoir assassiné une jeune Française – Cocci avait ouvert le dossier, gardé longuement la tête baissée, écoutant la respiration de son interlocuteur, soudain plus courte, haletante, qu'il essayait en vain de contrôler –, Ariane Duguet, dit-elle, dont on a retrouvé dans le lac, il y a quelques mois, le corps, vers Dongo. Balasso se souvenait-il? Le supplément illustré d'*Il Futuro* avait publié la photo de la jeune femme en couverture. Le journal avait même consacré un article, pas très long, mais précis, aux circonstances de la découverte du corps, sans faire mention, bien sûr, d'une photo, publiée auparavant, des défilés de mode auxquels la jeune femme avait participé pour la *Morandi Company*. Pouvait-il fournir des précisions?

– Mais je ne sais rien! s'était exclamé Balasso.

Cocci avait ôté ses lunettes comme pour ne pas voir ce visage d'homme qui grimaçait, ce corps qui, tout en demeurant immobile, les mains agrippées aux accoudoirs du fauteuil, donnait l'impression de se débattre, cherchant à fuir, à arracher les liens dont il devinait qu'on l'entravait peu à peu.

Tout en gardant les yeux clos, le bout des doigt pressant ses paupières, Cocci avait dit d'une voix égale que Balasso, comme rédacteur en chef, avait sûrement dû décider de la couverture du magazine et avait donc incontestablement vu cette photo, choisi Ariane Duguet, ce dimanche-là. Non?

Tâtonnant, faisant glisser ses doigts sur les papiers, Cocci avait saisi le magazine qui se trouvait dans le dossier, l'avait tendu à Balasso qui ne s'en était pas emparé, répétant qu'il ne savait rien, qu'il n'était pas responsable des éditions dominicales, seulement du quotidien. Cocci avait remis ses lunettes, montrant de loin la couverture du magazine à Balasso.

Belle, n'est-ce pas? Comment l'oublier? Certains témoins prétendent l'avoir vue à la Villa Bardi. Mais tant de jeunes femmes y ont séjourné, les souvenirs ne sont pas sûrs, jamais : une jeune femme en vaut une autre, n'est-ce pas?

Balasso avait approuvé, s'était détendu, écartant les mains en signe d'impuissance et de bonne volonté. Peut-être avait-il imaginé qu'entre Cocci et lui pouvait se rétablir une complicité ancienne, ou bien celle de deux hommes qui savent ce que sont les jeunes femmes d'aujourd'hui? Et il avait précisé qu'en effet, elles s'étaient toutes précipitées à la Villa Bardi comme des mouches sur le sucre. Mais elles savaient bien que lui, Balasso, ne détenait pas le pouvoir. Les femmes, c'était l'affaire de Leiburg, de Morandi. Le juge comprenait-il?

Tout à coup, Cocci avait frappé du poing sur le bureau et c'était si inattendu que Balasso avait regardé autour de lui comme pour chercher qui avait provoqué ce geste. Mais c'était à lui que Cocci demandait d'une voix cassante s'il voulait, oui ou non, collaborer avec la justice. Il s'agissait d'un meurtre. Un assassinat, Balasso, un assassinat!

Balasso avait baissé la tête. Il ne refusait rien, rien. Il le jurait!

« Pauvres hommes », avait pensé Cocci.

43.

APRÈS, Giorgio Balasso avait parlé.

Tout le temps qu'avait duré sa confession, il s'était tenu penché en avant, jambes écartées, les avant-bras posés sur ses cuisses, ses cheveux noirs tombant devant son visage; il n'avait pas cherché à les repousser, si bien que Cocci, assis en face de lui, ne voyait plus que sa nuque ployée, sans jamais apercevoir les yeux.

Cocci avait posé quelques questions, mais il avait surtout laissé Balasso parler, s'interrompre, reprendre : « C'est tout ce que je sais, vraiment tout, que voulez-vous que je dise de plus, je ne sais rien d'autre, je ne pouvais rien empêcher, moi, j'étais le rédacteur en chef, pas le banquier, je faisais mon métier, mais que voulez vous que j'ajoute, qu'est-ce que tu veux, Cocci, dis-le-moi, si je peux, je t'aiderai, tu me connais... »

Il suffisait à Cocci de se taire, bras croisés, essayant de ne pas se laisser prendre par un sentiment de pitié et de honte. Cet homme qui s'humiliait, l'humiliait aussi.

Cocci n'avait pas à attendre longtemps. Balasso ne supportait pas le silence. Chaque fois, il préférait se remettre à parler, faisant surgir de nouveaux noms, des faits inattendus qu'il livrait entre deux hoquets – « Vraiment, Cocci, je ne sais plus rien, j'ai beau chercher, je te jure... »

Cela avait duré des heures; le greffier avait rempli, à la main, plus d'une soixantaine de feuillets; il ne s'était arrêté qu'au moment où, d'un geste, Cocci lui avait fait signe de s'interrompre, disant à Balasso: « Tu vas signer, maintenant. »

Balasso s'était alors redressé, les cheveux toujours en désordre, balbutiant « Où, où ? » Le greffier s'était précipité, tendant un stylo, faisant défiler les feuillets afin que Balasso les paraphât un à un.

– Tu vois, avait dit Balasso en se tournant vers Cocci (mais il restait à demi plié, comme un homme qui a mal), j'ai fait ce que tu voulais, tu es content, tu es satisfait ! Tu sais ce que c'est ? Moi, j'étais aux ordres de Morandi, je ne prenais aucune décision, j'obéissais, tu comprends, Cocci ?

Cocci avait ôté ses lunettes et le greffier avait ouvert la porte.

Après, Cocci était resté seul.

Prenant son temps, frottant ses mains l'une contre l'autre, se levant parfois pour aller jusqu'à la fenêtre – la nuit était tombée, le brouillard plus dense encore –, il s'était imaginé ce que les avocats de Morandi opposeraient aux aveux de Balasso. Où sont les preuves, Monsieur le Juge ? Dans un pays de droit, on ne peut bâtir une accusation sur des aveux obtenus peut-être sous la pression, hors la présence d'un avocat. Les journaux – Cocci pouvait les utiliser – publieraient les passages les plus compromettants du dossier. Cela ferait, durant deux ou trois jours, les titres de *La Repubblica*, de la *Stampa*, ou du *Corriere*, mais Balasso reviendrait sur sa confession. Il aurait cette fois les cheveux tirés en arrière, un air de défi afin de dissimuler sa peur. Il serait accompagné de trois avocats qui, lorsqu'il voudrait parler, le lui interdiraient d'un geste : « Notre client... », commenceraient-ils. Et Balasso se rengorgerait, le menton levé. De quoi l'aurait-on menacé s'il maintenait ses déclarations ?

Cocci ne s'indignait même pas de ce qu'il prévoyait. Morandi, un instant ébranlé, inquiété, peut-être même emprisonné quelques heures, donnerait une conférence de presse, sans doute Villa Bardi. Osait-on l'accuser, dirait-il, de faire prospérer l'économie de la région ? Qui d'autre, de Parme à Côme, avait comme lui créé des emplois ? Si les directeurs de ses sociétés – pas lui personnellement, mais il était leur chef, il en acceptait la responsabilité – avaient versé de l'argent aux partis politiques, croyait-on que c'était par plaisir ? C'était ainsi, seulement ainsi qu'il avait pu développer ses activités.

La pourriture du système, il avait dû, comme chaque Italien, s'y adapter. Maintenant, puisqu'on le compromettait jusqu'à le faire emprisonner – mais il n'avait pas honte d'avoir connu les prisons de Parme ! son ami Leiburg, le grand écrivain européen, lui avait rappelé les noms de Silvio Pellico et de Fabrizio del Dongo, il était fier d'avoir partagé la condition de ces héros de l'histoire et de la littérature –, eh bien, il allait en faire, de la politique, il en avait les moyens ! Il était indigné. Il était un Lombard en colère. Gare à ceux qui allaient s'en prendre à lui ! Qu'on se rapporte à l'histoire des Bardi. Ce n'était pas sans raison qu'on l'avait appelé le *Condottiere.*

Cocci était resté longtemps devant la fenêtre. Il lui avait semblé que l'affaire Morandi était déjà close alors même qu'il n'avait pas encore perquisitionné Villa Bardi, qu'il n'avait pas encore utilisé les aveux de Balasso, ceux, peut-être, qu'il obtiendrait de Fabrizio Valdi. Mais il le pressentait : c'était joué. On ne pourrait obtenir de la banque Balli, à Lugano, communication des comptes secrets, ou il y aurait alors un tel foisonnement de pistes qu'on s'y perdrait : l'argent, les prêts, les transferts de capitaux, le jeu sur les taux de change, les sociétés domiciliées à Grenade ou à Monaco, un tel labyrinthe, avec des cloisons étanches qu'il faudrait forcer, si bien qu'au bout du compte on ne réussirait qu'à frapper quelques petites sociétés sans jamais atteindre le cœur du système.

Mais ce cœur existait-il ? Morandi lui-même n'était-il pas qu'un paravent commode, avec ses activités multiples – archéologie, mode, presse, télévision, tout ce théâtre social qu'il animait –, pour masquer d'autres scènes où se jouaient les parties décisives ? Mais lesquelles ? Leiburg, Joan Finchett l'avait noté dans sa déposition, avait parlé d'empoignade mondiale, d'enjeux immenses. Peut-être Morandi n'était-il lui aussi qu'un simple rouage, une cellule parmi d'autres de ce corps immense, palpitant, celui du crime, du mal, de la violence, de la gangrène qui enlaçait l'humanité entière, l'enserrait de plus en plus fort, la contaminant, la corrompant. Un corps visqueux, insaisissable, sans tête, non pas une pieuvre, comme on disait de la Mafia, mais une sorte de méduse gélatineuse, que l'on touchait ou traversait sans d'abord s'en apercevoir – peut-être Balasso avait-il été dans ce cas – pour constater après coup que sa peau était couverte de pustules, ses yeux atteints, que l'infection gagnait? On cherchait cet animal qui se confondait avec l'eau, aussi transparent qu'elle, huileux, flasque; mais chaque cellule qui le composait était une tête et l'on pouvait ainsi le décapiter sans jamais atteindre un centre qui n'existait pas, qui était présent partout, peut-être même en chacun de nous.

Cocci avait été saisi par un sentiment d'impuissance. Il connaissait la fin de la partie et cependant il devait la jouer. Il se souvenait de ces discussions auxquelles Mario Grassi avait participé, dans les caves de la faculté des lettres de Bologne, quand certains étudiants, peut-être les plus exigeants ou les plus fous, expliquaient qu'on ne pouvait faire régner la justice qu'en extirpant de la société, en tuant – ils osaient employer le mot – ceux qui la pourrissaient.

Dès ce temps-là, Cocci avait pensé qu'ils s'illusionnaient. Il avait eu l'intuition qu'on ne saurait se débarrasser du mal en liquidant des hommes. Ils sont trop nombreux! avait-il dit un soir à Mario Grassi. Et ils avaient tous deux quitté ce groupe dont ils connaissaient chaque membre, identifiant parfois les visages de leurs camarades quand les journaux annonçaient la mort ou l'arrestation d'un terroriste. A présent, certains d'entre eux s'étaient « repentis ». Et la méduse proliférait. Et il fallait combattre Morandi. Et cela ne servirait à rien. Il fallait le vaincre, mais ce ne serait qu'un épisode d'une suite sans fin.

Pourtant, Cocci devait, voulait l'emporter. Sinon, quoi? Être comme Balasso, la nuque ployée? Vomir, trahir?

Cocci avait traversé la cour pavée du Palazzo Ducale et, comme d'habitude, au moment où il se présentait sous la poterne, le carabinier sortit du poste de garde et lui proposa une lampe, mais Cocci refusa et s'éloigna, laissant derrière lui cette lueur jaune qui se diluait, ne formant bientôt plus qu'un halo indistinct.

Après avoir marché quelques minutes dans le parc, Cocci se retourna. Chaque soir, la disparition du Palazzo Ducale l'étonnait. L'immense façade rose n'était plus qu'une imprécise région du brouillard, ponctuée çà et là de taches plus claires, et il lui semblait que la coque d'un grand paquebot allait surgir de la nuit.

Mais aucun navire ne s'avançait. Cette illusion, ce désir, cette attente n'étaient qu'un souvenir de son adolescence, une image qui l'avait hanté : le dernier film qu'il avait vu avec son père.

Cocci se mettait à marcher lentement, prudemment.

Il ne distinguait ni les arbres, ni les allées, et, au bout de quelques minutes, il ne disposait plus d'aucun repère, avançant sans savoir où il allait, sans laisser de traces, le brouillard se refermant sur lui.

Cependant, chaque soir, Cocci s'obstinait, persuadé qu'il n'allait plus se perdre. Il comptait ses pas, tournait à droite, puis à gauche, croyant reproduire le tracé de la veille qui l'avait conduit jusqu'au pont permettant d'accéder au centre ville. Et, tout à coup, il butait sur un muret délimitant une vaste pièce d'eau qu'on appelait le *laghetto.*

Une nuit, après un coup de vent inattendu, une bourrasque glacée, le brouillard s'était déchiré et, l'espace de quelques minutes – après, le vent avait cessé et le brouillard était revenu –, Cocci avait découvert ce *laghetto* qui n'était qu'un marécage où des poissons noirs déchiquetaient dans les remous, des ordures, parfois le corps d'un animal mort, rat ou oiseau. Ce soir-là, Cocci avait même vu un chat blanc qui allait à la dérive, le ventre gonflé.

Le jour de l'interrogatoire de Balasso, il n'y avait pas eu de coup de vent.

Mais, traversant le parc, Cocci avait décidé qu'il se rendrait à Dongo, qu'il verrait le lac, l'homme qui avait retrouvé le corps d'Ariane Duguet.

[illegible]

Ce n'est qu'en [illegible] le [illegible] continuait-il. Il ne distinguait [illegible] ni les allées [illegible] de quelques [illegible] sans savoir [illegible] se [illegible]

[illegible] de la [illegible]

[illegible]

[illegible]

Il [illegible] n'y avait pas eu de [illegible]

[illegible]

44.

L'HOMME avait écarté les branches des massifs de lauriers-roses et, tendant le bras, avait montré à Cocci un monticule de terre, à quelques mètres à peine de la berge. Cocci s'était avancé, l'homme restant derrière lui, la cigarette cachée dans la paume de sa main gauche, les doigts repliés, et quand le juge, parvenu au pied du monticule, s'était retourné, il avait été frappé par l'expression de l'homme : sa peau ridée, tannée, striée de ridules, était tendue par une grimace; avec son menton en avant, sa bouche à demi ouverte, on aurait dit un chien s'apprêtant à mordre ou à hurler. Son visage montrait tant de haine en même temps que de mépris que Cocci pensa un instant que l'autre allait bondir sur lui, le tuer, le précipiter dans le lac.

Puis, Cocci continuant à le regarder, l'homme avait baissé la tête et quand il l'avait relevée, il était à nouveau ce vieil homme indifférent que le juge avait rencontré dans le hangar de Dongo où il habitait entre des coques d'embarcations, dans une sorte de réduit qu'il s'était aménagé avec des rames, des mâts, des voiles à la toile rapiécée, brûlée par le soleil.

C'est à peine s'il avait répondu aux questions de Cocci. Oui, il s'appelait Angelo Trovato, ça oui, il pouvait le dire, parce qu'on l'avait trouvé, enfant, au bord d'un chemin, au-dessus de Dongo. Et il n'en savait pas plus sur sa famille. Rien d'autre.

Cocci s'était assis sur une caisse, face à ce lit de camp sur lequel l'homme se tenait, les bras croisés, le menton sur la poitrine.

Je suis seul, avait déclaré Cocci. Ce n'est pas vraiment, pas encore une enquête. Vous n'êtes qu'un témoin. Vous me parlez d'homme à homme. Cette jeune femme que vous avez sortie de l'eau, vous vous en souvenez?

L'homme avait regardé Cocci avec des yeux inexpressifs. Il n'avait pas paru étonné, mais n'avait rien dit. Et Cocci avait dû poursuivre.

Est-ce que le matin, avec sa drague, l'homme avait drainé au hasard ou bien – comprenait-il le sens de la question? – avait-il su que c'était là qu'il fallait chercher? Parce que, qui sait, dans la nuit, peut-être avait-il vu... On racontait à Dongo que l'homme se promenait souvent la nuit, même les jours d'averse, le long des berges, marchant seul. Cette nuit-là, peut-être l'homme avait-il aperçu une voiture, peut-être n'avait-il pas voulu confier ce détail aux carabiniers? Mais lui, Cocci, était juge d'instruction à Parme...

Le visage de l'homme ayant tressailli, il avait répété son nom : Roberto Cocci, juge d'instruction.

– Vous vous occupez de Morandi, avait lâché Trovato.

Pour Cocci, ç'avait été comme un éclat de lumière dans la nuit. Il avait parlé plus vite en se penchant vers l'homme. Il avait inculpé Carlo Morandi de corruption, avait-il expliqué. On allait peut-être l'arrêter. Vous entendez, le mettre en prison. Morandi, vous savez qui c'est? Vous voyez, les choses changent. A la fin, la vérité, c'est comme le soleil, ça apparaît, ça perce les nuages, ça éclaire tout. Qu'est-ce que vous en pensez?

Mais l'homme avait repris son expression indifférente. Il avait allumé une cigarette et, au bout d'un long silence, il avait dit d'un air de défi, comme pour montrer à Cocci qu'il ne s'intéressait pas à cette affaire, à cette jeune femme : « Moi, quand ils m'ont trouvé, j'avais un oiseau mort serré dans mon poing, comme ça. »

Il avait montré sa main gauche qui tenait la cigarette cachée à l'abri de ses doigts repliés, et Cocci avait eu le sentiment que cet homme était retors, déterminé, qu'il n'avait rien de ce pauvre bougre que le lieutenant des carabiniers lui avait décrit.

Homme de tous les métiers, il avait acquis peu à peu, avec sa drague, une sorte d'indépendance. On le louait, lui et l'engin. Parfois, il allait effectuer des drainages sur l'autre rive. On l'avait vu sur les chantiers de fouilles de Morandi, là où on avait exhumé, à quelques mètres de la berge, des vestiges romains, des statues. Mais, le plus souvent, il était employé par la municipalité de Dongo pour déblayer les pentes après la pluie, remettre les berges en état.

C'est comme cela qu'un matin, il avait sorti de l'eau cette pauvre Française. Le père était venu. On l'avait enterrée à Dongo; il avait décidé ça, le père. Morte ici, on ne savait pourquoi ni par quel chemin elle était arrivée là, et voici qu'elle allait rester dans notre terre. Ça faisait réfléchir, la vie, non?

Quand l'homme, placidement, avait porté la cigarette à sa bouche tout en le fixant – et, pour la première fois, il y avait de la violence dans son regard –, Cocci s'était emporté.

Il fallait que l'homme lui montre tout de suite les lieux, avait-il exigé.

L'homme n'avait d'abord pas bougé, puis, tout en se levant, enfilant une veste de toile imperméable, il avait marmonné que lui-même avait toujours obéi aux lois, et que les juges, c'était la loi. Alors il allait le conduire, puisqu'ainsi le voulait le juge.

Ils avaient traversé le hangar et l'homme, tout à coup, s'était montré plus loquace.

C'est là qu'on l'avait mise en attendant de l'enterrer. Ce hangar, c'était un peu la morgue, à Dongo, pour les noyés. Si lui-même dormait là, c'est que sa propre vie, c'était déjà comme la mort, non?

Il y avait des vies, comme ça, qui pouvaient pas être pires. D'autres – on comprend pas pourquoi : qui choisit? – filent comme des bateaux, à pleines voiles. Mais ils coulent aussi. Et puis d'autres, on les tue.

Il avait dit au père de la jeune morte que, quand on meurt à cet âge-là, c'est qu'on vous a tué ou qu'on vous a laissé mourir.

Qu'est-ce que vous en pensez, monsieur le juge, vous qui en voyez, des choses, des gens, les pires, non?

Cocci n'avait guère aimé ce monologue, ces questions, cette attitude devenue complice, et il avait le sentiment désagréable d'être celui qu'on traque, qu'on pousse dans une nasse, qu'on leurre avec des mots.

– La voilà, avait dit l'homme en montrant sur l'un des quais la drague dont le bras d'acier, redressé presque à la verticale, brillait, le temps étant au beau. Au-dessus des montagnes de Bellagio, sur l'autre rive, passaient des chapelets de petits nuages d'un blanc lumineux. Le vent – une brise, plutôt – frisait la surface du lac et, quand Cocci et l'homme s'engagèrent sur le sentier longeant la berge, au-delà de Dongo, Cocci reconnut le parfum douceâtre des lauriers-roses.

Brusquement, Angelo Trovato s'était tu. Il avançait tête baissée, le dos voûté, ses bras tombant le long du corps. Quand il s'immobilisa, écartant les branches d'un massif de lauriers, tendant le bras vers le monticule de terre, Cocci sut que l'homme n'irait pas plus loin. Mais il ne s'attendait pas à cette haine, à cette violence, à ce mépris que, l'espace d'un instant, croyant ne pas être vu, Trovato avait exprimés.

Cocci l'avait rejoint et saisi par la manche. Leurs visages étaient si proches que le juge sentit l'haleine forte, chargée de tabac, de l'homme.

Pourquoi cet endroit ? avait-il demandé. Pourquoi pas un autre ? Pourquoi si loin de Dongo ? Des éboulements, il y en avait eu de nombreux, cette nuit-là. Le lieutenant de carabiniers l'avait assuré.

Vous saviez que c'était ici, vous aviez vu. C'est pour cela que vous êtes venu ici, avait répété Cocci.

La vérité, c'était comme le soleil, Trovato devait s'en souvenir ; si ce n'était pas lui qui la révélait, d'autres le feraient, et alors Trovato serait coupable, jeté en prison pour faux témoignage.

Il était déjà en prison, avait bougonné Trovato.

Cocci n'avait pas lâché la manche de sa veste, au contraire, il l'agrippait avec le désir de secouer cet homme, avec la certitude désespérante qu'il s'irritait en vain.

Levant les yeux, il avait aperçu au sud, sur l'autre rive, dans une zone sombre – une cohorte de nuages masquait pour quelques instants le soleil –, la tache blanche de la Villa Bardi comme un bloc aux arêtes acérées crevant les mamelons verts des arbres et des massifs.

Il n'avait pas réfléchi à ce qu'il allait dire, mais il avait posé son autre main sur l'épaule de Trovato et avait chuchoté, visage contre visage :

– Imaginons que vous ayez vu Carlo Morandi cette nuit-là, que vous l'ayez reconnu. Il est accompagné d'Orlando, son régisseur. Vous l'avez déjà rencontré?

L'homme avait montré ses dents noires, ébréchées.

Donc, vous les connaissez tous deux. Vous êtes là par hasard. Leur voiture est arrêtée sur le bord de la route. Vous les voyez jeter le corps, ou jeter quelque chose. Vous revenez le lendemain matin. Vous draguez. Vous sortez la jeune Française. Vous ne dites rien, parce que vous avez peur. Morandi est puissant. Puis vous apprenez qu'un juge, à Parme, l'a inculpé. Vous aussi, vous voulez avoir les mains propres. Vous voulez faire briller le soleil de la vérité! Et vous témoignez sous la foi du serment, devant moi, aujourd'hui, dans le bureau du lieutenant de carabiniers. Vous dites ça, seulement ça. Ça me suffit. Ils ne s'en sortiront pas. On les tient, croyez-moi : un meurtre, c'est autre chose qu'une affaire de corruption, d'argent sale. Vous comprenez? Morandi, c'est votre ennemi, non?

Brutalement, Trovato s'était dégagé par un mouvement du bras et des épaules, reculant d'un pas. Son visage exprimait toujours de la colère et du mépris, mais aussi de l'anxiété et de l'hésitation. Cela se devinait à son regard, à la manière dont il semblait épier les alentours comme s'il avait craint d'être observé.

Il s'était remis à parler d'une voix sourde. Il n'avait rien vu. Il avait commencé à draguer là parce qu'il fallait bien commencer quelque part. Ç'aurait pu être ailleurs; ç'a été ici. Il avait déjà tout expliqué aux carabiniers. Il ne savait rien de plus. Rien.

Cocci l'avait à nouveau saisi aux épaules, secoué. Ils avaient l'occasion, à eux deux, d'en finir avec Morandi, avec la pourriture qu'il représentait. Le témoignage de Trovato permettait de tout expliquer, c'était la clé. Comprenait-il?

– Et moi? avait demandé Trovato d'une voix si basse que Cocci avait deviné la question plus qu'il ne l'avait entendue.

Il avait étreint les épaules de Trovato. Lui? Mais les carabiniers le protégeraient. Cocci s'engageait à lui obtenir un emploi, un logement. Il le pouvait sans difficulté, à Milan ou à Parme, au gré de Trovato.

L'autre avait levé la tête.

– Et moi? avait-il répété.

Cocci, d'une voix qu'il sentait déjà moins assurée, avait répondu que, comme témoin, Trovato serait placé sous la protection de la justice.

– C'est ça, avait murmuré Trovato, et, en se tournant, il s'était éloigné de Cocci, puis il avait écarté les branches de lauriers, et le monticule de terre était ainsi apparu à quelques mètres, par un effet de perspective, comme une verrue herbeuse flottant au-dessus de l'eau. Au loin, dans le même axe, Bellagio, la Villa Bardi en pleine lumière, le soleil à nouveau revenu.

Il avait eu du mal, avait repris Trovato, à la faire glisser de la drague sur la terre. C'était comme si elle s'accrochait. Par des marches en arrière puis en avant, il avait dû imprimer au bras de la drague de petites secousses, et, à la fin, le plus doucement qu'il avait pu, il l'avait déposée là. C'était comme une vraie statue avec ses cheveux longs, son visage gonflé, sa peau toute tachée, comme mordillée. Quelques jours de plus et on n'aurait plus rien retrouvé. C'est comme ça, le lac : ça dévore. Ils sont voraces, les poissons des berges, ces noirs qu'il ne faut jamais pêcher.

Après, il y avait eu le père. Le Français, ce fou, avait voulu savoir, et lui, Angelo Trovato, lui avait montré le lieu – tout en parlant, il tendait le bras en direction du monticule –, il lui avait décrit le corps. Le père voulait savoir? Comme s'il y avait quelque chose à dire, quand les gens sont morts. C'était sa fille, son enfant. A cet âge-là, il fallait bien le répéter, quand on meurt, c'est toujours quelqu'un qui vous a tué ou qui vous a laissé mourir. Mais est-ce que c'était sa faute, à ce pauvre père? Il marchait dans Dongo sous la pluie comme un homme qui ne comprend plus rien à rien. Il l'avait fait enterrer ici, alors qu'il aurait dû la ramener chez lui, car les morts aussi ont le droit de vivre dans leur pays, dans leur maison, là où on les aime, où on les connaît. Mais peut-être que personne ne tenait plus à elle? Peut-être qu'elle n'avait plus de raison, de pays? Elle était perdue. Alors, autant qu'elle soit couchée là où elle était morte.

Moi, je dors à la morgue, c'est pareil. On peut me jeter n'importe où, même dans le lac!

Est-ce que le juge savait que la propre mère de Carlo Morandi avait été tuée dans le lac, en 45 ? Qu'elle avait disparu, là, et qu'on n'avait retrouvé que son manteau de fourrure ? Ça, les poissons, même les plus gros, n'en avaient pas voulu.

Je l'ai dit au père et je vous le redis, monsieur le juge : la vie, elle trahit toujours, on ne peut protéger personne. Alors moi, moi, Angelo Trovato, vous me racontez qu'on va me protéger ? Vous me prenez pour quoi ? Pour un oiseau mort, monsieur le juge ?

Ils avaient déambulé côte à côte entre les massifs de lauriers. Tout était paisible autour d'eux. Puis ils s'étaient dirigés vers l'entrée du hangar.

Sans oser regarder Trovato, Cocci avait dit qu'il allait passer la nuit à Dongo, à l'Hôtel Stendhal.

Le père de la pauvre fille avait lui aussi résidé là plusieurs jours, avait murmuré Trovato. Mais le juge avait de la chance : il faisait doux, une sorte de printemps. Comme des petites vacances pour lui, non ?

– Si vous témoignez..., avait repris Cocci.

Pour la seconde fois, Trovato avait dévisagé Cocci et l'avait longuement soupesé du regard.

C'était donc ça, un juge ? avait demandé Trovato. Un juge devait pourtant bien savoir ou imaginer, lui qui en voyait des choses, des gens, qu'un homme comme Morandi n'allait pas, par une nuit d'averse, jeter lui-même, de ses propres mains – Trovato avait exhibé ses paumes, doigts écartés –, une fille, même s'il l'avait tuée, dans le lac. Ça a toujours les mains propres, les gens comme Morandi. Ils font pas les choses eux-mêmes, jamais !

– Vous voulez quoi, que j'invente ? C'est ça, le soleil de la vérité ? C'est comme ça qu'il éclaire ? En sortant de la boue, du mensonge ?

Il avait tourné le dos à Cocci et disparu dans le hangar où, il y avait déjà longtemps, sur des chevalets semblables à ceux qui supportent les barques, on avait posé le cercueil d'Ariane Duguet.

[illegible] Qu'elle [illegible]

[illegible]

[illegible] vous été prévenez pour quoi. Pour un crédit, [illegible] la liste.

Ils avaient [illegible] que [illegible] de Bi[illegible] [illegible] vers l'entrée du salon.

[illegible]

[illegible] Si vous [illegible] encore [illegible] Cook.

Pour la seconde fois, Trévor [illegible] longuement [illegible].

[illegible] un homme comme [illegible] jamais.

Vous voulez [illegible] C'est [illegible]

Il avait [illegible]

45.

C'ÉTAIT venu tout à coup alors que Cocci se trouvait au bout de la digue qui ferme au nord le port de Dongo. Ça l'avait courbé comme peut le faire une brusque rafale de vent. Il en souffle parfois d'inattendues sur le lac, d'autant plus violentes, creusant la surface de l'eau de vagues courtes, rageuses, ployant presque jusqu'à terre les massifs de lauriers-roses, couchant les mâts des voiliers; dans le port, les coques s'entrechoquent, les drisses crient. D'où vient la bourrasque, de quelles vallées? Quelles masses d'air, le long des pentes, au fond des gorges, se sont brutalement rencontrées puis mêlées, laissant fuser ce souffle froid qui soulève des tourbillons, balaie le lac du nord au sud, de Dongo à Bellagio, pour cesser brusquement, la surface parfois agitée encore pour plusieurs heures, les coques dans le port continuant de se heurter?

Et Cocci avait tout à coup ressenti l'envie de mourir, la tentation de se laisser tomber, là, dans cette eau opaque où il devinait des formes plus noires, souvent posées sur le sable, qui brusquement venaient à disparaître parmi les algues dans une succession de remous. Mourir : et il avait fait un pas en se penchant au-dessus de l'eau. Qu'est-ce qui le rattachait au monde? Aucune femme, aucun enfant.

Dans le salon de l'Hôtel Stendhal – la demi-obscurité de cette grande salle vide en faisait un immense confessionnal avec ses tentures tirées –, tandis que la propriétaire, Mme Antonini, dont on percevait les chuchotements, passait et repassait dans le couloir, jetant un coup d'œil, il avait écouté le docteur Ferrucci lui parler du désespoir de Jean-Luc Duguet, le père de la Française morte.

Qui ne se révolte contre la mort de son enfant? avait-il dit. Même le croyant a d'abord un mouvement de rébellion, vous comprenez, monsieur le juge? Et cependant, avait poursuivi le docteur Ferrucci, il arrive que la mort – il pouvait le dire, lui qui accompagnait les malades jusqu'aux portes de la vie – soit une délivrance.

Le juge avait-il remarqué qu'on employait le mot *délivrance* pour dire aussi bien la mort et la naissance, l'enfant qu'on délivre du ventre maternel, la mère qu'on ouvre et allège de la vie qu'elle porte, et le mourant que la mort délivre et qui s'en retourne dans le ventre de la terre?

Cocci s'était un peu déplacé, tournant la tête pour mieux voir le visage du docteur, ce liseré qui cernait ses traits, sa fine barbe taillée en pointe, ces sourcils comme une barre noire fermant le front bosselé et paraissant rejoindre les tempes rasées, brillantes. Cocci avait envié cette exaltation, cette foi, cette confiance dans un monde qui se ferme comme un cercle : naissance, mort, renaissance. Lui, qu'avait-il comme certitudes? Au nom de quoi, de quel ordre supérieur aux hommes faisait-il la chasse à certains alors que tant d'autres égorgeaient sans risques?

Peut-être sa vocation de magistrat était-elle née lorsqu'il avait vu, au ciné-club de la faculté, ce film si poignant, *Le Voleur de bicyclette*, et qu'il lui avait semblé tout à coup qu'il fallait que des hommes se tiennent sur la frontière, impartiaux, incorruptibles, incarnations d'une mystique de la justice, voués à défendre l'idée du Bien.

Peut-être était-ce la première fois, tandis que le docteur Ferrucci continuait de parler, que Cocci en venait à s'interroger vraiment sur ce qu'il faisait. Sans doute parce que, dans l'allée bordée de lauriers, il avait secoué l'homme à la drague pour le convaincre de témoigner contre Morandi, et que rien n'avait plus compté pour Cocci, durant quelques minutes, que cela : obtenir, quels que soient les faits, une déclaration d'Angelo Trovato, sa signature au bas d'une déposition, et alors Cocci se serait précipité dans les bureaux du procureur, au troisième étage du Palazzo Ducale de Parme, et sans doute aurait-il alors inculpé Morandi de meurtre, l'aurait-il arrêté.

Ça, un juge? avait dit Trovato. Ça, un homme qui se tenait sur la frontière pour indiquer qu'ici commençait le règne du droit?

Cocci s'était conduit à l'instar de tous les autres : la fin justifie les moyens. Il n'avait été qu'un homme en guerre, ayant choisi son ennemi, Morandi, prêt à tout pour le vaincre. Mais en quoi était-il alors différent de lui ? Quels principes absolus servait-il ? Que valait sa bataille si elle n'était qu'un épisode parmi d'autres d'un conflit entre les hommes où les coupables d'hier deviennent juges, et vice versa ? A quoi pouvait-il s'arrimer s'il n'y avait d'autres fins que de terrasser à n'importe quel prix son ennemi ? Si c'était cela, tout se valait. Plus de principes. Plus de Bien et de Mal. Était seulement vainqueur, seulement justicier, celui qui posséderait la meilleure arme.

Il avait considéré qu'un témoignage arraché à Angelo Trovato était l'arme qui percerait toutes les défenses adverses. Qu'importait alors que Morandi eût bien été surpris par Trovato, la nuit, charriant le corps de la jeune Française de sa voiture à la berge ? Qu'importait même la mort d'Ariane Duguet ? Cocci avait-il jamais pensé à elle ? Ce qui comptait, c'était de ferrer Morandi, de le laisser crever, et, s'il le fallait, de l'achever d'un coup de rame.

– Je dois vous dire maintenant..., avait repris le docteur Ferrucci.

Cocci avait sursauté.

Qui était-il, celui-là, mains jointes, tête baissée, qui murmurait qu'en effet, comme le père de la jeune femme l'avait pressenti, il l'avait vue vivante, quelques jours auparavant, avant qu'on ne la retrouve morte. Mais, ajouta-t-il d'une voix rapide, il l'avait déclaré aux carabiniers, et, tous ensemble, ils avaient décidé de se taire pour ne point accabler ce père, le juge comprenait-il ? Cet homme délirait, il marchait nuit et jour dans les rues de Dongo, sous des pluies comme on n'en voit ici que trois fois par siècle, il allait le plus souvent tête nue, Ferrucci avait dû lui administrer des calmants. Tous avaient craint que l'homme ne mît fin à ses jours.

Si le juge l'avait vu, au cimetière, seul, il aurait compris que c'était l'image du malheur, entendez-vous ? Fallait-il lui dire que sa fille était déjà une morte vivante ? On en voit ainsi, de ces pauvres jeunes, oiseaux perdus, oui, pauvres oiseaux perdus, que le vent pousse, ils n'ont plus rien, il faudrait les accueillir, les soigner, les sevrer lentement, avec une attention de chaque seconde. Mais qui, aujourd'hui, dans notre monde, sait encore écouter? Les policiers arrêtent, les juges rendent la justice. Mais quelle justice, si personne ne tend la main? Si vous aviez vu ses bras, ses veines... J'ai voulu la retenir, la diriger vers l'hôpital, mais elle s'est enfuie aussitôt. D'où venait-elle? De Parme, peut-être de la Villa Bardi? On m'a dit qu'elle avait été employée par la *Morandi Communication.* Mais pourquoi enquêter, pourquoi savoir, pourquoi accuser? Je n'ai rien dit au père. Cette fille portait la mort en elle. Il aurait fallu l'aimer, avant. Peut-être qu'au point où elle en était, une présence d'amour eût pu la sauver encore, non pas un geste, monsieur le juge, mais une vie entière vouée à elle pour lui réinsuffler à chaque seconde un peu de vie – on parle de bouche à bouche, c'était cela qu'il fallait : du cœur à cœur.

Ferrucci – il hochait la tête, la balançait de droite et de gauche – ne pouvait pas. Il était le seul médecin à Dongo, et tous les ans, une volée de ces oiseaux perdus venait mourir ici, sur les bords du lac.

C'était l'homme à la drague qui avait confié à Cocci qu'enfant, quand on l'avait retrouvé, il serrait dans son poing un oiseau mort.

Ariane Duguet s'était donc enfuie, avait repris Ferrucci, et elle avait dû errer quelques jours, peut-être mourir au bord de l'eau. Car tel était bien le diagnostic qu'il avait porté : elle n'avait pas succombé à une noyade, mais à un arrêt cardiaque – overdose, dit-on, trop de mort en elle, dans ses veines, dans sa tête. Puis elle avait sans doute basculé dans l'eau, ou bien quelqu'un l'y avait jetée, ne souhaitant pas qu'on trouve son corps chez lui. Ce n'était plus l'affaire de Ferrucci. Est-ce que c'était même encore une affaire? Qu'est-ce que cela changeait? Elle en avait fini de souffrir, et si l'on avait voulu poursuivre tous ceux qui étaient responsables de sa mort – n'est-ce pas, monsieur le juge? –, quelle foule dans la cage du tribunal, oui, quelle foule : Morandi, peut-être, mais aussi bien le père, des journalistes, des banquiers, tous les hommes, et moi avec, moi qui l'ai laissée partir, finalement...

Maintenant je m'en vais, avait conclu le docteur Ferrucci, et, sans même que Cocci lève la tête, il avait quitté le salon de l'Hôtel Stendhal.

Il faisait si beau. L'air avait la légèreté d'un parfum et Roberto Cocci avait marché vers le port, puis s'était engagé sur la digue.

Il y avait si peu de brume que la rive opposée, Bellagio et la Villa Bardi semblaient à portée de main. Et, tout à coup, cette douleur, comme si, de l'intérieur de son ventre, on lui avait déchiré la peau, la lacérant du nombril à la hanche. Et Cocci avait eu envie de vomir.

Puis cette bourrasque dans tout son corps, et cette envie d'y mettre fin, de se laisser tomber, comme si sa tête était devenue trop lourde pour qu'il la portât droite.

Elle l'entraînait vers l'eau, vers le fond. Et c'était aussi le fond de ce qui était en lui, au plus intime de son corps, qui voulait s'échapper de lui, rejoindre ces algues, ces poissons noirs.

Il y avait eu le long hurlement d'une sirène courant à la surface du lac.

Cocci avait vu, comme dans un souvenir, le bateau s'avancer, l'étrave creusant son sillon blanc, passant devant lui, et il avait pu lire en poupe ce mot : *L'Innomato.*

Il laissa son [illegible]. Il [illegible] la légèreté d'un [illegible] et [illegible] Robert [illegible] vers le port, puis s'était engagé sur la [illegible].

Il y avait peu de [illegible] que la rive opposée. Enfin, [illegible] de la Villa [illegible] à portée de main. Et, tout à coup, cette douleur, comme si, de l'intérieur de son ventre, on lui avait décoché [illegible] au nombril à la [illegible] Quelqu'un [illegible] au cœur de vomir.

Puis cette [illegible] que son [illegible] entre d'y [illegible] de se laisser [illegible], comme si sa [illegible] devenu trop [illegible] pour qu'il [illegible] droite.

Elle [illegible] vers l'eau [illegible] vers le fond. Et c'était aussi le fond de ce qu'il y avait en lui [illegible] de son corps, qui voulait s'échapper [illegible] ces [illegible], ces [illegible] noires.

Il y avait [illegible] le long [illegible] d'un [illegible] courant à la lisière du lac.

Ce [illegible] dans un [illegible], le bateau avancer. L'eau [illegible] devant lui, et [illegible]

46.

DEUX semaines s'étaient écoulées et lorsque, dans la longue galerie aux parois tapissées de marbre blanc qui descendait des caves de la Villa Bardi vers les berges du lac, Carlo Morandi s'était penché vers Roberto Cocci et lui avait soufflé : « Maintenant, nous avons fini, n'est-ce pas, monsieur le juge, vous avez tout retourné, jusqu'aux poches de mes vestes et de mes pantalons, non ? », Cocci avait su qu'il avait perdu.

Il avait voulu regagner le parc, repartir aussitôt pour Parme, mais Morandi s'était placé devant lui et, le bras tendu, il avait montré la galerie, le side-car jaune sur lequel les plaques d'immatriculation étaient encore marquées de l'emblème de la Wehrmacht, mais la croix gammée avait été effacée : « Il vous restait ça, avait repris Morandi, et, vous le constatez, ce n'est qu'une vieille machine, une sorte de trophée, ma première prise. Le soldat qui la conduisait était un homme énorme, et nous, nous n'étions que des enfants. Savez-vous ce qu'il est devenu ? Les poissons, mon cher, les poissons du lac, ce sont de grands nettoyeurs ! Demandez à Franz Leiburg, il vous le dira : dans toutes les guerres, il y a des équipes chargées de nettoyer, d'effacer les traces. Parfois avec des couteaux de boucher, ou avec des lance-flammes, des fours crématoires. Horrible, n'est-ce pas ? Eh bien, ici, monsieur le juge, ce sont les poissons noirs, les poissons de berge qui font ce travail. Ils sont très efficaces. On n'a jamais retrouvé le soldat. Avez-vous remarqué le blason des Bardi ? On y voit l'un de ces poissons noirs, surmonté d'une tour. Nous sommes ici, à Bellagio, depuis aussi longtemps que ces poissons, les Bardi sont des animaux préhistoriques, non? Et vous vouliez être le cataclysme qui nous ferait disparaître? Soyez beau joueur, reconnaissez-le, monsieur le juge! Allons, marchons un peu... »

Morandi avait pris Cocci par le bras et celui-ci n'avait osé se dérober. Cet homme avait une détermination, une force auxquelles il était difficile de résister. Cocci s'était retourné, regardant son greffier, les carabiniers qui bavardaient entre eux, entourant avec curiosité le side-car.

Tout le monde, même les juges et les carabiniers, aime les gros jouets, avait souligné Morandi. Il fallait les laisser satisfaire leur curiosité. On ne voyait plus beaucoup d'engins de guerre de cette sorte, non?

Morandi ne serrait pas le bras de Cocci, mais la pression était suffisamment forte pour que le juge se sente prisonnier, contraint de suivre, de s'engager dans les allées du parc.

Quand ils eurent atteint l'escalier conduisant à la terrasse, il pensa que Morandi lui avait tendu un piège; il s'attendait à voir surgir des photographes d'*Il Futuro* : le lendemain, le quotidien de Morandi publierait des clichés montrant l'inculpé et son juge dans le parc de la Villa Bardi, amicaux, complices.

D'un geste vif, Cocci avait donc retiré son bras et Morandi l'avait regardé avec une moue d'étonnement, montrant par cette mimique que Cocci, s'il le voulait, était libre de mettre fin à cette promenade, qu'il n'était soumis à aucune contrainte, qu'on ne cherchait pas à le surprendre.

– Nous pourrions parler d'homme à homme, non? avait dit Morandi. Mais...

Il avait haussé les épaules, souriant, méprisant, et Cocci, se sentant humilié, avait fait un pas vers les massifs de lauriers.

De quoi Morandi voulait-il parler? Fallait-il appeler le greffier, les carabiniers? Cocci était un juge en train de perquisitionner la demeure d'un inculpé en liberté provisoire. Il n'y avait pas place pour un bavardage d'homme à homme, mais pour des déclarations, des questions.

– Qui n'est pas en liberté provisoire? avait alors murmuré Morandi en rejoignant Cocci, en lui reprenant le bras, en l'entraînant dans une allée au bout de laquelle se dressaient des statues, bras amputés au-dessus du coude, main ou tête manquantes, jeune femme drapée dans des plis de pierre et qu'on avait décapitée.

– Un jour, avait poursuivi Morandi, nous serons enfermés, vous comme moi, nous serons devenus de la pierre... On dit de la poussière, mais je préfère imaginer un bloc de marbre, une sorte de gisant. Et vous?

Ils avaient encore fait quelques pas et s'étaient retrouvés sur un terre-plein dominant le lac.

C'était pour Cocci comme une image inversée. Il distinguait sur l'autre rive, au nord – ou bien il imaginait voir, car le lac, en cet endroit, avait plusieurs kilomètres de large –, la façade de l'Hôtel Stendhal, à Dongo, la digue au bout de laquelle il avait souvent regardé vers la Villa Bardi, et il se souvenait de cet éblouissement, de la tentation qui l'avait saisi, quelques jours auparavant, d'en finir avec la vie. Puis il était rentré à l'hôtel, avait regagné Parme, obtenu l'autorisation de perquisitionner la Villa Bardi, et maintenant il était là, le bras de Morandi pesant sur le sien, à suivre le sillage des navires – et peut-être l'un d'eux était-il *L'Innomato.*

– Avez-vous bien usé de cette liberté provisoire, monsieur le juge? On est si vite emprisonné, n'est-ce pas?

La voix de Morandi était gouailleuse, provocante. Il avait tendu le bras, montré les cimes, le lac.

Quelle chance ils avaient, l'un et l'autre, de vivre dans ce pays fait d'une juxtaposition de beautés miraculeuses : Parme, le Palazzo Ducale, Côme, Bellagio... Quel privilège, non?

Cocci n'avait pas réfléchi, il avait tout à coup lâché qu'en face, un peu au sud de Dongo, il y avait quelques mois, un homme, Angelo Trovato, avait retiré du fond du lac, avec sa drague, le corps d'une jeune femme, Ariane Duguet, un mannequin dont le portrait avait fait la couverture du supplément illustré d'*Il Futuro.* Cocci en était sûr : elle avait séjourné à la Villa Bardi, peut-être même dans les heures qui avaient précédé sa mort.

Il avait dégagé son bras et regardé Morandi.

Jamais, depuis qu'il avait rencontré cet homme pour la première fois dans son bureau du Palazzo Ducale, Cocci n'avait vu cette expression sur le visage du *Condottiere.* Les traits s'étaient comme effacés, ne laissant aucune aspérité, mais une sorte de douceur, de quiétude amusée.

– Croyez-vous que je l'ai tuée, monsieur le juge? C'était donc la raison de votre perquisition?

Il avait souri, avait tapoté l'épaule de Cocci.

En imaginant même que cette jeune femme – Duguet? Peut-être ce nom lui était-il connu. Morandi avait ri silencieusement : n'était-ce pas cette journaliste américaine ou française, Joan Finchett, qui l'avait cité pour la première fois? –, en admettant même que cette femme eût séjourné Villa Bardi – après tout, ce n'était pas impossible, tant de jeunes femmes passaient par ici : elles aiment les lieux, le parc, le paysage, je peux les comprendre, vous aussi, non? – est-ce que je suis responsable de son destin? Libre, chacun ici-bas est libre. Il n'y a que des prisonniers consentants, volontaires!

Il fallait que Cocci modifie sa stratégie. Corruption, meurtre? Morandi avait secoué la tête : Non, ce n'étaient pas de bonnes pistes. Mafia? Morandi avait lu le nouvel article de Joan Finchett. Des ragots! Même si Franz Leiburg, un très vieil homme, maintenait les propos que Finchett lui prêtait – menaces, *homme d'honneur*, etc. –, était-ce la base d'une accusation?

Allons, allons, il fallait que Cocci cherche ailleurs. Morandi le savait : le juge avait obtenu des aveux de Giorgio Balasso. Mais qui peut prêter attention à un journaliste aigri, trop bien payé? D'ailleurs, on assurait qu'il s'était déjà rétracté.

Le visage de Morandi s'était un instant durci, la lèvre inférieure exprimant du dégoût. Puis il s'était à nouveau apaisé.

Cocci avait vu Ferdinando Balli au siège de la banque, à Lugano, et puis le ministre, notre Alberto Nandini. Ça n'a pas donné non plus, à ce qu'on m'a dit?

Morandi avait empoigné brusquement Cocci aux épaules – et c'était pour le juge un souvenir : lui-même avait ainsi saisi Angelo Trovato, l'avait secoué, l'avait exhorté à témoigner contre Morandi, et c'était maintenant à lui qu'on s'adressait d'une voix forte. Il fallait que Cocci l'admette : la Justice n'avait relevé aucune charge sérieuse. Des mots, de simples hypothèses, des élucubrations de journalistes.

– Je ne vais pas me suicider pour ça, monsieur le juge. Je ne suis pas de cette pâte-là. Je vais vivre jusqu'au bout, user à fond de ma liberté provisoire. Savez-vous, monsieur le juge, je veux avoir des enfants afin que les Bardi continuent à vivre ici, à commander ici. Parce que je n'ai aucune inquiétude, monsieur le juge : la victoire va aux vainqueurs. Et nous sommes des vainqueurs. Nous serons toujours là, bien après vous. Vous le savez, d'ailleurs, avait-il ajouté en enveloppant les épaules de Cocci, vous en êtes persuadé, car vous êtes intelligent, monsieur le juge.

Cocci s'était dégagé et avait raclé le gravier du bout de son soulier. Devait-il répondre qu'en face, à Dongo, on avait fusillé un vainqueur, Mussolini, dont, disait-on, Carlo Morandi était l'un des bâtards?

Devait-il le dire? Ou rappeler que de la propre mère de Morandi, seuls un manteau de fourrure et quelques objets avaient été rendus par le lac?

Cocci avait préféré redresser lentement la tête, suivre des yeux le sillage des bateaux, et se taire.

[illegible]

[illegible] donne [illegible] Savez-vous, mon ami, la [illegible] [illegible] que les [illegible] continuent à vivre [illegible] commande [illegible] Parce qu'on [illegible] sur le [illegible] la victoire [illegible] aux [illegible] [illegible] Nous serons toujours là, bien après vous. [illegible] d'ailleurs [illegible] en révélant les [illegible] voilà [illegible] persuadé [illegible] vous êtes [illegible]

[illegible] Legras et avait caché [illegible] au bout de son [illegible] Davernat répondit [illegible] Fuchs, on avait [illegible] un [illegible] Massolin. Oui, c'était un [illegible] Mérindol était l'un des [illegible]

— Devait-il le dire ? On [illegible] que de la propre mère de Mérindol, [illegible] de fourrure et quelques [illegible] rendue [illegible]

Cocheteau [illegible] lentement la tête [illegible] [illegible] les [illegible]

47.

DEPUIS sa chambre de l'Hôtel Stendhal, Joan Finchett regardait *L'Innomato* sortir lentement du port de Dongo, longer la digue, et il lui suffisait de lever un peu les yeux, de prolonger la saignée blanche du sillage au-delà du navire, dont la proue dessinait la pointe d'une flèche, pour rencontrer l'autre rive, Bellagio, et, perdue dans la végétation de son parc, la Villa Bardi.

Plusieurs fois déjà, elle avait parcouru du regard cette trajectoire rectiligne – comme certains destins, et, adolescente, elle avait espéré que le sien serait ainsi –, ce sillage qui allait partager le lac en deux, diagonale ourlée de courtes vagues dont elle avait suivi les oscillations de moins en moins fortes sur la surface de l'eau, vers le nord et vers le sud. Mais, brusquement, *L'Innomato* avait changé de cap – la vie de Joan, déjà, si souvent, avait pareillement obliqué –, il s'était dirigé droit au sud, vers Côme, et, au moment où le navire avait modifié sa route, son sillage avait été interrompu par un remous bouillonnant, un geyser tumultueux, avant de reprendre, de redevenir ce sillon incurvé que franchissaient de petites embarcations, canots de pêcheurs, voiliers, chacune laissant ses propres traces dont les méandres se recoupaient, formant les éléments d'un labyrinthe qui n'avait ni début ni fin et que le vent effaçait, le lac redéployant son étendue noire et *L'Innomato* n'étant plus qu'un point blanc à l'horizon.

Joan était depuis plus d'une heure assise devant la fenêtre ouverte, à suivre dans le jour déclinant la marche des navires, à tenter de deviner à quel moment leurs sillages se croiseraient, à prévoir leur trajectoire; c'était sa manière de rêver au mouvement des vies, aux variations de sa propre vie.

Elle était arrivée à Bologne en compagnie de Mario Grassi, et se tenant par l'épaule ou la taille – oscillant dans leur démarche comme souvent les nouveaux couples d'amoureux qui semblent à chaque pas hésiter à poursuivre : leurs corps sont si proches, se tiennent si serrés l'un contre l'autre, bras noués, hanches soudées, qu'ils en deviennent maladroits –, ils avaient parcouru les rues de la ville, Mario ému, enthousiaste, faisant entrer plus avant sa compagne dans sa mémoire, donc dans sa propre vie.

Puis ils avaient loué une voiture et roulé vers Parme par des routes qui divisaient les champs de maïs, et ce fut encore pour Mario l'occasion de lui conter son enfance.

Tout au long de ces trois jours, comme si elle n'avait plus ni voix, ni volonté, éprouvant une joie paisible à se sentir envahie par le passé de Mario, à le laisser choisir les itinéraires, les haltes, comme devant cette ferme qui avait appartenu au père de Roberto Cocci, ou au milieu de ces paysans qui, sur la place de Vignola, petite ville non loin de Reggio nell'Emilia, traitaient leurs affaires, debout sous les arcades, ou envahissaient la chaussée, formant une masse grumeleuse et bruyante à laquelle Mario Grassi avait voulu se mêler, persuadé qu'il allait reconnaître certains témoins de sa jeunesse. Mais on les avait regardés comme des étrangers et l'humeur de Grassi avait changé, passant de l'exaltation à l'abattement, comme s'il venait seulement de comprendre que son enfance s'était perdue comme les lignes de relief barrant la plaine enfouie dans la brume.

Épuisé, il s'était laissé tomber sur le lit, dans la chambre de l'Hôtel Baglioni de Parme, à quelques centaines de mètres seulement du Palazzo Ducale, et il n'avait même pas protesté quand Joan lui avait dit, sans avoir rien prémédité, qu'elle allait partir seule pour Dongo; Mario l'attendrait ici, à Parme, et à son retour, dans quatre ou cinq jours, il lui ferait visiter la ville, ce Baptistère dont il parlait tant; il pourrait même organiser un dîner avec Mario Cocci.

Elle s'était hâtée de partir, profitant de son désarroi, de sa nostalgie, de l'impuissance ressentie quand on se retrouve ainsi à la jointure de sa vie, qu'on reconnaît certains lieux comme si le temps n'avait pas bougé, et pourtant il a coulé, et l'on est devenu cet errant qui croit à chaque pas rencontrer celui qu'il a été...

Elle avait roulé jusqu'à Côme, si vite qu'elle n'avait pu même réfléchir, et ce n'est qu'à la vue du lac, quand elle avait emprunté la route longeant les berges, à l'ouest, vers Dongo, qu'elle avait ralenti, se demandant où elle en était de sa propre vie, ce qu'elle cherchait en poursuivant cette enquête au-delà du raisonnable, ignorant les menaces de Franz Leiburg, lançant des défis, déposant plainte contre Leiburg – c'était le meilleur moyen de se protéger, avait-elle dit à Arnaud, alors qu'elle n'ignorait pas qu'il s'agissait pour elle de provoquer Morandi, Orlando, Leiburg, qu'elle avait envie de se tenir au bord du gouffre pour sentir l'attrait du vide, jouer avec le vertige, peut-être étouffer en elle ce désir de s'arrêter enfin, de se désintéresser du monde, de prendre la main de Mario Grassi, d'enrouler son bras autour du sien, de poser sa tête sur son épaule, de fermer les yeux.

Elle y aspirait tant, elle le redoutait tant, aussi, parfois même avec des mouvements de répulsion, comme si l'imaginer revenait déjà à patauger dans cette glu douceâtre qui suintait des mauvais romans ou des mauvais films, ce bonheur à pleurer.

Ce mot, celui de ses parents à Beware : *happiness, happy, happy*, comme un jappement qu'elle avait fui, avec les images qu'il évoquait, si ridicules et convenues – comment oser se dire qu'elle aspirait à poser sa tête sur l'épaule de Mario Grassi ? et pourtant, c'était bien cela qu'elle voulait : *happiness* – elle l'avait chassé, ce mot, en s'enfonçant encore plus avant dans cette enquête.

– Tu es folle, lui avait répondu Arnaud. Tu as été en pointe, les lecteurs ont compris, laisse tomber pour quelque temps. Vois où ça va, et reprends plus tard.

Elle avait secoué la tête. Elle allait permettre au journal de gagner tous ses procès, elle allait leur faire plier les genoux. Et c'était comme si ces résolutions la grisaient.

Chaque information qu'elle recueillait sur les achats de

parts de l'agence H and H par la *Morandi Communication*, sur les conditions de la prise de contrôle de l'*Universel*, sur la coordination des projets éditoriaux avec le quotidien de Parme, *Il Futuro*, était un moyen de colmater cette brèche, en elle, par où son énergie se liquéfiait, son mode de vie se relâchait, incapable qu'elle était de résister à l'attrait que Mario Grassi exerçait sur elle.

Était-ce cela, l'amour, cet éblouissement, cet aveuglement, cette chaleur diffuse dans tout le corps, cette exaltation et cet abattement, tout à coup, quand elle se voyait, dans un éclat de lucidité, soumise à ses sentiments, elle qui avait toujours, depuis ses années d'université, privilégié la maîtrise de soi, la raison, la sagesse? *Facts are facts... Only facts...*

Malgré les menaces de Franz Leiburg, elle s'était donc obstinée.

Elle était cependant tentée à tout instant de téléphoner à Grassi. Elle avait envie de lui proposer de quitter Paris, de s'installer dans un autre pays, de recommencer ensemble une vie banale, rectiligne, avec une maison, des enfants, un jardin, des rosiers – le rêve et l'horreur.

La part d'elle-même qui s'affolait de cette tentation se servait de l'enquête pour dompter, piétiner son désir. Joan était habile dans cet affrontement qui la divisait. Elle savait comment mettre en branle des engrenages qui l'obligeraient ensuite à persévérer, même si, une fois entraînée, elle devait regretter de ne pouvoir en effet rencontrer Grassi comme elle le souhaitait.

Dans ce restaurant chinois de l'avenue Raymond-Poincaré où ils avaient déjà souvent dîné, elle avait ainsi retrouvé Christophe Doumic qu'elle avait senti heureux et surpris de l'intérêt qu'elle semblait à nouveau manifester pour lui. Elle l'avait écouté, le menton posé dans ses paumes, ne quittant pas ses yeux, et il gloussait comme un paon, se rengorgeant : « Mon ministre, mon ministre, mon ministre... »

Joan avait souri avec bienveillance, dissimulant sans peine le mépris – et même la rage – que la vanité de Doumic lui inspirait. Comment avait-elle pu accepter de s'allonger auprès de cet homme si fat, si vide? Ou bien l'amour qu'elle éprouvait pour Grassi l'avait-elle changée à ce point qu'elle voyait le monde et les êtres de manière différente, comme si sa vision était brusquement devenue plus perçante, implacable? Mais elle faisait mine de se passionner pour les péripéties de la vie professionnelle de Christophe, les étapes de sa carrière si brillante, puisqu'elle souhaitait obtenir de lui des renseignements sur les transferts de fonds qui avaient permis l'achat de l'agence H and H d'Hassner et de l'*Universel* journal de Pierre-Yves Lavignat.

Que savait-on aux Finances? interrogeait-elle. Avait-on ouvert une enquête?

Christophe Doumic écartait ces questions d'un geste de la main et reprenait son récit : « Le ministre m'a dit... »

Il avait avancé son genou, peut-être par mégarde, touchant celui de Joan, faisant comprendre ainsi qu'il espérait, après le dîner, qu'elle le suivrait comme autrefois dans l'appartement de l'avenue Mozart dont les meubles étaient sans doute toujours recouverts de housses blanches, luisant dans la pénombre du grand salon.

Mais, tout en laissant son genou contre celui de Christophe, Joan avait insisté. Elle allait lancer des accusations dans *Continental*. Elle avait rencontré deux parlementaires, l'un de la majorité, l'autre de l'opposition, qui s'apprêtaient à publier un rapport sur le blanchiment de l'argent de la drogue et du crime organisé, les investissements dans les entreprises européennes ou russes, surtout dans le domaine de la communication, et le nom de la banque Balli, à Lugano, liée à toutes les sociétés de Morandi, était, avait-elle appris, cité à plusieurs reprises.

Si le ministère des Finances n'ouvrait pas d'enquête ou – elle avait baissé la voix – si Christophe ne lui communiquait pas d'informations, Joan serait peut-être contrainte de mettre en cause le ministre et ses services : passifs, naïfs, aveugles, complices? Christophe sentait bien, n'est-ce pas, qu'elle le regrettait, mais *facts are facts*.

Doumic avait d'abord paru indifférent, ennuyé seulement de ne pouvoir poursuivre son récit, puis, au fur et à mesure que Joan parlait, il avait changé d'attitude, éloignant son genou du sien, découpant à gestes nerveux le canard à la chair rouge sang qu'il avait laissé refroidir.

– Mais que voulez-vous enfin? avait-il lancé, interrompant Joan.

Le ministère des Finances, avait-il expliqué, n'avait aucune raison d'ouvrir une enquête sur des opérations qui « formellement » étaient on ne peut plus régulières.

Joan avait souri, caressé la main de Christophe.

– Je vous laisse l'addition? avait-elle dit en se levant. J'ai ma voiture, beaucoup de travail ce soir, mais je vais vous donner une raison d'agir. A vous de décider avant l'avalanche. Je vais lancer une toute petite pierre, un avertissement. Vous ouvrirez une enquête et on se reverra. D'accord, Christophe?

Il balbutiait, déçu, irrité, désemparé, répétant : « Mais enfin, Joan, vous n'allez pas partir comme ça!

– Mais si, mais si, vous savez bien, Christophe, je suis imprévisible! »

Il s'était levé, s'était attardé à régler l'addition, et elle était déjà sortie du restaurant, se dirigeant vers sa voiture, démarrant vite, puis roulant lentement le long des quais, rive droite, les avant-bras posés sur le volant, la tête penchée en avant, à la fois joyeuse et amère, satisfaite d'avoir tenu Christophe Doumic dans sa main, et désespérée de rentrer seule, s'accusant de ne pas être capable de choisir une bonne fois de vivre avec un homme, Mario Grassi, puisqu'elle l'aimait, qu'il était sans doute le premier depuis ses années d'université – les autres, et en particulier les deux derniers, Doumic, Jean-Luc Duguet, elle les avait simplement laissés jouer avec son corps ou son affectivité, mais aucun d'eux ne l'avait prise ainsi, tout entière –, et il fallait, pour desserrer cette étreinte, qu'elle se voue sans relâche à cette enquête, qu'elle mette en marche l'engrenage afin de se laisser entraîner.

Elle s'était rendue à Lugano, seule. Elle avait une nouvelle fois essayé de rencontrer Ferdinando Balli. Elle avait été éconduite avec brutalité, raccompagnée dans le hall de la banque par des huissiers qui, tout en l'encadrant, paraissaient ne pas prêter attention à elle, mais la dirigeaient inexorablement vers la sortie. Elle avait repris l'avion le jour même, ayant l'impression d'avoir été suivie, se demandant même si l'individu qui était assis derrière elle dans la cabine n'était pas celui qu'elle avait à plusieurs reprises repéré dans les rues de Lugano, marchant non loin d'elle, puis l'attendant à la sortie du restaurant. Mais rien ne s'était passé.

Elle avait publié un article qui avait été repris par l'ensemble de la presse et dans lequel, bénéficiant des informations des deux parlementaires, elle décrivait le parcours de l'argent qui avait servi aux rachats de la société d'Hassner et du journal de Lavignat. Mais, habilement, elle n'avait présenté ces faits que comme des hypothèses, ne citant explicitement ni l'agence H and H, ni *l'Universel.*

A *Continental*, Bedaiev s'était indigné. C'était, avait-il dit, du journalisme de dénonciation et de chantage! « Nous ne sommes pas des corbeaux! » avait-il lancé au cours d'une conférence de rédaction, cependant qu'Arnaud se taisait et que Jean-Luc Duguet répétait d'une voix monocorde que l'article était intéressant, et qu'à des situations exceptionnelles il fallait trouver des réponses exceptionnelles, non?

Joan s'était levée, avait claqué la porte et, enfermée dans son bureau, elle avait connu un moment d'abattement, de désespoir. Tout cela était vain, lui semblait-il soudain. Elle n'avait même pas répondu à sa secrétaire qui lui indiquait que M. Doumic avait cherché à la joindre à plusieurs reprises, qu'elle devait le rappeler d'urgence. Il y avait eu aussi un message de Franz Leiburg : il demandait une réponse.

Brusquement, elle n'en pouvait plus.

Elle était restée un long moment la tête dans les bras, exténuée. A quoi servait cette enquête? Une filière démasquée, Morandi arrêté, d'autres fonctionneraient, plus efficaces encore. Morandi sortirait de prison, ou bien certains de ces hommes dont Leiburg avait évoqué la puissance et la cruauté le remplaceraient. Elle, pour sa part, y aurait perdu Mario Grassi.

Jean-Luc Duguet, qu'elle avait évité depuis plusieurs semaines, avait entrouvert la porte de son bureau, s'était penché en avant, n'osant entrer, se bornant à l'appeler, et elle s'était redressée.

Il avait eu une mimique marquant qu'il s'excusait de la surprendre, mais il tenait à la féliciter. C'était courageux, ce qu'elle faisait, remarquable, murmurait-il, du très grand journalisme, un acte de civisme, il était fier pour le journal. Elle représentait... Il s'était mis à balbutier : Elle le savait bien, il avait toujours pour elle des sentiments qui n'étaient pas seulement... Enfin, elle comprenait. Si elle voulait, il...

La phrase s'était perdue dans une respiration bruyante.

Elle avait décroché le téléphone et répondu, sans regarder Jean-Luc, qu'elle allait prendre une dizaine de jours de vacances avec un ami.

– Bien, bien, avait murmuré Jean-Luc en hochant la tête.

Il avait refermé la porte.

Elle avait dit à Grassi : « Emmène-moi chez toi, à Bologne, à Parme. Emmène-moi, Mario ! »

Ils étaient partis le soir même par le dernier vol d'Alitalia, et lorsque, assis près d'elle, Mario avait passé son bras autour de son épaule demandant s'il était une simple « couverture » pour son enquête ou bien si elle désirait vraiment connaître les paysages, les rues qui l'avaient marqué, qui l'avaient fait ce qu'il était –*Amarcord*, avait-il murmuré, *amarcord* : il voulait se souvenir avec elle, pour elle –, elle s'était abandonnée. Elle avait fermé les yeux, la tête sur son épaule, disant à voix basse – mais avait-il entendu ? – « mon amour, mon amour », tout en réfléchissant qu'elle allait pouvoir rencontrer les témoins à Dongo, l'homme à la drague, le docteur Ferrucci, et, à Parme, le juge Roberto Cocci.

Peut-être était-ce ainsi qu'il fallait vivre, en mêlant les parts contradictoires de soi, en jouant de l'une contre l'autre, en se servant de l'une pour renforcer l'autre ?

Ils avaient donc parcouru ensemble les rues de Bologne, de Modène, de Vignola, de Reggio nell'Emilia, puis les routes de campagne dans la « *pianura* ».

Ils avaient déjeuné sous les arcades entourant des places où la couleur des pavés se mariait, dans un dégradé de teintes, aux briques des façades, au marbre des statues. Puis ils étaient arrivés à Parme et Mario s'était allongé sur le lit, à l'Hôtel Baglioni, troublé par cette longue régression dans sa jeunesse qui le laissait dolent, inquiet, et Joan avait profité de ce désarroi pour se rendre seule à Dongo, et maintenant, assise devant la fenêtre de sa chambre de l'Hôtel Stendhal, elle suivait des yeux, sur le lac, le sillage des navires, se demandant comment, pourquoi des vies se croisent et changent brusquement de sens.

48.

QUAND Joan, s'était arrêtée, au milieu de la Piazza del Duomo, parlant longuement avec ce jeune Africain qui venait de lui demander l'aumône – « *Mille lire, prego, mille lire per un caffè* », avait-il dit ; plusieurs fois déjà au cours de la journée elle avait été suivie, alors qu'elle visitait Parme, par l'un ou l'autre de ces Africains qui harcelaient les passants, proposant des colifichets mais réclamant en fait un billet ou une poignée de pièces –, ni Roberto Cocci ni Mario Grassi, qui s'étaient immobilisés quelques pas plus loin, ne s'en étaient étonnés.

Puis Joan les avait rejoints et ils s'étaient dirigés tous trois vers la Piazza della Pace, pour finir la soirée dans le café où, jusqu'au milieu de la nuit, se retrouvaient les jeunes de Parme et ceux qui comptaient dans la ville. Ni Cocci ni Grassi n'avaient alors remarqué à quel point le visage de Joan était empreint de gravité, de tristesse. Elle semblait bouder, sur le point de pleurer, et si elle marchait toujours très droite, le menton un peu levé, sa silhouette exprimant l'énergie et l'autorité, elle gardait la tête baissée, ses cheveux tombant sur son front, cachant même ses yeux.

S'ils l'avaient questionnée, leur aurait-elle confié qu'elle pensait si douloureusement à Ariane Duguet qu'elle en était désespérée ? Que ce jeune Africain lui avait rappelé Makoub, celui qu'Ariane avait accueilli chez elle – et si elle ne l'avait pas croisé, rue de Sèvres, puis dans ce square donnant sur le boulevard Raspail, si les trajectoires de leurs vies, que rien ne semblait destiner à se rencontrer, s'étaient poursuivies sans se couper, peut-être Ariane ne serait-elle pas aujourd'hui cette morte couchée dans le cimetière de Dongo ?

Après avoir vu Angelo Trovato et le docteur Ferrucci, Joan était montée jusqu'au *Camposanto* – elle avait aimé cette expression employée par le docteur : *camposanto,* le *champ saint.* Elle s'était recueillie devant la tombe, une simple dalle de granit dont l'inscription en lettres dorées était illisible, couverte de boue séchée. Puis elle était redescendue lentement vers Dongo, s'arrêtant presque à chaque pas, contemplant le lac, ce miroir aveuglant où le soleil, jouant de chaque vague, renvoyait des reflets brillants qui obligeaient à détourner les yeux, à regarder vers les berges, vers ces allées de lauriers que Joan avait parcourues avec l'homme à la drague, Angelo Trovato, puis avec le docteur Ferrucci.

L'un et l'autre l'avaient bien accueillie. Trovato, presque avec tendresse, la regardant en hochant la tête et répétant : « Elle était belle, jeune comme vous. Comment oublier une morte comme elle, une statue, mais vivante... enfin, morte mais vivante, vous me comprenez? »

Ferrucci lui avait pris le bras avec une familiarité paternelle et elle avait marché à son pas, s'arrêtant avec lui qui, de la main gauche – la droite serrant le poignet de Joan – ponctuait ses phrases. Oui, il l'avait déclaré au juge Cocci, mais pas au père de la jeune Française – pour quoi faire, hein, à quoi cela servait-il de faire souffrir, puisqu'elle était morte et que, de toute façon, c'était inévitable, on aurait dit autrefois que c'était le destin, qu'elle devait mourir – il avait dit au juge qu'il l'avait vue, deux ou trois jours avant la découverte du corps dans le lac, si faible, avec déjà la mort en elle, et il avait essayé de l'aider, de la faire entrer à l'hôpital, mais elle était de ces jeunes – il en voyait chaque année, l'été – qui refusaient de vivre. « Il faut la foi pour vivre, Mademoiselle, la foi en l'avenir, celui d'après la mort. Ou bien il faut du moins qu'il y ait un sens ici-bas si l'on veut ne croire qu'en cela, pourquoi pas : hier, c'était le communisme, le socialisme, je ne sais trop. Mais elle, mais eux, ils ne croient en rien; il ne reste que la drogue comme moyen d'échapper à la prison qu'est la vie, quand on ne croit pas, qu'on n'a plus d'avenir. »

Quand ils s'étaient retrouvés devant le monticule de terre où Angelo Trovato avait déposé le corps (c'était bien l'endroit que ce dernier avait déjà montré à Joan), Ferrucci expliqua qu'il ne l'avait vue que beaucoup plus tard, les carabiniers n'étant pas parvenus à le joindre; il était en tournée, seul médecin à Dongo; mais, quand il l'avait vue, il l'avait aussitôt reconnue et il s'était dit que si cette jeune femme, presque une jeune fille, avait eu la chance de croiser à temps un ami, un homme de foi qui lui aurait donné confiance, qui lui aurait communiqué sa propre espérance, alors peut-être qu'elle aurait marché à ses côtés pour toute la durée de la vie. Il suffisait parfois d'une rencontre pour changer le cours d'une existence, mademoiselle le savait, n'est-ce pas, elle qui paraissait, malgré sa jeunesse, avoir de la raison, de l'intelligence, et surtout – Ferrucci avait serré le poignet de Joan – de la sensibilité, de la compassion.

C'était cela qui le fascinait, qui faisait de lui un croyant, un homme de foi et de prière : le miracle, le mystère, chacun les vivait. Qui place quelqu'un sur le chemin de l'autre, pourquoi celui-là et pas celui-ci? « Pourquoi se comprennent-ils ou, au contraire, se haïssent-ils? Combien avons-nous ignoré ceux qui auraient pu jouer un rôle dans notre vie : ils étaient dans notre regard, nous les avons vus et nous n'avons pas voulu aller vers eux... C'est cela qui est fascinant, qui m'oblige à m'agenouiller, à prier. Je vis ainsi, je renouvelle ma rencontre avec le Christ. Pauvre fille, qui avait-elle rencontré, qui avait ainsi modifié sa vie? Qui n'avait-elle pas vu? Voilà le mystère, celui de l'amour. Vous aimez, mademoiselle, on vous aime? »

Joan n'avait répondu que par un hochement de tête. Le docteur Ferrucci avait répété qu'il fallait aimer, que là était la rencontre, source de l'énergie et de la foi, source de toutes joies.

Peut-être Ariane Duguet n'avait-elle jamais aimé. Surtout, peut-être ne l'avait-on jamais aimée? Même son père, à présent si malheureux, Ferrucci l'avait vu, mais qui n'avait peut-être été qu'un homme d'abord occupé de lui-même. Ariane Duguet avait pu être ainsi à la merci d'une rencontre, et le plus mystérieux, c'est qu'une heure avant, celle-ci aurait peut-être été dénuée de toute importance...

Tout au long du trajet de retour entre Dongo et Parme, alors que l'air était si léger, si parfumé – d'abord par les lauriers, puis par la senteur de jeunes pousses, maïs ou blé – qu'elle avait roulé vitre baissée, le vent soulevant ses cheveux, Joan avait eu le sentiment troublant de tout connaître d'Ariane, comme si, maintenant qu'elle avait vu les lieux de sa mort, elle pouvait faire sans se tromper le récit de sa vie, cette succession de rencontres, en effet, de Makoub à Roy, de Franz Leiburg à Morandi, peut-être à Orlando, chacun de ces hommes l'entraînant à sa suite, se servant d'elle – Makoub, le pauvre Makoub se révélant tout aussi responsable qu'un Leiburg ou un Morandi.

Elle ne croyait plus à la culpabilité de ce dernier. Le docteur Ferrucci avait sans doute raison de penser qu'Ariane était morte d'un arrêt cardiaque, mais peut-être n'était-elle pas tombée seule dans le lac, peut-être était-elle morte Villa Bardi et avait-on caché son corps en attendant la nuit, l'enfouissant dans le coffre d'une voiture qu'Orlando avait conduite jusqu'à quelques kilomètres de Dongo, là où la route surplombe la berge. Il pensait aller plus loin, mais les éboulements avaient dû le contraindre à s'arrêter. Il avait alors jeté le corps, imaginant que les poissons de berge, ces nettoyeurs, allaient le déchiqueter, l'entraîner vers les fonds sableux.

Angelo Trovato avait dit à Joan : « Le lac est une grande fosse. »

Qu'avait-il vu au juste?

Il lui avait répété en secouant la tête qu'il avait dragué là par hasard, qu'il aurait pu commencer ailleurs. Elle le croyait, non? Mais il avait semblé à Joan qu'avec ses yeux, il l'exhortait à ne point le croire. Qu'il lui faisait comprendre qu'il avait surpris ceux qui s'étaient débarrassés du corps d'Ariane Duguet par cette nuit d'averse et de grand vent.

– Vous ne savez rien?

– A quoi ça sert de savoir? avait-il répondu.

Puis il n'avait plus parlé, regagnant d'un pas lourd le hangar où il couchait et où Joan avait renoncé à le suivre.

Elle avait retrouvé Mario Grassi à Parme. Elle avait vu Roberto Cocci, d'abord en tête à tête dans son bureau du Palazzo Ducale, puis elle avait dîné avec lui et Mario dans un restaurant de la Piazza del Duomo, et tandis qu'ils se dirigeaient vers la Piazza della Pace pour finir la soirée dans un café à la mode, cet Africain l'avait abordée, lui rappelant Makoub, le hasard des rencontres, au milieu de cette place dont les pierres grises exprimaient une histoire si différente de celle du continent d'où lui-même venait. « *Mille lire, prego, mille lire per un caffè!* »

Comme Makoub qui avait interpellé Ariane Duguet, rue de Sèvres, parce qu'elle était, avait-il dit, belle et altière et portait un signe, une sorte de lumière au-dessus d'elle, comme une fille de roi.

En cette fin de siècle, les hommes et les femmes étaient ainsi jetés en vrac comme des billes roulant en tous sens sur le sol; certaines se frôlaient, d'autres se heurtaient, quelques-unes se perdaient dans l'eau du lac.

A un moment donné, tout en continuant de parler avec Roberto Cocci, Grassi avait tenté de prendre le bras de Joan. Elle avait refusé avec brusquerie, s'écartant même, marchant loin d'eux dont les voix résonnaient sur la place déserte que les ombres du Baptistère et du Duomo divisaient en surfaces obscures et plus claires. Elle était à Parme. Elle se le répétait pour s'en convaincre, se souvenant de l'héroïne de *La Chartreuse* dont Grassi, depuis qu'ils s'aimaient, lui avait si souvent parlé, Clélia Conti la passionnée, l'intègre, l'absolue, Clélia au « pauvre cœur malade », Clélia qui « se figura qu'elle était frappée par une juste punition »... Peut-être Ariane Duguet, comme Clélia, était-elle morte de ce sentiment de culpabilité, mais elle n'avait même pas eu « la douceur de mourir dans les bras d'un ami ». Stendhal s'était montré plus généreux que la vie.

Parfois, Joan était contrainte d'entendre Grassi et Cocci qui parlaient fort. Peut-être l'Italie, disaient-ils, était-elle pour la première fois de son histoire au seuil de l'âge démocratique; peut-être les Italiens allaient-ils parvenir à se débarrasser de cette culture noire, celle de la Contre-Réforme, faite d'intrigues, de corruption, d'hypocrisie; peut-être l'ombre des confessionnaux allait-elle se dissiper et retrouverait-on ici la vertu civique ou la foi franciscaine. Grassi et Cocci riaient de leur propre emphase, et, comme des étudiants, se donnaient des bourrades après leurs envolées. Puis ils redevenaient graves, leurs têtes penchées. L'Italie n'échapperait jamais, disaient-ils, à Morandi et à ses pareils. La peur, l'hypocrisie, la mesquinerie et l'égoïsme, la corruption, la bêtise, ajoutait Grassi, l'arrogance murmurait Cocci, l'empêcheraient toujours.

Joan s'était arrêtée, les avait regardés s'éloigner, puis elle avait marché derrière eux, restant à quelques pas, se refusant encore à les rejoindre.

Elle pensait à Clélia, à Ariane. Elle était si étrangère à la façon dont Grassi et Cocci évoquaient l'avenir, les événements. L'Italie, le monde entier devenaient une sorte de grand théâtre où des acteurs interprétaient des rôles, changeaient d'emplois. On les applaudissait en spectateurs avertis, capables de comparer le jeu des uns et des autres, la valeur du texte. Joan avait l'impression que les deux hommes jouissaient de ce spectacle comme d'un affrontement de thèses abstraites; comédie ou tragédie, peu importait, la représentation les fascinait.

Elle se sentait si différente. Une femme, comme Clélia et Ariane, découvrant que les femmes sont peut-être les seules à comprendre que l'histoire n'est pas faite de mots, d'idées, de références, mais de sang et de douleur.

LIVRE III

LES SENTIMENTS

Huitième partie

L'indifférence

49.

Souvent, lorsque je m'engageais rue de Sèvres, venant du boulevard Raspail, je m'arrêtais à l'entrée du square où, selon ce que m'avait raconté Joan Finchett, ma fille avait passé sa première nuit après que je l'eus chassée de l'appartement où je l'avais trouvée en compagnie de ce jeune Noir, cela remonte maintenant à des années.

Aucun détail ne m'échappait.

J'avais si souvent interrogé Joan, je l'avais traquée pour qu'elle me livrât tout ce qu'elle avait appris.

J'avais insisté auprès d'Arnaud (j'avais imposé, en fait) que *Continental* publie ce long récit – trois articles de plusieurs pages – qu'avait écrit Joan, qu'elle avait dédié à Clélia Conti, l'héroïne de *La Chartreuse de Parme*, et qu'elle avait intitulé : *Le lac de Côme, ou comment meurent les jeunes filles d'aujourd'hui.*

On m'avait sévèrement jugé, au journal. Bedaiev déclarait qu'il me méprisait. Arnaud pensait que mon comportement était pathologique, narcissique, masochiste. D'autres murmuraient que j'avais monnayé la vie et la mort de ma fille.

Peut-être avais-je simplement pensé faire figure de personnage héroïque, acceptant d'être amputé, fouaillé sans anesthésie?

J'avais hurlé, en conférence, expliquant que si je n'avais pas été le directeur de la rédaction, la décision de publier eût été unanime. « Alors, on publie, c'est tout ! » avais-je conclu.

En suivant le destin d'Ariane, le récit de Joan Finchett permettait, avais-je encore argumenté, d'illustrer les mœurs de ce temps.

Joan avait repris son portrait de Morandi, avait fait surgir autour de lui ceux de Franz Leiburg et de Balasso. Avec les ramifications des sociétés Morandi en France, le rachat de l'agence H and H et de *l'Universel*, c'était toute une toile d'araignée qu'elle dévoilait. Ariane n'était qu'une pauvre vie innocente qui s'y était trouvée engluée, dévorée.

Joan avait changé le nom d'Ariane en celui de Marielle. Et j'avais lu ce récit sans en être troublé – c'était un premier signe –, le crayon à la main, comme un texte parmi d'autres, coupant çà et là, changeant un mot, recomposant un paragraphe, choisissant des intertitres, rédigeant le « chapeau » de présentation :

Lorsque Stendhal, à la fin de La Chartreuse de Parme, *dédie son livre* « to the happy few », *il souligne qu'il s'adresse aux "âmes sensibles". Le document que nous commençons à publier dans* Continental *a cette même ambition. Et c'est le rôle d'un journal comme le nôtre d'avoir à tout instant cette exigence de qualité et de vérité.*

Mais Joan Finchett, dans son récit, a voulu aussi s'adresser au plus grand nombre, et c'est là le rôle de la presse, parce que les informations qu'elle rapporte ne concernent pas seulement le destin singulier d'une jeune femme de notre temps, Marielle, mais bien le fonctionnement de nos sociétés.

Carlo Morandi, dont notre journal a brossé, il y a quelques mois, un premier portrait, incarne bien ces Condottieri, *entrepreneurs au comportement d'oiseaux de proie auxquels la justice commence à demander des comptes. Mais, pour la plupart, ils réussissent à échapper à ceux qui les pourchassent.*

On dit que Carlo Morandi apporte désormais son soutien aux forces qui prétendent rénover l'Italie! Ce n'est pas notre rôle de juger ou d'accuser, mais, en montrant, Joan Finchett permet à chaque lecteur de se former une opinion.

En publiant ce document, Continental *participe au grand débat qui doit s'engager sur le sens et les valeurs de notre société européenne. Qui les donnera : Franz Leiburg et Carlo Morandi, ou Roberto Cocci? Qui protégera et sauvera Marielle?* » Etc.

J'avais écrit ce long texte sans émotion, mais j'étais trop persuadé de mon courage – de mon héroïsme ! – trop occupé à me justifier devant la rédaction pour y attacher quelque importance. Je me disais : maintenant, tu fais face; maintenant, tu ne dérives plus. Je serrais les mâchoires, tendant mon texte à Joan, lui disant : « Est-ce que cela vous va? Je crois qu'il faut expliquer à nos lecteurs les intentions de votre papier, leur montrer ainsi toute son importance. »

Joan avait parcouru les deux feuillets en quelques secondes, sans vraiment les lire, puis me les avait rendus, murmurant que j'étais seul juge, mais qu'elle acceptait qu'on ne publie pas son récit. Elle aurait trouvé cela naturel, normal. Son texte, au demeurant, n'était-il pas dépassé, daté? Morandi avait été mis hors de cause dans les affaires les plus graves. Giorgio Balasso, le rédacteur en chef d'*Il Futuro*, avait été le seul à passer quelques jours à la prison de Parme. Depuis, il s'était rétracté, on l'avait libéré et il avait repris ses fonctions. Joan avait même eu la tentation de conclure son récit par les dernières lignes de Stendhal, dans *La Chartreuse* : « Les prisons de Parme étaient vides, le comte immensément riche... » Morandi n'était-il pas l'héritier des comtes Bardi? Je m'étais enthousiasmé, mais Joan avait ajouté que la référence était peut-être trop appuyée, répétitive. « A vous de décider », avais-je conclu.

Au moment où elle s'apprêtait à quitter mon bureau, je m'étais rendu compte qu'à aucun moment je n'avais éprouvé pour elle de l'attirance, comme si tous les sentiments qu'elle m'avait naguère inspirés et les nuits – quelques-unes, peu nombreuses, il est vrai – que nous avions passées ensemble n'avaient jamais existé. Et pourtant je l'avais aimée, j'avais eu la certitude, durant plusieurs mois, que ma vie dépendait d'elle, qu'elle seule pouvait me sauver. J'avais été prêt, si elle l'avait voulu, à l'accueillir chez moi, à l'épouser, pourquoi pas?

Elle n'était plus que Joan Finchett, une excellente enquêtrice, une remarquable journaliste qui vivait, disait-on, avec Mario Grassi, cet essayiste qui dirigeait l'Institut culturel italien, rue de Varenne.

Mais je ne prêtai pas davantage attention à ce deuxième signe.

Je me félicitais : quelle maîtrise de soi, quelle sortie exemplaire du gouffre où je m'étais enfoncé durant des mois : clinique, cure de sommeil, psychiatrie, absence d'énergie, dérive, malaise, dépendance morale à l'égard de Joan. Maintenant j'agissais; les mains sur ma blessure ouverte, je contenais le sang.

J'étais fier de moi!

A raison de deux ou trois séances par semaine, je voyais alors le docteur Boullier, qui est aussi psychanalyste. Il me recevait dans son cabinet, dans l'un des immeubles récents qui bordent la rue de Sèvres et qui font face au square. La pièce était petite, basse de plafond, mais claire; parfois, quand le docteur me raccompagnait, je m'avançais jusqu'à la baie vitrée donnant sur une étroite terrasse et j'apercevais les massifs du square, et même les bancs sous l'un desquels, d'après Joan Finchett, Ariane avait dormi, la première nuit, avec cet Africain, Makoub. Elle avait obtenu son témoignage et, grâce à lui, retrouvé ce photographe, Livio Roy, dont je connaissais l'atelier, rue de la Gaîté, pour y avoir cherché à mon tour, après qu'elle m'eut définitivement quitté, la trace d'Ariane. Roy, ignorant qui j'étais, m'avait dit, parlant de ma fille, qu'elle possédait « la tête et le cul », donc tout ce qu'il fallait pour faire une brillante carrière.

Je me souvenais de tout cela et j'en avais fait le récit au docteur Boullier, mais, quand j'avais voulu revenir sur chaque épisode, recommencer à lui raconter la vie d'Ariane telle que je l'imaginais après coup, telle que Joan Finchett l'avait reconstituée, il m'avait interrompu.

Avec moi, disait-il, il refusait de n'être qu'un accoucheur silencieux, le témoin de mes errances et de mes bavardages. J'étais un professionnel des mots, n'est-ce pas, je les retournais, les modelais à ma guise, je jonglais avec eux, je tenais sûrement à sa disposition et à la mienne de multiples interprétations de tout ce qui était arrivé à ma fille.

Mais il allait délibérément intervenir afin de me débusquer, « de briser les mots, mon cher, pour que vous atteigniez le cœur ».

Une vie n'a qu'un propriétaire, et même celui qui veut y pénétrer par effraction est pris au piège, ajouta-t-il avant de citer les vers du poète Heinrich Mann :

Qu'avons-nous à espérer, venant au monde?
Rien qui ne soit dans notre sang,
Rien du dehors, tout en nous.

Ainsi Boullier, chaque fois que je commençais à parler de ceux qu'il appelait « les autres » – Ariane, Joan, Clémence ou Joëlle – employait à dessein un ton méprisant comme s'il voulait me faire comprendre que je ne devais plus me complaire à évoquer ni ma fille ni ces femmes, que c'était moi et moi seul, mon histoire, mon enfance qui expliquaient tout, non celles des autres, tout aussi repliées sur elles-mêmes que je l'étais, car telle était la loi de la vie qu'on ne sort pas de son corps – « Rien qui ne soit dans notre sang, répétait-il, rien du dehors, tout en nous. »

Boullier me forçait donc à rentrer en moi.

Était-ce cela, le prix de la guérison?

– Revenez à vous, disait-il encore.

Je n'étais, à l'entendre, qu'au milieu de ma vie. Ayant acquis une expérience, une densité, la partie la plus riche de mon destin s'ouvrait devant moi.

– Quarante-six ans, Duguet, mais c'est le commencement ! Dégagez-vous de la vieille peau. Il va falloir vivre, mon cher, en homme libre, vivre vraiment ! C'est un défi. Relevez-le. Ne cherchez pas à recommencer. Vous *commencez*. Vous êtes neuf, Duguet, un nouveau-né !

Il riait en me raccompagnant.

Était-ce l'effet de ses propos ou, comme je le croyais, le résultat de ma propre détermination? J'allais mieux. J'intervenais à nouveau avec autorité dans les conférences de rédaction de *Continental*, j'imposais mes sujets, mes titres pour la page une. On m'appelait à chaque instant pour me consulter. Le journal, me disait-on, avait retrouvé un patron. « Vous nous manquiez », m'assurait-on. Bedaiev, Arnaud ne faisaient pas le poids. « Tout le monde vous attendait, nous savions que vous alliez sortir de cette mauvaise passe. Abandonner, capituler, ça ne vous ressemblait pas. »

J'écoutais. J'acceptais les éloges. Le portrait qu'on traçait de moi – un homme énergique, volontaire, courageux – me convenait. Je m'imaginais sous les traits d'un homme capable d'assumer son destin, d'accepter le malheur, vivant avec lui, le dominant. Je faisais front en soldat. Belle image de moi qui me flattait.

J'ai même choisi de faire repeindre entièrement l'appartement de la rue de Sèvres : murs blancs partout. J'ai fait vider la chambre d'Ariane – une décision courageuse, n'est-ce pas, qui ne changeait rien à mon attitude, proclamai-je!

Le souvenir, ainsi que je le prétendais, n'était pas affaire d'objets, mais de douleur, de présence en moi, par la souffrance, précisément, de celle qui avait disparu. Et je me persuadais qu'il en allait bien ainsi.

N'étais-je pas capable, en toute occasion, de parler d'Ariane? Si le docteur Boullier m'y avait autorisé, j'aurais pu, à chaque séance, évoquer un épisode de son enfance : la route au bord de la rivière où je lui avais appris à faire de la bicyclette, les quelques mots que nous échangions, chaque matin, dans la cuisine, et son visage entouré de bandelettes, dans le cercueil posé sur des chevalets, au fond du hangar aux embarcations de Dongo.

Soyons impitoyable : il m'est même arrivé de me rendre compte que le récit de sa mort émouvait les jeunes femmes. Un père qui a connu le malheur de perdre sa fille et qui s'accuse, avec les mots qu'il faut, d'être responsable de son suicide – mais partiellement coupable, car il faut bien que la mère, les autres femmes, Clémence, Joëlle, soient un peu sorcières –, séduit.

Quand Joan m'ayant laissé, je me suis retrouvé seul, j'ai quelquefois interprété ce registre-là avec succès.

Puis, un soir, rentrant chez moi, j'ai trouvé la porte de l'appartement ouverte.

L'entrée était envahie par une odeur entêtante de peinture fraîche. L'éclairage des spots que j'avais fait installer donnait au couloir, blanc comme le reste de l'appartement, une apparence de coursive. J'ai ouvert les portes des chambres et j'ai eu l'impression de découvrir des pièces où je n'avais jamais vécu. Les parquets et les meubles étaient cirés. On avait emporté les piles de livres. L'appartement me paraissait plus vaste et j'éprouvai, à le parcourir, une sorte d'euphorie, comme si c'était ma vie nouvelle que je visitais.

Tout à coup, le chef de chantier, un homme d'une cinquantaine d'années, maigre, le visage barré d'une moustache grise, est sorti de la cuisine.

Les travaux étaient terminés, me disait-il. Il m'attendait. En examinant la cheminée de l'une des pièces, les ouvriers avaient découvert, sous les briques descellées du foyer, ce livre.

Il m'avait tendu un petit volume et j'avais aussitôt reconnu l'écriture d'Ariane sur la couverture, dans les marges.

« C'est peut-être là depuis des années », me précisa l'homme tandis que je lisais : *Joachim de Flore. Amour et passion, mystique et espérance.*

Je n'ai plus entendu l'homme qui continuait de me parler.

Je serrai ce livre qui aurait dû me brûler, alors qu'il n'était qu'un objet inerte et poussiéreux. Je pris conscience que je n'éprouvais rien. La médication radicale du temps qui passe avait fait son effet. Je ne me souvenais de la mort d'Ariane que comme d'un fait divers que j'aurais un peu mieux suivi que d'autres, mais il ne m'appartenait pas plus que ceux que nous racontions dans le journal. Peut-être était-ce pour cette raison que j'avais tenu à ce que le récit de Joan Finchett y fût publié. La mort d'Ariane n'était plus pour moi qu'une histoire à laquelle j'avais été mêlé, il y avait bien longtemps, et moins que Joan, puisque celle-ci avait été la dernière à suivre la piste. C'est pour cela que j'avais pu rédiger la présentation de ses articles sans rien ressentir.

J'avais fait vider la chambre d'Ariane parce que mon passé était révolu. Je ne souffrais plus, mon souvenir n'était plus qu'une suite de mots que je pouvais dérouler sans émotion. Et remplacer par d'autres.

Il en allait de même de l'amour que j'avais éprouvé pour Joan.

Le temps m'avait guéri, j'étais mort à mon passé.

J'ai eu froid. J'ai tremblé. J'ai eu peur. Mais je ne souffrais plus, et c'est cette absence de douleur, cette incapacité où j'étais d'éprouver à nouveau du remords, un vrai désespoir, le moindre sentiment de culpabilité, alors que je tenais ce livre acheté, caché par Ariane, qui me bouleversaient.

Une part de moi, qui avait si longtemps été la plus importante, avait disparu. Mes émotions passées, Ariane, donc sa mère, Clémence, donc Joëlle, et Joan, et ma souffrance dans la chambre de la clinique, quand on avait été contraint de m'attacher aux montants du lit, tout était englouti. L'eau était à nouveau calme.

Je ne parvenais même plus à recomposer le visage d'Ariane.

Qu'est-ce donc qui avait existé pour moi, puisque je n'éprouvais plus aucun tourment, que je pouvais feuilleter ce livre avec une curiosité étonnée, une indifférence qui m'effrayait?

C'était comme si, au fur et à mesure que j'avais avancé dans ma vie, tout ce qui se dressait auparavant, ces lieux où j'avais vécu, ces êtres que j'avais aimés, s'était effondré et réduit en cendres.

Je retournais dans mes mains un livre-vestige dont je ne comprenais plus le sens.

J'habitais un appartement remis à neuf, aux murs blancs, immaculés.

50.

ARIANE avait lu ce livre et j'essayais de me souvenir. Mais la pièce où je me trouvais, sa chambre, était vide.

Je m'étais assis à même le parquet, dans un coin opposé à la cheminée. Je tentais d'imaginer Ariane agenouillée, soulevant les briques du foyer, prenant ce livre qu'elle y avait dissimulé, lisant la nuit, ces phrases dont je m'étonnais qu'elle les eût soulignées : *Quand viendra l'Esprit, Il vous conduira vers la vérité toute entière, Il vous annoncera les choses à venir.*

J'avais vécu à quelques mètres d'elle. Je l'avais vue naître, le visage rouge, couvert de glaires – de cela, je gardais des images précises –, le cou serré par le cordon ombilical que le médecin s'était hâté de sectionner. Puis il l'avait soulevée en la tenant par les chevilles. Il avait ri au moment où elle avait crié et il me l'avait présentée : « Grande, avait-il dit, belle fille, quatre kilos au moins, félicitations. »

Il l'avait posée sur le ventre de Clémence qui avait longuement soupiré et dit : « Jean-Luc, maintenant, c'est à toi. »

Chaque matin, durant des années, j'avais pressé un jus d'orange pour Ariane.

Je l'avais habillée, accompagnée en bavardant joyeusement avec elle jusqu'à l'entrée de l'école. Et j'attendais avant de m'éloigner qu'elle eût franchi le seuil. J'avais été un bon père, « très maternel », comme disait Clémence. J'avais fait tous les gestes. Et quand elle était morte, j'avais perdu la raison.

J'avais donc été apparemment un père exemplaire.

Et je découvrais que je n'avais rien su, rien deviné, que je ne pouvais même pas concevoir qu'Ariane – quel âge avait-elle alors? quinze ou seize ans? peut-être était-ce au moment où je l'avais chassée d'ici? – recopiait sur la page de garde de ce livre consacré à Joachim de Flore – il m'avait fallu recourir au dictionnaire pour me ressouvenir qui il était au juste, cet hérétique calabrais du XIIe siècle – cette phrase : *Aujourd'hui, nous voyons à travers un miroir de manière confuse, mais, bientôt, ce sera face à face... Quand viendra la perfection, ce qui est limité sera aboli.* »

Je m'effrayais, je me scandalisais de ne pas réussir à être ému. J'étais devenu un enquêteur lointain ne disposant que de quelques indices, et parfois, après avoir lu, je regardais autour de moi cette pièce vide, me demandant où j'allais installer ma table de travail, le téléphone, la télécopie, l'ordinateur, puisque j'avais décidé de faire de la chambre d'Ariane le bureau personnel qui m'avait toujours manqué.

Je rêvais ainsi quelques instants, distrait, presque joyeux, disposant des meubles, des rayonnages, peut-être un canapé-lit. Il m'est même arrivé de penser qu'un jour, peut-être, j'installerais là un enfant, un fils.

Je m'affolais comme si je venais, à cette pensée, de commettre un sacrilège.

Dans le même temps, j'avais le sentiment de percer un des plus profonds mystères de l'existence, d'entrer vraiment, enfin, dans la confrérie des humains, de subir l'initiation majeure, celle dont personne n'ose parler, celle pourtant qui permet de continuer à vivre, d'aller au terme, jusqu'à la mort.

Je découvrais *l'indifférence*. Je mesurais que les souvenirs ne me blessaient plus. Que j'étais prêt, en effet, comme me le conseillait le docteur Boullier, à *commencer*. Que la vie n'était pas une suite continue, comme je l'avais cru et comme on l'écrivait, comme tous les humains s'évertuaient à le prétendre, mais qu'à chaque instant on *commençait* comme si rien n'avait auparavant existé.

On répétait les noms des disparus. Et moi, jusqu'à la fin des temps, je raconterais l'histoire d'Ariane, je dirais « ma fille ». Mais je ne serais qu'un ventriloque. Nous l'étions tous dès l'instant où nous nous agenouillions devant le corps de celui ou celle qui venait de mourir : par ces mouvements, celui des muscles de nos cuisses, celui de nos mains qui se rapprochaient, de nos doigts qui se nouaient dans un geste de prière, nous *commencions*, seuls, une autre partie de notre vie, laissant le corps mort glisser, seul, dans l'eau ou la terre.

Seul.

Il me semblait que je venais enfin d'éprouver cette solitude, de vérifier que telle était notre condition dès le jour de notre naissance.

Petit corps d'Ariane sanguinolent, à demi étouffé, délivrance et souffrance, et sa vie avait *commencé*, et Clémence avait elle aussi *commencé* une autre étape de sa vie, et j'avais *commencé* à mon tour, croyant vivre le destin d'un père, cette fusion avec mon enfant, alors que je poursuivais ma route seul, traçant un chemin parallèle au sien, plein de l'illusion que nous partagions nos vies. N'étions-nous pas côte à côte?

Puis, tout à coup, son départ, sa mort, ma chute, ce livre enfin, *Joachim de Flore*, qui n'était qu'un poids de papier gris entre mes doigts, m'avaient initié à cette vérité inacceptable : l'indifférence était le dernier stade auquel on accédait quand on avait vraiment saisi la nature de la vie, qu'on n'était plus dupe; et c'était une angoisse nouvelle, non plus douleur mais vertige, le dos au vide, avec devant soi l'inconnu qu'il fallait remplir de ses désirs, de sa volonté, de ses simulacres.

Cette indifférence, sagesse et malheur, il me semblait, assis dans ce qui avait été la chambre d'Ariane, que chacun s'efforçait de la cacher, qu'au bout de quelques années de vie, chaque homme tentait de la fuir en répétant des mots, des gestes, en essayant de s'illusionner, en préférant la griserie du mirage à la dure loi de la vérité.

On ne sentait plus rien. On ne souffrait plus, sinon dans son corps. On était initié. Tout n'était que leurre. Mais il fallait faire comme si la douleur était encore vivante. Ariane, Ariane, allais-je répétant. Mais ce livre, je le feuilletais sans émotion. Et il en allait sans doute de même pour tous les sentiments, toutes les passions, individuelles ou collectives.

Au fond, que m'importaient Morandi, Balasso, les articles de Joan, l'achat de *l'Universel* et de l'agence H and H par la *Morandi Communication*? Que m'importait le regard perçant de Franz Leiburg que Joan décrivait comme un personnage à la fois maléfique et fascinant? Qu'est-ce qui existait pour moi dans tout cela? Qu'est-ce qui liait ensemble toutes ces vies ? Peut-être une vague illusion. Peut-être n'étions-nous tous que des pierres lancées dans l'eau d'un lac ? Des rides se forment, la pierre tombe par le fond, les cercles à la surface s'élargissent puis s'effacent, l'eau redevient lisse.

Et passent sur le sable les ombres des poissons noirs.

Neuvième partie

L'amour ou la part de Dieu

51.

Mario, mon amour,

Tu ne me verras pas demain.

Je n'assisterai pas à la rencontre-débat à l'Institut, comme tu le souhaitais, et je ne passerai pas chez toi, après.

Quand nous reverrons-nous?

Tu me manques déjà, pourtant, et si je cédais à mon désir, je te rejoindrais, je me laisserais convaincre par tes arguments, ou plutôt je ne les écouterais pas, je dirais après toi, avec toi, qu'il y a une frontière entre mon amour et ce que tu fais à l'Institut.

Mais, pour être sûre de ne pas t'écouter, de ne pas céder, j'ai accepté la proposition d'Arnaud et de Jean-Luc Duguet. Ils m'envoient à Rome pour Continental *faire un reportage sur l'Italie après les élections. J'ai déjà pris rendez-vous avec Alessandra Mussolini et quelques autres. Peut-être même reverrai-je Morandi. On assure qu'il a mis son réseau de télévision à la disposition de la Ligue du Nord.*

Je me dis qu'ainsi, d'une certaine façon, je ne te quitterai pas. Je serai dans ton pays, je parlerai ta langue. Peut-être retournerai-je à l'Hôtel Baglioni de Parme et, qui sait, peut-être ferai-je une nouvelle interview de Roberto Cocci. J'imagine sa déception et son pessimisme.

Je ne sais quand je reviendrai. Dans dix jours, trois semaines? Je veux prendre de longues vacances là-bas.

Après, que seront mes sentiments pour toi?

Je ne suis plus sûre de rien.

Jusqu'à il y a quelques jours, je te voyais clairement. Tu étais net. Tu te détachais sur tout ce qui t'entourait : le monde, les autres.

J'aimais la façon dont tu parlais. Tu n'avais pas d'illusions. Tu n'étais pas dupe, et j'imaginais que tu ne cherchais pas à te tromper sur toi-même.

Maintenant, tu es flou, toi aussi, comme les autres. Tu es recouvert par la même couche d'eau trouble.

Qu'avais-tu besoin d'organiser cette rencontre à l'Institut pour Franz Leiburg? Pourquoi ne pas m'en avoir parlé, avoir voulu me placer devant le fait accompli? Quand j'ai reçu ce carton d'invitation : « Autour de Franz Leiburg. Itinéraire d'un écrivain majeur et d'un grand témoin européen »*, etc., c'est comme si tu m'avais giflée. Peut-être ai-je trop engagé de moi, mis trop de passion dans cette enquête sur Morandi. Peut-être suis-je encore trop affectée par ce que j'ai découvert, par ce que je sais de la vie et de la mort d'Ariane Duguet. Comme si elle avait été ma sœur. C'est idiot, mais c'est ainsi. On ne sort jamais indemne d'un long reportage.*

Peut-être, si tu m'avais donné d'emblée tes raisons, aurais-je accepté. Mais tu savais que ton initiative me révolterait, alors tu me l'as cachée, pensant que je serais assez amoureuse, assez faible, assez réaliste pour hausser les épaules, comprendre que tu avais besoin de l'appui des journaux, que tu aurais pour « ça » le soutien de l'Universel *et d'*Il Futuro, *que ton ambassadeur te féliciterait, que le nouveau ministre dont tu dépends apprécierait ton initiative.*

Tu m'as assurée que, dans ta présentation, tu ne cacherais rien du passé de Leiburg. Que lui importe? Il en est fier!

Tu ne m'as donc pas convaincue.

Que Roberto Cocci n'ait pu inculper Morandi, faute de preuves, je l'ai admis. Il a fait son métier. Et Morandi, je l'ai écrit, n'est pas directement responsable de la mort d'Ariane. Mais que toi, mon amour, tu organises la venue à Paris de Leiburg, que tu lui donnes une tribune, que tu le traites avec déférence, que tu sois assis entre lui et Pierre-Yves Lavignat, quelle déception!

Leiburg, c'est la pire des corruptions. La gangrène de l'esprit, la justification de toutes les violences, et même leur exaltation. Leiburg, c'est le Mal et c'est la séduction du Mal.

Que devient notre amour, l'Amour, si, pour tes petites rai-

sons, tu acceptes le Mal, tu l'honores, tu le présentes comme un modèle?

Parce que, quoi que tu dises, c'est cela qui se produira.

Je ne peux plus t'aimer de la même façon, puisque tu es capable de cela.

Peut-être ricaneras-tu en me lisant, ou t'indigneras-tu.

Mais je ne pouvais t'imaginer ainsi, me dissimulant quelque chose qui, pour moi, est essentiel, et qui, pour toi – c'est ce que tu m'as répété – n'est rien d'autre que l'acte d'un directeur d'Institut assez malin pour mettre la presse et le pouvoir de son côté et utiliser la polémique, peut-être même le scandale, pour faire parler de ses activités.

Tu aurais dû t'adresser à Hassner et à l'agence H and H. Excellente agence de publicité rachetée par Morandi, comme tu le sais.

Je te voyais différent, au-dessus, à part. Quand je pensais à ce que je ressentais pour toi, un nom venait : Joachim de Flore, *que tu avais prononcé.*

Même ce nom, je ne peux plus le répéter de la même manière.

Tu sais que la vie est faite de rencontres, de coïncidences. Hier, Jean-Luc Duguet, le père d'Ariane, m'a dit qu'il songeait à se remarier, parce qu'il voulait des enfants. Ce n'est pas cette intention qui m'a choquée. Il faut dépasser la mort. Mais il a entouré ses propos d'une mise en scène insupportable. « Joan, je vous demande votre avis, m'a-t-il dit. Vous avez tant compté pour moi. Vous vous êtes tant investie dans cette affaire. Vous avez pris des risques. Vous avez fait revivre Ariane d'une façon si sensible qu'elle est devenue inoubliable. Au fond, vous l'avez sauvée de l'oubli. Vous êtes son héritière morale. Alors, dites-moi, est-ce que j'ai le droit d'aller plus loin dans ma vie? » Etc.

J'ai éprouvé du dégoût.

Qui donc restera vrai, Mario? Qui ne se compromettra pas?

Jean-Luc m'a remis un petit livre que sa fille possédait et qu'il venait de retrouver. Il pensait qu'il me revenait en témoignage de gratitude. En fait, il voulait se débarrasser de cela aussi. Peut-être est-ce à cause de ce livre que tu ne me verras pas demain.

Sais-tu quel est son titre? Joachim de Flore. Amour et passion, mystique et espérance. *Mon Joachim de Flore!*

Ce nom que j'utilisais pour nous, pour désigner ce que j'éprouvais pour toi...

J'ai été très émue. C'était comme si Ariane m'avait rejointe. J'ai lu les phrases qu'elle avait soulignées. Puis tout le livre. J'ai pleuré comme une imbécile. J'ai souffert par avance de la séparation d'avec toi que je m'impose.

Pour rien, dirais-tu. Et tu te justifierais une fois de plus habilement. Il faut, telle est la leçon de l'Histoire, et d'autant plus en Italie, éviter de se sacrifier : c'est toujours en vain, puisque tout demeure ambigu.

Tu m'avais expliqué cela la première fois où nous avons déjeuné ensemble, rue Saint-Simon. Tu m'avais parlé de Savonarole, de Giordano Bruno, de Joachim de Flore – j'avais tout oublié de lui, et peut-être même, avant ce jour-là, n'avais-je jamais entendu prononcer son nom? –, tu avais dit, je m'en souviens, que les hérétiques finissent toujours sur le bûcher, et tu ne voulais pas que Cocci et moi soyons condamnés à périr pour si peu de chose. Tu as employé cette expression : « si peu de chose ».

Tu pourrais donc m'objecter que tu restes fidèle à ce que tu m'avais alors exposé. Ce que tu organises autour de Franz Leiburg, avec ces petits messieurs, Lavignat, Valdi et même Giorgio Balasso, c'est si peu de chose, n'est-ce pas? Une opération tactique, administrative, médiatique, politique. Habile.

Je n'aime pas cette habileté-là.

La première fois, j'avais pris tes propos pour de la lucidité teintée d'amertume. Tu avais chantonné, t'en souviens-tu, cette chanson de Léonard Cohen :

> Give me back the Berlin Wall
> Give me Stalin and saint Paul
> I've seen the future, brother
> It is a murder...

Je n'imaginais pas que tu serais complice.

Je puis aimer quelqu'un de désespéré, quelqu'un qui doute, quelqu'un qui regarde le spectacle en voyeur lucide, qui veut tout voir, tout éclairer, y compris même la défaite de ceux qu'il estime.

Je te croyais ainsi.

C'est ma morale. J'essaie de dire tout ce que je vois. Je le fais maladroitement, sans doute. J'écris quand je suis convaincue d'approcher de la vérité. Peut-être suis-je aveugle ou myope? Mais je ne veux pas être habile. Je veux qu'on continue de souffrir de la mort de Giordano Bruno, qu'on connaisse le sort des hérétiques, qu'on se souvienne de Savonarole.

Je veux qu'on espère avec Joachim de Flore. Et qu'on sache comment a vécu et est morte Ariane Duguet.

Franz Leiburg n'a nul besoin que je le serve. Il y a suffisamment d'hommes et de femmes qui se vendent.

Je dois seulement dire qui il est, comment il peut séduire et vaincre.

Je pensais que tu étais comme moi. Et voilà que je te retrouve avec les autres.

Et donc je doute de toi.

Et donc je doute de nous.

Jean-Luc Duguet me racontait une nouvelle fois, hier, qu'à Dongo, lorsqu'il s'était rendu là-bas pour identifier le corps de sa fille, quelqu'un, le médecin sans doute, avait tenté de le consoler en lui expliquant que la mort, chez certains, libère de cette torture qu'est pour eux la vie.

La mort, lui avait dit ce médecin que j'ai rencontré depuis, est la part de Dieu. Jean-Luc avait voulu que j'approuve ça, que je reconnaisse qu'Ariane avait été sauvée par la mort, survenue comme une sorte de grâce.

« N'est-ce pas, Joan? N'est-ce pas, Joan? » questionnait-il.

Je me suis tue.

J'aime la vie, Mario. Je t'aime en vie. Mais il faut que la vie soit claire.

Et, pour moi, tu es devenu presque aussi opaque que les autres.

Pour moi, c'est cela, la mort : l'obscurité qui s'étend, qui voile la vie.

Je hais cette vie-là, je la dénonce comme le règne de la mort.

Je ne veux pas d'elle.

C'est pour cela que je préfère partir, ne plus te voir durant quelques semaines. Je déciderai à mon retour.

Dans le livre sur Joachim de Flore que j'emporte avec moi, Ariane avait souligné cette phrase que je recopie. Elle exprime ce que je ressens, ce que j'espère :

Aujourd'hui, nous voyons à travers un miroir de manière confuse, mais alors ce sera face à face... Quand viendra la perfection, ce qui est limité sera aboli.

Je t'aime encore, Mario, mais je ne veux pas être habile. Je suis seulement exigeante.

Pour moi, l'amour doit être perfection *: c'est lui, la part de Dieu.*

Pense ce que tu veux. C'est ainsi.

Joan.

Table

Composition réalisée par la
SOCIÉTÉ NOUVELLE FIRMIN-DIDOT
Mesnil-sur-l'Estrée
Impression réalisée sur CAMERON par
BRODARD ET TAUPIN
La Flèche

pour le compte des Éditions Fayard
en juillet 1994

Imprimé en France
Dépôt légal : août 1994
N° d'édition : 2288 – N° d'impression : 6665 J-5
35-33-9306-01/8
ISBN : 2-213-59306-X